# 地獄公寓

THE INFERNO APARTMENT

## 卷3 血脈的反戈

黑色火種——著

# 主要人物介紹

**李　隱：**男主角。網路寫手，一個善良熱情的青年，因離家出走而誤入地獄公寓，又因屢屢通過高難度的血字指示而被公寓的住戶推舉為樓長。他一度懷有要拯救所有住戶的理想，本身有著敏銳的洞察力和推理能力，在每次要執行血字中抽絲剝繭、尋找生路。後來他愛上了嬴子夜，決定只為守護她而努力活下去。

**嬴子夜：**女主角。大學物理老師，早逝的父母都是教授學者。她性格堅韌，冷靜睿智，外表冷漠卻內心善良。在她進入地獄公寓後，發揮其過人才智，連續通過幾次血字，對李隱日久生情。多年來一直暗中調查小時候母親離奇死亡的真相，最後發現，這個事件和公寓有著千絲萬縷的連繫……

**深　雨：**詭異孕育的「鬼胎」，因為怪異悲慘的人生經歷，被人們所厭憎和歧視，故而悲憤厭世、思想極端，擁有著可以提前畫出與公寓血字有關的場景的預知能力。她利用預知畫來誘惑、操縱公寓住戶，被稱為「惡魔之子」。

**柯銀夜：**智商不遜於李隱、嬴子夜的住戶，一直深愛著與自己沒有血緣關係的妹妹銀羽，在得知妹妹受地獄公寓控制後，毅然跟隨她主動進入公寓。他對愛情極其忠誠，即使知道銀羽並不愛自己，卻依然義無反顧、不求回報地守護她。

**柯銀羽：**被柯銀夜一家收養的女孩，與哥哥銀夜手足情深。在一次和男友阿慎約會的途中進入了地獄公寓，她在公寓裏一直受到銀夜的悉心保護，但心裏仍然掛念著已死去的男友。她智商很高，感情細膩。後來得知她的親生父母以前也是公寓的住戶。

## 主要人物介紹

**神谷小夜子：**外表美麗自信，十分睿智。來自日本京都，從小就對中國文化非常感興趣，精通漢語。高中畢業後，開了一家偵探事務所。陸續偵破了幾起讓警方很頭痛的殺人案件，迅速成名，和《名偵探柯南》中的工藤新一有很多相似之處。

**張紅娜：**金色神國的忠實信徒，並在其中擔任大護法。因為銀羽的男友阿慎向她報告了公寓的存在，所以想親眼見識而進入了公寓。一心認為黑心魔就是要經過懺罪煉獄的洗煉，才能得到救贖。

**黎　焚：**一個超級駭客，能夠製作很強悍的病毒程式來瓦解任何防火牆，只要有足夠的錢，任何情報都能夠為委託人奉上，在黑白兩道都混得風生水起。一個搜集情報能力很強的情報販子，自然是地下世界的頭號人才。當然，在這個公寓裏，也一樣是非常重要的人才。

**卞星辰：**跟隨著哥哥卞星炎從美國來到中國，一直生活在優秀哥哥的陰影下。在一次車禍中受傷導致一隻眼睛失明，開始自暴自棄。無意間救下了輕生自殺的敏。後來他得知了預知畫的事，卻受到深雨的操縱，犯下殺戮的罪行。

**上官眠：**外表為十六歲可愛女孩，實為西方「黑色禁地」組織的頭號殺手。因得罪勢力龐大的埃利克森家族而逃亡到中國，意外進入公寓。由於從小就活在生死之間，死亡對她來說反而是最親近的事物。

**慕容蠡：**一名瘋狂熱愛鮮血、屍體和鬼魂的法醫。認為人類本身為了切身利益所犯下的罪惡，才是被偽裝在人類假面具下最美麗的真實。與深雨在網路上結識，而讓人避之唯恐不及的「公寓」對他而言，猶如「天堂」。

**皇甫壑：**靈異研究者，組織了「靈祈會」的團體，專門針對靈異現象進行研究。進入公寓是為了想證明這個世界上有鬼魂，而這是其母親臨死前的願望。

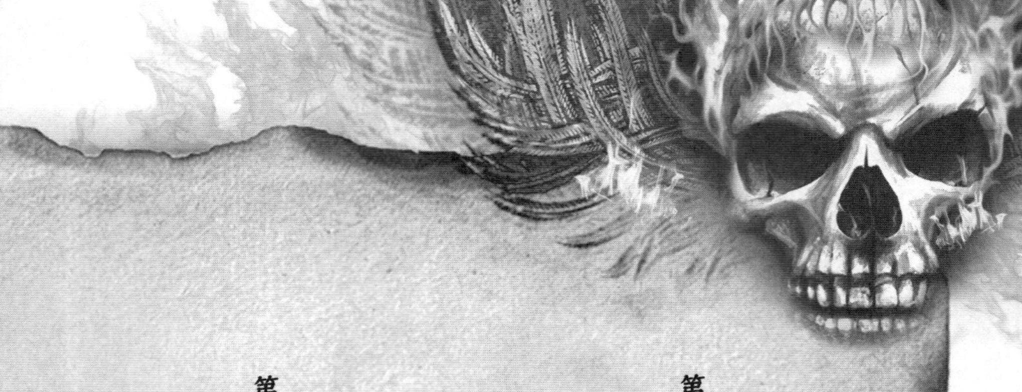

卷3

## 第一幕 惡魔的傳承



## 第二幕 黑心魔

# 目錄
CONTENTS

## 第三幕 魔棺



## 第四幕 七魂咒

PART ONE

## 第一幕

**時間**：2011年5月1日00:00 ～ 5月3日00:00

**地點**：天南市飛雲區第六號林區

**人物**：神谷小夜子、卞星辰、皇甫壑
方有為、吉天衍、蕭雪

**規則**：在2011年5月1日之前，到達天南市飛雲區的第六號林區，並在5月1日—2日期間待在林區內。第四張地獄契約碎片，埋在林區內的宛天河上某座橋一端附近的地裏。執行血字期間，擅離林區者，死！

地獄公寓

# 1 鬼胎之謎

這一次接到血字指示的五名住戶，其中一個人就是皇甫壑。在尋找六顆人頭的血字指示中，大難不死得以生還的皇甫壑，此時看完了血字指示後，牆壁上的血就消失了。

第二次血字指示，發佈了第四張地獄契約碎片的下落。

「飛雲區……宛天河……」

那裏，距離敏被殺害的幽影山谷，非常近！這會是巧合嗎？

皇甫壑走出門，按照慣例，接到血字指示的人要到樓下去，聚集在一起。皇甫壑此刻也在猜測，到底有多少人接到了這次血字？會不會有李隱或者柯銀夜參與？

第四份地獄契約碎片，絕對會讓大家趨之若鶩。只要取得了一張碎片，就可以成為通向未來魔王級血字指示的一張門票。皇甫壑很清楚，要活著離開這個公寓，這是必不可少的。他來到底樓，這時候大廳內已經出現了三個人。

由於新住戶數量激增，皇甫壑對這三個人印象都不深，於是走了過去，問道：「各位，我也是接到這次血字指示的，一一〇四室住戶皇甫壑。請問你們的名字是……」

那三人是兩男一女。一個是戴著眼鏡，模樣很普通的二十多歲青年；另一個是文質彬彬、留著鬍鬚的三十歲左右的男子；還有一個是身材很好、容貌中等的看起來近三十歲、哈韓式髮型的女子。

眼鏡青年說道：「我是五〇七室的住戶，名叫方有為。」

而那名文質彬彬、留鬍子的男人則說：「我叫吉天衍，是四〇九室的住戶。」

「四〇九室？和樓長住在一個樓層？」皇甫壑問。

「對。平日裏我也經常和李樓長、嬴小姐討論很多關於血字指示的事。」吉天衍看了看皇甫壑那俊美的臉，「我聽說過你，皇甫先生，我曾經耗費了不少時間研究過你執行的尋找六顆人頭的血字指示。你還真是大膽啊，當著鬼的面去搶奪人頭。」

「沒辦法，不冒風險，我也活不到現在。」皇甫壑隨後轉向那名看上去是哈韓族的女子，問：「這位小姐，你是……」

「我叫蕭雪，是一三〇二室的住戶。」蕭雪在和皇甫壑說話的時候，甚至不敢直視他。畢竟皇甫壑這麼俊美的男子絕對是不多見的，任何女孩子見了他，都難保不會臉紅心跳。

現在已經聚集了四個人，還會有誰呢？

這時候，電梯門再一次打開，四個人的目光一齊投向了那個人。

走出來的，是一個非常美麗的女子。她穿著一身素白衣服，剛一走出來，每個人都認出了她來。畢竟她在八十多名住戶中，是比較惹人注目的一個。

「神谷小姐……」皇甫壑說道，「你也接到了血字指示嗎？」

「嗯。剛剛看到了，還有……第四份地獄契約碎片的事情。」神谷小夜子看著大廳內的四個人說道，「我莫非是最後一個到的？不知道還有沒有人會來？」

她那一口流利的中文實在很難讓人想像她是個日本人，聽她本人說，她來自日本京都，從小就對中國文化非常感興趣，所以在她所學習的語言中，最精通的就是漢語。雖然一般人認為，日語和漢語有許多相似之處，但事實上，日文中的漢字，意義和中文往往相差很多，比如中文「阻攔」、「礙事」在日文中的漢字是「邪魔」，「不要緊」在日文中的漢字是「大丈夫」，意義完全不同，所以學習起來反而容易造成困擾。

而神谷小夜子的學習天賦卻極為驚人，她只用了不到五年時間，就已經可以進行很流利的漢語對話了，這也對她學習中國文化有了極大幫助。她高中畢業後，竟然異想天開，不考大學，而是開了一家偵探事務所。最初生意寥寥，但後來陸續偵破了幾起讓警方很頭痛的殺人案件，迅速成名，倒是和《名偵探柯南》中的工藤新一有很多相似之處。

神谷小夜子的絕色姿容，也是讓住戶們印象深刻的原因之一。她不僅外表美麗，也非常睿智，尤其是她時常流露的自信表情，在住戶中是很少見的。

面對超自然現象，還能保持自信的人，是很難得的。人的自信往往建立在對已知事物的認識上，但對未知的事物也能保持自信，是極不容易的事情。

等了一段時間，沒有人再下來，皇甫壑認為，這次應該就是他們五個人了。

「第四份地獄契約碎片下落揭曉，也就是說……」

皇甫壑緩緩地說出了心裏話，「碎片要麼在嬴子夜身上，要麼……在殺了敏的那個人身上。」

取得完整的地獄契約，封印魔王，最後離開公寓，是每個人朝思暮想的事情。如今又有了希望，每個人都振奮起來。

「而且……」神谷小夜子繼續說，「蒲敏小姐被殺害的地點——幽影山谷，距離我們這次血字指示的地點第六號林區是非常近的，都在宛天河流域附近。」

宛天河是由東臨市流經天南市的內河，飛雲區有幾個大型林區，其中第六號林區距離幽影山谷不到十公里。由於這些林區是政府為了綠化環保和開發旅遊業而特別保護的，所以沒有房地產商進行開發。第六號林區樹木非常茂密，宛天河也流經該林區。

而該林區的橋，絕對不會只有一座！也就是說，需要去橋那裏尋找。而鬼，很可能就會在橋那裏，守株待兔！

這一點，是最為危險的！每個人都很清楚。公寓上一次就是利用契約，引誘住戶接近魔性嫁衣！

「我認為，不要被思維定勢局限。」神谷小夜子提出了不同看法。

「未必就是鬼直接在那等我們，也可能會有觸發死路條件的某種情況，才會被鬼追殺。否則，就成了必死之局。至少根據對血字分析表的各種情況判斷，可以基本確定，公寓只有給出了生路提示，鬼才會殺死住戶。」

說話間，她的目光一直沒有離開過皇甫壑。根據調查下來的情況判斷，皇甫壑是一個靈異研究者，成立了一個名為「祈靈會」的靈異研究社。雖然不知道出於什麼原因，但他對於靈異現象的研究有超乎尋常的執著。

就在這時候，門口忽然傳來一聲大喊：「我來了！你們……」

走進來的人，自然是星辰。而他看到皇甫壑、神谷小夜子等人後，有一些意外。他走了進來，說：「新的血字指示是什麼？你們是要執行新血字的住戶吧？」

「對。」吉天衍問道，「你的名字是什麼？住在哪一層？」

「卞星辰，」星辰如實回答道，「我是二五〇四室的住戶。」

「第四張地獄契約碎片下落發佈了，」皇甫壑對星辰說，「地點是飛雲區第六號林區，距離敏被殺害的幽影山谷……非常近。」

星辰聽到這句話，心猛地一跳，十分驚愕。這是怎麼回事？居然安排在那裏？這讓星辰極為不安。但是，還好，地點並不是在幽影山谷，否則就太可怕了。

無論如何，現在是深雨履行承諾的時候了。他已經殺了敏，深雨自然該將這一次血字指示的預知畫交給自己。有了畫，他能夠逃生的機會就大多了。為了這個目的，他將自己親手所救的敏殺害了。

那天，在幽影山谷……親手將刀子刺入了她的心臟！她臨死前所說的話，依舊迴盪在他的耳際。

「她……果然是……惡魔……」

敏，是否有可能變為冤魂厲鬼，來向自己索命呢？這會不會成為血字指示的一部分？

此時，在卞家別墅。

「我沒什麼好說的。」李隱直截了當地說。

「無論如何，卞教授你是多想了。星辰並沒做什麼危險的事。血字指示，你是從哪裏聽說的？」

星炎看著李隱和子夜的表情，說道：「算了，可能我的口氣也不太好。星辰他從小就因為我有很強的自卑感，其實大可不必，他有他自己的優點。我也只是有些擔心他罷了。」

「你剛才說的紙條是怎麼回事？」子夜問道，「星辰給了你什麼紙條？」

「是這樣的，前不久，他給了我一封信，說如果有一天我聯繫不到他，就將信交給你們兩個或者另外兩人。」

「信？」李隱立即追問道，「那是什麼時候的事情？」

「就是在上個月月初吧。具體哪一天我不記得了。」

上個月月初？不就是魔性嫁衣的血字指示發佈那一次嗎？敏也是在那個時候被殺害的！

「既然如此，那信……可否給我看一看？」李隱此時非常急於想知道那封信寫了什麼。他認為，很可能隱藏了極為重要的線索！

「好吧。」星炎走到書桌前，拉開抽屜，取出了一封信來，遞給了李隱。

李隱接過那封信，將信紙取出展開，剛一看，他立刻就瞪大了雙眼！

信上寫著：「放置那張紙條的人是敏，敏的妹妹深雨，其實是敏的女兒，她有著可以畫出未來血字發生的場景的能力。」

看著這封信，李隱非常激動！這封信，證實了自己一直以來的設想！

將信交給哥哥，說無法聯繫自己的時候把信給自己。星辰是覺得自己一旦死在血字指示中，就要讓李隱知道此事嗎？他和深雨，又有著什麼關係呢？

必須立即趕回公寓去！

「我們得先走了。」李隱將信折好後放在身上說道，「卞教授，你別擔心，不會有什麼事的。」

「那好，我送送你們吧。」星炎很客氣地說。

三個人走出書房後，星炎將大門一關。隨即……門後面，出現了一個全身陰白、身上腐爛不堪的恐怖鬼魂！

深雨此刻正泡在浴缸裏。她感覺身體似乎被抽空了一般，靈魂似乎也不在體內了。

我生存在這世界上的意義是什麼呢？究竟，我是為誰而活呢？我對這個世界而言，果真是一個不被任何人接納的「罪人」嗎？

突然，她睜開了雙眼。

「是他嗎？」

「那個我畫不出來的黑影，是讓我誕生到這世界上的男人嗎？」

那個男人，是出於什麼心態，讓自己出生的呢？又是怎麼看待自己的呢？他是帶給自己所有痛苦的根源，但如果沒有那個男人，她也就不會存在於這個世界上。這是一個悖論，所以，憎恨他、否定他，就等於否定自己的存在。

李隱選擇犧牲掉三次血字指示來救回嬴子夜的時候，讓深雨長期以來的堅持開始崩潰了。

這世界上真的有人能夠愛一個人，愛到這種地步嗎？

敏憎恨她，而其他所有人都把她視為異端，歧視、厭惡、嘲諷她。即使有同情她的人，也只是站在道德制高點上，獲得自我滿足罷了。

真正認同她、讚賞她，將她視為正常人看待的，僅僅只有慕容蜃一個。僅僅只有那個人而已……

深雨忽然很希望可以見一見她的外公，問問他自己到底是怎麼誕生在這個世界上的，她內心有種深刻的聯繫和直覺，冥冥中有個聲音告訴她，她這個鬼胎的出現，都是這個人一手創造的。

但那個男人已經死了。她記得，他的名字叫做蒲靡靈。這是敏告訴她的。

她希望可以瞭解自己外公的過去。和他有關的所有事情，她都希望可以知道。或許，潛意識裏，她還對蒲靡靈抱有一絲希望，希望這個與她有最深關係的親人，是愛她的，是在乎她的……

保姆阿馨服侍深雨穿上衣服後，深雨坐上輪椅，來到鏡子前面。

其實她的雙腿如果繼續治療，還是有希望可以站起來的。慕容蜃也幫她檢查過幾次，說如果接受正規治療，還有重新走路的希望，只是耗費的金錢自然不是小數目。

不過，深雨並不在意是否能夠再站起來了。她看著鏡子中的自己，似乎明白了什麼。

「李隱……那個男人，真的就那麼愛著嬴子夜嗎？愛一個人，真的可以愛到忘卻一切的地步，真的可以付出那麼大的犧牲嗎？那麼，也有人會對我付出這樣的愛嗎？」

深雨很希望可以得到這個問題的答案。

「愛和恨，不過是硬幣的兩面罷了。」

這是她非常喜歡的一本小說，《子彈飛過》中的台詞。那個作者，描述了戰火紛飛的時代，人和人之間的愛恨情仇。

那本書的作者，就是李隱。即使在住進那個公寓之後，他也沒有停止寫作。到後來寫作已經不是謀生的手段，而是李隱在公寓中尋求精神寄託的所在。

李隱這個男人，讓深雨開始考慮，去認真地尋找自己生存的價值，只要世上真的存在愛著她的人，她願意為了那個人活下去。即使那個人已經死了也沒有關係。

天空已經完全暗了下來。

這時候，門鈴響了。阿馨去開了門，進來的是慕容蜃。他隨意地走進客廳，阿馨推著深雨坐的輪椅出來。

「新的血字指示發佈了。」慕容蜃開門見山地說，「這一次，第四張地獄契約碎片的下落發佈了，地點就在飛雲區第六號林區。」

「這樣啊。」深雨淡淡地說，「還有呢？」

「卞星辰接到了血字指示。根據你和他的約定，你要畫出這次血字的畫了。怎麼樣？你，想救他，還是殺了他？」

「殺不殺他都一樣了，李隱已經知道我的身分了。以後你沒事也儘量別來見我了。」深雨的口氣顯得很平淡，一點感情波動也沒有。

「你……」慕容蜃露出一絲陰笑，「打算殺掉李隱嗎？還是……繼續觀察他？」

「別提李隱的事情了。我現在有新的計畫。我想去見見我姑婆，那個惡魔男人的妹妹。我想去見她，她應該知道一些關於我外公的事情。我想知道，那個男人是怎麼看待我的。為什麼要讓我出生，為什麼令我存在……我都希望可以知道。也許那樣，我就可以找到我活下去的意義了。」

「哦？」慕容蜃卻忽然一步步走近，將臉貼近深雨：「你是這麼考慮的？」

「我想尋找我生存的意義。無論如何，我都希望找到那個意義。」這就是深雨所希望的。

慕容蜃聽到她這麼說，臉更湊近了，說道：「你確定？你應該知道，既然李隱已經和她有了接觸，那你這麼做，很有可能會暴露啊。」

「你的姑婆，你知道她在哪裏？」

「嗯，知道。而且李隱已經和她接觸了。我希望你能夠帶她來見我。」

「暴露……也沒關係了。我希望可以找到我的價值。」

「什麼意思？」慕容蜃立即問道，「你該不會是，不想繼續這個實驗了吧？」

「差不多吧。這個實驗對我而言已經不重要了。李隱的決定，已經證明我的實驗失敗了。其實柯銀羽那個時候已經給了我非常大的打擊，但是李隱給我的打擊更加大。而且他現在也距離我越來越近了。我不希望再和那個公寓扯上任何關係了。當然，卞星辰的畫，我還是會給……」

忽然，慕容蜃的手伸出，死死地掐住了深雨的脖子！

慕容蜃的臉不斷扭曲，目光中滿是駭人的怒意，說道：「你居然……居然說要停止？停止這個有趣的實驗？你居然敢那麼做？」

「那麼有趣的實驗啊，可以讓我們看到人性惡的美麗一面啊！想當初夏小美為了存活下來，不得不將心愛之人殺死的場景，光是想我都感覺爽啊！這可是比解剖無數具女人屍體還要爽啊……」

然後，他將深雨狠狠抓起，向地板砸去，隨後騎到她的身上，將她胸前的衣服撕扯開，將右手食指點在她的胸前，說道：「你，希望我解剖你嗎？嗯，很美麗的身體啊，太美麗了，這就是人類的罪惡產生的惡魔之子的身體嗎？好美的身體啊……」

「你……慕容蜃，你要做什麼！」深雨頓時驚恐起來，她雙腿無法行走，如果慕容蜃要殺她，她根本無從抵抗啊！

「阿馨，阿馨，救命啊！救命啊！」

保姆阿馨緩緩來到客廳裏，然而她卻一臉平靜地看著二人，說道：「主人，你要上她了嗎？」

「阿馨，你來得正好，給我拉住她的手！」

胸前衣服被完全扯開，深雨那兩團呼之欲出的傲人雙峰頓時露出。而慕容蜃看得滿臉興奮，下身也立即起了反應。

阿馨走過來，按照慕容蜃的指示壓住深雨的雙手。

慕容蜃的頭低低俯下，說道：「你說你想尋找自己生存的意義？」

「你就是惡魔之子啊，是為了讓人類露出真正美麗的惡而存在的！你只要記住，你才是最美麗的，就足夠了！在我們的世界裏，你是最美麗的！你怎麼可以停止這個實驗呢？我之所以不殺任何人，就是為了看到他們因為你而自相殘殺！」

「阿馨和你……你們是什麼關係？」深雨頓時記起，阿馨是慕容蜃介紹過來的。

難道，她和這個人一樣，都是變態？她剛才稱呼慕容蜃為「主人」？

慕容蜃沒有直接回答她，而是說道：「不允許你停止，也絕對不可以停止！明白了嗎？你只能為了讓人類變得罪惡而活，你只能為了展現你的美麗而活！你僅僅因為李隱一個人的原因，就要放棄這如此美好的實驗嗎？難道你認為我們的決心僅此而已嗎？記住啊，絕不能放棄！否則我要親手解剖你的身體！」

「啊呀呀，主人。」阿馨則說道，「不如就解剖了她如何？解剖活人，也是非常有趣的一件事情啊，我也好想看看你是怎麼解剖活人的呢……」

瘋了……深雨渾身戰慄，這兩個人都是變態！

「啊，好美麗的身體啊！真快忍不住了，忍不住想要解剖你啊！」慕容蜃的表情讓深雨感覺到無比恐懼。她難道真的會死在這裏嗎？

「我，我知道了！」深雨不得不向這個變態屈服，「我會繼續的！繼續這個實驗！按照你說的去做！求你，求你別殺了我！」

「嗯？真的，你不騙我嗎？」慕容蜃陰笑著，繼續說：「阿馨可是會一直監視你的啊，如果你敢停止，那麼……我就會將你活生生地解剖！嗯，第一刀，就從這裏開始……」

一旁的阿馨此刻抿嘴一笑，低下頭去，雙眼死死盯著深雨，說道：「聽見主人的話了嗎？如果你敢做出違背主人意願的行為，那麼你就要被解剖哦。嗯，真想看看，你這麼美麗的身體被肢解後是什麼樣子啊，一定很美麗吧，對，一定是這樣沒錯。」

「好了，阿馨，放開她吧。」慕容蜃鬆開了手。

「深雨，記住你說的話啊。這是我和你的約定。剛才真是抱歉啊，嚇到你了吧？沒事，來，穿上衣服吧。這才乖啊……」

「你從一開始就讓阿馨監視我嗎？」深雨雙手護住胸前，顫抖著對慕容蜃說：「你從一開始就把我當作什麼來看待？」

「啊？當然是藝術品啊，或者說是收藏品吧。」

「你……沒有愛過我嗎？」深雨眼裏忽然湧出了淚水，「你沒有把我當做『人』看待過嗎？」

「人？」慕容蜃像是聽到天方夜譚一般的看著深雨。

「呵呵，差不多吧？對我來說，人只有藝術品和瑕疵品之分。當初我第一次看到你的照片，知道你所流的血液，我就迷上了你，啊，真想侵犯你的身體啊，你知道嗎？我不止一次想要和你做，想著我可以幹著一個被惡魔詛咒的鬼胎生下的、有著如此美麗身體的女人，我就爽到極點啊！就算是阿馨，也不能讓我如此滿足啊！」

阿馨是慕容蜃以前在一個變態論壇上認識的女人，是一個有著極其嚴重的受虐狂傾向的人，被慕容蜃派來監視深雨。

「你……慕容蜃，你……你這個變態！」

忽然阿馨跑上來一把抓住深雨的頭髮，把她狠狠摁到地板上，怒吼道：「你居然敢辱罵主人？你這個賤人！看我……」

「別這樣啊。」

慕容蜃卻說道：「放手，阿馨。深雨，我直到現在，都渴望能得到你的身體。但是，現在還不是時候啊，我要讓你更進一步地墮落，沾染更多的鮮血，釋放出更大的惡，那樣你就會變得更美麗。那時候，當我侵犯你的時候，我才會有最美妙極致的快感啊！在那以前，只好拿阿馨來替代了。她是我最忠實的奴僕，會監視你日後的一言一行。對了，好好地畫給卞星辰的畫吧，然後繼續利用他……記住啊，我們，才是最美麗的！等著我啊，真想現在就撫摸你……」

這段變態下流至極的話語，令深雨真正感受到了慕容蜃這個人的可怕！

「你是我的……記住，深雨，你，是我的！你是最美麗的……藝術品啊！」

深雨這時候終於明白了。慕容蜃根本不愛她。因為他也將她視為污穢和邪惡的，也將她視為惡魔之子。他從來沒有將她視為一個人，他只是用和正常人完全顛倒的審美觀來看待她罷了。

深雨的身體不斷顫抖，她內心暗暗發誓，一定要殺了這個男人！一定要殺了他！

此時，卞星辰接到了電話。

他正在和皇甫壑等人討論，上面的「未知來電」立即讓他知道來電的人是誰了。

「喂，」他接通電話，走到一旁，低聲說：「你……」

「畫我會給你的。在執行血字指示的時候，你帶著手機就行了，我會發彩信給你。記住，今後還會有需要用到你的地方。」

接著，電話就掛斷了。

李隱和子夜趕回公寓的時候，神谷小夜子等人都在等著他們。卞星辰坐在沙發上，看見李隱走了進來。

此刻偌大的大廳裏已經聚集了一定數量的住戶，第四張地獄契約碎片的發佈，引起了很多人的關心。許多新住戶都知道地獄契約是離開公寓的一條捷徑。

李隱一眼看見了星辰，然而，現在大廳聚集的人實在太多了，在這種情況下，根本無法對他進行質問。

「樓長，」這時候距離李隱最近的人就是裴青衣，她看到李隱後馬上走上去，說道：「新的血字指示已經發佈了，這一次發佈了第四張地獄契約碎片的下落。」

「這次的血字指示內容是什麼？」李隱將目光從卞星辰移到裴青衣臉上，問道：「有沒有特殊的指示？比如要做些特定行為……」

「沒有，是很普通的血字指示，指示地點是在飛雲區，六號林區。那裏離幽影山谷很近，都在宛天河流域。」

幽影山谷，是敏被殺害的地點。聽到這裏，李隱也皺緊了眉頭。

事實上，最受到驚嚇的人，是星辰。他無論如何也沒有想到，居然血字執行地點會在距離敏死亡的地點如此近的地方！

這意味著什麼呢？好在深雨沒有過河拆橋，承諾到時候會給他預知畫。這下，他才算是安心了一些。有預知畫在手，找到生路的可能不知道大了多少倍。這一次執行血字的住戶，除了星辰和皇甫壑分別是第三次和第二次執行血字外，另外四個人都是首次執行血字指示。那麼，血字的難度，或許不會太高吧？

李隱接著問道：「執行血字指示的一共有幾個人？都在這裏嗎？」

「一共六個人。」裴青衣回答道，「分別是四〇九室的吉天衍，五〇七室的方有為，六〇八室的神谷小夜子，一一〇四室的皇甫壑，一三〇二室的蕭雪以及二五〇四室的卞星辰。」裘青衣的記憶力實在是好得驚人，這六個人所住房間號也都背得那麼流利。

神谷小夜子竟然也要執行血字指示了？還有，在六顆人頭血字中倖存下來的皇甫壑，也那麼快又接到了血字。

這時候，不少人的目光都集中在子夜身上。許多人都懷疑，第三張地獄契約碎片，現在會不會由子夜持有著？如果真是如此的話，那麼，說不定殺了敏的人也是她啊。而且為什麼血字執行地點距離幽影山谷那麼近？

不過，大家也清楚，就算問，子夜也肯定否認，還不如不問。大家還是比較關心第四張地獄契約碎片的歸屬。因為這將意味著，日後有能力角逐魔王級血字指示的門票啊。

地獄契約碎片，就猶如是一個籌碼。每個人都很清楚這一點。現在住戶總數有八十多人，日後可能還會不斷激增。一旦需要執行魔王級血字指示的話，意味著什麼呢？

持有契約的人，在十米範圍內可以封印住魔王。但現在住戶的總人數那麼多，十米範圍內能待得下那麼多人嗎？即使勉強待下了，這種狀況下恐怕走路也很困難吧？更何況，誰知道魔王有什麼神通，沒有契約的人，在執行魔王級血字指示的時候，必定會處於非常危險的境地！所以，大家都很清楚……地獄契約的爭奪定是腥風血雨，這一點，無人心存僥倖！

而第四份地獄契約碎片一出，七張碎片的發佈就已經超過一半了。接下來，住戶們都會開始蠢蠢欲動，也可能結成臨時聯盟，或者不斷查出碎片在誰的手上。

六名住戶中，日本女偵探神谷小夜子是最受矚目的。很多人都認為，她是這次可以獲得第四張地獄契約碎片的大熱門。也因為這個原因，不少人都想辦法和她套關係，聊一些自己對日本的粗淺認識，希望博取她的好感。好在她的中文極好，交流起來沒有障礙。

而皇甫壑在上一次血字中，險些被殺死，很多住戶都認為他能活下來純屬運氣，覺得他這次血字多半是回不來了。

但是，事實上，卞星辰第一次血字也是純粹靠運氣才找到生路，所以更沒人把他當回事了。

但是，事實上，卜星辰才是最為佔據先機的，因為他握有預知畫這一逆天王牌。是他殺死了敏，而因此換取了逃出血字指示的殺手鐧。

深夜，接近十二點，住戶們才開始回自己的房間去了。

「星辰，」李隱說，「你到我房間來一下，我有些事情想和你說。」

星辰看李隱的樣子，早就料到，哥哥多半和他說了些什麼，他甚至擔心……那封信，會不會也被哥哥拿給李隱看了？以哥哥的記憶，他很可能回憶起李隱這個名字在紙條上寫過！

該怎麼辦？星辰開始思索起來。信上提及了是敏放置了紙條以及深雨會畫預知畫的事情。李隱很容易就能推測出他和深雨產生了交集，甚至有可能推論出殺死敏的人就是他！

該怎麼辦？絕對不可以承認！不只如此，也絕對不可以對兩個人說出，他和深雨的交易，以及這一次血字指示他可以獲取深雨的預知畫！

預知畫這件事情，如果被知道了，住戶們一個個都會比地獄契約更加不顧一切地索取！如果深雨為了她那個人性實驗，導演了一場住戶們的大規模相互殘殺，會怎麼樣？

光是想一想，就讓星辰不寒而慄！所以絕對不可以說出去！預知畫的存在不可以說！但是，如何蒙混過關？李隱是那麼好騙的嗎？

走入電梯，他已經開始思索該怎麼做了。殺掉李隱和嬴子夜？怎麼可能，這裏是公寓啊，他如何能做到無聲無息地殺死這兩個人？而且，對於殺死了敏的自己而言，他對於殺人已經充滿了罪惡感和痛苦，實在不想再繼續手染鮮血了。

將一個鮮活的生命在自己手中扼殺，那樣的恐怖，他無論如何也不想再經歷一次了。無論如何……

而對李隱來說，他其實還沒有推理到星辰和深雨交易的那一步。畢竟根據目前取得的情報，李隱還無法想到，深雨對人性實驗的執著如此強烈，而用預知畫來引誘住戶殺人。而同樣受到引誘的夏小美已經死了，並沒有通過血字指示，李隱自然更想不到那一層了。畢竟李隱只是人，不是神。

他懷疑的是，星辰的生命可能受到了深雨的威脅，因為這個原因，所以他以防萬一將信留給了他的哥哥。而星辰很可能是發現了什麼事情，才會受到威脅的。因此李隱有了一個推理，那就是，是深雨殺死了敏，並且被星辰發現了，所以深雨要殺掉星辰。

深雨擁有著被魔王選中的孩子蒲靡靈的血脈，既然可以畫出預知畫，那麼自然也可能具備其他的能力。比如類似《死亡筆記》那樣，單單靠寫個名字就可以殺人的這種遠端操控詛咒。甚至，李隱還懷疑……深雨會不會根本就是一個鬼呢？畢竟，沒有任何證據證明，深雨的確還活著。

如果她是一個鬼，星辰對她充滿恐懼，就完全可以理解了。

自然，這個推理和現實是南轅北轍。但李隱不是神，他不可能知道他所掌握的情報以外的事情，不能說他不聰明，而是他獲得的線索太少了。如果稍微有一點蛛絲馬跡就能夠洞悉全局，那不叫推理，那叫超能力。

來到四樓，剛一出電梯門，星辰就急不可耐地問：「李隱，到底是什麼事情？」

「進屋再說吧。」

星辰此時拚命壓抑著內心的不安，並考慮如何圓謊。該如何解釋呢？也不知道哥哥是怎麼說的，萬一我的說法和哥哥的說法有矛盾的話……

走進四〇四室後，李隱將門關上，隨即看向星辰。

其實李隱也有相同的顧忌。他同樣不希望預知畫的存在被公寓中的其他住戶知曉。否則，大家都會拚命去找深雨，然後為了爭奪她展開殺戮。這是必然的，因為誰都希望獨佔深雨的能力。誰也不知道這個預知能力是不是有限制次數，因此，每個人都會希望獲取自己的血字指示的預知畫。

深雨的能力被星辰知道了，對李隱而言是很不利的。也就是說，必須把星辰的嘴堵住，絕對不能讓知道這件事情的人繼續增加了。但李隱估計，銀夜和銀羽說不定已經知道了。

目前當務之急，是要弄清星辰是如何查出此事的，為什麼會受到生命威脅，掌握了多少線索，還有……必須讓他不再把這件事情告訴別人！

李隱的手一抖，那封信的信紙展開在星辰面前。

星辰雖然早就料到有這個可能，但真的看到信紙，還是吃了一驚。

「你能不能夠解釋一下信的內容？」李隱直接問道，「信的內容是真實的嗎？你是如何調查出來的？還有人知道這件事情嗎？」

「我……」星辰觀察著李隱和子夜的表情，判斷二人究竟掌握了多少線索。最後，他一咬牙，說道：「我看到過那幅畫。就是深雨送給敏的那幅畫。」

李隱聽到他這麼說，立即問道：「難道說，是過年那會兒，深雨送給敏的油畫？的確，我們沒有找到那幅畫。」

「對。」星辰接著說道，「敏之所以會放那張紙條，就是因為那幅畫的關係。我最初，無意中看到了那幅畫。」

看李隱一副若有所思的樣子，星辰感覺謊言起作用了。

「那你告訴我。」子夜這時候插話了，「那幅畫畫了什麼？」

該怎麼回答？星辰根本就沒看過那幅畫啊！但同樣，李隱和子夜也應該沒看過。他估計，敏早就把那幅畫給毀了，孤兒院那邊應該也沒有看過那幅畫的人，否則早就被查出來了。

敏很可能是看了那幅畫，才寫下那張「不要回頭」的紙條。所以，他估計，畫中肯定有明顯表示不可以回頭的內容。但是油畫是靜態的，靜態的畫怎麼表現出不可以回頭這一點呢？

不可以沉默太長時間，否則會被看出來的！於是他立即回答道：「畫裏面畫的是，我們幾個人回過頭去，而鬼就趁這個機會，將我們的眼球換掉。」星辰誤打誤撞，居然猜出了那幅畫的內容！

「是真的嗎？」李隱又問，「真是這樣？」

「對……所以我一直沒回頭，但是，我的眼睛最後還是被換掉了。因為當時一個鬼一直遮住我的右眼，我才沒發現眼睛被換掉……」

這番話，讓李隱若有所思起來。

「也就是說，你從一開始就知道那幅畫能夠預知？因此推斷出這一點的？那為什麼會把信交給你哥哥？」

「嗯？」

「如果是和你一直關係很好的柳相還能說得過去，但是，為什麼把這個線索留給我和子夜？你為什麼那麼做？」

的確，自己和李隱非親非故，為什麼要把這個線索留給他呢？

「你特意將線索留給我、子夜、銀夜和銀羽，四個公寓中善於推理的人，也就是說……你希望借助我們，找出深雨來嗎？」

「我……」

「敏的死，是不是也和你有關？」李隱不給他絲毫喘息的機會，步步緊逼，想讓他暴露出心理漏洞。只要他的心亂了，接下來的話就有可能出現破綻！

李隱尋求的就是這個時機！

「敏的死，和我沒有關係！」星辰還是繼續撒謊，說道：「真的沒有關係！事實上，那個時候深雨不是失蹤了嗎？我不知道她去了哪裏，接下來，敏就死了。因此我很擔心，拿到了深雨的預知畫的敏被殺死了，會不會是深雨做的呢？所以我決定留一張底牌，萬一她要殺我，我就利用這張底牌來逃脫！」星辰被緊逼之下，編造出了一個邏輯上基本沒有問題的謊言！

他這麼一說，李隱倒也感覺有些道理。但他還是不依不饒地問：「你怎麼知道是深雨殺了敏？她行動不便啊。」

「這一點，誰知道？她一個殘疾人，能夠逃出孤兒院生活，也許還有幫助她的人。何況她有這個預知畫能力，誰也不能夠保證，她是不是有別的可怕能力存在啊！」

這個時候，在六〇八室，神谷小夜子的房間內。她正坐在臥室的一張寫字台前，戴著一副耳機。耳機內傳來李隱的聲音：「真是這樣？你只知道這些？星辰？」

「預知畫？居然有這種東西？」神谷小夜子之前去過一次李隱的房間，在他房間的沙發下安裝了竊聽器。身為偵探的她，這種東西是一直都帶在身上的。

「一定要得到那個預知畫！」小夜子下定了決心。

「這個人，就是蒲深雨。」留著長長的鬍鬚、不修邊幅、穿著一件休閒衫，看起來三十五六歲的情報販子黎焚將一張照片遞給了李隱。

「不過，樓長，你調查她有何目的？」黎焚將頭撐在牆壁上，有些懶散地對李隱說：「難道是要追查之前被殺害的敏的死嗎？」

李隱希望自己追查敏的死這一件事情，知道的人越少越好，他對卞星辰的解釋並沒有完全相信。雖然星辰的話，邏輯上可以解釋得過去，但李隱總覺得不太對勁。所以，他希望接下來能夠多監視這個人。

另外，到目前為止，連蒲深雨的照片也沒有一張，而蒲靡靈在和蒲緋靈分別後發生的事情，也需要調查出來。所以，他就只好拜託新住戶，情報販子黎焚了。黎焚是一個超級駭客，有著超一流的搜集情報能力。李隱拜託他以後，他很快就搞來了這張照片。

這是深雨十二歲時的照片。因為她在自己身世暴露後，沒有留下任何一張照片，已有的照片也全部銷毀了，這張照片是以前登在網上的。

根據調查，深雨今年過了生日後，就滿二十歲了。估計相貌相差很大，靠十二歲時的照片能否認出她來，李隱也無法完全確定。

李隱把照片放在桌上，給子夜和星辰看。

「怎麼樣？」李隱對二人說，「這張照片，也是好不容易才弄到的。」

星辰抓起那照片，瞪大了眼睛仔細看著。這個女人，讓自己不得不手染鮮血殺人的女人，卻也是讓自己有了生存下去的希望的女人，對她充滿著矛盾情感的女人……星辰一直在想，這樣一個將人性玩弄於股掌之間的女人，會是怎樣的容貌？如今真的看到了，卻完全出乎他的意料。

「好漂亮的女孩子……」他不禁脫口而出，「真的，真的好漂亮……」

看到這張照片的時候，星辰不知道怎麼的，無法恨起她來了。因為，他在這張照片上，看到的她的眼神，和過去的自己很像。尤其是……在失去右眼的時候。

如果不是因為進入了公寓，他現在還會因為右眼的失明而憎恨著哥哥吧。她也和自己一樣嗎？不被自己的母親所愛，不被自己的母親所需要……不是和自己很像嗎？

當初，如果母親選擇優先治療自己，右眼也許就有康復的希望了，他也就不會變成一個「獨眼龍」，而如果不因為失去了右眼而陷入痛苦，無目的地在街上飛奔發洩痛苦，也就不會跑進這個住宅區，從而進入這個公寓了……

她是抱著多麼痛苦的心態，才會讓自己去殺死母親的呢？她的眼神，比自己想像的更加孤獨和痛苦。

星辰忽然由衷地產生了一個想法。他很希望可以見一見深雨。無論用什麼樣的方式，他都希望可以和她見一面。

「我說，她漂亮與否不是重點吧？」李隱拿過照片，「現在的問題是，我們需要找到她，也要查出敏的死是否和她有關。還有，星辰，你給我的畫，我也看過了。」

李隱已經和星辰提及，他們現在住的房子是蒲靡靈以前住過的房子，也許會留下他的畫。星辰考慮了一番後，將畫交給了他們。以李隱的智慧，也許可以研究出來。

「你研究出來了嗎？」星辰立即急切地問。

「有一個很重要的線索。其中有一張畫，畫的是一個女人將一封信放入信封內，而我判斷，那個女人，就是死去的任里昂！因為畫上的信封和桌子，都和日冕館地下室完全一樣！」

星辰和子夜都沒有去過日冕館，所以不知道，但聽李隱那麼一說，頓時都明白過來……這的確是貨真價實的預知畫！

也就是說，蒲靡靈果真也有著畫出預知畫的能力！而如今這一能力隔代遺傳給了深雨。

「這究竟是怎麼一回事呢？」星辰非常不解，「公寓擁有著那麼可怕的、無所不能的影響力，為何會出現蒲靡靈這樣的人？按照你們的說法，是魔王賦予了蒲靡靈這一能力？」

「這一點也只是猜測罷了。」子夜將那張照片拿過來仔細看了看，說道：「但是可以肯定，照片上的這個女孩，蒲深雨，繼承了這個能力。」

「星辰。」李隱正色地看著卞星辰，說道：「我再次強調一遍，預知畫的事情，絕對不能夠再有人知道了，你明白了嗎？」

「是，我，我知道了。」雖然嘴上那麼說，但是星辰的心，已經完全在那照片上的少女身上了。有沒有辦法可以找到她呢？她打來的電話，都無法顯示來電，即使去電信局調查也查不出。可見她是使用了改裝後的特殊電話，但是，難道她有這樣的能力，可以進行這樣的改裝嗎？

而且，她一個行動不便的人，是如何做到離開孤兒院獨自一人生活的呢？想來想去，有某個人在幫助她的可能性非常高。

那麼，誰會去幫助她呢？難道是她的那個姑婆，蒲緋靈嗎？對，很有這個可能。

「李隱，」星辰說出了自己的推測，「那個蒲緋靈，我認為也需要調查一下，她也許知道深雨在哪裏呢。可能深雨從孤兒院逃離，就是在她的幫助下實現的。」

李隱其實也早就想到過這一點，所以回答道：「我的確也考慮過這個可能性，但我不能讓黎焚對她進行進一步的調查，因為我擔心他深入調查下去，就會發現預知畫的存在啊。」

這時候子夜忽然說道：「聽起來，你似乎認為，深雨身邊還有一個同盟嗎？」

「嗯，是啊。她一個人生活的話，也會很麻煩吧，經濟方面，她有錢嗎？還有……」

李隱也表示贊同：「的確，如果可以查出她的同盟，那個同盟也許並沒有隱藏在暗處，可能是蒲緋靈，也可能是其他我們還不知道的人……」

三個人討論到這一步，李隱發現，當前最重要的是找到深雨，否則說什麼都沒用。

星辰說：「深雨失蹤後，孤兒院也報了警，但警方查到現在，也沒什麼進展啊。」

李隱說：「那是自然的，她留下紙條，說明不是綁架而是出走，員警會對這種案子上心才怪。」

子夜說：「她會是住酒店還是旅館呢？或者租公寓住？」

李隱說：「很難說啊，任何一種情況都有可能。不過我傾向於租公寓住，畢竟她可能需要一個長期固定的住址……」

討論到這裏，大家開始有了同一個想法。

「房屋仲介！」

「嗯，很可能是通過房屋仲介租到房子的吧？」

「反正我不相信她是買房的，這年頭房價漲成這個樣子，是想買就能買的嗎？」

「的確，天南市這幾年房地產發展很快，房價也是逐日攀升……」

「好！那就去房屋仲介調查一下！」

不過，如何調查呢？房屋仲介的話，在天南市不知道有多少家公司。而且就算找到了，對方也未必會給他們確切資料啊。

「李隱，」子夜忽然對他說，「能不能找你媽媽幫忙呢？你母親的楊氏家族，不是也有經營房地產業嗎？」

李隱媽媽的娘家確實是一個堪稱豪門的家族，雖然在天南市不算首富，但是經營範圍很廣泛，正天醫院只是楊氏家族的產業之一。李隱的兩個舅舅，都在經營房地產業。

如果媽媽出面去求舅舅幫忙，雖然可能會花點時間，但是查出來，還是大有希望的。

「好吧，我去試試看。」李隱決定使用這個策略，「不過和媽媽解釋起來有些困難，而且，不說這個，即使舅舅願意幫忙，要查出來估計也很難，畢竟房產仲介公司太多了。」

這一點，確實非常讓人頭痛。

「總之，我先試著去和媽媽說說看吧。再過兩天，星辰你就要去執行血字指示了，這一次，你們六人最多也是第三次執行血字，我估計難度不會太高。總之，你要盡可能小心。」

「嗯，我，我知道。」星辰雖然那麼回答，但是一想到那個六號林區距離幽影山谷那麼近，心裏就感覺到極度不安。但隨即他又安慰自己，血字指示是針對所有住戶的，不可能只安排對他不利的血字吧？也許，只是一個巧合罷了。

深夜，李隱家中。

「小隱？子夜？」當楊景蕙打開門，看到李隱和子夜站在門口的時候，不禁又驚又喜，連忙說道：「小隱，你難道打算搬回家來住？」

「這個，我還要在外面住一段時間……」

在客廳內，父親李雍見到李隱和子夜，也是微微一怔，然後問道：「回來了？你還打算在外面住多久？既然你和子夜那麼相愛，不如結婚吧？」

「爸……」李隱搖搖頭說，「我們暫時還沒有結婚的打算……」

「你也差不多可以成婚了。好了，你們兩個吃過晚飯沒有？」

「嗯，吃過了。」李隱簡短回答了以後，看向母親，說道：「媽……我有事想找你幫忙。」

李雍的目光，則一直集中在子夜身上。而他發現，子夜似乎也一直看著他。

「伯父。」她走過來說，「我想和你談談。是關於我母親的事情。」

「青璃？」

李雍說出這個名字的時候，楊景蕙就有些不舒服。當初，丈夫在外面有女人的事情，她也有耳聞。那時她確實無法忍受，但心裏認為，這只是男人的逢場作戲罷了。如果丈夫拋棄她，等同於拋棄正天醫院，李雍該比任何人都清楚這一點。更何況他們已經有了小隱，難道他能忍心那麼做嗎？

這件事情，她一直都瞞著李隱，因為李隱那時候還很小，根本不懂事，所以也沒留下什麼記憶。後來，那個女人死了，所以這件事情也就不了了之了。但是，李雍卻為此大受打擊，極為痛苦，掙扎了很久之後，才重新開始振作起來，處理醫院的事務。

如果子夜真的是那個女人的女兒的話，這的確讓她很不舒服。她聽說那個女人認識丈夫時，是一個帶著女兒的寡婦，莫非那個女兒就是子夜嗎？當時她就認定，那是一個道德敗壞、破壞別人家庭的下賤女人。所以她此時看著子夜的眼神，也有點不太友善了。

「好吧，你跟我到書房來吧。」

看著李雍和子夜走上樓去，楊景蕙恨恨地看著二人的背影，對李隱說：「小隱，你知道子夜的家庭背景嗎？她為人如何？」

「家庭？她父母都是大學教授，在她小時候都去世了，她人真的很好啊，雖然性格有些冷，不過她是個很善良的女人……」

「好了，別說了！」楊景蕙打斷了兒子的話。

大學教授的女兒？對，聽說那個女人的確是大學教授，當年她就感歎教育界世風日下。她內心開始腹誹起來了，雖然她不是一個不開化的人，但是，真的要讓兒子娶那個女人的女兒嗎？

到了樓上書房，李雍和子夜走了進去。隨後，李雍將書房的燈打開，問道：「你說有你母親的事情想和我談，那是什麼事情？」

「我想問的事情很簡單。」

子夜看著李雍，說道：「伯父你……曾經愛過我母親吧？你知道我母親的真正死因嗎？」

李雍並沒有太意外。他早就料到子夜可能會來問這個問題。

子夜繼續說道：「雖然大家都說我母親是病逝的，但我始終懷有疑慮。我母親為什麼會好端端地心臟麻痹而死？她以前沒有這樣的病史。只不過一直沒有證據，所以我也就只有作罷，但這個疑慮一直存在於我心裏。」

「你知道多少？」李雍仔細看著子夜的表情，問道：「你對你母親的死，知道多少？」

「我不知道。但是，伯父，你應該知道我母親的姐姐嬴青柳吧？她當年是你們醫院的醫生，她是在正天醫院被殺害的。母親當時一直在調查這個案子，而青柳姨媽的死到現在都是一個懸案。」

「李院長，你……是不是知道些什麼？」

## 2 同步的預知畫

「我不知道。」李雍很乾脆地回答子夜，「你知道的，我都知道。你不知道的，我也不知道。」

子夜感覺到，李雍在撒謊。但是，如果他堅持那麼說，自己也無從反駁。

「我明白了。」她也不再追問，「也許是我想太多了吧。」

走出書房後，子夜慢慢地走下樓梯，對李雍的回答，她並不怎麼意外。事實上，那麼多年過去了，恐怕也查不出什麼來了。

來到樓下，李隱已經出來了。他走過來對子夜說：「我已經和媽媽談好了，希望能夠儘快有收穫。子夜，你和我爸爸談了些什麼？」

「沒什麼。」子夜搖了搖頭說，「聊了聊關於我母親的事情。」

當晚，二人住在李家，第二天才回到了公寓。

住戶們則是各自做著準備，等待著這一次血字指示。

血字指示當日，五月一日到來了。確切地說，是剛過了五月一日的凌晨零點時分。

六號林區，此刻完全是一片寂寥。雖然距離旅遊勝地幽影山谷非常近，又在宛天河流域內，但是整個林區內空無一人，也沒有守林人的蹤跡。

公寓住戶們如此輕易就進入了市政府規劃的林區內，只能說還是公寓的影響力作祟啊。

六號林區非常廣闊，種植了大量樹木，其中以槐樹、梧桐為主，還有大量的植被和爭奇鬥豔的繁花。然而，越是進入林區深處，就越感覺荒蕪的地帶很多。

「我們離第一座橋，還有大概一公里的距離。」慨歎著六號林區的面積之大，走在一片樹林中的皇甫壑，回過頭對大家說：「最後再問一句，大家都決定去取地獄契約碎片吧？即使鬼很可能在那裏也無所謂？」

「公寓不可能安排必死之局吧？」神谷小夜子首先開口道，「那麼，橋那裏也不會有必死的陷阱。」

「我也那麼想，」吉天衍也說，「反正這個林區不可能有真正安全的地方。到那個地方去，說不定可以看到公寓的生路提示。」

至於眼鏡青年方有為和哈韓女蕭雪，則沒有什麼主見，聽皇甫壑那麼說，而第三次執行血字的卞星辰也默認了這一點，所以自然也就不說什麼了。

而這兩天，大家也沒有在六號林區查出進一步的線索。而每個人都對敏的死很忌憚，所以都作了相應準備。當初金德利說，敏喜歡披頭四的搖滾樂，雖然那時候的金德利已經化為惡鬼，他的話沒辦法全信，但試一試也好，大家都在手機裏下載了披頭四所有專輯中的音樂。

星辰不時注意著自己的手機，等候著深雨發來的彩信。無論如何，他都希望深雨可以信守承諾。畢竟……那是他手染鮮血，才換來的生機。

神谷小夜子的手上拿著指南針，大家都緊跟著她。在知道神谷小夜子在日本國內的多次破案記錄後，每個人都把這個才二十一歲的女孩子當成了神人。她在日本國內破獲的案件，九成九以上都成功地將犯人起訴，讓大家不得不相信，這世界上的確存在著神探。

眼前的樹木實在是非常密集，導致視線都有些受到影響，沒有指南針的話還真的很難確定方向。神谷小夜子在走路的時候，也不斷注意著四周的動靜。樹木那麼多，確實是鬼魂躲藏的絕佳場所啊。而且現在還是凌晨時分，這氣氛簡直可以直接去拍恐怖片了。

越是向前，這種感覺就越強烈。每個人都不由自主地向身邊的人靠近，不敢脫離大隊伍，目光不斷看著周邊的樹木，甚至好幾次有人因為心理暗示的作用，感覺看到了鬼。可是實際上什麼也沒有。

而方有為因為一直盯著後面看，結果走著走著，竟然撞在了一棵梧桐樹上，整個人一下跌倒在地，狼狽之極。他立即爬起來，窘迫地說：「啊，好，好痛……」

吉天衍走了過去，將他扶了起來，問道：「你沒事吧？」

「嗯，沒事，沒事。」

蕭雪也走了過來，說道：「你小心點嘛，真是……啊！」她發出一聲大叫，把大家都嚇了一跳。可是卻沒有鬼出來。

「怎麼了？」皇甫壑問蕭雪，「你為什麼喊？」

「死，死老鼠……」

蕭雪指著那棵梧桐樹的樹根部分，躺著一隻碩大的死老鼠，看著確實很噁心。

「拜託，你別嚇人好不好？」方有為恨恨地說，「又不是鬼，死老鼠而已，你這一叫，萬一把鬼給引來了怎麼辦？」

「可是，可是……人家害怕啊……」

「你搞清楚，」皇甫壑嚴肅地看著蕭雪，「恐怖的事情還在後面，蕭雪，我警告你，你如果下次再做出不妥當的舉動，將大家置於危險境地的話，別怪我們拋下你！血字指示是非常殘酷的，我不會對拖累大家的人施予援手！」

「是……是的，我知道了……」蕭雪低下頭去，看起來感到很難堪。

隨後大家繼續趕路。又走了大概二十分鐘，終於看見了一片開闊地帶，一條長河出現在面前。這正是宛天河，而河岸上，有一座木橋。河岸高大概六七米，木橋則有二十米長。

「這是我們找到的第一座橋。」神谷小夜子來到橋的一端，「那麼，開始挖吧。找到契約碎片的人，就自己收起來吧，如果被大家知道，必定會引起紛爭，我不希望沒有遇到鬼的時候，大家就自相殘殺。嗯……大家先在附近挖挖看，注意聲音不要太響，同時隨時注意周圍的動靜，不要鬼走到了面前都沒有發現。」

而大家此刻都在想一個問題，血字指示說得很模棱兩可，只是說埋在地下，但埋得有多深呢？取出事先準備的鐵鍬和鐵鏟，六個人就在附近開始挖起來。而在挖的同時，大家也都在注意著橋的另外一端，和那片茂密的樹林。

此刻，在深雨家中。

深雨已經開始作畫了。現在雖然是凌晨時分，但她的頭腦卻很清醒。因為，阿馨的水果刀正架在她的脖子上。

「深雨小姐……」她的臉湊近深雨，說道：「好好畫哦，還有，發彩信的時候，可別發多餘的內容啊，不然，啊呀，你這脖子那麼漂亮，添加一道血痕，你說是不是很難看呢……」

「我，我知道。」深雨的畫筆有些顫抖，但她絲毫不敢停下。

「嗯，乖，只要聽主人的話，就不會有事了嘛……」說著說著，阿馨忽然張開嘴巴，伸出滑膩的舌頭，開始舔起深雨的臉頰來。

那舌頭不斷在深雨的臉上滑動，讓深雨感覺一陣陣的惡寒。

「不……不要……」

儘管伸著舌頭，阿馨還繼續說著話，只是音調變得無比怪異：「什麼不要？你可是主人最喜歡的藝術品啊，阿馨要為主人好好地看著你，直到主人徹底擁有你、侵犯你，然後解剖你的那一天到來……」

深雨感覺到無比屈辱，甚至可以說，比當初敏和孤兒院那些人羞辱她的時刻更加痛苦。而雙腳無法行走的自己，根本沒有辦法打得過阿馨，她可以輕易地玩弄自己。這兩個變態是怎麼聚到一起的？

深雨知道自己必須找到逃離這兩個變態魔掌的辦法。然而目前她還做不到，沒有辦法行走是一個很大的問題，所以必須有人幫助她才行。

但是，深雨和住戶的所有聯繫現在都被阿馨監控著。這個變態女人時刻監視著自己，一旦發現自己有異動，就會立即對自己下手。深雨毫不懷疑，阿馨能夠沒有任何心理負擔地殺了自己，她和慕容蜃這種變態，都沒有絲毫人類的正常感情。

終於，最後一筆劃完了。

水果刀這才拿開了，阿馨看著那幅畫，對深雨說：「好美麗的畫啊……真讓人感覺神往……真羨慕主人，能夠住在公寓，可惜我要監視你，否則我也真想住進去啊……」

深雨費盡全力才壓抑住自己想要嘔吐的衝動。她想，也許自己該研究一下變態心理學了。和變態交流真是這世界上最痛苦的事情了！慕容蜃和這個女人到底是受了什麼刺激，心理變態到這種程度？為什麼她感覺，這兩個人比自己更像是惡魔的鬼胎生下來的？

不過，深雨仔細想了想，變態？她真的有資格指責這兩個人嗎？她以前對住戶的所作所為，和變態又有何區別呢？夏淵、夏小美這些人和她無冤無仇，但為了這個人性實驗，為了體驗慕容蜃所說的「美麗世界」，她用最殘忍的方式殺害了他們，雖然沒有親自動手，但卻比親自動手還要沒有人性。

當李隱為了子夜，不惜消除掉三次血字指示的時候，深雨內心最深處受到了震撼。她開始相信，人性也有著美好的一面，並不是只有將他人變得扭曲，才可以讓自己變得美麗。慕容蜃所說的話，只是他陰暗的心理使然罷了。人的善惡，哪是能如此涇渭分明的呢？

如果，當初不是慕容蜃，而是李隱這樣的人出現在她面前，或許她就不會犯下那麼多的罪孽，傷害那麼多無辜的人了。

她看著眼前那幅畫，心中默默地說：卞星辰……你一定要活下去啊，如果你能夠活下去，也算是我的贖罪吧！

六個人挖了很久，依舊沒有挖出任何東西來。

當然，每個人都懷疑，別人是否可能私藏。但是，一邊注意有沒有鬼，一邊注意有沒有人私藏碎片顯然不現實。畢竟，目前保命是第一位的。

星辰又是一鐵鍬下去，忽然感覺到胸口的振動。他立即取出手機，果然是未知來電的彩信！太好了！

星辰立即將彩信打開。裏面果然是一幅油畫。畫上，是一片茂盛的密林。天空一片黑暗，而畫的中央……則是一個滿頭白髮，臉上滿是鮮血，面孔凹陷到可以見骨，身上穿著一件壽衣的老婦人！看到那老婦人的形象，星辰不禁感到身體發顫。

這個老婦人在什麼地方？到處都是樹林，看起來根本沒有什麼區別。而且，畫上也看不出血字生路啊。不過，似乎這個鬼並沒有化身為住戶，也不是隱形的鬼。最重要的是，這個鬼不是敏。敏再怎麼樣也不會變成一個老婦人吧？

星辰回頭看著另外五個人，又重新看了看這條彩信，忽然……他發現了一件事情。這個發現讓他感到毛骨悚然！

老婦身旁是一棵梧桐樹，而那棵梧桐樹的樹根部分……正躺著一隻碩大的死老鼠！這個老婦人竟然就在剛才他們路過的地方！

他立即將目光看向身後的密林！看到那隻死老鼠，然後來到這條河邊，他們只用了二十分鐘的時間啊！

逃！必須要馬上逃！他對深雨的預知畫，深信不疑！但是，預知畫的事情自然不能告訴另外五個人。但是怎麼對他們說要逃走呢？星辰想到了一個辦法。

他立即對那五個人說：「不，不好了！我，我剛才挖的時候，忽然看見一隻手從泥土裏伸出來，差一點抓住我的腳！後來，又縮回去了！」

這句話一出，每個人自然都嚇得面無人色，哪裏會去追究星辰的話的真假，大家立即跑上木橋，朝著另外一頭奔去，星辰反而是最後一個跑上木橋的人了！

雖然契約碎片重要，但誰還敢逗留在這裏？

星辰也不知道，預知畫的場景和現實有沒有時間差，是預知還是直播？如果是預知那倒還有時間……不過，不太可能是預知。

因為之前星辰和深雨通過一次電話，她明確告訴他，如果是在血字指示進程中畫出的畫，那麼，預知畫和現實的時間差幾乎可以忽略不計。基本上，在畫完油畫後，畫中的場景就會在現實中出現！鬼的速度，可能比人慢嗎？也就是說那個老婦人正不斷逼近他們！而且也不知道這是不是深雨剛畫完的。

在木橋上逃的時候，星辰不斷地朝後面看去，他真怕會看到那個穿壽衣的老婦人出現！

同一時間，深雨開始畫第二幅畫。

「一定要活下去啊，星辰……一定要活下去！」

沿著宛天河，六個人跑了很長一段路，才敢停下來。之所以沿著河跑，也是為了便於到達鄰近的木橋，可以從地面中挖出契約碎片。畢竟，宛天河的流域沒有太多支流。

神谷小夜子不斷看著河對岸以及後方，雖然沒有鬼出現，但這不代表身邊就沒有鬼。何況，如果星辰的話屬實，也許鬼就在地下。

在這幽靜漆黑的夜空下，每個人都感覺到渾身寒意叢生。畢竟其中四個人都是首次執行血字指示，蕭雪甚至幾乎要嚇哭出來了。

而事實上最緊張的人，是卞星辰。那個身穿壽衣、滿臉是血的白髮老婦人，也許現在正在接近他們！他祈禱著深雨能夠儘快再畫出新的預知畫來！

「我們接下來要小心，」神谷小夜子定下心神說，「公寓一般只有給出了生路提示才會讓鬼展開殺戮，也就是說，也許生路提示已經給出了。我們仔細回想一下之前經歷的事情，也許可以找到生路線索。」

話雖然是那麼說，但大家不管怎麼絞盡腦汁，也想不出公寓給了什麼提示。而且，這次血字指示一共兩天的時間，才剛進入六號林區，居然就開始了第一輪的攻擊？

「會不會是我們接近了橋？」皇甫壑提出了這個設想，「例如，我們接近了橋，經過一定時間後，鬼就會從泥土中伸出手來。你們認為有沒有這個可能呢？」

「嗯，有可能。」神谷小夜子也有些贊同，「也許在那裏挖到一定時間，就有可能觸發死路。」

聽到這裏，大家都內心一顫。那麼不是代表著去木橋邊挖契約就是自尋死路？

「要不要聯繫一下李隱樓長？」蕭雪說，「也許樓長能夠有他的見解。我們……」

「不，暫時還不需要。」神谷小夜子搖了搖頭，「目前線索還不足，我們不能事事都只依賴李隱樓長。」

一陣風從樹林中吹來，頓時大家都打了一個寒噤。

不用任何人催促，大家又開始走了起來。當然也並沒有飛奔，畢竟要節省體力，等鬼真的出來了才能夠逃走。

星辰估計了一下逃走的距離，雖然不知道那個鬼老婦要花費多長時間才會追上來，而且現在血字指示剛開始，可能不會立即展開殺戮，但本能的恐懼還是促使他不斷提速，並始終注意身後。

六個人中，神谷小夜子和皇甫壑都是一副若有所思的樣子，星辰則是只看著手機等候深雨的簡訊，方有為和蕭雪跟著大隊伍走，吉天衍則不時摸著他的鬍鬚。

大家都各懷心事。除了害怕鬼以外，也有人在考慮另外一個問題。會不會有人已經取得了地獄契約碎片？

搜身這種事情是不能發生的，因為這對每個人都是不利的，何況對方也不會乖乖配合。更重要的是，現在鬼隨時可能接近他們，內訌是極為不利的。這也是大家默許拿到碎片私藏的原因。

沿著宛天河又走了一段路，也沒有出現鬼，大家漸漸有些放鬆下來。星辰則還是一直盯著手機，他不知道深雨是否接收到了預知在畫畫？畫完了會不會發過來？

「你看手機的次數是不是太頻繁了？」忽然神谷小夜子湊到星辰身邊，說道：「看時間的話，你手上的錶就夠了吧。」

星辰嚇了一跳，他都沒注意到她是何時跑到自己身邊來的。

「嗯，我，我習慣用手機來看時間……」

「你一分鐘平均要看手機三次。真奇怪啊，有那個必要嗎？」

星辰聽得後背發涼，這個女人的洞察力也太可怕了吧？她不去注意鬼，反而注意自己一分鐘看幾次手機？

「卞先生。」神谷小夜子繼續說道，「算起來你是我們中執行血字次數最多的人了，這是你第三次執行血字指示。你有沒有什麼經驗？」

經驗？哪裏談得上經驗。第一次血字，是因為阿相救了他才僥倖逃生，第二次血字，是撞大運恰好戴上了生路頭盔。可以說，他能活到現在，說是奇蹟也不為過。

這也就是他不惜殺掉敏，也要換來預知畫的原因。和這種永無止境的恐怖相比，殺人帶來的罪惡感，就實在是微不足道了。

「神谷小姐，我沒有什麼經驗。前兩次血字，我能夠活下來……」

「是因為幸運嗎？」神谷小夜子觀察著星辰的神色，她通過竊聽知道，星辰瞭解預知畫的存在。

和李隱一樣，她並沒有完全相信星辰的解釋，她更偏向於認為，星辰和深雨有過更進一步的聯繫。

但李隱沒有進一步逼問他。恐怕理由就在於，想通過這一次血字指示來對星辰進行試探吧。如果星辰可以最先發現生路並活下來，那他的嫌疑就很大了。

神谷小夜子對他反覆看手機這一點，產生了懷疑。為什麼他一直看著手機？是在看時間，還是在等電話和簡訊？

這個時候，前面又出現了一座木橋。

大家都站定了，屏住呼吸看著眼前的木橋。

「挖不挖？神谷小姐？」吉天衍看向神谷小夜子，問道：「如果按照你的推論，那我們……」

「挖。」神谷小夜子毫不猶豫地說道。

「公寓不可能給出必死之局，也就是說一定有能夠拿到契約碎片的方法。還是老樣子，繼續挖吧。如果發現情況不對，立即逃走。」

「這不太妥當，」皇甫壑不太贊成，「神谷小姐，你的想法似乎不對吧。我們都不知道公寓在木橋兩端是否佈置了什麼可怕的陷阱，繼續去挖顯然不明智。至少我們也要查清楚……」

「是啊，我也很怕，萬一伸出一隻手來……」蕭雪畏畏縮縮地站在方有為身後，說道：「要不，我們先別挖了吧……」

對於首次執行血字指示的人而言，就算沒親眼看到，只是想像一下，也能夠被嚇得魂飛魄散了。

蕭雪看起來膽子極小，一隻死老鼠都能夠把她嚇得大叫，更別說是鬼了。

星辰自然是希望繼續挖的，但他也擔心身後的鬼老婦會不會立即追來。何況，這個鬼會不會感知位置、瞬間移動，都是未知之數。

大家僵在這裏，一時間不知道該怎麼辦了。

挖，還是不挖？

「這樣吧。」神谷小夜子提出一個折中方案。

「願意挖的人留下來挖，一旦出現什麼情況後果自負。不願意挖的人，可以留在一邊看也可以先向前走。怎麼樣？選哪一個？要知道，這可是關係到執行魔王級血字指示的重要道具，地獄契約啊。」

地獄契約，誰不想要？現在已經發佈到第四張碎片了，將來再有三張，就能夠去執行魔王級血字指示，永遠離開這個公寓了！

對於十次血字感覺絕望的住戶，自然對地獄契約視若珍寶。如果被其他人拿去，當然很不甘心。大家都開始猶豫了。

這時候最著急的是星辰，他不停看著後面。那個鬼老婦會不會已經接近他們了？他希望儘快離開，可是大家都不走，他也不敢走。畢竟一個人走在這麼可怕的林區，想想都能夠精神崩潰。

而深雨已經快要把第二幅畫畫好了。她發現，最近的幾次預知畫，都畫得比較晚，上次送信的那次血字，她也是較晚畫出來的。

一如之前她所想的，這個能力似乎更類似於是一個詛咒。而近日來對血字預感的變化，深雨是感覺很不安的。如果這是一個詛咒的話，那會對自己造成什麼傷害呢？繼續使用這個能力會對她的未來產生怎樣的影響？她希望能和那個還活在這個世界上的姑婆接觸，然後希望能夠得知，她究竟……為什麼會獲得這個能力？她和公寓究竟有著什麼關係？

如果她的出生並非毫無意義的話，那麼，必定和那個公寓有著什麼關聯。她希望找出這個關聯，也許那樣，就可以找到讓自己生存下去的理由。無論那是什麼……

星辰的手機振動了。他立即將新發來的彩信點開！新的彩信，依舊是那個滿頭白髮、穿著壽衣的老婦，只是，老婦的雙眼變得更加可怕，完全是一片血紅，並且雙手向前伸出，似乎要抓住什麼一般！那充滿怨毒和陰冷的氣息，即使透過畫也能讓星辰感覺得到！

而老婦此刻，正站在一座木橋上！木橋後面，隱約可以看到之前他們挖出來的坑！這個鬼，現在就在之前的木橋上面！

星辰剛要關掉彩信，忽然他的手被死死抓住。那隻手，是神谷小夜子的。

「神……」星辰還來不及說話，神谷小夜子已經看到了那條彩信。看完之後，她立即鬆開了手。

「神谷小姐，你這是做什麼？」

皇甫壑不解地問道：「為什麼抓住他的手？你剛才看到了什麼？」

「沒什麼。」神谷小夜子卻是一副裝蒜的表情。

但是，皇甫壑是何等精明的人，他也感覺出了問題，他馬上走過去，說道：「給我看看。你們是不是在密謀什麼？」

雖然現在這裏距離之前的木橋有很長一段距離，但是星辰此刻根本不敢放鬆。這個鬼老婦隨時有可能追上來啊！他根本沒時間和皇甫壑糾纏，剛想要辯解，就看見皇甫壑的手已經向手機抓來！

星辰連忙躲閃，他怎麼能夠讓這個救命的手機被搶了去！

然而皇甫壑的速度卻超乎了星辰的想像，他一下將星辰撲倒在地，去搶奪那個手機！

「這是……彩信？這是什麼？」皇甫壑抓過手機，他看到了那幅油畫！而其他幾人也圍了過來！

「這張照片是什麼？這，這不是我們剛才經過的橋嗎？」

「不對，仔細看，這不是照片，是油畫……」

吉天衍等三人仔細看過彩信，狐疑的目光都集中到了星辰身上。而神谷小夜子也沒想到大家會立即注意到此事。

「解釋一下吧，星辰。」皇甫壑冷冷地說，「這幅畫是怎麼回事？」

「我……」星辰一時語塞，他也不知道該怎麼辦才好了。畫被人看到了，接下來該怎麼自圓其說呢？這麼一來，自己和深雨交易的事情，等於是曝光了啊！但是他的確沒有時間在這裏繼續糾纏了，那個鬼隨時會接近這裏啊！

「我……這畫是，是……」星辰吞吞吐吐的，不知道該如何回答。難道他說這畫是他自己閑著無聊畫的？騙三歲小孩子啊？

「這幅畫太逼真了吧，好嚇人。」蕭雪看著那條彩信說，「怎麼能夠把畫畫得那麼逼真？太不可思議了吧？」

「這畫是真的嗎？」吉天衍忽然問道，「這幅畫的內容，難道是真實發生的？」

神谷小夜子看著圍上來的眾人，眼珠轉動著，有了打算。她忽然飛起一腳，踢飛了蕭雪手上的手機！然後一把抓起卞星辰，跳將起來接住那手機，對他喊道：「跑！」

隨後，神谷小夜子就和星辰一起逃入了密林中！

皇甫壑立即大喊：「追！一定要追上那兩個人！」

星辰也不得不跟著神谷小夜子跑，因為手機在她手上！

「你……」他一邊跑一邊問，「你到底盤算著什麼？」

「別多說，快逃！」她捏著手上的手機，她很清楚……這個手機，關乎這次血字指示的生死！

深雨發現，她繪畫的速度似乎開始變快了。從產生預感，到勾勒線條，然後上色，速度比平時快了數倍。而且預感越強烈，畫得也就越快。

阿馨似乎也有些在意這個變化，她說：「畫得好快啊，你這是怎麼了？深雨小姐？」

「我也不知道。似乎是發生了什麼變化。我……」

密林深處，神谷小夜子和星辰正飛奔著。

一切都發生得太快，星辰根本無法理解發生了什麼事情。而神谷小夜子則不時回過頭去看後面，皇甫壑沒有能夠追上來。這也難怪，天色那麼暗，密林中樹木又如此之多，要甩掉他們並不困難。

「你……」星辰喘著氣說，「你到底想怎麼樣？你……」

「好了。」她停下了腳步，看向星辰，說道：「現在雖然情況比較麻煩，不過，沒關係……」然後，她拿著手機，又對星辰說：「這幅畫對你很重要吧？還有，你別想硬搶手機啊，別看我是個女孩子，我可是練過空手道的。」

星辰怒視著神谷小夜子，說道：「你想讓我告訴你那畫是什麼？」

「我大致知道這畫是什麼。不過我想知道這畫需要在什麼樣的情況下會發過來，還有就是，你是和發彩信的人達成了怎樣的協定。這些我都希望能夠知道。」

星辰開始考慮，要不要把一切告訴眼前的這個女人？如果說了的話，會怎麼樣？目前看來，要隱瞞住預知畫的事情很困難，到時候，萬一所有住戶都知道這件事情的話，會變成什麼樣？只怕所有人都希望能夠和深雨聯繫，大家都會拚盡一切來獲取預知畫！說不說，也許都一樣了。

與此同時，皇甫壑等四人也在密林中搜尋那二人。

「那幅畫到底是什麼？神谷小夜子那麼緊張？」吉天衍百思不得其解，問皇甫壑：「皇甫先生，你知道些什麼嗎？」

皇甫壑哪裏會知道，他搖了搖頭：「不知道。我也不明白這一切究竟是怎麼一回事。」這時，他忽然大聲說：「等一下，方有為呢？方有為去哪裏了？」他回過頭，只看到了吉天衍和蕭雪，方有為不見了！

難道是因為跑得太快，而樹林又七拐八繞，他跑丟了不成？

「不會吧……」皇甫壑立即取出手機，撥打了方有為的手機號碼。

此刻，方有為在密林中迷路了。他跟丟了大部隊，已經嚇得魂不附體，聽到手機鈴聲，立即取出來，說道：「喂喂喂，皇，皇甫先生……」

「你現在在哪裏！」皇甫壑對著手機說，「你沒有追上我們？」

「對不起……我的運動一直都是弱項……」

「你現在在哪裏？」

「哪裏？周圍都是樹啊，看不出有什麼分別……」

方有為身上沒有指南針，根本無法辨明方向，現在是黑夜，也沒有辦法根據太陽的位置來進行方位判斷。在這麼可怕的密林中，只有一個人的話……

皇甫壑緊咬著牙關，說：「走，我們去找他！快！」

可是，吉天衍卻不願意，他說：「我打算去找卞星辰他們。我總感覺那畫，說不定是公寓的某個生路提示，不，也許是星辰獲得的某個可以度過血字的特殊方法。他以前度過了兩次血字，也許發現了公寓的什麼秘密也說不定呢。」

「你呢？蕭小姐？」皇甫壑看向蕭雪，問道：「你也不去找方有為？他現在落單了，是被鬼襲擊的最佳人選啊！」

然而蕭雪卻擺著手說：「我……我不知道，別問我……」

皇甫壑對著手機另一頭說：「方有為，你試著回頭走走，看能不能到河岸邊？」

「我……我根本分不清方向啊，皇甫先生，我該怎麼辦……」電話那頭的他都快急哭了，「我不想死，我不想死啊……」

這段話，猶如重錘一般敲擊在皇甫壑的心頭。當初，母親也是如此對他哭訴的：「壑，我不想死，我真的不想死啊，你要相信我，真的是鬼，真的有鬼存在於這個世界上啊！」

皇甫壑緊緊捏著手機，下定了決心，他對方有為說：「待在原地別動！我來找你！」

他不想再看到有人被鬼殺死了……為了母親的願望，不，為了讓母親的冤魂能夠得到救贖，他一直都為了這個目標而努力著，就是為了能夠證明，這個世界的確存在著鬼。證明……母親沒有說謊。

皇甫壑的父親在他五歲的時候就去世了，他的父親是一名海員，在出海捕魚的時候，遭遇暴風雨，結果死在了大海中。

母親在父親去世後，帶著皇甫壑，搬到了天南市的一座公寓居住。

從記事時起，皇甫壑的母親就辛勤地操持著這個家。她當時還很年輕漂亮，要是再婚，不是沒有條件的，但考慮到皇甫壑的心情，還有對於死去丈夫的愛和追憶，她決定獨自撫養這個孩子長大。

因此母親的工作非常辛勞。又為了提高學歷去上夜大，去學習英語。她經常忙到晚上十二點多才睡，第二天六點多就要起來去上班。

這樣的生活是非常辛苦的，起早貪黑，忙裏忙外。這一切都看在皇甫壑的眼裏，他很清楚，母親的生活有多艱辛。母親痛苦的時候，她會回憶過去，看一家三口拍的照片，來慰藉自己的內心。當看著照片中一家三口昔日幸福的樣子，她就發誓，一定要讓皇甫壑好好地成長，讓他過得沒有遺憾。

母親平日裏節約開支，捨不得給自己買一件衣服，也不用化妝品，為了能夠升職她不斷衝業績，比任何人都要努力。她一直教導皇甫壑，能夠改變命運的，是人的決心和知識。而決心是最重要的，沒有決心的人是做不好事情的。

「壑，要記住啊，在這個世界上，沒有什麼事情是做不到的，就看你願不願意去做。今後你一定要成為一個有決心有信念的人。」

因此，皇甫壑對母親充滿了感恩，也深愛著這個為他付出了一切的母親。所以他從小就刻苦讀書，對自己的要求比別人高兩三倍。他一直告誡自己，不付出比別人更多的辛勞就不可能超越他人，他一定要讓母親不再那麼辛苦地奔波了。

時間長了，公寓裏的人都認識了這對母子。不少鄰居都非常敬佩皇甫壑母親獨立撫養孩子的辛勞，鄰里們經常走動照顧，不少父母也拿皇甫壑為榜樣來教育自己的孩子。

和他們家走得比較近的，是五樓的住戶李元、張敏夫婦，數學教師唐真和一個離婚帶著女兒獨自生活的連天祥。

而那恐怖的時刻，就是在皇甫壑十二歲那一年到來的。

和他們家走得最近的，就是連天祥。連天祥是一個房產公司的銷售助理，他為人熱忱，因為和皇甫壑家一樣都是單親家庭，所以他和皇甫壑的母親很有共同語言。平日裏經常串門，所以皇甫壑也和連天祥的女兒連雪真非常熟，二人是好朋友。

那一天放學回家後，電梯門打開，皇甫壑剛走出來，就看見母親正和對門的鄰居，數學教師唐真先生打招呼。

他立即走了過去，母親笑著對他說：「壑，回來了？今晚我做了你愛吃的鯽魚湯，我們……」話說到這，忽然母親的表情僵硬了，她死死地看著前方，雙眼大大地睜著。

皇甫壑也看過去，只見前方，唐真的背影……

他也險些叫出聲來！一隻幾乎被鮮血完全染紅的手，從唐真脖子前方伸出來，正抓在唐真的肩膀上！

「唐老師！」皇甫壑的母親立即大喊了一聲，唐真回過頭來，然而，那隻手立即縮了回去。回過身來的唐真，身前沒有任何東西，他的周圍也看不出有任何人存在的蹤跡。

當時，皇甫壑的母親懷疑是自己出現了幻覺。

「沒，沒什麼……」她還是不放心補了一句：「你，你剛才有沒有看到一隻手？」

「手？哪來的手？」唐真一臉狐疑。

當天晚上，皇甫壑始終想著那隻手。他沒有告訴母親，他也看到了那隻血手。因為他擔心如果真說出來，會嚇到母親，如果自己不說，母親就會認為那只是她的幻覺罷了。但是，那隻手是真的嗎？怎麼可能？

第二天，唐真被發現死在家中。

當一出門就看見員警圍在唐真家門口的時候，皇甫壑就意識到，這很可能和那隻血手有關！

唐真是被掐死的。但是，沒有辦法從脖子上檢驗出指紋來。被掐導致窒息而死這一點，是不會有問題的，警方因此對公寓內的住戶都開始了調查，但沒有查出有動機殺害唐真的人。

皇甫壑的母親很猶豫要不要告訴警方那件事情，最後還是認為不要說比較好，因為警方不可能採信那個說法，說不定反而會因此懷疑自己。

那起案子發生後，公寓裏的住戶們人人自危，很多住戶都去找房東要求退租。皇甫壑的母親也有這個打算，因為那隻血手給她留下了太可怕的印象。但一時也找不到好的房子，何況也不知道那天是不是自己的錯覺。

可是，同樣的事情，不久後再度發生了。

那一天，皇甫壑回家後，發現連天祥先生也在，他和母親相談甚歡。這幾年，連先生經常到家裏來，還送過不少禮物，他對母親的愛慕之心，皇甫壑是看得出的。連先生是一個非常真誠的人，而且母親也不是對他完全沒有意思。

「希望……你能考慮我的提議，心蝶。」連天祥走的時候，對母親說了這樣一句話。孫心蝶，是母親的名字。

皇甫壑注意到，母親的臉變得緋紅。

連天祥走後，母親問他：「如果……壑，我是說如果，連先生做你的父親，雪真做你的妹妹的話，你能夠接受嗎？」

這一點，皇甫壑早就猜到了。母親雖然多年來堅持不再婚，如今也快四十歲了，但風采不減當年，她也的確該考慮自己的幸福了。她一直不再婚，一方面是因為忘不了父親，另一方面也是因為自己。但父親都去世那麼多年了，自己也已經可以理解母親了。

「沒有關係，如果媽媽你真的喜歡連先生的話，那就和他結婚吧，我也很喜歡雪真。」

皇甫壑的話讓母親非常高興。但是，這只是一個開始而已。此時皇甫壑在樹林裏飛奔，他不敢大聲喊叫去找方有為，老實說，他此刻也有些頭皮發麻。但是，想到母親的死，他就沒有辦法坐視不管。那麼多年來，成立祈靈會也好，研究靈異也好，都是為了母親的願望。

「雪真……媽媽……等著我。我已經進入了這個公寓，就一定可以找到線索的！那隻血手，我一定會查出它的源頭！」

星辰的手機來了新彩信。神谷小夜子點開彩信，她立即看到了這樣一副場景：方有為正拿著手機左顧右盼地站在樹林裏，而那個眼睛血紅、穿著壽衣的白髮老婦正站在他背後，雙手正伸向他的後腦勺！

「方有為！」皇甫壑又對電話問道，「你真的說不出特徵嗎？你那裏的特徵？」

「我，我真的不知道，皇甫先生，我……啊，你，你是誰！」電話裏，傳來一聲撕心裂肺的淒厲慘嚎！

「喂，喂，喂，方有為！」皇甫壑死死拿著手機，可是另外一頭沒有了方有為的聲音，只聽見一滴滴液體滴下來的聲音。

難道……他遭遇了鬼嗎？

又一條新彩信發來了。深雨繪畫的速度已經快到了一個匪夷所思的地步。彩信中，只見方有為倒在一片血泊中，那個白髮老婦則低著頭，慢慢地……啃食他的身體！

# 3 母親的冤屈

陰暗的樹林中，忽然飄散來一股濃烈的血腥味。皇甫壑不斷接近那血腥味的來源，周圍的樹木有些分散，在一片枯草堆旁，聳立著幾塊大岩石。而枯草上，滿是鮮血，岩石也被完全染紅。岩石上的血，正在不斷淌下，很明顯這鮮血是剛剛留下的。

這莫非是方有為的血？

而如果這一幕讓神谷小夜子看到，她會非常驚愕，因為這幾塊岩石草地和之前油畫上的一模一樣，這裏……就是白髮老婦啃食方有為屍體的地方！

皇甫壑不再猶豫，立即回過頭拔腿就跑！

儘管跑了一段路，但那濃烈的血腥味還是殘留在鼻子中，令人作嘔！

這片樹林越朝前走，就越遠離宛天河，地面也開始變得坎坷不平起來。六號林區有非常多的土石山丘和一些小山。這些大片的綠色目前是皇甫壑最佳的掩護之所！

在祈靈會那麼多年，皇甫壑一直都希望有一天接觸到真正的鬼魂，目的就是為了找出真相。為了驗證母親所說的話。

不能死在這裏……為了媽媽，為了我和媽媽的約定，我一定要讓雪真明白過來……

皇甫壑想著，不斷朝前面奔去，他帶著指南針，估計應該可以追上吉天衍和蕭雪。就是不知道卞星辰和神谷小夜子究竟去了哪裏？

「簡單地說，這就是預知畫。」已經跑得上氣不接下氣的星辰，站在一個土丘上，指著神谷小夜子拿著的手機，說道：「那油畫中的景象，就是血字指示中的真實景象。你明白了吧？」

神谷小夜子看著那幾條彩信，點了點頭說：「嗯，我也認為是如此。可惜很難驗證這畫是否真的是現實。算了……現在說這些也沒用。如果認為畫是真的，那麼方有為現在已經被鬼殺死了。這麼考慮的話……」

「也就代表著公寓已經給出了生路提示。」這一點，也讓星辰一個激靈。

這次血字指示，時間為兩天。在這偌大的六號林區內，待兩天時間。而有兩天時間的話，為什麼剛開始，就死了一個方有為？生路提示是什麼？樹林，橋，白髮老婦……

「那個白髮老婦是穿著壽衣吧，難道，是要我們為她找個棺材？」星辰苦笑著說，「還是說……」

「我認為也許和我們之前挖洞有關係。」神谷小夜子卻另闢蹊徑提出了一個設想，「當時我們挖洞挖到一半，你不是說出現了一隻手嗎？」

「啊，那個，其實我是撒謊的，沒有出現過什麼手。我是因為看到了彩信，預知畫的彩信……」

星辰也死心了，索性把一切都說出來了。他認為如果坦誠相告，也許神谷小夜子能夠想出什麼活下去的辦法。他清楚記得，當初深雨和他說過，第三次血字指示，他原本是會死的。也就是這一次的血字指示！如果是這樣的話，原本的血字指示，他會是怎麼死的？

「假的？原來如此。那麼，也就是說，你當時看到那個白髮老婦出現在後面，才會害怕得立即逃走？」

「嗯，白髮老婦應該在不斷接近我們……」

神谷小夜子又回過頭看了看一片黑暗的樹林，繼續說道：「目前還不確定，不過從時間上判斷，方有為被殺後，白髮老婦的殺戮應該會暫時停歇一段時間。這是我多次分析血字指示表得出的結論，也和李隱樓長討論過這一點。」

「這種事情誰能保證？規則都是公寓訂的，誰能保證這規則公寓不會打破？」星辰卻絲毫無法安心，「相比之下我更相信這預知畫，要不是這幅畫，也許死的就不是方有為，而是我了！」

生路提示會是什麼呢？星辰反覆思索著，進入六號林區以後所發生的一切，無論回憶多少遍，都沒有辦法想出什麼特別的情況。公寓真的給了生路提示嗎？

星辰突然產生了一個想法。讓執行血字指示的住戶看到預知畫，會不會造成血字指示的難度失衡？所以公寓為了平衡難度，不給出生路提示，就消除了鬼的限制，令其殺死了方有為？

之前星辰的第二次血字指示，只是看了敏留下的紙條，並沒有直接看到預知畫。但這一次不一樣了……公寓很可能為了平衡這一點，增加血字指示的難度！想到這一點，星辰就感覺心猶如墮入萬丈深淵。如果真是那樣，他殺死敏的意義何在？

而就在這時候，新的彩信發來了！星辰立即點開彩信內容。

彩信上，畫的竟然是皇甫壑！就在他身後的遠處，一棵樹後面，正站著一個白影！雖然畫得不太清楚，但依稀可以分辨出那個白影就是白髮老婦！

「皇甫壑……他危險了！」星辰倒吸一口冷氣。

皇甫壑根本就不知道，死神正不斷地逼近著自己。

雖然不能夠確定，但皇甫壑認為，研究鬼魂的行動規律和現象，也許就可以找出那個鬼，並將其毀滅。比如利用那個公寓……

跑著跑著，他回過頭去看，後面只是一片幽深的黑色樹林，什麼也沒有。他剛要再跑，忽然手機振動了起來。他連忙拿出手機一看，竟然是神谷小夜子打來的！

他立即接通了手機，電話另一頭傳來了神谷小夜子那標準的普通話：「皇甫壑！你那邊怎麼樣？鬼是不是跟著你？」

「你說什麼？」

「鬼正在不斷逼近你！」

聽到這裏，皇甫壑忽然聽到，就在自己身後不遠處，有一截枯樹枝被踩斷的聲音！神谷小夜子也同樣聽到了那個聲音。因為六號林區實在太安靜了，這個聲音非常清晰地傳入她的耳中！

「皇甫壑！」她大喊道，「快逃！」

皇甫壑當然也很清楚這一點，他立即加快了速度，不斷奔逃！而且絲毫不敢回過頭去！為了調查靈異傳聞，他時常走南闖北，身體素質一直很不錯，所以跑步的速度也不慢。他不斷地在樹林中拐來拐去，同時對手機另外一頭的神谷小夜子問道：「你……你怎麼知道鬼在我身後？」

就在這時候，新的彩信又來了。

神谷小夜子點開那條彩信，看了之後，面色大變，立即對手機大喊道：「皇甫壑！朝西面跑！不要再繼續朝東面了，鬼就在前面等你！」

這次的油畫，畫出的是一個從高空俯瞰的圖像。依稀可以看到皇甫壑正在樹林中飛奔，而在他前方的某棵樹後面，就站著一個白影！

皇甫壑大腦飛快運轉著，採納了神谷小夜子的話，改變了奔跑的方向！神谷小夜子對他說的這些話，讓皇甫壑感覺到，猶如回到了十二歲那年，令他最為痛苦的那段日子。

那一天，他放學回到家，看見家裏來了客人。

客人是樓上的一個住戶，是個為人很和善、戴著眼鏡的中年女人，皇甫壑記得她姓章。平日裏見到她，偶爾也會打打招呼。

「你說什麼？血手？」章姓女人聽完母親孫心蝶的話，不屑地說：「孫小姐，我看你也是個知識份子，怎麼胡說八道？你難道咒我不成？」

「我沒那個意思，但希望你小心些，在唐真老師死之前，我當時就看到……」

「你別胡說八道！我才不信呢！」

談到後來，章姓女人很不愉快地離開了。皇甫壑看著母親陰鬱的神情，問道：「媽，你又看到血手了？」

「壑。」母親看著他，說：「我也不知道該怎麼辦了。我已經答應天祥，答應和他結婚了。但是我又希望搬離這個公寓。那血手讓我感覺很恐怖……」

「媽，不可能有鬼的。」皇甫壑搖著頭說，「你一定是太累了吧……」話雖然那麼說，可是皇甫壑也開始恐懼起來。雖然他認為那隻血手應該是錯覺，應該是不可能的，但……唐老師的死卻是事實。這個公寓中是不是真的存在著什麼？

皇甫螌從那個時候開始，就對靈異產生了一些想法。晚上，他將作業寫完後，給雪真打去了電話。因為母親即將和連叔叔結婚，那麼日後雪真也就是自己的妹妹了。雪真也對皇甫螌很有好感，當時皇甫螌雖然只有十二歲，但那俊美的外表已經初步長成了。二人平時經常膩在一起，關係非常好。

「你想知道這個世界上是不是真的有鬼？」

「嗯，可以那麼說吧。」皇甫螌和連雪真在社區的花園裏盪著秋千。

皇甫螌一臉認真地說：「最近我去圖書館翻看了一些書籍，世界上從古至今，有著太多難以解開的謎題了。雖然我們的課本教育我們鬼是不存在的，但我也開始懷疑了……真的沒有鬼嗎？那些留下來的傳說完全都是虛假的嗎？」

「這，我也不知道啊，」雪真也被搞糊塗了，「不過，螌，你一定能夠找出答案的吧？你想研究靈異嗎？」

「嗯……就算我想研究也很難啊，這種東西一般人都是認為迷信。」

「如果，真的有鬼，也未必都是邪惡的鬼啊，」雪真說，「不是嗎？螌？你不用想得太多了。心蝶阿姨知道你在想的事情嗎？」

「嗯，這個嘛……」皇甫螌默默注視著眼前的雪真，和她待在一起，感覺心情好了很多。當然，這不是什麼男女之情，皇甫螌始終把雪真視為妹妹看待，即使到現在也是一樣。

第二天……姓章的女人死了。和唐真一樣，她也是被掐死的。

而她死去以前，把孫心蝶看見血手的事告訴了她的丈夫，因此，她丈夫把此事告知了警方。警方於是將調查的目標鎖定在皇甫螌的母親孫心蝶。

那一天，兩名員警造訪了他的家。

「孫心蝶小姐，我們問你一些問題。」畢竟，母親的嫌疑還沒大到可以申請逮捕令的地步。

那時候皇甫壑也在。他聽著員警對母親的問話。

「你看到章女士的肩膀上出現了一隻滿是血的手？」員警實在難以置信，但母親卻堅持這一說法：「不會錯的。其實，在唐老師死之前，我也看到過血手……」

「那個……」另外一名員警開口道，「孫小姐，你應該知道，我們現在是正式辦案，你這樣說，我們很為難。我可以理解為，你是想說，是那隻血手殺死了唐先生和章女士嗎？」

母親無言以對。而那就是一個開始。這件事情以飛快的速度在公寓內傳播，所有人都知道了這件事情。

而幾乎沒有一個人相信這番話。大家都感覺，母親和這兩個人的死大有關係。尤其是章女士的丈夫，他好幾次來到家中要求給個說法。

最激烈的一次，他強行闖入家中，憤怒地說：「你給我說清楚！到底我妻子的死和你有什麼關係！為什麼只有你看到了什麼血手？究竟我妻子是怎麼死的！」

「我只是說出事實而已！」母親很激動地說，「我告誡過章女士，請她小心一些的……」

「你還在胡說八道！」說著，他已經掄起拳頭要打過來，這時候，他的手被衝進來的連天祥一把抓住！

「你做什麼！」連天祥怒不可遏地說，「打一個女人，算什麼男人！」

「你給我放手！」那男人卻蠻橫地說，「我看出來了，我老婆的死肯定和這個女人有關係！你到底是什麼人，為什麼我妻子會死！」

母親被住戶們視為了「不祥」之人。血手的出現雖然和母親無關，但預告了死亡的母親，被住戶們深深忌憚著。而這只是踏入深淵的前奏而已。

此刻，神谷小夜子的話，就猶如當初母親對住戶們的告誡一般，只有他和母親才看得到血手，只有母親才做出了這個預知。

「這是預知嗎？」他對電話另外一頭的神谷小夜子說，「是不是和手機裏的畫有關係？」

這是否和只有母親才能看到的血手現象有關係呢？難道都是一種可以預見靈異現象的先兆嗎？一種對凶兆的預見能力？

也正因為有過這樣的經歷，皇甫壑對於神谷小夜子的話沒有懷疑，因為他感覺到，那彩信中的油畫，也許和母親當初看到的血手一樣，都是某種恐怖現象的預兆！這世界上或許真有這種力量存在著！

神谷小夜子和星辰此刻也朝著林區深處趕去，二人暫時是不會接近宛天河了。不過，宛天河並非直線流過，即使通過穿越密林也有辦法到達宛天河的橋邊。

「大致可以確定，預知畫是真的。」神谷小夜子對手機另外一頭的皇甫壑說，「根據你的說法，的確在畫中那個地方看到了血跡。而且，方有為應該是死了。嗯……既然如此的話，這油畫是可以相信的。」

「畫的作者是誰？」皇甫壑用耳機連接著手機，方便跑步，又問道：「和卞星辰有什麼關係？」

「這個嘛，」神谷小夜子看看旁邊的星辰，說：「我基本上知道。」

要找到那個蒲深雨。她，是可以畫出血字預知畫的人，而這一能力是公寓住戶的最大希望！不惜任何代價都要找出她來！

「我先掛了。你要節約用電啊。」掛了手機後，神谷小夜子繼續拿星辰的手機看著，暫時還沒來新彩信。而雖然距離已經很遠，她還是沒辦法放心。

目前大家都分散開了，誰也不知道接下來會發生什麼事情。不過，白髮老婦似乎真可以感知他們的位置，否則那麼大的林區，哪能那麼容易找到他們。只是鬼受到公寓的限制，不能隨便殺住戶吧。但限制會隨著時間的推移逐漸削弱，這段時間，就是留給住戶思考生路的！

「停下吧……」神谷小夜子感覺體力消耗得太大了，先停下腳步說：「雖然不知道這個鬼有沒有瞬間移動能力，但畢竟距離我們還是比較遠的。方有為剛死，我們應該還有公寓的限制保護著。」

「嗯，應該吧……」星辰此時也感覺身體要散架了一般，早就上氣不接下氣了。

此時已經是凌晨兩點了。接下來，白髮老婦沒有再出現。深雨的畫也沒有再發過來。

朝陽升起，日光將恐懼漸漸驅散了。

皇甫壑依舊是獨自一人。即使打電話給吉天衍和蕭雪，二人也不願意和他見面，因為血字分析表多次提及不要輕信電話，二人擔心打來電話的是鬼，根本不相信皇甫壑。

在這偌大的林區，大家只怕很難再見面了。不過分開也有一個好處，那就是，如果獨得了地獄契約碎片，也沒人會知道。

早上六點半。皇甫壑又一次來到宛天河的一個木橋邊。他從背包內取出鐵鏟，然後開始挖了起來。挖的同時他也不斷注意著四周，絲毫不敢大意。

預知畫的事情，還沒人聯繫公寓那邊。理由很簡單，沒有人希望將這個秘密和他人共用。如果真的有預知畫存在，誰都希望儘早找到那位預知畫的作者，並且……獨自獲得那個人的畫。

沒有人希望和他人共用預知畫是非常正常的。一方面是擔心那位作者的預感能力有限，另一方面，也是希望減少變數。大家都在爭奪地獄契約，即使有了預知畫，地獄契約依舊是很多人希望作為底牌的一個重要道具。在這種情況下，如果預知畫作者和其他住戶達成協議，利用假預知畫將自己逼入絕境，來奪取地獄契約的話，後果不堪設想。

這一點，是李隱無論如何也不希望將這個秘密外泄的最根本原因。

更何況，目前加入公寓的住戶中，有越來越多古怪的人，像上官眠那樣隨身攜帶炸彈的高手，慕容蜃那樣變態的法醫，不知根底的情報販子，可以製作出人皮面具的女人，研究靈異現象的外國人……人心叵測，所以實在不得不防。

皇甫壑也考慮到了這一點。神谷小夜子之前打來電話，似乎只是希望利用自己，確定預知畫的真偽。也就是說……她其實並不在意自己的死活。對她而言，或許多幾個人被鬼殺死，讓這個秘密的知情人多被埋葬一些更好。

「神谷小夜子……」皇甫壑一邊挖著土，一邊說。

「你夠狠！不過，現在已經被你驗證了預知畫的真偽，接下來我也不會輕易相信你的話了，因為你肯定希望我死。那麼，無論如何我都必須獲取那個手機，那是活下去的最大機會！如果我可以找到地獄契約碎片，那麼我就握有了和你談判的籌碼，你也肯定希望獲得契約碎片吧？畢竟，能夠活下去的保障，越多越好。」

一旦獲得了地獄契約碎片，他就能夠和神谷小夜子談判了。那樣一來，她肯定不會希望自己死掉，就可以和自己分享預知畫了。

當然，最好還是可以找到她！但是怎麼找呢？這個林區很大，雖說可以到木橋邊守株待兔，但是那樣危險性很大，長時間待在同一個地方，很可能被鬼發現。而且木橋也不止一個，如果他們在別的地方找到了契約碎片，就不會接近橋邊了。

無論如何，他都希望可以找到地獄契約碎片！他也不希望讓吉天衍和蕭雪早一步找到神谷小夜子和卞星辰。那兩個人目前還不知道那畫是預知畫，就算猜到了也無法證實。但是如果四個人碰到一起就很難說了。

他一邊挖，一邊也在思索萬一找不到地獄契約碎片，可以用什麼辦法來找到神谷小夜子，並獲取那個手機！

「我不能死……在實現母親的願望以前，我絕對不可以死！」

這時，他忽然看到……挖開的坑中，出現一張羊皮紙碎片！上面是一些古怪的、看不懂的文字！他驚喜異常地取出了碎片！太好了！他也沒想到居然如此順利！如此一來，神谷小夜子就不能不管他的死活了！

皇甫壑用手機給碎片拍下了照片，接著撥打了神谷小夜子的手機。

與此同時，星辰和神谷小夜子正在林區另外的一個木橋邊挖著地面。神谷小夜子接到皇甫壑來電，撥通後說：「皇甫先生，新的彩信還沒……」

「我找到地獄契約碎片了。」

皇甫壑冷冷地對神谷小夜子說道：「等一會兒，我會發彩信給你。說到這裏你也該明白了，方有為死的時候，可是被鬼吃掉了。也就是說，我一旦死了，你們也無法找到我的屍體。你們必須和我共用預知畫，明白了嗎？」

神谷小夜子聽到這句話，眉頭一皺。不過對方說的也是實情，而且說會發彩信來，似乎也不是詐自己。地獄契約碎片，大家都希望獲得。對於神谷小夜子這樣剛進入公寓的新住戶而言，就更加顯得重要了。

「我知道了。一旦發來預知畫彩信，我會轉發給你。不過我不能和你會合，你也知道原因吧？畢竟，我不知道你是不是真的皇甫壑。」

「我知道，你這樣的戒備是很合理的，那麼希望我們合作愉快，神谷小姐。」

「嗯，好的……」掛了電話後，她對正在挖地的星辰說：「別挖了，鏟子也丟掉吧，已經用不著了，跑起來可以減輕負重。皇甫壑，他已經找到地獄契約碎片了。」

「真的？」星辰非常驚愕，「那麼說來的話……」

「必須和他共用預知畫了。到現在為止，我還是想不出生路，給李隱打去了電話，他也沒有什麼頭緒。希望不會如你所說，預知畫的存在讓公寓提高了血字難度吧。」

星辰丟掉了鏟子，看著此時正凝神思索的神谷小夜子，說道：「你思考時的樣子，讓我想起我哥哥來了呢。只是你和我哥哥不同，是個很果決的人，而且也夠狠。」

「狠？」神谷小夜子輕笑一聲，「你是說我拋棄那四個人？別開玩笑了。如果我不逃離他們，他們也會搶奪這個手機的，大家都希望知道這個秘密的人多死幾個。進入這樣一個公寓後，還談人性就太可笑了。」

「嗯，我知道，其實你的選擇很正確。」

「我成為偵探，可不是為了好玩。做偵探雖然是我的理想，但我也清楚這是個危險的工作，有時候不果決一點，死的人就可能是我自己。做偵探可不像《名偵探柯南》、《金田一少年之事件簿》裏那麼簡單，發生一起殺人案，最多過個一星期就可以指出兇手，而且兇手還傻到等著你去指證他。如果柯南和金田一那樣的偵探是現實中的人，早就不知道被兇手殺死多少次了，誰會讓那麼厲害的偵探一直活到揭發自己的時候？」

仔細想想也對。例如《金田一少年之事件簿》裏，很多都是發生在封閉環境的殺人案件，兇手居然很少對偵探本人下殺手，這也太扯淡了。

她繼續說道：「漫畫、小說裏可以理想化地處理問題，但現實是不可能的。就如同這血字指示，要活下去，就要摒棄天真的想法。」

說到這裏，神谷小夜子的手機收到了新彩信，發信人是皇甫壑。點開一看，照片上果然是一張寫著許多古怪文字的羊皮紙碎片！

這個時候，吉天衍和蕭雪發現了一座密林中的建築物。

那座建築物有十層高，顯得有些破敗。根據地圖的標示，似乎是一個廢棄的木材加工廠。

「也許裏面會有生路提示呢！」蕭雪興奮地說，「吉先生，不如我們進去看一看吧？」

「可是，也可能是個陷阱啊。」吉天衍有些擔憂地說，「蕭小姐，我想，還是慎重一些好，我們畢竟是首次執行血字指示。」

「可是……」蕭雪很猶豫，這段日子，她不知道看了多少次血字指示分析表，生路往往會出其不意地給予提示，而沒有生路，要通過血字指示幾乎是不可能的。她實在不希望放棄。

「你該記得吧？李隱樓長開會的時候三令五申，執行血字的時候，如非必要，千萬別進高層建築。如果樓梯被鬼堵住，就是死路一條！」吉天衍又繼續勸道，「如果我們進去後遇到鬼，你說該怎麼辦？」

「嗯，你說得也有道理。」蕭雪一時間也猶豫起來。可是，萬一裏面真的有生路提示呢？如果錯過了，不是完了嗎？她思索再三，實在難以割捨。

「要不……」她咬了咬牙說，「我們就在一樓看看？或者，最多只上二樓？你看，這附近的地面草長得那麼高，就算從二樓跳下來，也不會受重傷吧？那麼大的林區，鬼也不可能那麼容易找到我們吧？」

吉天衍聽她這麼一說，思忖了一番後，最後下定決心說：「好！但最多上到二樓，絕對不可以再上去了！」

然後，二人就進入了這個廢棄的木材加工廠。進入一樓，幾乎一覽無遺，是一個巨大的空曠廠房，什麼也沒有。

「去二樓吧。」二人來到樓梯前，還是有些猶豫。雖說是二樓，可是跳下去還是會受一些傷的。這個木材加工廠，真的會有生路提示存在嗎？如果不確定，冒這等風險值得嗎？

吉天衍又看了看身後和窗戶外，沒有任何動靜。「罷了！」他跨上樓梯道，「不入虎穴，焉得虎子！」

二人來到二樓，二樓有不少房間。

就在這個時候，星辰的手機裏收到了新彩信，而且一下收到了三條！

神谷小夜子立即點開了新彩信！

「這……這是？」神谷小夜子看到第一條彩信時，就倒抽了一口冷氣。

油畫上，畫著的一片密林的樹蔭下，站著十多個白髮老婦！每一個白髮老婦，都是一模一樣的！

「這個鬼……有大量分身！」

第六次血字以前，罕有出現具有分身的鬼。但是，罕有不代表沒有。

「如果分身可以無限的話，就算這個林區很大，我們也會很危險！」

神谷小夜子又翻到了第二條彩信。上面是白髮老婦的背影，而老婦面前，則是一棟十層高的建築物！預知畫和現實之間的時間差是很小的。也就是說，有一個老婦現在就站在那棟建築物前面！

第三條彩信上，只見白髮老婦正爬行在一樓通向二樓的樓梯上！

從最後一個房間走出來，吉天衍和蕭雪都很失望。他們沒有找到任何看起來能夠成為生路提示的東西，要是再繼續上去，也沒有那個膽量了。沒有辦法，二人只好朝樓梯的方向走去。

吉天衍走在前面，蕭雪則跟在後面。蕭雪接近樓梯的時候，心裏在考慮著，要不要也去三樓看一看呢？也許線索就在三樓啊！但是她知道吉天衍肯定是不會答應的。所以，也只能唉聲歎氣地跟著這個男人走了。說起來，吉天衍和樓長分到同一個樓層，真是件讓人羨慕的事情啊，也不知道他平時是不是和樓長經常接觸？

吉天衍即將走到樓梯口的時候，聽到身後的蕭雪問：「吉先生，你平時和樓……」一個「長」字還沒出口，吉天衍就聽到後面傳來一聲撕心裂肺的慘叫！他立即回過頭去一看，身後居然已經空無一人！

「麻煩了……」神谷小夜子死死抓著手機，說道：「白髮老婦竟然有那麼多！擴展到一定數量的話，縱然在這麼龐大的林區，也是極有可能被我們遇到的！我們要在這個林區待的時間是兩天啊！」

接下來，這些鬼應該會優先去攻擊持有地獄契約碎片的皇甫壑。如果這樣的話，那麼皇甫壑就非常危險了！

「該怎麼辦……」神谷小夜子咬著嘴唇，不斷思索著對策。她無論再怎麼機智，畢竟也是首次執行血字指示，而且居然就遇到了有分身的鬼。這也就意味著，無論朝哪個方向走，都可能會遇到鬼！

雖然鬼的首要攻擊對象應該是皇甫壑，但對於同樣執行血字的住戶而言，公寓一樣不會放鬆的。莫非真是因為預知畫導致了難度增加嗎？

「難道，如果我們不再看預知畫，公寓就會降低難度？」神谷小夜子提出了這個假設，「比如，至少不會弄出那麼多的分身來。如果分身無限，我們絕對活不過今天！」

分身是極為恐怖的。在恐怖片中，分身也是鬼魂常見的能力之一。在無解恐怖片中，以不死不滅形象著稱的諸多鬼魂都有著分身能力，比如「咒怨」的佐伯伽椰子和佐伯俊雄，《七夜怪談》中用錄影帶拷貝分身的山村貞子，《半夜鬼上床》的惡夜鬼王佛瑞迪。這類無解恐怖片中，因為鬼有著大量分身，就算一時殺掉一個，還會再度出現，怎麼殺都殺不光。

「一定有辦法的……一定有！」星辰這時反而冷靜了下來，「神谷小姐，我想，公寓在提高難度的同時，也會增加生路提示的明顯程度吧。雖然出現了那麼多白髮老婦，但我想這說不定反而是個契機。這其中，也許有一個分身是主體，只要殺了主體，就能夠讓所有分身消失！」

「主體？」神谷小夜子看向星辰，「你這是什麼意思？鬼是不死不滅的，難道還會有一個可以被殺死的主體嗎？」

「公寓一定會安排一條生路，何況鬼也不是絕對不死不滅的，至少血字指示中的鬼是如此。」

星辰也研究了很多血字指示，他發現，雖然很多鬼都無所不在，有著可怕的不死之身，但同時公寓也會賦予這些鬼很多限制，而生路就可以將限制最大化。難度越增加，反而越會給住戶更容易實現的平衡難度的生路提示。

如果預知畫會導致住戶死亡，那夏淵是怎麼活過五次血字的？神谷小夜子不知道這一點，星辰可知道得很清楚。預知畫是不可能讓住戶陷入絕境的！

深雨的預知畫，讓星辰有一種心安的感覺。自從看了深雨的照片後，他就從那個奇美的少女的雙眼中，讀出了很多東西。她身上有著和自己相同的特質。無論如何……無論如何，他都希望……

就在這時候，星辰的手機忽然響了起來，來電的人……是吉天衍。

神谷小夜子接通了電話，只聽到一聲大喊：「救命啊！星辰！蕭雪，蕭雪她不見了，她被鬼殺了！救救我，你那個畫，你那個畫是真的！你畫上的那個鬼……真的存在！」

「預知畫果然是真的……」神谷小夜子心裏說道。她再一次確定了畫的確不假，然而，吉天衍他們那麼快就被找到了？

「你現在在哪裏？」

「神谷小夜子？算了，是誰都沒關係，求求你，求求你把畫發給我行嗎？是不是有個人能夠畫出鬼的樣子，然後不斷發這樣的畫給卞星辰？把畫給我，我不想死啊！你們有什麼要求我都願意去做，什麼要求都可以！」

然而神谷小夜子卻將電話直接掛斷了。「預知畫被進一步確認了呢。」她喃喃自語著，「好了，我們馬上走吧。」

星辰卻是死死盯著神谷小夜子，說：「你真的不把預知畫發給他嗎？就算你發給他，對你又有什麼損失呢？你……」

「他已經確認了預知畫的真偽了。知道預知畫存在的人越少越好。在血字指示中，自己能活下來就很不錯了，我沒有那麼多閒心考慮他人的生命。」

星辰想斥責神谷小夜子自私自利的做法，但是，他卻說不出口。他有資格指責她嗎？自己不也親手將敏殺死，換取了預知畫嗎？他的做法和神谷小夜子現在的做法有何區別？就算他想硬搶手機，神谷小夜子也不會讓他得手的。而且的確如她所說，在血字指示中，還是自己的性命最重要。

接著，神谷小夜子和星辰進入了密林中。就在這時候，新的彩信發來了！

緊張的神谷小夜子立即點開信，上面的油畫，畫的是……一個白髮老婦，出現在密林深處！

看到這幅畫，再看著眼前的密林，神谷小夜子和星辰不禁都感覺到頭皮發麻。這種恐懼簡直是噬人骨髓，鬼還沒出現前，永遠是最恐怖的！這一點，二人都很清楚。但是，只有進入密林才能夠想辦法逃出生天。

沒有辦法，他們只好咬著牙走入了密林。在這龐大林區中，只希望分身的數量不多，不會那麼快找到他們吧。而且，蕭雪剛死，應該會間隔一定的時間，才展開新的殺戮。暫時，或許可以放心。但這放心能夠持續多長時間呢？

二人將這條彩信發給了皇甫壑。

這時的皇甫壑，也在密林中行走著。他接到新彩信後，點開一看，也是眉頭緊鎖。剛才看到鬼的分身已經讓他非常不安了，而現在……

「嗯？」他忽然站定了！

畫中的鬼的左邊一棵樹上，有一塊地方脫了樹皮，就猶如一個「Y」字形一般！

而這是……他五分鐘以前經過的一棵樹！

皇甫壑立即回過頭去看，雖然什麼都沒有，但他很清楚……那個白髮老婦此刻就在自己身後！皇甫壑立即跑起來，躲避白髮老婦的追殺！一路逃下來，大概過了二十多分鐘，皇甫壑來到一座山腳下，他又一次接到了新彩信。

彩信中，白髮老婦正走在密林中，她的面孔越來越扭曲，雙手伸向前方，白色的頭髮下，那血紅色的雙瞳令人心顫！

這時候，電話鈴聲忽然響起！皇甫壑接通了電話，是吉天衍打來的。

「喂，皇甫壑嗎？」吉天衍說道，「我不知道該怎麼辦，我打了好幾個電話，可是神谷小夜子不肯把那個彩信轉發給我……我好怕，鬼一定會找到我的……」

皇甫壑聽了，眉頭一皺，問道：「蕭雪呢？」

「她……她死了！我接下來該怎麼辦？該怎麼辦？」

目前鬼已經有了分身，而這預知畫畫出的是接近住戶的鬼，他現在新收到的彩信，也許就可以幫到吉天衍。要不要幫他呢？皇甫壑內心也在掙扎。他也不希望有更多人知道預知畫的存在，將來反過來利用預知畫。要不要把預知畫轉發給吉天衍呢？這樣做……

這時候，他回憶起母親當初所說的話。

「我一定要幫他們。」母親又一次看到了那隻血手的出現。她決定再次去告誡鄰居，當她把決定說出來的時候，皇甫壑其實是反對的。母親當時也找連天祥商量過。連天祥本身並不太相信血手之說，認為案件應該是某種高智商的犯罪，甚至懷疑母親是不是被催眠了，從而產生幻覺。

「無論如何，別再牽涉進去了，心蝶。」連天祥關切地勸慰母親，「這樣吧，你暫時搬到外面去住，也許這個公寓隱藏了很可怕的殺人犯。」

「天祥，我不可以坐視不理。」孫心蝶堅定地說，「我如果沒看到也就罷了，但是既然看到了，我就必須說出來。就算被誤解，我也不在乎。我可以理解失去家人、陰陽永隔的那種痛苦，我能夠理解……」

當初父親的去世，對母親的打擊是毀滅性的。但為了皇甫壑，為了兒子的成長，她咬著牙拚命忍耐下來，一直堅持到了今天。

「我可以理解他們的痛苦，失去家人，真的太痛苦了。我絕對不可以坐視不理，我一定要說出來。」

連天祥看著所愛之人如此堅定，也只能歎了口氣，說：「既然如此，我和你一起去吧，無論今後要面對什麼，我都會和你一起分擔的。」

連天祥對母親真的是非常深情的。皇甫壑從他的眼神可以看得出這一點，單憑他對母親的這份感情，皇甫壑也願意將連天祥視為父親。

但是，雪真卻不以為然。她內心深處，其實是完全不相信什麼靈異現象的。而母親畢竟即將成為她的繼母，這種近乎神經質的古怪行為，雪真有些不理解，她開始懷疑母親心理有問題。但是，懷疑歸懷疑，她並沒有說出來。

當皇甫壑第二天放學回家的時候，看到母親在社區花園裏，被一群人圍著指指點點。

她預言會死的人，又被殺害了。

憤怒的人們，開始認為母親是殺人兇手。憤怒的人群中，有被害者家屬，也有其他對公寓裏的殺人案感覺到惶恐的住戶，大家都怒目相對地看著母親。

「什麼血手？你以為我們是三歲小孩子嗎？」

「這個女人肯定是兇手，她說誰死誰就死了，哪有那麼巧的事情？」

「我看這個女人要麼是降頭師？聽說她老公是被她克死的！」

皇甫壑聽到這些話，頓時怒上心頭，立即拔腿跑過去想保護母親，卻看見連天祥衝過來，攔在眾人面前，喊道：「你們這是什麼意思？心蝶是因為關心你們，為了救你們的家人才會忠告你們的！她不是兇手！」

皇甫壑見到連天祥挺身而出保護母親，很感動。但，下一刻，他的表情就僵住了。

因為……他看見，那隻夢魘一般的血手，搭在了連天祥的肩膀上！

「啊！」皇甫壑一拳狠狠砸在旁邊一棵樹上，中斷了回憶。母親是因為愛而死的。因為那份善良卻葬送了她的幸福，明明說出了真話，卻沒有任何人相信。

「求求你，皇甫壑！」吉天衍都快哭出來了，「求你幫忙給神谷小夜子打個電話，你口才比我好，你肯定能說服她的！」

如果母親當初坐視不理的話，她的悲劇就不會發生了。如果早早搬離那個公寓的話，那麼多的痛苦也就不會有了。此刻的他，也面臨著和當初的母親相同的抉擇。救，還是不救？

如果救了吉天衍，日後，如果因為得知預知畫的存在，而讓吉天衍和那個預知畫的作者見面，並利用預知畫來獲取地獄契約碎片的話，一切都會變得一發不可收拾。他根本不奢望對方會因為感恩而回報自己。

最後，他做出了決定，開口說道：「吉天衍……」

# 4 稻草人

皇甫錱當初看到那隻血手出現時，完全呆住了。

那血手出現得快，消失得更快，眨眼間就縮了回去。而連天祥根本沒感覺到，還護著母親，說道：「心蝶絕對不會是兇手，絕對不是！」

「你說不是就不是了？」住在五樓和皇甫錱家是鄰居的張敏走上去說，「我丈夫，他就說，孫心蝶說他肩膀上有什麼血手，可是我根本什麼也沒看到！最初我以為她是犯了神經病，可是那天我丈夫就死在了電梯裏！」

張敏的丈夫李元，屍體被發現在電梯裏。除此之外，還有兩個人，一個死在公寓天台上，還有一個死在樓梯間。所有人的死因，都是被掐死的。

「你開什麼玩笑？如果心蝶是兇手，她會預先告知你們嗎？」連天祥憤怒地為自己心愛的女人辯解，「難道她會在殺人以前，跟你們家人說要去殺你們嗎？」

然而，另外一名死者的妻子怒不可遏地說：「誰知道她是不是個變態殺人魔？有些變態殺手，就是會預先告訴對方，然後動手殺人的！而且她說不定就是利用我們這種心理！」

「退一萬步說，」又一個住戶說，「就算她不是兇手，也肯定和兇手有什麼關係，否則她怎麼會知道那些人會被殺害？」

皇甫壑剛想衝過去，卻看見連雪真出現在他面前。雪真此時的臉上滿是驚懼，看著皇甫壑說：「我真的好害怕。怎麼會發生那麼多可怕的事情，你和你母親說的話，我真的很難相信，我沒辦法相信……」

針對此案，員警又一次進行具體調查。這一次，母親被認為具有重大嫌疑，雖然還不到被逮捕的地步，但警方已經開始監控母親的生活了。

母親當時也看到了那隻出現在連天祥肩膀上的血手，正因為如此，母親當晚將皇甫壑留在家中，把鑰匙交給他，說：「壑，把門鎖全部鎖好，窗戶也全部關上，一旦出事你就立即逃走！我現在去見你連叔叔，聽好了，無論如何，都不要到連叔叔家裏去！我一定要救他，一定！」母親的眼神中已經滿是決絕。她打算拚上一切來拯救自己心愛的人。

「媽媽！」皇甫壑很緊張，他很擔心母親的安危，但他知道，母親就算拚上一切，也會去救連天祥的！母親就是這樣的人。

而當母親走出門的瞬間，也就是……皇甫壑和母親最後的訣別。

他很希望跟著母親去，但是，對那個血手的恐懼讓他只能蜷縮在這個鎖上門窗的房間裏，恐懼不斷吞噬著他的心。

晚上八點多時，他聽見了母親的一聲慘叫。

皇甫壑終於下定決心，打開門衝了出去！他來到連家門口，卻看見雪真站在門外，不斷播著門。

「怎麼回事？」皇甫壑跑過來，對雪真說：「發生什麼事情了？」

「我……」雪真幾乎要哭出來，「我爸爸和你媽見面後，叫我到你家去，可是我很擔心，一直在門外聽著動靜……」

這時候，兩名員警忽然衝了過來，他們一直都在監視著母親的動向。

門被強行撞開了，屋裏，母親抱著連天祥的屍體，在痛哭著。

連天祥死了。

母親被捕了。而且，她被指控殺害了公寓中所有被掐死的住戶們。尤其是連天祥，當時只有她和連天祥在房間裏，警方當時用望遠鏡在對面的大樓裏看得很清楚，看到母親去掐連天祥的脖子。

事實俱在。警方認為母親得了精神疾病，因為她本人供述，她當時是要將掐住連天祥脖子的那個鬼手拉開，這段供詞被視為完全是她的妄想。但多次精神鑒定的結果，都認為孫心蝶是一個具有正常行為能力的人，她必須要承擔刑事責任。

法庭上，縱然面對檢察官的逼問，母親還是堅持說：「真的！真的是一個鬼！你們說世上沒有鬼？不是的，真的有鬼！那個鬼掐死了天祥！不是我，我不是殺人兇手！」

員警開始調查，母親是否加入了什麼組織，或者基於什麼迷信，才會說出這樣的話來。但調查結果卻是沒有那樣的跡象。

無論如何都調查不出母親的殺人動機，而母親也始終堅持她沒有殺人。但她的證詞太荒誕了，根本無法讓人相信。案發的時候，房間裏沒有其他人，也就是說，兇手只可能是她。

皇甫壑根本不能接受這種結果。

他多次去看母親，她都對他說：「壑，我說的是實話！他們都說我不正常，說我迷信，說我裝瘋賣傻逃脫制裁……不是的！天祥真的不是我殺的，我那麼愛他，怎麼可能會殺他呢？絕對不是的！」

皇甫壑當然完全相信母親的話，因為他也看見了那隻血手，並且在辯方律師安排下出庭作了證。然而，當他信誓旦旦地說出實話的時候，死者家屬都義憤填膺地說：「他是被他母親教唆的！」

「一定要判那個女人死刑！」

「死刑！她絕對是個變態，變態殺人是不需要理由的！」

而最讓他寒心的，是連雪真的話。

「請法官為我們做主！」她喊道，「不要採納證人的證詞！我爸爸是被孫心蝶殺死的！」雪真完全認定了母親是殺人兇手。

在走出法庭的時候，皇甫壑被憤怒的雪真灑了一臉的水。

「你怎麼可以幫你母親作偽證！」她抓著皇甫壑的衣服，吼道：「你母親是殺人兇手啊！你以為我會相信你說的話嗎？那天我也在，我根本沒有看到爸爸肩膀上有什麼血手！你母親是殺人兇手啊！」

「不！」皇甫壑推開她，大聲咆哮著：「不是的！殺死連叔叔的，還有那些人的，都是鬼啊！是鬼殺了他們，我母親根本不是兇手！她沒有撒謊，沒有撒謊！」

這時候死者家屬中，章女士的丈夫冷眼說：「你小小年紀，怎麼也跟著你母親一起撒謊？」

張敏也說道：「都說上樑不正下樑歪，我看這個孩子不是什麼好東西！」

母親的一審判處了死刑。而二審開庭不久，辯護律師找到皇甫壑說：「目前對我們有利的地方只有一點，那就是對所有的死者，你母親都沒有殺害他們的動機。但你母親在二審的時候，絕對不可以再提什麼鬼了。法庭不可能採納這種證詞的，否則她讓我做無罪辯護，我怎麼辯啊？難道要我說服法官世界上有鬼嗎？這根本不可能啊！」

母親的話，沒有人相信。那個時候，手機和電腦還不普及，否則這起案子很可能在網上形成熱門話題，吸引靈異同好參與討論。所以，大多數人都認為，母親只是想裝成精神病來逃脫罪責。

最後，法庭判處了母親死刑，立即執行。

判決下達的那一刻，皇甫壑無法相信。一直都只是想著幫助他人、拯救他人的母親，為什麼落得那麼悲慘的結局？

「不要——」昔日母親悉心照顧自己的情景，歷歷在目。

「壑，記住啊，在這個世界上，沒有什麼事情是做不到的，就看你願不願意去做。今後你一定要成為一個有決心有信念的人。」

母親昔日的話，在皇甫壑心頭閃現。他在那時候就決定……要證明，殺死了連天祥等人的，的確是鬼，而不是母親！母親不是殺人兇手，她沒有撒謊！

然而，執行死刑的日子卻日益臨近。無論皇甫壑如何祈求和希望，都無法再救母親了。

他至今也不會忘記，最後和母親見面的那個時刻。

「壑，搬離那個公寓，逃得遠遠的吧……一定要好好照顧雪真。我以後沒辦法照顧你了。別想著為我報仇，絕對不要去想著報仇！那個鬼，你鬥不過的！」

這個世界上，沒有可以制裁鬼魂的法律存在。這個世界的司法，也不會相信靈異現象造成的案件。而且這是沒有辦法改變的。即使真的有鬼存在，也肯定會封鎖真相，不會讓這一切被普通市民知曉，從而引起恐慌。

母親最後那痛苦扭曲的面目，讓他感覺絕望萬分。執行死刑當日，他跪倒在馬路上，身後站著那些死者家屬，還有雪真。

「走。」雪真冷冷地對他說，「你明天就給我搬走，去哪裏都可以，別再讓我看到你！」

皇甫壑將臉慢慢轉了回去，看著雪真，還有那些死者家屬。「我母親沒有撒謊！我也沒有撒謊！但是你們沒有一個人相信我！」他咆哮道，「好，很好！我會搬走的，但是我會證明的，我會證明母親沒有撒謊！我會證明……這個世上的確有鬼魂存在！然後我也會證明，我母親沒有殺人！」

「就算用十年、二十年、三十年……一直到我死，我都不會放棄的！不論要付出什麼代價，我都會證明母親的清白！」這就是皇甫壑唯一的願望。

他後來開始研究靈異現象的漫長征程。隨著網路的普及，他開始製作和靈異傳聞有關的網站，通過網站和論壇，結識了很多曾經有靈異經歷的人，並且在十八歲的時候開始遊歷全國各地。他成立了祈靈會，然後靠著大量的資料，終於查出天南市歷史上的無數靈異傳聞。他之所以會進入公寓，也是因為不斷滲透這些傳聞，最後接近了公寓的緣故。

當日在雪真面前發下的誓言，他至今也沒忘記。他發誓一定要帶著母親無罪的證據，去見雪真！

當他進入公寓，在血字分析表裏，看到有一些鬼在血字指示發佈以前也有活動跡象時，他甚至興奮得雙手顫抖，差點被李隱誤會是和慕容蜃一樣的變態。

耗費了十多年的時間之後，他終於找到了線索！

皇甫壑在那之後，一直監視著以前住過的公寓的動向，母親被執行死刑後的十多年中，公寓裏再也沒有發生過殺人案，這讓母親的冤屈變得更加深重。同時也查出了那棟公寓興建以前的歷史，沒有發生過殺人事件。也就是說，如果他一直活下去的話，也許有一天會接到執行前往以前那棟公寓的血字指示！那麼，那隻血手就會再度出現！

皇甫壑決定賭一賭！他要在這個公寓活下去，然後，將母親的冤屈清洗！即使他無法證明鬼魂的確存在，至少也要讓雪真明白，他母親不是殺死她父親的兇手！因為，母親一直將雪真視為親生女兒看待，皇甫壑也一直把雪真視為自己的妹妹。

回憶終止的時候，他已經對吉天衍說出了他內心的決定：「那個畫，我會轉發給你的。」如果母親還活著，也一定會這麼做的吧？

皇甫壑苦笑一聲，掛掉了電話，也不去理會吉天衍激動的感謝的話。他此刻只是帶著對母親的追思、為了能夠和那個血手鬼接觸而活下去！

「只要我活到第五次血字指示以上，我就能夠把那個鬼，帶入公寓，把那個鬼送入黑洞中！」活下去……一定要活下去！

時間到了中午。鬼老婦暫時沒有出現。

神谷小夜子和星辰站在炎熱的陽光下，略微驅散了一些恐懼。

「走累了吧？休息一會兒吧。」神谷小夜子的話，正中星辰下懷。

「我想問你，」神谷小夜子說，「預知畫的事情，能夠更具體地告訴我嗎？你真的不知道那個蒲深雨在哪裏嗎？」

「不知道啊。」星辰搖著頭說，「我真的不知道她在哪裏。」

神谷小夜子看他的表情不像在撒謊，歎了口氣，拿起自己的手機，發了一段簡訊。

簡訊的內容是：

李雍院長：

你委託我調查的事情已有眉目，但我因此牽扯進了一個極為可怕的境地。我會繼續為你搜集線索。

根據我和你的約定，每隔一個月我會向你彙報調查進度，現在我向你彙報情況。

首先，我認為，嬴青柳醫生和嬴青璃教授的死，關聯最大的人，名叫蒲深雨。之所以那麼多年來你都沒查到這個人，是因為當初嬴青柳醫生修改了病歷記錄的緣故，我調查了嬴青璃教授昔日的行動才注意到了這個人。

還有，接下來我要發給你的內容，是完全超乎人類的常識認知的事情，是超自然現象。請你好好考慮一下，如果決定相信我的話，我將會把蒲深雨的具體資料以及我調查到的最可怕的一件事告訴你。我可以毫不誇張地說，我現在每分每秒都可能會死。

神谷小夜子

李雍此刻正在院長辦公室內，他已經等神谷小夜子的簡訊多時了。點開簡訊後，他看到「蒲深雨」這個名字，頓時一喜！

他親自前往日本，請來這個被日本媒體炒得火熱的女神探來，果然是明智之舉。那麼多年來，他都查不出絲毫線索，而這個神谷小夜子幾個月內就有了收穫！

而看到簡訊中提到的「超自然現象」，讓李雍感覺到，神谷小夜子不是在故弄玄虛。她究竟發現了什麼？上個月她在給自己的調查報告中提及，她查到一些重要線索，估計很快就能接近真相了。

無論如何，李雍都希望知道青璃之死的真相。而他也早就知道，這背後有著非人類的存在。於是他回了簡訊，說希望聽取她接下來的彙報。

過了一會兒，神谷小夜子發來了一封簡訊。

李雍耐心地看完了這封更長的簡訊。

「能畫出未來靈異現象的預知畫？惡魔鬼胎生下的女孩，擁有了畫出預知畫的特異能力？」

預知畫……預知畫！他的記憶中，立即掠過當初青璃給他看的那幅畫！

看完簡訊後，李雍很久都沒辦法回過神來。

「這一切，果然都是……真的嗎？」

神谷小夜子並不知道李雍是李隱的父親。

「蒲靡靈……蒲深雨……」李雍念叨著這些名字，隨後，他有了決定。一定要找到那個蒲深雨，她是解開青璃之死真相的關鍵人物！

吉天衍此時逃到了木材加工廠的頂樓。他現在根本沒有辦法下去，因為，走向下的樓梯居然會進入更上面的樓層！而走上面的樓梯，還是一如往常！樓梯被鬼下了詛咒！

從窗戶跳下去是根本不可能的，因為他為了躲避那個鬼逃到了上面的樓層，而從任何一個窗戶看下去，都是十層樓以上的高度！跳下去的話，必死無疑！

他悔不該沒聽李隱的話，進入高層建築是執行血字指示的大忌啊！但是，現在後悔也沒用了。這個廢棄工廠明顯是被鬼下了詛咒，而他無法脫離這個詛咒！

好在，皇甫壑說，會發預知畫給他，那樣一來，或許還有一線生機。雖然不知道，他說的是真是假，但是，也只有選擇相信他了。

吉天衍還發現，不管怎麼朝樓梯上走，都走不到頂層。也就是說，這是一個無限高的大樓！終於，走得精疲力竭的吉天衍在某個樓層停下了。

每個樓層，都和二樓一樣，似乎是鬼將二樓無限地複印出來。吉天衍扶著牆壁，不斷喘著粗氣。

窗戶外面，天空漸漸被陰雲覆蓋住了。現在雖然是正午時分，卻變得像夜晚一樣黑暗。

這黑暗讓人感覺極度不祥。

看著黑暗的天空，剛給委託人李雍發去了簡訊的神谷小夜子，也感覺到了一陣陰鬱。剛才還那麼明亮的太陽，此刻已經徹底看不到了。

這時候，神谷小夜子感覺到了手機的振動，於是立即取出，點開彩信。而這條彩信的內容，比之前任何一封，都讓人感覺更恐怖！

深雨這時候感覺手都疲軟了。不過看著畫的內容，她有了新的感覺。「預知能力似乎有了一定程度的恢復。」她看著畫說，「之前的不穩定狀態有所緩解了。難道是因為血字的難度逐步提升，所以這個能力的限制也開始削弱了？」

阿馨也看著那幅畫，說：「能力恢復了？恢復了多少呢？」

「大概一般情況下的兩三成吧。」深雨指著畫說，「目前的預知畫，畫出的時候，距離現實發生，大概有五到十分鐘的時間差了。」

預知畫上，是在一個狹窄的樓道內，鬼老婦死死抓著吉天衍的頭顱！彩信附加了一段話：「預計這是你們收到彩信後，五分鐘左右就會發生的現實。」

五分鐘！

皇甫璽將一瓶礦泉水的瓶蓋擰開，朝嘴裏不斷灌水。他不停地走路，體力的消耗越來越大了。他知道，此時補充體力是非常重要的。

鬼沒有繼續追上來。他不記得自己走了多久。要不是自己過去有經常在山川樹林歷險的經歷，他也未必能夠撐下去。他依舊沒有想出生路。

剛才，他已經和李隱通過話了，目前李隱還提不出什麼想法。皇甫璽也知道，李隱並不是神仙，他也需要時間思考才能得出結論。畢竟目前的線索少得可憐。

這時候，新的彩信發了過來，他打開一看，是神谷小夜子發來的。上面，赫然是白髮老婦抓著吉天衍的人頭的可怕畫面！

看到這一幕，他呆住了！難道吉天衍已經死了？還是說即將死去？看到那段附加文字，他才知道這是五分鐘後即將發生的現實。想到這裏，他也感到渾身瑟縮！

皇甫璽並不是不怕鬼。但每當他想到母親那痛苦絕望的神情，想到雪真對母親的唾罵，想到死不瞑目的母親所愛的連叔叔……他就強壓著恐懼，去探究這一切。

他絕對不會原諒那個殺了母親的鬼！絕對不會！

皇甫璽將這條彩信按照約定發給了吉天衍。

吉天衍收到彩信後，將彩信點開。看到那駭人的一幕，他嚇得差一點大叫起來！看著窗外已經變得和黑夜無異的天空，令他的身上不斷生出刺骨的寒意。

這個時候，一滴水滴在吉天衍的面前。他眼前的一扇房門竟然微微拉開了！

這讓吉天衍嚇得臉都白了，立即朝樓上跑去！反正朝上面逃和朝下面逃都一樣，還不如朝上面逃！畢竟鬼就在下面！

深雨深呼吸了一下。她感覺越來越累了。以前為夏淵提供預知畫的時候，她不曾如此疲憊過。而阿馨這時候正擺弄著手上的水果刀，不時陰笑地看著深雨。

深雨懶得去看阿馨。此時的她，只考慮著如何逃離那個變態法醫和這個惡魔女的掌控，為此她不惜付出任何代價。

現在她最大的希望，就是姑婆蒲緋靈。她也沒想到，自己除了敏以外，在這個世界上還有活著的親人。她極度渴望和蒲緋靈見面，如果可以見到她，或許就可以知道蒲靡靈昔日是如何看待自己的。他們是否真的愛自己呢？

這時候，深雨腦中開始掠過一段更清晰的影像，手開始不由自主地動起來，握緊了畫筆。而此時她感覺到，這段影像發生的時間，將會在大約一到兩個小時之後！預知能力的限制不斷地在被削弱，這也是公寓造成的嗎？

她拿起畫筆，慢慢地描繪出腦海裏的景象後，忽然門外傳來了門鈴聲。阿馨頓時興奮地說：「啊，是主人來了！」

阿馨立即三步並作兩步地跑向大門，將門打開。門口站著的人，果然是慕容蜃。慕容蜃跨步進來，見到正在作畫的深雨以及桌上的幾張油畫，露出噁心的笑容來。他走近深雨，忽然一把抓住深雨的一頭長髮，放到自己的嘴邊撫摸著，說：「深雨，你這如此完美的藝術品啊，真是太完美了。」看著她逐漸勾勒出的線條，他也看出了畫的內容。

「哦，這是……」

慕容蜃此刻如此接近自己，深雨盤算著有沒有辦法立即殺掉他。事實上，深雨也考慮過以預知畫為條件，請上官眠幫自己殺掉慕容蜃。可以這麼說，只要上官眠願意，任何住戶都能夠被她輕易殺掉。對她來說，哪怕殺掉全公寓的住戶，也不過是幾分鐘的事情而已。至於殺慕容蜃，更是像捏死一隻螞蟻一般簡單。

但是，慕容蜃接下來的一句話打破了她全部的幻想：「深雨，你記住一件事。你如果請公寓的住戶來殺我的話，阿馨就會馬上殺了你。阿馨是不怕死的，就算你請上官眠來殺她，她也可以先把你送入陰曹地府。另外，我不妨告訴你吧，阿馨可是手上有著超過數十條人命的超級殺人魔啊。你知道為什麼她要殺那麼多人嗎？因為我對她說，我喜歡解剖處女的屍體，所以她就幫我去殺人，都是在我所在公安局的管轄範圍內殺，都是才十幾歲的花季少女，然後我就親手將她們一一解剖，那一刻我真是感覺無比興奮啊！」

「就，就為了這個？」深雨的身體都開始發顫了，「你就為了這個，讓阿馨幫你去殺人？」

「對！」他忽然將一隻手伸入深雨的衣領，握住她的乳房，不斷揉捏著，說：「你說就為了這個？想到那些少女被阿馨一刀一刀殘忍地殺死，然後我親自解剖她們的屍體，那可真是比幹了多少個蕩婦都要爽的事情啊！這種快樂，也就僅次於和那些超自然的神秘事物接觸了！」

深雨想掙扎，可是阿馨的水果刀適時地橫在了她的脖子上。

「好大好豐滿啊，」不斷揉捏著深雨的乳房，慕容蜃的下身起了反應，他說：「阿馨真的是我最好的奴僕呢。是吧，阿馨？」

說著，他另外一隻手也伸入了阿馨的衣領內，死死地抓住她的乳房，說：「阿馨，你的胸部也是那麼有彈性，那麼柔軟啊……」

這兩個變態，一如既往地衝擊著深雨的價值觀！想到慕容蜃所說，和自己年齡差不多的女孩子，就因為那種理由被阿馨殺死，然後被慕容蜃解剖，她幾乎要把畫筆折斷！

這兩個不是人！他們是真正的惡魔！一定要殺掉他們！非要殺掉慕容蜃和阿馨不可！

怎麼殺？怎麼殺了他們？阿馨幾乎時刻陪伴在自己身邊，平時也只有出去買菜才會離開一會兒，而那時候慕容蜃就會來換班。

唯一的機會，就是下一次慕容蜃接到血字指示的時候，希望變態法醫能夠在血字指示中死去！或者想辦法把自己的地址透露給某個住戶？但是她發出去的彩信和簡訊受到全程監視，而且即使有人來，阿馨也會立即殺了自己！

到底該怎麼辦呢？怎麼樣才能夠將自己的資訊傳遞給住戶？

「主人，」阿馨被慕容蜃揉捏得滿臉通紅，說：「快來虐待我吧，來侮辱我吧，來踐踏我的身體吧，阿馨的身體就是用來讓主人發洩的，快來啊主人……」

慕容蜃陰笑著，忽然將阿馨胸前的衣服撕開！

深雨立即看過去，卻瞪圓了眼睛！

阿馨的胸口處，竟然滿是觸目驚心的傷疤！這些傷疤有些似乎是用刀子砍的，有些似乎是用剪刀戳的！而且這些傷痕明顯不是新傷，傷痕幾乎覆蓋了整個胸口！而脖子下方的一大塊皮膚被嚴重地燙傷過，那傷疤光是看著就讓人感到戰慄。

「主人，這些都是你昔日留在阿馨身上的傷疤呢，是阿馨作為你的奴僕的證明啊，快，繼續折磨阿馨吧，給我更多的傷口吧，只要讓阿馨待在你身邊就好……」

深雨強行壓抑著自己想嘔吐的衝動。不過，反正這兩個變態的行為和思想早就完全超越了她的理解範圍，她也已經比較能夠忍受得住了。她忽然想到，可以考慮利用這一點！阿馨明顯是個喜歡受虐的變態，那麼利用她這個變態嗜好，或許可以成功地殺掉她！

新的油畫完成了。

神谷小夜子和卞星辰在暴雨之下，看到了新的彩信，二人都驚愕地睜大了雙眼。

那是在六號林區，宛天河的河岸邊，有一座小房子，小房子前面有一個稻草人。而那個稻草人，正穿著一身壽衣！

文字說明是：「我認為，這個稻草人很有可能就是那個白髮老婦的本體，如果毀掉這個稻草人的話，應該就可以讓所有的鬼老婦消失！」

「稻草人？」星辰和神谷小夜子死死盯著那個穿著壽衣的稻草人。

「去宛天河流域！」星辰下定了決心，「到那裏去，把這個稻草人毀掉！毀掉這個稻草人，我們也許就能夠有救了！」

「這是……稻草人？」皇甫壑看著神谷小夜子發來的彩信，也有了同樣的想法。這個稻草人莫非就是生路？如果可以找到這個稻草人並且毀掉，就能夠讓鬼老婦消失？

從彩信上來看，的確是在宛天河旁，並且那座房屋也很顯眼。宛天河流域雖然很長，而且也有一些支流，但畢竟還有時間，如果可以找到這個稻草人的話，說不定就可以活下去了！

想到這裏，皇甫壑決定前往宛天河。

他同時也想到將彩信轉發給吉天衍，剛準備轉發，卻接到了吉天衍的來電。於是他立即接通了電話。然而電話接通後，卻什麼聲音也沒有，電話另外一頭一片寂靜。隨後，他聽到了似乎是水滴不斷滴落在地面的聲音！

「喂，吉天衍，喂，喂，喂！說話啊，吉天衍！」

可是，依舊只有水滴落的聲音。

忽然，他想起了什麼，立即掛斷了電話！然後點開了之前收到的彩信，那封白髮老婦提著吉天衍人頭的彩信！

他看到，在白髮老婦的耳朵上，有兩根黑色的細線連著！因為之前他把注意力完全集中在人頭上，所以完全沒有注意到那根細線！那是……連接著手機的耳機！而那滴落的水，就是油畫上，吉天衍斷開的脖子不斷灑下的鮮血！

打電話給他的就是那個鬼老婦！這預知畫果然不假！而且，的的確確是在進行著預知！

那麼，這預知不能被打破嗎？他已經將彩信發給了吉天衍，可是，還是按照畫上預知的景象實現了。這預知畫究竟能否被打破呢？

很多以無解為題材的恐怖片，都喜歡以宿命為主題，其中「絕命終結站」就是一部以宿命論為主題的恐怖片，意思就是說，被死神選定的人終究難逃一死。而「咒怨」中，進入了鬼屋的人，也都會無一例外地會被恐怖女鬼伽椰子殺害。

如果接下來發來一條自己的屍體的彩信的話……皇甫壑不禁加快了腳步！

很快，神谷小夜子和星辰也來到了宛天河旁。目前只有跟著宛天河走才能找到那個稻草人，六號林區實在太大了，除了這麼做，沒有別的辦法。

走路時，星辰說：「神谷小姐，我們這樣老是恐懼很沉悶啊，不如說說話吧。嗯，怎麼樣？」

神谷小夜子注意著四周，說：「可以啊，你想說什麼？關於預知畫的事情？」

「對，你有什麼想法？」

神谷小夜子對調查李雍委託給她的這起案件，感覺無比後悔。早知道就該待在日本，沒必要特意跑來國內，否則也不會進入這個公寓。但是，後悔是無意義的。神谷小夜子的人生準則就是，永遠不去考慮無意義的事情。

現在，唯有考慮如何成功地執行十次血字指示或者通過魔王級血字，來離開這個公寓了。除此之外，沒有別的方法。

神谷小夜子反覆衡量過，十次血字和魔王級血字指示，哪一個通過的可能性更大一些，同時，權衡著所有對自己有利的因素，最後她認為，魔王級血字指示通過的可能性更大一些，儘管要面臨更多變數。但是，這世界上本身就有很多難以預計和掌握的因素。神谷小夜子雖然才二十出頭，但她的心理年齡和城府早已遠超過她的實際年齡。

讓她有些意外的是，在這個公寓裏，遇見了嬴青璃教授的女兒嬴子夜。她進入這個公寓真的是偶然嗎？還是說，她也是因為調查她母親的死，才會進入這個公寓的？

所有的謎團都交織在一起，似乎這一切的背後有一張巨大的網，每個人都是網的一部分。

「你認為，公寓為什麼會允許預知畫的存在？」星辰的話打斷了她的思考，「以公寓的力量，要抹掉預知畫的存在一點也不難吧，那為什麼會……」

「我也不明白。」神谷小夜子對這一點也是百思不得其解。預知畫明顯是可以洞悉血字指示的道具，那為什麼使用預知畫能夠……這是因為什麼？

就在這時，神谷小夜子的腳步忽然停下了，她的眼睛死死地盯著一旁密林中的幾棵樹木！她取出星辰的手機，點開了彩信，在其中有一張照片中，油畫上的鬼老婦站在樹林中伸出雙手的畫面……就和眼前的密林一樣！鬼老婦來過這！就在不久前！

「快，離開這裏！」神谷小夜子立即說，「鬼一定在這附近！」

可是，離開？去哪裏？進入密林中，還是朝前面逃？鬼老婦有無數分身，逃到任何地方都可能被抓住！眼下，二人等於是進入了包圍網的獵物！沒有辦法，暫時只能繼續朝前面走！

天空的陰雲依舊密佈，沒有透出一絲光芒。黑暗之下，人的恐懼不斷被激發出來。宛天河的河水流動著，周圍空氣似乎凝結了。黑暗猶如囚籠般將二人囚禁，周圍似乎隨時都有那血腥的氣息襲來。

星辰和神谷小夜子不斷加快腳步，祈禱著那鬼老婦不要出現，或者儘早發現那個稻草人，將稻草人毀掉！雖然不清楚那是否是生路，但至少有這個希望！

這時候，二人經過了一座橋。突然，新彩信發來了。點開一看，油畫中，有兩個白髮老婦，赫然就站在二人眼前的這座橋上！而根據上面的說明，這是不久後即將現實化的！

兩個人馬上撒開腿跑起來，只恨爹媽沒有多生兩條腿。直到那座橋看不到了，二人才鬆了口氣。預知畫真是個寶啊！二人心中都這樣想著。有了預知畫，鬼一旦接近就能夠立即逃離，不需要逃的時候就可以走，那樣就能夠節省體力了。

星辰說：「我們討論一下生路吧，神谷小姐。如果找到了生路，就可以逃出生天了，不是嗎？」

「嗯，生路的線索確實太少了。」

二人走著走著，忽然眼前又出現了一座新的橋。

而這座橋的一端，赫然有好幾個坑洞！

「這是……」星辰走了過去，他低下頭看著那些坑洞，狐疑地說：「是皇甫壑挖的吧？他就是從這裏挖出了地獄契約碎片的？」

「也許吧。」神谷小夜子也走了過來，「嗯，這下……」這時候她面色一變，立即蹲下身子，看著那個坑：「生路……生路莫非，莫非就是……」

而此刻，皇甫壑找到了那個屋子，也看見了那個稻草人。他緩緩地接近那個稻草人，剛踏出一步，忽然收到了一封新彩信。他將手中的彩信點開，他看到……油畫中，是他正在拔稻草人，而後面那個屋子的門大開著，白髮老婦赫然從裏面出現！

實際上，屋子和稻草人的油畫，根本不是深雨所畫的！而是白髮老婦畫出來的！鬼魂將自己的畫發到住戶的手機中，自然是輕而易舉！星辰也無法打電話向深雨確認！

皇甫壑看到這個彩信，一時間還反應不過來，以為稻草人真的就是生路，所以鬼要來阻撓，他立即跨出一步，打算燒毀這個稻草人！

然而，這時候，他身後的門，已經打開了……

「果然！」星辰和神谷小夜子，從坑內挖出了一個方形盒子！

「打開看看！」盒子打開後，裏面放著一個穿著壽衣的小稻草人和一根細針。

「這是……公寓的生路！把盒子埋在契約碎片下面，我們一旦挖出了契約碎片，就不會繼續挖下去！那樣就發現不了生路了！公寓就是利用了我們這一思維！」不用看也知道，這肯定就是常見的巫蠱之術，就差在草人上貼個生辰八字了。

神谷小夜子不再猶豫，立即將手向盒子內伸過去！而這時候，手機又收到了新彩信。她剛才已經將一條新彩信轉發給皇甫壑了，那麼快又來了？於是，她點開一看。

彩信前面寫著：「這一次，又是和現實同步的預知。」油畫的內容是……白髮老婦，正站在蹲在地上、手抓著盒子的神谷小夜子和卞星辰二人的身後！

子夜此時站在正天醫院的門口。

她在考慮，要不要進去。

這家醫院，是昔日自己的阿姨嬴青柳工作過的地方，而她當時不知道出於什麼原因死在了這裏。那也是造成母親最後死亡的重要原因。

就在正天醫院的頂樓，李雍一臉震驚地看著妻子，又一次問道：「你說李隱拜託你，調查一個叫蒲深雨的女人的住址？」

「對，」楊景蕙很訝異丈夫的態度，問道：「你知道些什麼？」

公寓裏的所有住戶，根本不會知道，今天，是一個多麼可怕的日子。蒲靡靈，魔王，預知畫，深雨……所有的一切都被聯繫到了一起。無論如何選擇，都無法再回頭了。因為，一切已成定局。無論如何掙扎，都無法再有所改變了。

子夜忽然感覺到了一陣非常壓抑的心悸。似乎，即將發生什麼可怕的事情。今天對子夜而言是個很特別的日子，今天是……她母親的祭日。

「不會發生什麼事情吧？」

烏雲將天南市的天空完全覆蓋了。市民們看著天空，都開始議論紛紛起來。

細針狠狠地扎進了稻草人中！

神谷小夜子回過頭去，身後空無一人。她感覺渾身癱軟，但是，這麼一來，明顯是通過了生路，成功執行了血字指示！但是，她很疑惑，是不是太簡單了？那麼容易就成功地執行了血字指示？

「好，好險，」星辰嚇得幾乎渾身癱軟，說道：「太好了，終於結束了，神谷小姐。」

「嗯，是啊。」她喃喃自語道，「真的……結束了？就那麼簡單？」

深雨放下了畫筆。此刻，她忽然感覺到了什麼。

是……那個黑影！當初，怎麼也畫不出來的那個黑影！

她的腦海裏，開始被這個黑影填塞著！那個黑影不斷地膨脹，隨後，深雨開始感覺到，一種前所未有的恐怖即將開始。

「他……他會死的……」忽然深雨自言自語起來，「卞星辰，他必死無疑……」

星辰忽然感覺內心劃過了什麼東西，感到一陣心悸襲來。他看看身後，卻什麼也沒有。是自己神經過敏了嗎？但是，那感覺卻越來越強烈，強烈到，剛才看到白髮老婦的恐怖根本不值得一提了。

執行這次血字指示的人，沒有一個會想到，從一開始，白髮老婦在這個血字指示的作用，就不是決定性的。那個小稻草人的生路找到也罷，找不到也好，根本無關大局。

從此刻起，才是真正恐怖的開始。

神谷小夜子這時候忽然看向橋的另外一端。在這一瞬間，她根本無法相信自己的眼睛！

「那……那是……那是什麼？」

# 5 廊橋遺夢

李隱此時在公寓外面。

遍佈天空的陰雲讓他感到非常不安，這一次的血字指示，究竟是怎麼一回事？

一陣凜冽的風吹來，走在大街上的李隱不禁一陣發寒，感覺鼻子癢癢的。他現在希望能夠儘快見到子夜，然後帶她回公寓。他總感覺，即將發生什麼可怕的事情。

忽然，李隱感到眼前一花，隨後身體似乎旋轉了起來。

與此同時，在醫院大廳內的嬴子夜，也感覺眼前忽然發黑，整個人猶如墜入了半夢半醒之間！

同一時間，公寓的一些住戶也有同樣的感覺。上官眠、封煜顯、柯銀夜、柯銀羽以及慕容蜃……這些人都感覺陷入了一片黑暗和混沌，然後身體猶如被捲入了一個漩渦。

深雨感覺到腦中那個黑影不斷放大，將她的所有感官徹底填塞，然後，她的身體迅速旋轉起來，似乎有一隻無形的手在拉著她！

子夜此刻大腦一片空白，眼前什麼也看不到了，她想伸出手去抓住些什麼，可是什麼也抓不住，下一刻，她的整個身體摔在了硬梆梆的地面了！

「那……那是什麼？」神谷小夜子不敢相信地看著眼前。陰雲下的黑暗漸漸散去，橋的另外一端，浮現出了好幾個人影！

「怎麼回事？」李隱睜開眼睛的時候，看到了身邊的住戶們。

「子夜？銀夜？銀羽？慕容蜃？」

李隱不敢相信地看著這些人，而更讓他驚訝萬分的是，躺在他身邊的一個看起來很年輕漂亮的女子，她的容貌赫然就是黎焚給自己的那張照片！

「你……你就是，蒲深雨嗎？」

神谷小夜子和星辰呆呆地看著這一切，為什麼公寓的這些住戶會突然出現在這個地方？難道鬼還沒有真正消失嗎？但是，這些住戶並不是血字指示的執行者啊！

「蒲深雨？」這時候，柯銀夜也清醒了過來，他也一眼看見了那個女子。她就是有著預知能力的那個神秘人嗎？就是那個欺騙銀羽，意圖殺害他的人嗎？

而慕容蜃則呆呆地看著四周，突然哈哈大笑起來：「有趣！有趣！莫非公寓終於失控了嗎？終於要開始真正的殺戮了嗎？哇哈哈哈哈哈哈哈哈哈！」

阿馨此時目瞪口呆地看著空無一人的房間，而之前深雨畫出的油畫，全部消失得無影無蹤了。

「這，這是怎麼回事？主人和深雨，為什麼突然消失了？」剛才，阿馨也是不知不覺地感覺一陣恍惚，等她清醒過來的時候，慕容蜃和深雨已經消失不見了！

星辰已經奔到了橋的另外一端，看著眼前的住戶，分別是李隱、嬴子夜、柯銀夜、柯銀羽、慕容蜃、封煜顯和上官眠七個人，以及……蒲深雨！

他也是一眼就認出了深雨，那張照片給他的印象，實在是太深太深了。

此時，另外七名住戶都已經站起身來，唯有深雨還躺在地面上。她一臉驚恐地看著眼前，這裏不正是六號林區內嗎？自己為什麼會到這裏來？

白髮老婦應該已經隨著小稻草人被刺而消失了才對啊！這個六號林區，難道還有別的詛咒力量？

「這到底是怎麼回事？」銀夜緊鎖眉頭問道，「李隱，你知道嗎？」

封煜顯則相當驚慌失措：「卞星辰？你應該在六號林區啊，為什麼……難道這裏就是六號林區？」

「這是公寓搞的鬼嗎？」銀羽說道，「我們為什麼會出現在這裏？」

然後，所有人的目光都集中到了深雨的身上。

而這時候，星辰來到深雨面前，他看向了深雨的那雙眼眸，那雙和自己很相像的眼眸。

他完全確定，這個女子就是深雨，那個和自己進行交易、讓他不得不殺了敏的女子，他曾經無比憎恨的女子。

在場的人中，只有上官眠和封煜顯不知道預知畫和蒲深雨的存在。其他的人，都很清楚這是一個什麼樣的女子。

忽然，銀羽跪倒在深雨的面前！「求求你！」她用額頭抵住地面，說道：「算我求你了！你以前對我做的事情，我都不介意了，雖然我不知道為什麼你會出現在這裏，但是，請你再幫我們畫畫吧！只要你提出的條件可以讓我們接受，什麼事情我們都會去做！」這時候她已經沒有辦法顧及李隱等人在場了。

銀羽的動作讓在場所有人都驚呆了，隨即，星辰蹲下身子，對深雨說：「你滿足了嗎？讓每一個人在你面前不得不如此卑微，祈求你的恩賜，這種成為『神』的感覺，你很滿足嗎？」

很滿足嗎？很滿足嗎？不，不是的。絕對不是這樣的。

「你們快逃……」深雨的臉已經因為恐懼而完全扭曲了，「他，他就要來了，當他出現的時候，你們一個都逃不掉的，一個都……」

就在這時候，子夜忽然衝到了深雨面前，一把抓住了她！子夜的雙眼死死盯著深雨，說出一句話來：「終於找到你了，我終於找到你了。」

費盡千辛萬苦，總算是找到她了。子夜拚命堅持到現在，就是為了這一刻。母親死後，她從來沒有停止過調查。她從母親生前留下的日記中，探查了母親的行動線索。隨後，她漸漸發現，母親去過的地方，都發生過一些失蹤和怪異死亡事件，彷彿是某個人指引著母親。而這一切又和青柳阿姨的死有莫大關聯。

母親和青柳阿姨，是關係非常好的姐妹。後來，青柳阿姨的屍體在正天醫院被發現了，腦部被什麼兇器刺入，導致死亡。母親對阿姨的死難以釋懷，非常痛苦。也因為如此，她踏上了調查青柳阿姨之死的道路。

她之所以會進入那個公寓，就是因為她多次前往母親生前調查的地點，在一些較為接近的地點多次往來，才最終成為了公寓的住戶。

而遇到正天醫院院長之子李隱，卻是她意料之外的事情。一開始，是因為他父親的緣故，有些刻意地接近他，但後來卻真的愛上了他。

子夜一直以來所做的一切，都是為了母親。在這一點上的執著，她和皇甫壑是很相似的，二人都是為了母親而進入了公寓。母親生前未能盡孝的遺憾，就只有在她死後去彌補了。

而如今，子夜終於找到蒲深雨了。這個能畫出預知畫的女子，如果有了她，就可以讓她畫出，母親和公寓曾經發生過什麼事情了！只要是和公寓有關的事情，應該都可以畫出來吧？

「快點逃啊……」深雨依舊重複著這句話，「他真的要來了……」

「他是誰？」李隱也走上前問，「他到底是誰？」

深雨翕張著嘴唇，說什麼，可是卻沒有辦法說出來。

「夠了！」慕容蜃忽然一把抱起了深雨，說：「你們誰都不許碰她！她是專屬於我的藝術品，是只屬於我一個人的收藏！任何人，任何人都別想……」

話剛剛說到這裏，周圍忽然開始變得一片寂靜。所有人都睜大了雙眼看著慕容蜃，猶如看著怪物一般。每個人，都開始不斷地後退！

慕容蜃低下頭一看，只見一張猶如被浸透在黑暗中的面孔突然向自己衝來！

開始了。從五十年前開始，一直到深雨出生的二十年前，惡魔的傳承終於到了最後的一步。

正天醫院院長辦公室內，李雍此刻感到很疲倦。他雖然用手頂住下巴，但睡意還是開始侵襲他的神經。終於，他進入了夢境中。

時間彷彿回到了二十年前，那個午後，非常靜謐的午後。那一天，正是五月一日。

院長辦公室的門開了。

李雍有些恍惚地看著門口，只見副院長走了進來，這個一臉慌張的中年男人對李雍說：「院長，不好了！大事不好了！有人死了，婦產科的嬴青柳醫師死了！」

「你說什麼？」李雍剛就任院長一職，他怎麼也沒想到，自己剛上任，居然就發生了這種事情！

「嬴青柳醫師？」李雍對她有一點印象，是一個長得還算標緻的女醫生。她居然死在了醫院裏？

「馬上控制住所有目擊的醫生！」

李雍當機立斷道：「不要讓他們聯繫媒體！聯絡警方了嗎？」

命案現場，是嬴青柳醫師的辦公室，她的辦公室一共有四名醫生，都是婦產科的，案發時正是午休時間，其他人都去吃飯了。

案發現場的屍體已經被抬走了。員警正在進行現場勘察。

領頭的刑偵隊長姓王，是個中年男子，儀容有些不怒自威的感覺。

「我們初步判定是他殺。」王隊長公事公辦地對李雍說，「很抱歉，李院長，我們接下來要調查你們醫院所有人的不在場證明，並查找兇器。」

「這……」李雍滿腦子只想著這件事情對醫院的聲譽的影響，假如兇手真是院內的醫生，那對醫院絕對是很大的打擊。然而員警的要求，他又無法不配合。

「顱腦被尖銳物體刺中導致死亡，這是初步驗屍結果。」

王隊長繼續說道：「李院長，兇手的作案手法非常殘忍，請問你知道誰和嬴青柳醫師有仇怨？」

「嬴醫師在醫院裏和同事關係很不錯，」李雍搖搖頭說，「我認為兇手不會是醫院裏的人，我們醫院不會有如此滅絕人性的殺人犯。」

這個時候，他聽到了一個聲音。

「讓我進去！我是死者家屬！」

李雍回過頭去。他看到了一個和嬴青柳長得很像的女子。那女子看起來有三十幾歲，看到她的一瞬間，李雍驚為天人。她有著一張美到令人屏息的臉，一種與生俱來的高貴氣質。

那正是，李雍和嬴青璃最初的相遇……

李雍永遠也不會忘記，他第一眼看見嬴青璃時，掠過心頭的那一絲悸動。一見鍾情，或許被很多人嗤之以鼻，但這世界上任何事都無絕對。某些時候，真的存在著這種瞬間就在心中定下情感的人。

「你是死者家屬？」王隊長也走到那女子面前，問道：「請問你的名字是？」

那女子一雙柔和的黛眉下，一雙如水的眼眸此時溢滿淚水，含著能將人化掉的柔情，五官可以說是完美無缺，她即使是一副驚慌失措的樣子，卻依然美得讓人心醉。

「我叫嬴青璃，」她滿臉淚痕地對王隊長說，「死去的嬴青柳醫生是我姐姐！請讓我進去看看吧！」

「很抱歉，現場還在進行勘察，不能夠進去。我們會將死者遺體帶回公安局進行詳細檢驗，嬴小姐，很抱歉……」

李雍這時卻癡癡地看著嬴青璃。他雖然結婚幾年了，也有了兒子李隱，但是，他娶妻子只是為了圖謀正天醫院院長的寶座，對妻子並沒有愛情。

調查結束後，警方帶走了嬴青柳的屍體。李雍在醫院會客室裏，給嬴青璃倒了杯水，對她說：「嬴小姐，嬴醫師的死我也感到很難過，還請你節哀順變。你如果有什麼需求……」

嬴青璃的美目依舊泛著淚花，她的身體止不住地顫抖。李雍在看著她的時候，感覺呼吸都困難起來。雖說嬴青璃和嬴青柳外貌有幾分相似，但論容貌和氣質，嬴青璃遠勝於嬴青柳。

不過，李雍心中對嬴青璃升起的並非是那種強烈想佔有的原始欲望，嬴青璃那比之容貌更為令他傾倒的知性氣質，讓他對她產生的，是一種非常自然的好感。

「李院長，」嬴青璃微微抬起了頭，囁嚅著說：「我姐姐她，平時在醫院裏有沒有和什麼人結怨？姐姐她性格比較衝動，也許會在不經意間得罪了什麼人。」

李雍聽到她那麼一說，回憶起來，的確如此。雖然他和嬴青柳見面次數不多，不過印象中她確實是個性格直爽，甚至有些潑辣的女子。她身上完全沒有嬴青璃這種淡如水的氣質，如同一團烈火。不過，她也算是個很有責任心的醫生，但因為不太懂得變通，所以和其他同事似乎相處得不算很愉快。

「醫院也會協助全力追查嬴青柳醫師的案子，你放心吧，嬴小姐。」

那一天晚上，李雍親自將她送到了公車站。

「麻煩你了，李院長，」嬴青璃很感激地說，「讓你陪我到那麼晚，真的很不好意思。」

「哪裏。」李雍搖搖頭說，「你是和嬴青柳醫師一起住嗎？」

「不，我結婚後就搬出老家了。我父母還不知道這件事情，我很難想像他們知道這件事情後會是什麼反應，我父親有高血壓，我真的很擔心……」

聽到「結婚」二字，李雍的臉色不禁黯然了下去。不過想想也對，她這樣一個女子，怎麼可能三十多歲還不結婚呢？

「那……你先生，也知道嬴醫師的死訊了嗎？」

嬴青璃搖了搖頭，說：「不，我先生兩年前已經過世了，我現在帶著我女兒住在我父母家。」

聽到這裏，李雍的臉上又恢復了神采。他在妄想什麼呢？他當然很清楚自己是個有家室的人，而且，也正因為妻子他才能夠擁有這個醫院。而且雖然他當初是為了利益和妻子結合，但妻子的確是深愛著他的。畢竟當時他只是醫院的一個實習醫師，沒有金錢也沒有權勢，完全是靠著他的不懈努力才打動了楊家小姐的芳心。

但是，和嬴青璃短短半天的相處，他就感到一種前所未有的情感。和眼前的她比起來，他眼前所擁有的一切，都可以輕易捨棄。

公車來了，嬴青璃說道：「我先走了，李院長。」

這時天色已經很暗了，周圍非常寂寥。公車緩緩靠站後，車門打開，嬴青璃走了上去。

不知道為什麼，李雍總感覺，她似乎是踏入了一個黑得沒有邊際的洞穴中一般。那輛公車裏一片黑暗，他看不到任何人影，甚至連司機都看不清楚。

這是怎麼回事？

然後，車門關上了。在車門即將關閉的瞬間，李雍忽然看到，在公車後側的車窗上，映照出了一張被掩蓋在一片黑暗中的面孔！

「不要！」李雍立即一把拉住嬴青璃，將她死死地抱進自己的懷裏，只差一秒時間，車門就關上了。隨即，這輛公車緩緩開走了。

驚魂未定的李雍看著逐漸遠離的公車，心還是撲通撲通地跳著。他是學醫的，本來根本就不信鬼神，但那一刻，他實在是感覺到了一種危險，本能地將嬴青璃拉了下來！

他知道，他不可以失去她！

「李……李院長？」嬴青璃完全無法理解此時發生的事情，她踏上公車的瞬間，也本能地感覺到一種危險，彷彿走進了猛獸的牢籠一般。而這時，李雍將她拉了回來。

「對，對不起。」李雍放開了嬴青璃，「我，我剛才……」

怎麼解釋呢？李雍也感覺剛才似乎有些衝動，可是如果時間倒流再讓他選擇一次，他還是會做同樣的事情。他不能夠容許眼前這個女子有一絲一毫的危險。

「我送你回去吧。」李雍說，「我的車就停在附近，那麼晚了，讓你一個人回去，我不放心。」

「可是……」

「沒關係，你是嬴醫師的妹妹，幫你做這些事情是應該的。」李雍已經有些語無倫次了，但他對這一切全無所知。

其實現在也不算很晚，還不到八點。嬴青璃本打算拒絕他，可是李雍根本不給她這個機會，直接拉著她朝醫院停車場走去。拉住嬴青璃的手的時候，他感覺到似乎握住了整個世界。

他知道這個念頭是罪惡的，無論如何，他畢竟有了妻子和兒子。可是，內心的那份愛意一旦澎湃起來，就難以再收住了。

李隱也正是完全繼承了父親這種對愛情的義無反顧，不會輕易愛上一個人，可是一旦愛上了，就絕對不會改變，並且會用生命去守護所愛的人。

「李院長，真的不用了……」嬴青璃急忙說，「你別這樣，我現在只想一個人靜一靜……」見李雍還不鬆手，二人已經進入停車場，她忽然狠狠地甩開手，說：「夠了！」

李雍愣住了，他回過了頭去。

「我只想一個人靜一靜……」她忽然蹲下身子，掩面哭泣起來：「為什麼都一個一個離開我，為什麼要離開我……」

看著她那哭泣的痛苦表情，李雍也蹲下了身子。在那一刻，他就下定了決心。一定要為她做些什麼，無論要付出什麼代價，他都希望可以好好地陪伴在她身邊。只要能看到她的笑容，他什麼都可以做得出。

忽然，在黑暗中似乎傳來什麼聲音，雖然因為嬴青璃的哭泣聲，那聲音顯得很微弱，但李雍還是聽到了。

那是什麼聲音？

李雍立即對她說：「噓……別出聲。」

他開始搜尋四周，豎起耳朵，那聲音似乎是什麼東西摩擦紙張發出的。「擦」，「擦」，「擦」……終於，他看到了那個聲音的源頭，距離他和青璃大概十多米的地方，某一部車子的旁邊，一個黑影正坐在那兒，拿著一張紙，在紙上塗抹著什麼。因為這個停車場很暗，所以剛才沒看清楚。

這個黑影，在做什麼？

李雍出於好奇，想走過去看看，然而，那黑影忽然到了車子後面。李雍走到那部車子旁邊的時候，卻什麼也看不到了。這是怎麼一回事？

嬴青璃緩緩走了過來，她抹了抹眼淚，說：「對不起，李院長，我剛才太激動了。」

「跟我走吧。我還是送你回去。」李雍取出了車鑰匙，「不管怎樣，你都是我屬下職工的家屬，嬴青柳醫生的死，我身為院長也有不可推卸的責任，就讓我稍微為你做點事情吧。」

嬴青璃看他如此堅決，只能點了點頭。

李雍和嬴青璃來到他的車前，打開車門，和嬴青璃一起坐了進去。他關上車門後，將手伸到嬴青璃的座位旁，幫她繫好了安全帶。

「謝……謝謝。」嬴青璃臉色微微有些發紅。

李雍發動了車子，他問：「住址是在？」

「暮月街。」嬴青璃的聲音依舊有些哽咽，「靠近北目路的地段。」

李雍點點頭，他踩下了油門。不久後，車子上了高速公路。李雍打開電台，裏面正好在放一首歌曲。

「你打算怎麼和你父母說？」李雍打破了沉默。

「我不知道。」她搖了搖頭說，「姐姐本來就不和父母一起住，所以她不回家也沒事，但是……我父母總會看報紙和新聞的。兩年前我丈夫去世的時候，就讓他們難過了很長時間，我真不知道現在該怎麼辦了。」

姐姐的死，讓嬴青璃近乎崩潰，她現在的情緒非常不穩定，而李雍也越來越憐惜她。

樂曲開始進入了高潮。

「如果有需要幫忙的地方，我一定會盡力的。」李雍不斷回想著所瞭解的嬴青柳的所有情況，但是，始終想不出有誰會想殺了她。正天醫院的殺人案件，估計明天早上就會上報紙頭條了。不過這些李雍已經不在意了。

這個見面到現在還不超過七個小時的女子，完全牽動了李雍的內心。他從來也無法想像，自己居然會如此迷戀一個人。以前的他，對於柏拉圖式的精神戀愛，瓊瑤式的極度理想化愛情，都是非常嗤之以鼻的。他始終認為，愛情是虛渺的，經不起時間的考驗，唯有金錢和權勢才是真實的。這一信念也是支持他走到今天這一步的重要原因。但現在他的這個世界觀在逐步崩潰。

車子到了暮月街嬴青璃家前面。而這時，李雍注意到，房子門前有一個留著一頭長髮，看起來最多四五歲的女孩子站在那裏，她的一雙眼睛像極了嬴青璃。

「子夜！」嬴青璃驚呼一聲，在車子停下後，立即下了車，來到女孩面前，蹲下說：「你怎麼出來了？外公外婆呢？」

李雍看著那個名叫子夜的女孩，猜到這是嬴青璃的女兒，那女孩子還那麼小，就繼承了母親的美麗姿容。

「媽媽！」子夜抱住了嬴青璃，「你怎麼才回來？外公外婆看了夜間新聞，看到青柳阿姨去世了。外公已經去了正天醫院，外婆一個人在房間裏哭。我好擔心你，就出來等……」

這是李雍唯一一次見到子夜，當時子夜並沒有對李雍留下印象，所以長大後再度見到李雍時，也沒有認出他來。

聽到這裏，嬴青璃非常驚愕，連忙帶著女兒走進門去。她回過頭對李雍說：「李院長，對不起，今天謝謝你，你先回去吧。」

然後嬴青璃和子夜走進家中，一個六十多歲的老婦人正在客廳的沙發上啜泣，她一看到嬴青璃和子夜進來，立即站起身走過來，抓住嬴青璃的手說：「青璃，你姐她，她不是真的出事了吧？是弄錯了吧？對不對？你爸呢？你爸爸在哪裏？」

「媽……」嬴青璃看著泣不成聲的母親，痛苦地低下頭說：「是真的。姐姐她……已經死了。」

「死了嗎？」嬴青璃的母親忽然說出了一句奇怪的話，「那麼，那幅畫……果然是真的嗎？」

二○一一年五月一日，陰雲依舊覆蓋著天南市的天空。

暮月街上，蒲緋靈仰頭看著天空，那黑暗似乎無邊無際，令人感到猶如踏入了地獄。街道上的路人紛紛抬頭看著天空，有些人甚至拿出手機抓拍。

「又來了嗎？同樣的事情……」

這天氣，實在是讓人不愉快啊。當初，蒲緋靈之所以搬到暮月街，就是因為，她在小時候哥哥的畫中見到過這裏。雖然不知道緣由，但她認為搬到這裏或許可以接觸到瞭解哥哥的人。

「但願別出什麼事情才好……」

蒲緋靈忽然回憶起，二十年前，她剛搬到這條街的時候，也是五月一日，發生了一件事情，她的印象比較深刻。

那天晚上，她正在家中無所事事，忽然外面傳來了急促的敲門聲。她去打開了門，門口站著的人是一個陌生的美麗女子。那個女子見到自己後，立即問道：「請問你……是蒲緋靈小姐嗎？」

「對，我是，請問你是誰？有什麼事？」蒲緋靈不解地問。

「我是前幾天你造訪過的那戶人家的女兒，我叫嬴青璃。你給我母親看過的油畫究竟是怎麼回事，可以告訴我嗎？」

聽到這句話，她眉頭一鎖，剛想說什麼，那女子又補了一句：「我姐姐死了，就是那幅油畫上的女人。可以告訴我嗎？那幅畫是怎麼回事？為什麼你會有我姐姐死去時的樣子的畫？」

嬴青璃的樣子看起來很嚴肅，讓蒲緋靈暗暗心驚。雖然她早就預料到會如此，可是會那麼快應驗還是有些出乎她的意料。前幾日，她剛搬來這裏，便拿著那幅她比較在意的哥哥所畫的油畫，去挨家挨戶地問，有沒有人認識畫上的人物。嬴青柳的母親就是其中一個。

蒲緋靈讓嬴青璃進入了房間。她此時內心很緊張。自從哥哥賣掉祖屋離開後，她雖然刻意躲避他，但也一直希望可以查出他那邪惡能力的真相。也正因為如此，她搬到了暮月街。

在哥哥的畫作中，那個叫嬴青柳的女人出現在暮月街，後來卻悲慘地死去了。而她被殺害的這一重要過程，卻沒有畫作。要麼就是沒有畫出來，要麼就是被帶去了瀚海市。而她最在意嬴青柳的原因，是因為……敏。

「那幅油畫的作者，是我哥哥，他擁有著不可思議的能力。」

一周過去了。警方的調查終於有了進展。院長辦公室裏，李雍聽著王隊長說的情況。

「女孩子？」

「對。有一名護士，在嬴青柳醫師被害當日，曾經看到過一個身上沾染了不少血的女孩子衝進廁所裏。當時她還以為是受傷入院救治的患者，沒有在意。但是，後來她認為這件事情可能和嬴青柳醫師的死有關，因而向我們警方提供了這個情況。根據她所說，那女孩子似乎沒有受傷，而那個廁所就在嬴青柳醫師被殺害的樓層。」

「那女孩子有多大？」

「大約五六歲左右的女孩子，也正因為如此，那名護士拖到現在才說。她認為那麼小的女孩子不可能是殺人兇手。」

「女孩子……怎麼可能。」李雍搖了搖頭，「無論如何也不可能是那麼小的孩子吧。」

「這一點誰也說不準。李院長，你有什麼線索可以提供嗎？」

李雍搖了搖頭，說：「很抱歉，沒有。」

「這樣啊……」

不過，李雍內心卻開始翻湧起來。女孩子？這是怎麼一回事？

下午五點左右，他和嬴青璃約好了在會客室見面。這時候的她，依舊沉浸在失去姐姐的痛苦中，但臉上更多的是毅然和決絕。

「我想給你看一幅畫。」

嬴青璃取出了一個裝得四方形的包裹，拿給李雍，說：「你打開看看吧。」

李雍有些疑惑，撕開了畫的包裝，接著他就看到了一幅畫得極其逼真的油畫。在油畫中，他看到的是……

「這，這是什麼？」看到油畫中的內容，他實在無法置信。

「這幅畫，是在幾年前畫的。你能相信這樣的事情嗎？」嬴青璃雖然說話的口氣很平靜，但此時她的內心卻猶如掀起滔天巨浪。

「這幅畫，是誰畫的？」李雍立即追問道。

「很抱歉，」嬴青璃搖了搖頭說，「我答應為那個人保密，我不能說。不過我可以確定，這畫是在姐姐死去以前所畫的。但是，能夠相信畫的內容嗎？」

「為什麼？知道畫的作者是誰很重要啊！」

「那個人，我也不知道現在在什麼地方。李院長，我來找你，是希望問你……」嬴青璃沉默許久後，才說：「你相信這個世界上有鬼嗎？」

時至今日，李雍也無法百分之百確定，這個問題的答案是什麼。當時的他，立即就聯想起了在公車上看到的黑色人臉。

「我，我不知道。」如果換了以前，他的答案就不會是如此了。

嬴青璃緊抓著那幅畫，說道：「我一定會想辦法找出真凶來的，殺害了姐姐的真凶！抱歉，李院長，打擾你了。」

她站起身，剛準備走，李雍卻緊緊拉住了她的手！

「如果你相信……」李雍堅定地說，「那我也相信。如果你認為你要找出的兇手是鬼，那我也會幫你。只要是為了你，就算是地獄，我也會進去！」

這幾句話已經完全超越院長對自己職員家屬的關心了。再笨的人也該聽出這句話的潛在意思了。嬴青璃有些愣愣地看著李雍，只見他無比真誠地說：「從我第一眼看到你，就沒有辦法不思念你了。這一周來，我可以說是食不知味，夜不能寐。見不到你的時刻，我感覺我隨時都會崩潰。」

「你在說什麼……李院長……」

「我說，為了你，我什麼都可以做。我對你的感情是真心的，請你不要把我想成是那種很隨便的輕薄之徒。對，我的確是有家室和孩子，但是我對你的感情絕對沒有任何玩弄的成分，絕對沒有！」

李雍已經不在乎了。這一周來，他在他現在所獲得的權位和嬴青璃之間權衡過，他無論考慮多少次都發現，如果這一生無法和嬴青璃在一起的話，就算擁有這個醫院又有什麼意義呢？他寧可捨棄現在擁有的一切，就算被人唾罵是偽君子，就算被妻子憎恨，他也不可以沒有嬴青璃。不可以沒有她！

「你住口吧！」她甩開了李雍的手，「請你自重，李院長，我不是隨便的女人！我們見面才多久？你這樣做太過分了！」

李雍知道她會這麼看待自己，但他已經無法壓抑自己的情感了。那份火熱的猶如要將自己內心灼燒為灰燼的愛意，如果不說出來，他就是死也不會瞑目的。

「李院長，我沒想到你是這種人。很抱歉，我要走了。」嬴青璃看也不看他一眼，就奪門而出。

李雍呆呆地看著那扇門，內心失落不已。不過他不會氣餒，他決定用自己的真心去感動她。只要她應允，那麼自己可以立即提出離婚！唯一讓自己割捨不下的，就是小隱。畢竟他是自己的兒子，李雍無論如何也沒有辦法將自己的兒子那麼輕易地拋棄。但楊家的人，肯定不會讓李隱跟著自己的，何況如果打官司，自己也是過錯方。

不過現在考慮這些事，還太遙遠了。李雍叫來了那個護士，詳細詢問她關於那個女孩子的事情。在清楚詳細情況後，他又調查了所有嬴青柳醫師的病歷記錄，但並沒有那麼小的女孩子的記錄。嬴醫師是婦產科醫生，那麼小的孩子想也知道不可能是她的患者，估計是她的母親來看病。

第二天，李雍親自登門拜訪。為了調查姐姐的死，嬴青璃向她執教的大學請了三個月的假。這一天，當她打開門見到李雍的時候，本想立刻關門，但李雍把門頂住，拿著手上的幾張紙，說：

「這是我調查過的，嬴醫師去世前的病歷記錄。難道你不想看看嗎？」

「我……」嬴青璃猶豫了很久，最後還是開了門。

「我們出去說吧。」她走出門來，對裏面喊了一聲：「爸，我出去一下！」

走出門後，她緊鎖眉頭看著李雍，說：「李院長，走吧。」

看著她那冷如冰霜的表情，李雍心裏很不好受。但是，他也沒有辦法。

接下來的日子，嬴青璃感到很糾結。她一面擔憂姐姐的案子，調查著蒲緋靈給她提供的線索，尋找那幅畫的作者，一面不得不面對李雍。

案子拖了大概近五六個月，一直懸而未決。

李雍在嬴青璃面前，卻不再提他的感情，可是他的一言一行，對嬴青璃無微不至的關懷和對這起案件不辭辛勞的努力，都讓嬴青璃有些感動。事實上他的情感雖然熱切，但並沒有喪失理智，也沒有做出逾越的舉動。時間長了，嬴青璃的心也有一些動搖。

畢竟，丈夫去世兩年了，她也一直感到很孤獨痛苦，而博學深情的李雍，漸漸打開了她的心防。最讓她動容的一件事情是，母親因為思念女兒而抑鬱，變得開始癡呆起來。李雍將母親安排進了正天醫院住院，並且負擔了全部醫藥費。他的這一行動，讓醫院裏不少人都說起閒話來。他能做到這一步，嬴青璃沒有辦法再無視他的心意了。

起初，她只是把和他的見面作為調查姐姐的死的手段，並沒有考慮那麼多，她本以為這樣就一定不會有任何問題了。但最終她還是淪陷了。

因為沒能查到那個女孩，也找不到那幅畫的作者，嬴青璃越來越痛苦了。而這時候，一直在身旁安慰她的李雍，成了她最大的精神支柱。

「我會一直支持你的，無論你遭遇什麼事情，只要有我在，你就不會是孤獨的。」

母親病了，父親差不多也倒下了。家裏現在只能靠自己一個人支撐，這其中的痛苦確實不是常人可以想像的。嬴青璃不是強人，她最後還是倒向了李雍的懷抱。

那一天，李雍吻了她，而她沒有拒絕，清醒過來的時候，她推開這個男人，她感到很可怕，自己剛才做了什麼？她絕對不能夠容忍自己成為破壞他人家庭的第三者的！

可是，任何事情有了第一次，就會有第二次、第三次……無法停止。

終於有一天，她查到了那個人的蹤跡，那個叫蒲靡靈的男人的蹤跡。於是，她決定和蒲緋靈一起去瀚海市找他。她沒有通知李雍。她不希望他也捲入其中。

分別的那天晚上，她和李雍在酒店的床上度過了最後的一個夜晚。

「青璃。」李雍摟住懷中的摯愛，說：「我已經和妻子提出離婚協議了，但我兒子還太小，這件事情我們還瞞著他。你能夠等我吧？還有，你姐姐的死，我一定會查個水落石出的。另外，我不明白，那幅畫你為什麼不交給警方呢？為什麼不告訴我……」

「因為我看到了。」嬴青璃抱緊了李雍，「我看到了……鬼。真正的鬼。」

「你，你說什麼……」

「員警解決不了的。沒有人可以解決得了。接下來我要做的事情，也會非常危險。」

她下決心要離開李雍。無論如何，她都做不到去拆散一個家庭，去奪走一個無辜孩子的父親。雖然她確實對李雍動了情，但並不代表她就一定要得到這個男人。

這段日子，她調查了很多地方，都是蒲靡靈在天南市時去過的地方，她也都沒有告訴李雍。第二天，她坐飛機離開了天南市。這是她和李雍的最終訣別。當她回到天南市後，沒過多久就死了。時間，是在第二年的五月一日。李雍是在那個時候，才知道她已經過世了。

李雍永遠也不會忘記，在太平間看到嬴青璃的時候，那撕心裂肺的痛苦。接下來的時間裏，李雍傾盡一切力量去調查。他無論如何都要知道答案，他要知道……是誰殺了青璃！

如果兇手是鬼，那他大不了花錢去請能人道士來降魔！就算是請筆仙，下巫蠱都無所謂……只要能夠讓青璃安息！

這時候，李雍醒過來了。

天空依舊是那麼陰暗。他揉了揉眼睛，走到院長辦公室的保險箱前，轉動密碼盤後，取出鑰匙將其打開，從裏面拿出了當初的那幅油畫。

「蒲深雨……」他念著這個名字，「我會找到你的。一定會！」

油畫上畫著這樣的景象：嬴青柳的面前，一張床上躺著一個女孩子。女孩子的面部根本看不到，而她的肚皮部分的衣服被掀開，從肚臍眼延伸出一根臍帶來，而臍帶的另外一端，則生長出一些血肉，連著一隻潔白的小手！

而恐怖的是，那小手的中指指尖部分，卻延伸出了一個巨大的頭顱！那頭顱的脖子很長，伸到了嬴青柳面前。那只頭顱被一片黑暗籠罩著，感覺非常陰森。而那頭顱上的頭髮不斷纏繞著，插入了嬴青柳的額頭！

此刻，在六號林區。

眾人都看到，深雨的右手中指忽然延伸變長，長出了一隻黑暗的頭顱！

蒲靡靈在離開家之後就已經自殺了。因為，他要借用深雨的身體繼續存活下去，直到殺掉眼前所有的人！為了將公寓中，持有地獄契約碎片以及有可能獲取契約碎片的住戶全部殺死，他用了五十年來維持至今的惡魔力量。他製造出惡魔鬼胎，也就是深雨，在他從東臨市日冕館和月影館留下那本日記後不久，就帶著敏回到天南市，然後自殺了。

死去的他，生長成為了深雨的右手！而這就是深雨可以畫出預知畫的原因，因為她畫畫的手本來就是蒲靡靈的亡靈！而凡是被蒲靡靈畫出來的人，都將成為被詛咒的對象！

也就是說，曾經被深雨畫下來的人，李隱、子夜、銀夜、銀羽、星辰等這些人，已被詛咒！這個詛咒……無可逆轉！

如果說這個血字有生路的話，那麼生路就是……不要讓深雨畫出你的臉！

一道森冷的刀光閃過，上官眠毫不猶豫地扔出了飛刀，將深雨的右手瞬間砍斷！

那隻右手瞬間飛上了半空，又掉落在橋上。然後，那隻手開始扭曲，五根手指不斷變得粗長巨大……很快，變成了一尊有五六米高的、穿著一身黑衣、令人膽戰心驚的恐怖黑影！

# 6 被詛咒的畫中人

「逃！分開逃！」李隱大吼一聲，抓住子夜的手，選擇了一個方向逃去！這個時候，根本沒有辦法帶上深雨了。

所有人的反應都是一樣的，看到那個逐漸變大的黑影時，每個人的反應都是立刻逃走！而逃得最快的人，自然是上官眠，她幾乎在那黑影剛膨脹時，就已經選擇了方向逃走！

對於這些住戶而言，現在不是在執行血字指示，完全可以現在就回歸公寓！但也正因為不是在執行血字，即使是銀夜和銀羽也沒有辦法瞬間回歸公寓。

他們必須立即離開六號林區，逃回公寓去！

銀夜自然是和銀羽一起逃走，他此刻也心急如焚，就這樣直接被帶入這個林當中，身上沒有準備任何東西，在如此廣闊的林區，沒有地圖和指南針，該怎麼逃？可是，有指南針和地圖的神谷小夜子在橋的另外一端，她早已經逃入密林深處，不見蹤影了。因此，他們只能漫無目的地瞎跑，先離開林區再回市區去！

慕容蜃背起深雨，也選擇了一個方向逃走！星辰則死盯著他，緊緊地跟了上去！無論如何，深雨是關鍵，跟著她的話，也許有辦法克制住這個鬼！

封煜顯則是選擇跟著李隱和子夜的方向逃走。

住戶們各自選擇道路逃跑，每個人都無比驚恐慌張，這種從未有過先例的可怕情況，讓他們幾乎都喪失了判斷能力。此時，只能夠如同無頭蒼蠅一般亂跑！充滿著對未知的無比恐懼！

慕容蜃背著深雨，不斷朝林區深處奔去！而星辰則緊隨其後，他無論如何也不能跟丟了眼前的兩個人！

跑了很久，慕容蜃終於累了，速度開始慢下來，他將深雨放到一棵樹下，回過頭看著跑來的星辰，大喝道：「你背包裏帶著止血的藥吧？快拿出來！」

星辰也不希望深雨死掉，她現在是可以克制那個鬼的唯一關鍵。而且，他也並不知道，深雨已經不可能畫出預知畫了。

打開醫藥箱，慕容蜃立即對深雨右肩膀的斷面進行止血，深雨滿臉都是汗珠，咬著牙強忍疼著。

「他……一直都變成我的右手……」深雨這幾句話幾乎是從牙縫裏擠出來的，此時右肩膀的痛楚令她幾乎陷入了崩潰邊緣，她強忍著不讓自己昏迷。

「慕容蜃。」星辰死死盯著這個變態法醫，問道：「你認識深雨？你說她是你的『收藏品』是什麼意思？」

「什麼意思？就是字面上的意思。」慕容蜃捧著深雨的臉龐，「真沒想到你的右手隱藏著如此美妙的東西啊，真後悔當初沒有多摸幾下。」

「我在問你話！」星辰一把扯住慕容蜃的衣領，「你是怎麼認識她的？你究竟是什麼人！」

「呵呵，這很重要嗎？我們現在都死定了啊。」慕容蜃卻哈哈大笑起來，「你，我，還有她……

我們誰也逃不掉，都得死在這個地方。真是有趣啊……」

星辰怒吼道：「說！給我說清楚！你們是怎麼認識的！不說的話，我就殺了你！」

「殺死我？就像你殺死敏那樣？」

這句話一出，星辰頓時感覺頭猛地震了一下，身體都差點沒能站穩。他的手漸漸鬆開，問道：「你，你怎麼會知道……」

「我當然知道。」慕容蜃獰笑著，伸出食指點著星辰的胸口，說：「你用一條人命交換了預知畫，這件事情我知道得很清楚。殺人的味道怎麼樣？是不是非常爽啊？」

「別說了！」深雨忽然開口了，「算我求你了，慕容蜃，別說了！」

這時候，一陣凜冽的風突然刮來！三個人一下陷入了極度的寂靜中。

深雨驚恐地睜大眼睛看著前方，在前方幾十米處，一股熟悉的邪惡氣息正在逼近！

「他……他來了……」

星辰此時顧不上爭執了，他也注意著四周。此時他的體力已經消耗非常大了，他不可能因為一陣風就跑起來，需要再觀察一下。

就好像被什麼邪惡的東西侵佔了身體一樣，似乎亙古以來一切的邪惡都凝聚在那個鬼魂之中。一種毛骨悚然的感覺開始襲來。星辰慢慢扭轉身體，然而他立即就看到，一個被一身黑衣籠罩、臉上完全是一片黑色的男人就站在深雨背後那棵樹的後方！

然後，那個身影就沒入了樹的後面。

星辰還來不及反應，慕容蜃卻衝向了那棵樹的後面！

「看到了，那是最美麗的邪惡啊！」他的臉上甚至流出淚水來，然後，當他的身體到了樹的後面，便再也沒有聲音了！

星辰渾身戰慄，他咬著牙，衝上去背起深雨，繼續朝密林深處逃去！他根本管不了那個變態法醫的死活了，現在對他而言，必須要保護好這個女子！她口口聲聲說「他」，明顯知道這個鬼的來歷！

也因此，他才選擇拚命保護這個女子！雖然他曾經那麼憎恨這個讓自己手染鮮血、不得不對敏揮起屠刀的女子，詛咒了她無數次，但她的預知畫讓自己逃出了白髮老婦的魔掌也是不爭的事實。

而且，他也理解深雨的痛苦，他曾經和那個孤兒院的很多孤兒交流過，和深雨同齡的人要麼在讀大學，要麼已經開始工作了。和那些人接觸後，聽他們談到了深雨，也瞭解到昔日的深雨所遭受到的痛苦有多麼強烈。尤其是，當他知道，敏對深雨造成的最大打擊……

他深深理解她的痛苦，就和當初他失去右眼時的痛苦是一樣的。他對她的恨意也因此有所消滅。

「你……」深雨本以為星辰會不管她，就自己逃走，因此有些驚訝，問道：「你不恨我嗎？還是說，你希望我繼續幫你畫預知畫？不可能了，沒有了那隻手，我不可能再畫出來了……」

星辰的腳步沒有停下。無論如何，他也不會就這樣丟下深雨。

「少給我廢話！不想死就抓緊我！」

深雨聽到這句話時，心裏卻是一暖。從來沒有人對她說過這樣的話，從來沒有人在意她的生死、在意她的感受。諷刺的是，這個男人卻是她真正傷害過，讓他真正犯下過罪孽的人。

她抓緊著星辰的脖子，並不時回過頭去看。後面只是一片樹林，沒有任何人影。

同一時間，上官眠迅疾地移動著，周圍的樹影迅速掠過，她是所有人中跑得最快的，並且身上也準備好了炸彈和毒針。

忽然，她感覺到了什麼，扭頭看去，一道黑影在樹影間掠過！她立即朝著反方向跑去！炸彈很珍貴，不到萬不得已她不想使用。而且物理武器對鬼魂的傷害非常有限，甚至可以說毫無作用，她不想浪費武器。

忽然她感到有人接近，立即朝那個方向看去，卻見迎面走來的正是皇甫壑！

皇甫壑見到上官眠也是一愣，他幾乎不敢相信地看著眼前的少女，問道：「上官眠？你為什麼會來這裏？你不是沒有接到血字指示嗎？」

他並不知道剛才發生的一切。沒有接到血字指示的住戶來到這裏，根本是沒有辦法理解的事情！

上官眠卻迅速掠過他身旁，說：「不想死，就逃！」然後她就猶如一陣風似的跑向後方！

皇甫壑一陣驚疑，連忙也跟了上去。但他如何追得上上官眠？

就在這時，忽然草叢裏一陣響動，皇甫壑就感到內心一緊，抬頭看去，卻見無數黑色的線條縱橫交錯，天空中似乎出現了一張巨大的蜘蛛網！那些蜘蛛網遍佈視線，然後，一個在黑暗中逐漸浮現出來的身影，從蜘蛛網的絲線上垂下來，開始逼近皇甫壑……

此刻的皇甫壑，就猶如被捕食的蟲子一般！他仔細看去才發現，天空中並不是蜘蛛網，而是……而是……濃密的頭髮！那黑影不斷下垂，漸漸接近了皇甫壑！

忽然一聲槍響，眼前的黑影被重重震了一下，但也僅此而已。上官眠出現在皇甫壑身後，她手上握著一把還在冒煙的沙漠之鷹。

「無效？」她還來不及反應，一張黑色的面孔，從她後腦勺浮現出來……

「小心！」皇甫壑大喊一聲。上官眠立即作出反應，她的身體迅速移開，看向身後，然而後面卻是空無一人。再朝著天空看去，那由無數頭髮形成的「蜘蛛網」也消失了。

受到上官眠的死亡威脅，當日她在月影館持有槍支和炸彈的事情，沒有被住戶們廣泛知曉，李隱和子夜都認為她或許是黑社會組織的殺手，當然沒想到她背後那可怕的背景。因此，皇甫壑被她這番身手和手上的槍嚇了一跳。不過，和鬼魂相比，已經不算什麼了。太多難以理解的現象，早就讓他驚訝的神經麻木了。

上官眠絲毫沒有鬆懈，她繼續在樹林中穿行，不斷警惕著四周，同時也做好準備，一旦出現鬼魂，就使用她最新製作的炸彈。

而皇甫壑根本追不上她，她那輕盈的身影，沒一會兒就在茫茫樹影中完全消失了。他立即取出手機，給神谷小夜子打去電話。他急於知道究竟發生了什麼事情，為什麼上官眠會在這裏出現！還有，要殺他們的鬼不是一個白髮老婦嗎，怎麼變成了一個黑髮黑衣的獰鬼？

神谷小夜子這時候也陷入了非常可怕的危機中。她當時看到橋對面發生的變化後，立即飛奔逃走。雖然不知道能夠逃多遠，但本能告訴她，這次的血字指示，恐怕已經失控，很多情況都無法用平時的血字規則去認知了！

由於跑得太過匆忙和慌亂，她被腳下的樹根絆倒，整個人重重摔在地上，手掌擦破了，但是她根本顧不上流血和疼痛，自己還沒有跑出一公里以上，那麼近的距離，她根本沒有安全感！雖說整個六號林區不可能有哪裏是絕對安全的，但是，遠離一些總是更好！

她抬起右手，想抓住旁邊的樹木支撐著站起來，卻忽然抓住了一隻極為冰冷的手！

「接啊，快接啊！」皇甫壑一遍遍地撥打著神谷小夜子的手機，可是對方卻不接電話！

「這到底是怎麼了？」

而同一時間，在距離皇甫壑現在的位置大概一公里的一片樹林中，有一個人正目瞪口呆地看著眼前的景象。

「這……這是哪裏？」這個人，正是蒲緋靈！

她也被深雨畫出來過，是李隱和子夜去尋找她的畫面。所以，她也無法倖免。

最後，還有一個人也同樣被送入了六號林區內。那是在林區深處，一座山丘下方的一個洞穴內。忽然從明亮的院長辦公室踏入這個黑暗的場所，李雍根本沒有辦法理解所發生的一切。他感覺周圍非常潮濕，剛站起身頭就被狠狠撞了一下。他也曾經被深雨畫出來過。以前深雨畫出李隱將契約碎片藏在家中的場景時，畫出過李雍的臉。

深雨的畫，從一開始就被蒲靡靈的亡魂下了詛咒。這個詛咒近似於日本漫畫《死亡筆記》中的那本寫上一個名字，就能夠殺死一個人的筆記本。深雨的畫就類似於那本死亡筆記，只要是被畫在上面的人，就會被詛咒，每年的五月一日就會被蒲靡靈殺死。而一般情況下，深雨總是會在事後被蒲靡靈的亡魂抹掉記憶。

夏淵雖然也被深雨畫出來過，但他沒有死的原因，是因為那五年的五月一日，他都待在公寓內的緣故。蒲靡靈的亡魂雖然能夠無一例外地殺死被詛咒的人，可是也沒有辦法進入公寓。

在那個公寓裏，只有人類才可以生存，是鬼魂的絕對禁區，一旦踏入，就會被那個黑洞吸入，不知道去到什麼地方。

所以，夏淵和深雨訂立約定的那一刻起，他就已經註定會死了。就算他完成了十次血字離開公寓，只要到了五月一日，他就會被殺死。這是沒有辦法被改變的。

說起來，這幾個人，也不知道是運氣不好還是命中註定，居然都沒有待在公寓內！否則，蒲靡靈也奈何不了他們。銀夜和銀羽是搬出了公寓，暫時在家裏住，四十八小時之內回公寓一次；上官眠是在外面練習刀法和槍法；封煜顯則是在健身房練習跑步；子夜是去了正天醫院，而李隱是去找她；至於慕容蜃……就不用說了。

不過就算真的待在公寓裏也沒有什麼意義。就算今天李隱等人逃回了公寓，但蒲靡靈不是他們在執行血字的時間段內遇到的鬼魂，所以，就算回到公寓，詛咒也不會消除。就算以後離開了公寓，也要面臨著到了五月一日就被咒殺的命運。就算殺掉深雨，這一點也不會改變。

雖然那些畫中的人，每過一年都會死去，但因為公寓住戶本身就時刻面臨死亡，所以深雨根本沒有注意到這一點。也因為這個詛咒的可怕，平衡了預知畫在血字指示中對住戶生命的挽救作用，因此公寓也沒有干涉預知畫的存在。

這就是一切的真相。

所以深雨才會說「必死無疑」了。李隱他們，已經是必死無疑了。就算逃過了今日，這一生也沒有辦法把這個詛咒消除掉。星辰他們也一樣，他們在這次血字指示中遭遇的鬼，是那個白髮老婦，而不是蒲靡靈。

當深雨將神谷小夜子、皇甫壑和卞星辰都畫下來以後，這個詛咒也在這三個人身上應驗了。蒲靡靈的亡魂終於現身，開始了每年一度的殺戮。就如同……當初將曾經被蒲靡靈親手畫出來的嬴青柳和嬴青璃殺死一樣！

而過了今天，蒲靡靈又會再度消除掉深雨的記憶，重新變回她的右手，然後繼續這個詛咒。而李隱等人死後，契約碎片就無法再重新聚集在一起，就沒有人能夠封印魔王了。

耗費五十年，終於在今天徹底終結的詛咒，將會令魔王級血字指示變成真正意義上的無解任務！

這是公寓的意志？還是魔王的意志？抑或是冥冥之中的命運？沒有人知道。

星辰背著深雨，越跑越累，終於不得不放下她，坐在一棵樹下休息。本來，找到那個小稻草人，以為用類似巫蠱的方式就可以殺掉那個鬼老婦，等於這個血字指示執行成功，但他做夢也沒想到，一切居然會來一個如此可怕的轉折！

雖然無法知道這一切將會有一個怎樣可怕的結局，但是……終究還是避免不了嗎？

直到最後生命結束，他都無法超越哥哥，沒有辦法獲得母親真正的認可。星辰漸漸開始絕望了，那絕望就如同他的右眼的黑暗，開始吞噬他的心靈。

「你……」星辰看著眼前的深雨，他最後的救命稻草：「你知道你的右手為什麼會變成那個樣子嗎？你的右手究竟是……」

「我不知道。」深雨此時也被剛才的突變震得幾乎喪失判斷能力，「我不知道我的右手是那樣恐怖的東西，我真的不知道！我肯定不可能畫出預知畫了，我的腦海裏也沒有出現任何預感場景，沒有！那都是那隻右手帶給我的，那隻右手！」

她也沒有辦法克制那個鬼嗎？真的沒有希望了嗎？

「你一定知道的！」星辰還是不死心，「我問過你住的孤兒院的所有人！他們都說，你從很小的時候就會畫那些鬼魂幽靈，你，你擁有了這隻手近二十年，你難道不知道什麼秘密嗎？任何事情都好，告訴我，有什麼辦法，告訴我……求求你……」說到這裏，他的眼睛開始湧出了淚水：「我不想死……我不想死……」

深雨看著他那痛苦悔恨的表情，伸出左手，撫摸著他的肩膀，她想安慰他一下，可是，卻什麼也說不出來。

幽深的林區內，被黑暗完全覆蓋了。

此刻，這個地方，就是地獄！

「畫……」星辰忽然像是想起了什麼，對深雨說：「那些畫會不會有什麼秘密？那個鬼，到底是什麼？」

「我不知道，我不知道……」深雨語無倫次地說，「我不知道那是什麼，我真的不知道！以前從來沒發生過這樣的事情。」

「你絕對知道！」星辰忽然一把抓起她，說：「你之前，說了『他』不是嗎？你知道，你知道他是什麼東西！你知道！」

深雨一愣，隨即說道：「我也不知道，我只是本能地感覺到很危險，所以才那麼說。以前，我預感到過這個黑影一次，那個黑影在日冕館和月影館出現過，『他』在那裏作畫……」

星辰頓時愕然。李隱推斷出，蒲靡靈就是當初兩個鬼通信中提及的「惡魔」。那麼，那個鬼，就是死去的蒲靡靈嗎？是製造惡魔鬼胎的那個惡魔？

深雨此刻陷入了沉默。蒲靡靈，是帶給她「惡魔之子」稱號的人，是令敏對她恨之入骨的人，是所有人對她冷眼相對和視她為異端的始作俑者。但……他也是讓她能出現在這個世界上，能夠呼吸、能夠思考、能夠活著的創造者！

他也許是這個世界上唯一曾經愛過自己的人，唯一曾經賦予過自己生存價值的人。她之前就希望和蒲緋靈見面，她想知道，外公是抱著什麼樣的心情讓她出生的呢？他是由衷希望自己出生的嗎？他可以告訴自己，她出生在這個世界上，是一件好事嗎？

「你是說……那隻右手變成的鬼，就是我的……外公？」這一點，深雨難以想像。但現在看來，或許真是如此。因為，她聽敏提過，外公也有過那個能力，可以畫出預知場景的能力！

真的是這樣嗎？真的是他嗎？她的生存價值，可以從那個人的口中獲得答案嗎？在這個沒有任何人需要她，將她和罪惡等同視之的世界，他是唯一可以給自己生存下去的意義的人嗎？

「我的……外公？」深雨的眼眶開始湧出了淚水。真的是他？真的可以見到他了嗎？

「告訴我！」星辰喊道，「你究竟知道些什麼！他有沒有辦法被克制！你應該知道吧，我必須在這裏待到明天晚上午夜零點！也就是說，我根本無法離開這個六號林區回公寓去！如果沒有生路，我是沒辦法活下去的！一定有生路的，對吧？你，你就是公寓給我們的生路提示，不是嗎？不是嗎？」

「他也許愛過我。」深雨說道，「也許，有我在，他就不會殺你們了！他是希望我出生的。是不是？一定是的，一定……」

「他沒有愛過你。」一個冰冷得讓人感覺渾身發寒的聲音從後面傳來。在一片樹影後面，上官眠出現了。她從一開始就決定找到深雨，所以在深雨身上裝置了發信器，因此很容易找到了深雨。她這等殺手出手，比魔術師還快，根本沒有任何人發現她做的手腳。

「你……」深雨立即怒道，「你胡說什麼？你怎麼知道……」

「我當然知道。」上官眠將一本日記本扔了過來。

那本日記，原本已經被上官眠燒毀了，但沒有想到燒毀後變成的灰燼又重新變回了日記本。也就是說，這日記是公寓裏的東西！估計是蒲靡靈接觸到公寓住戶後所獲取的東西。這並不奇怪，既然可以畫出和血字有關的場景，那麼能和住戶接觸，讓他帶一本公寓的筆記本出來一點也不困難。估計他就是考慮到保存問題，才用公寓的筆記本來寫日記吧。

「這本日記，是在月影館和日冕館之間的一個地下室找到的。」

深雨立即翻開那本日記，她看到了裏面寫的內容。

一九九一年二月二十日

我很高興呢，敏被我詛咒成功了，懷上了惡魔的孩子。

作為惡魔的代言人，這種褻瀆神的行為，自然是我要做的。

我告訴敏，這個孩子，她一定要生下來，否則我一定會殺了她。

而且，孩子生下後，無論男女，都要給他（她）起名為深雨。

蒲深雨。我蒲靡靈的外孫女。

深淵之中，永遠無法停止的暴雨。

這就是我賦予這個孩子的詛咒。她將會和我一樣，化身為惡魔而活。

永遠的詛咒。而這個詛咒也的確應驗了。從一開始，她就是作為一個詛咒而被生下來的。

蒲靡靈沒有愛過她。這就是事實。

翻著那本日記，深雨的大腦一片空白。

「不……不是的，這是假的，是你偽造的，是你……」

上官眠卻冷冷地說：「別抱幻想了。你是唯一有可能克制那個鬼的人，告訴我你知道的一切，否則我就馬上殺了你。不要抱任何僥倖心理！」

深雨將那本日記重重扔在地上，此刻她的雙目沒有了任何神采。這是她最後可以獲得救贖的方法。但現在，她明白了。那隻右手，從一開始，就是外公下的詛咒。她只是用來詛咒住戶，用來詛咒這個世界的工具罷了！不過是為了褻瀆神而誕生的「惡魔之子」！

她此刻感覺到靈魂都在顫抖，她的雙手死死抓住頭髮，拚命地喘息著。「我……只是一個詛咒……我的外公根本沒有愛過我，那麼，我是什麼？被詛咒的我，今後該為了什麼活下去？」

那個詛咒，代表著她成為了真正的惡魔之子，是被神明所不容許的真正的罪惡存在。這個世界上，沒有人能夠容忍她這種異端，她也沒有可以得到救贖的地方。

「啊，啊，嗚，啊，嗚……」她發出意義不明的聲音，卻流不出一滴淚來。此刻她的臉上看不到絲毫血色，猶如一個已經死去的人。而此刻的她，讓星辰猶如看到了昔日的自己。

「我們卞家怎麼會有你這種不爭氣的兒子！」昔日母親死死揪住他的頭髮的樣子浮現在眼前，她那麼對自己說著：「我根本不需要你！我需要的是星炎，你知道嗎？你這樣的孩子，只會拖累我，星炎才會博得老爺子的賞識，讓我將來能從老爺子那得到更多遺產！我只需要星炎，你根本就沒必要存在，卞家不需要你！」

星辰能夠體會，對深雨而言，這是多麼大的痛苦。不被父母所愛，連生存的意義都被剝奪。

「不是的！」星辰忽然將深雨緊緊抱入懷中，對她大聲說道：「沒有人是背負著詛咒而出生的，沒有人是天生的罪人！人的出生，怎麼能夠說是罪惡！這個世界，也絕對不是沒有任何人愛你、沒有任何人需要你！」

深雨此刻還是一片麻木，她根本沒理解星辰的意思。

「你不是什麼惡魔，更不是什麼詛咒！」星辰更緊地抱住她，「真正的惡魔，根本就不是你！」接著，他抓起那本日記，狠狠地撕爛，喊道：「這種東西什麼都不是！就算有著惡魔詛咒的血脈又怎麼樣！你仍然是你！就算蓮花上沾染了再多的污泥，也不會被污染！比起血脈，更重要的是人的本質！」

「所以……」說到這裏，星辰已經流下了淚水：「不要說什麼，你沒有了生存意義……不要那麼說……」

深雨的淚水，終於在此刻決堤。她伸出手抱住了星辰，星辰感受著深雨雙手的溫度……

等等……雙手？

星辰回過頭去，一張五官都被黑色覆蓋的恐怖的臉，正對著他獰笑著……

李雍一臉驚惶地看著自己身處的這個狹窄山洞，這一切讓他無法理解！

「不，不可能……我剛才明明在院長辦公室裏啊，怎麼會突然出現在這裏？難道我是做夢嗎？」

他拍了拍自己的臉，不斷甩著頭，但是無論怎麼看，周圍都依舊是個陰暗狹窄的山洞。他試著要走出去，忽然腳似乎踩到了什麼東西。

「這，這是……什麼？」

蒲緋靈忽然回憶起，二十年以前的五月一日，哥哥曾經給她打來過一個她永生難忘的電話。那個電話太過古怪，所以她至今還記得清清楚楚。

「緋靈。」當時，接通電話後，他的頭一句話就是：「接下來我就要成為詛咒的一部分了。不久的將來，我將會成為永恆。」

聽慣了哥哥不正常的話，那個時候蒲緋靈根本沒有太在意哥哥的話。但他接下來的話更加可怕。

「我讓我的女兒敏懷上了鬼胎，那個孩子，是我製造出來的詛咒。」

蒲緋靈永遠也不會忘記聽到那句話時的震撼。

「你說什麼？你讓你的女兒懷上了鬼胎？你，你開玩笑吧？」再怎麼不正常，她也無法想像哥哥會做出這種無法想像的荒誕行為，何況敏只有六歲啊！就算再怎麼惡毒和沒有人性的人，對待自己的親生骨血，都應該有一點點仁慈吧！做得出這種行為，還能算是人嗎？而且，說是什麼「詛咒」，是什麼意思？

「接下來，我就要為了成為永恆而迎接毀滅了。我現在，在天南市飛雲區的六號林區外的公用電話亭。等一會兒我就會進入這個林區，這個地方非常不錯呢，相當美麗的地方。這裏是最適合我迎接滅亡的地點。」

「六號林區？你去那裏做什麼？你究竟想怎麼樣？」蒲緋靈越來越感覺到電話另一頭的那個人，簡直不像是她的哥哥，而是一個猙獰的惡魔！

「我留下了十八本日記，那些日記裏記載著許多很有趣的內容。你可以嘗試著去找找看，那些日記記載著和那個公寓有關的真相。」說完後，他就把電話掛斷了。

李雍打開手機，照著地上的東西。

躺在地下的，是一具陰森的骸骨！那骸骨已經殘缺破裂，顯然已經死了相當長的時間！

「啊！」李雍嚇得逃離那骸骨，他現在越來越感覺詭異。而聯想起神谷小夜子發來的簡訊中的內容，他終於徹底相信，這一切真的是涉及了超自然現象。接著，他開始漸漸冷靜下來。

這一切，和當初看到青璃的屍體所帶來的痛苦相比，根本不可同日而語！青璃死去的時候，他感覺到自己失去了靈魂，內心變得猶如一潭死水，沒有任何方向和目標。

為什麼她當初，不告訴他那幅畫的作者，不讓他陪著她一起去面對呢？就算和她一起死，也好過失去她！如果，他可以在這個地方找到青璃死亡的真相，那不管面對怎樣的恐懼，他都無所謂了！

那一襲黑衣的厲鬼出現在星辰背後，一瞬間，時間似乎凝固了。

突然，深雨推開星辰，自己挺身攔在那黑影面前！

那厲鬼的雙手伸到深雨面前時，便停住了。

此時，上官眠也注意到了這一點！這個鬼不會殺深雨！沙漠之鷹迅速抖出，三發子彈頓時傾瀉而出，轟入那黑色厲鬼的腦門！一瞬間，鬼的身體被打散成煙霧，在天空中緩緩消散。

上官眠根本不相信這麼簡單就可以殺掉這個鬼，她對星辰喊道：「保護好那個女孩子！絕不能讓她有絲毫閃失，否則我就立刻殺了你！」

星辰一愣，隨即背起深雨，朝密林深處逃去。

上官眠則冷冷地注視著四周，然後腳一蹬，飛速地朝著二人的背影追去，同時，她靈敏地感應著周圍的風吹草動。

另一方面，銀夜和銀羽兄妹，正在林區深處警惕著四周而飛奔著。雖然他們不清楚六號林區的地形，不過上網查一下，也就大概知道了。

這個林區很大，所以出口也非常多，只要到附近的公路上，就有辦法看到過往的車輛，然後離開這裏！或者，也可以考慮去附近的幽影山谷。

「到幽影山谷去！」銀夜下了決心，「那裏比較近！」

「幽影山谷？」銀羽有些擔心地問，「去那裏真的不要緊嗎？那是敏死去的地方啊。」

「管不了那麼多了。」銀夜此刻沒有了絲毫昔日冷靜睿智的神色，他的眼中只有發自本能的恐懼：「我只想早點逃離這裏！」

對於一個智商高超的人而言，再也沒有比「常識覆滅」更恐怖的事情了。這種超越了公寓昔日規則的異常現象，完全超出了銀夜的想像。

他和銀羽搜集的關於蒲深雨的資料極其有限，在目前的情況下，根本沒有辦法瞭解那麼多。他也沒有想到，是因為深雨畫出了他和銀羽執行血字的預知畫，才招致了災難。這個詛咒，是沒有辦法解的，除非能夠永遠待在公寓裏不出去。不過，這一點，現在就連深雨本人也並不知道。

跑著跑著，二人的體力都開始耗盡，沒有辦法繼續維持下去了。雖然平時他們一直鍛煉跑步，可是人畢竟都是有極限的。

「銀夜……休息，一下吧……」被汗水浸透頭髮的銀羽，此刻眼中也都是近乎絕望的恐懼。在非血字指示執行期間，遇到這麼可怕的鬼，誰都會崩潰的。

「可是，休息的話……」銀夜又向身後看去，後面什麼也沒有，但是，這卻比鬼就站在那裏更讓人心驚肉跳。

沒多久，風又變大了。那席捲的大風帶起了不少沙塵，一時間銀夜感覺到眼睛被迷住了，他揉了揉眼睛，卻感覺到風如刀割一般掠過臉龐。

然後，那些黑暗中的沙塵之間，忽然伸出了一隻骨瘦如柴的黑手！那黑手迅疾地朝著銀夜的咽喉伸來！然而，在即將碰觸到銀夜的喉嚨時，那黑手卻又忽然化為風中的沙塵消散開了。

銀夜和銀羽都愣在當場，冷汗打濕了他們的後背。銀羽更是在發抖，她此時已經快絕望了。「我們……逃不出去了……」

銀夜自從進入這個公寓來，還從沒有那麼絕望過。而現在唯一的希望，是什麼呢？深雨！蒲深雨，是現在最大的希望了！

「給星辰打電話！」銀夜忽然歇斯底里起來，「必須要馬上找到他們！那個女孩子，也許是找到生路的唯一關鍵！」

而有這個想法的人，並非只有銀夜，其他幾個人也是如此考慮的。

李隱已經給星辰打過了電話。無論如何，和深雨在一起的星辰，說不定知道什麼！李隱對他之前所說的話，始終半信半疑。但是，星辰的手機在神谷小夜子手中，根本沒辦法通過手機聯絡到星辰！

背著深雨的星辰，怎麼也跟不上上官眠，而上官眠在見識到深雨的作用後，也不會再丟下她。

「我來背她吧。」上官眠說，「你的速度太慢了！」

「你想怎麼做？」星辰問，「你不會殺了她吧？」

「不會。」上官眠指著深雨說，「那個鬼不會攻擊她，也就是說，她對那個鬼而言是特殊的。好了，別說那麼多廢話了，把她交給我吧。」

星辰猶豫了一下，忽然臉頰旁擦過一把匕首，狠狠釘在他身後的樹木上！

「我沒那麼好耐心。」一絲厲色閃過上官眠的臉龐，「我也完全可以選擇殺了你！不過看起來那個女孩對你有一定的感情，所以我才留你一命！再不把她交給我，我馬上就送你去陰曹地府！」

星辰本能感覺到，上官眠是個極為可怕的人物！她根本不像是個人，而猶如是一個人形怪物一般！剛才，他根本沒注意到她是怎麼拿出刀子的，刀子就從臉頰旁擦過了！這個女人，如果要殺自己，的確是無法抵抗的！

「我，我知道了……」

然而，就在他即將走近上官眠的時候，星辰忽然一腳踏空，下一刻，他就狠狠地倒在了一個陰暗的洞穴內！

「這，這是哪裏？」

洞穴非常陰暗，地面很潮濕，而一抬起頭就會撞到頂部。

「這裏……」深雨注意著四周，說道：「似乎是個天然形成的洞穴，只有先走走看了。」

「嗯，也只能如此了。」星辰這時候還是很恐懼，但他感覺到，似乎那個鬼真的不會傷害深雨。也許，有深雨在，可以真的避開那個鬼。但是，血字指示規定要在明天才可以回歸公寓。那麼長的時間內，只是靠深雨，能夠離開嗎？

「星辰……」深雨喃喃地說，「你剛才說的話，是真心的嗎？」

「嗯？」

「你是第一個對我說那樣的話的人。你說，血脈並不重要，重要的是本質。蓮花就算沾染污泥，也不會被污染……」

星辰點點頭說：「是的。這是北宋學者周敦頤的《愛蓮說》中所說的，『蓮花出淤泥而不染，濯清漣而不妖』，蓮花的本質是高潔的，所以不會同流合污。一個人之所以高貴，並非他得天獨厚，也並非他擁有權勢財富，而是因為他心中懷有高貴之心。心懷卑賤之人，自然就會變得卑賤。」

「這……這是……」

「是以前我哥哥對《愛蓮說》這篇文章的解讀。我其實一直都懷著卑賤之心，但事實上真的是如此嗎？進入公寓後，我才漸漸明白，我失去的是什麼。重要的並不是他人對你的評價，深雨。重要的是我們自己的信念。」

深雨的頭依偎在星辰的背後，感覺找到了無比溫暖的港灣。

就在銀夜打不通星辰電話而苦惱的時候，忽然「轟隆」一聲巨響，一股巨大的氣流衝來，身後的大片林木都被一團巨大的火光覆蓋住了！

威力巨大的炸彈將周圍一帶的林木完全捲入了火海，四散奔逃的住戶們都看到了那沖天的火光，愕然地張大嘴巴。

上官眠使用了炸彈，將那黑色面孔的鬼出現的地方徹底炸毀了！在這種林木密集的地方引爆炸彈，一個搞不好只怕會造成森林大火，不過上官眠，什麼辦法她都打算嘗試一下。

雖然不知道爆炸能對鬼造成多大傷害，但是，她至少爭取到了一點時間。不過，這個爆炸也讓很多住戶明確了鬼現在所在的方位，他們立即朝著反方向逃走！同時也在擔心森林大火一旦釀成，捲入火海豈不是逃無可逃？因此有些人開始朝林木不密集的山丘上逃跑。

這個由政府保護的重要林區，發生了這個爆炸事件後，卻沒有任何人有所察覺。公寓的影響力依舊無所不在。

那個洞穴的深處，李雍正查看著那具骸骨。

「這……究竟是什麼東西？」他越想越感覺詭異，他抓起了一根斷裂的指骨，放入口袋中，然後決定離開這個洞穴。而他回過頭的時候，完全沒有注意到，那骸骨的頭蓋骨部分，凹陷的雙眼中，忽然瀰漫起了一團黑氣……

# 7 兩顆絕望的心

「星辰。」深雨下定決心，她眨了眨眼睛，對星辰說：「我有一個辦法，也許能夠活下去。」

「什麼？」星辰愕然地回過頭，看著深雨，問道：「你有什麼辦法？」

「那個鬼並不殺我，而我也發現了一件事情。」深雨指著星辰的臉，說：「你們所有人，都有一個共同點，那就是，都曾經被我畫出來過。無一例外！所以我想，預知畫本身，是一個詛咒！」深雨已經洞悉了這一切的真相。

「這也是唯一有可能解決一切的辦法了。讓我來畫出那個鬼！那個鬼……是我的外公，我知道的，這就是他所說的給我的詛咒。所以也只有我才能終結他！」

深雨決定要保護眼前這個男人，不論付出什麼代價都要保護他。他是唯一一個真正認同自己、真正相信自己的人。

心懷高貴的人才會變得高貴，心懷卑賤的人自然就會卑賤。這句話給了她活下去的勇氣和力量。

「活下去的話……」她說，「帶我去見一下你哥哥吧。」

「深雨……」

此刻的深雨，臉上那為了守護星辰而露出的決絕表情，有著一種無法言喻的淒美！

星辰的心被揪緊了。她難道是抱著必死的心態去那麼做嗎？

那個鬼不會殺深雨，也就是說，就算星辰等人都死光，深雨也可以活下來。但是，如果她去畫那個鬼，如果這真是一個詛咒的話……那個鬼肯定會來攻擊深雨，甚至很可能殺了她！

事實也的確如此。預知畫就和死亡筆記一樣，都是絕對嚴格按照規則進行詛咒的，不被畫下來的人，蒲靡靈的亡魂絕對不會去殺。這個詛咒，本身就是這個能力帶來的，無法改變，就連公寓也不能夠限制。

「深雨……」星辰呆呆地看著她，「你說你來畫，那你不怕嗎？」

「沒關係。」深雨搖了搖頭，看著星辰，看著這個保護了自己，守護了自己的男人，說道：「這是我的選擇。如果你死了，我這一生都無法得到安寧。星辰，既然你說過我不是惡魔，既然你願意認同我的存在，那麼……我就會為你而活。」

這時，星辰的眼中漸漸盈滿了淚水。進入這個公寓後，他不知道哭過多少次，有好幾次都陷入絕望和痛苦的深淵，甚至也和敏一樣有過輕生的念頭，和阿相認識後才稍稍有了生存的信心。

而在後來，得知了預知畫的存在，他在良知和生命的天平上掙扎了許久，才終於狠下心腸，不惜手染鮮血也要獲得預知畫。那個時候，他也流淚了。為生存的無奈，也因為對這個公寓恨之入骨的憎恨！

而如今他再一次流淚了，卻是為這個女孩，這個昔日逼迫他不得不犯下罪孽的蒲深雨。

星辰對於深雨的感情，一直都是愛恨交織的，早就分不清楚了。事實上，星辰最恨的還是那個公寓，相比起對公寓的恨意，對深雨的恨其實微不足道。畢竟，如果沒有深雨，只怕他第三次血字指示時就會陷入死亡境地了。殺死敏也是自己的選擇，恨她沒有意義。而且，在看了她的照片後，星辰對深雨就一直有種說不出的感覺，對她的恨意消滅了許多。

因為他可以理解深雨的痛苦，也能夠明白她為什麼那麼憎恨敏。就如同他昔日對母親的怨懟和對哥哥的憎恨一樣。她其實比自己更可憐。因為她的親人對她做得更絕，尤其是她外公，簡直就是可以用泯滅人性來形容！也正因為這樣，他才有了一種希望可以將深雨從那痛苦深淵中解救出來的想法。

而此刻，她卻說，願意為了自己而活。這是第一次，有人願意為了他而捨棄一切，無條件的，只是為了幫助他。從小到大，哥哥的光環始終壓過他一頭，自己沒有任何事可以值得自傲。他右眼瞎了以後，當初交的女友也憤然離去，他很清楚，對方願意和他在一起，多半也是因為卞家的豪門背景。

「深雨，我……」噙滿淚水的星辰，看著已經視死如歸的深雨，忽然將臉湊過去，吻上了深雨的唇。這一刻，他再也無法壓抑自己的情感，也終於明白，他對深雨懷有的是怎樣的情感了。

深雨似乎嚇了一跳，她沒有想到星辰會吻她。然而，她沒有反抗，而是更湊近星辰的臉孔，感覺著他身上的氣息。

沒多久，她推開星辰，說：「快！你的身上有沒有紙筆？只要有，我就可以馬上畫，有顏料的話就更好了！」她的臉緋紅，心中感覺小鹿亂撞，剛才，是她的初吻。

「如果可以活下來的話，我一定要娶你！」星辰堅定不移地說，「我要你，無論你的血脈是什麼，無論你在世人的眼中是什麼，我都要你！因為你是蒲深雨，而不是這個世界上的任何其他人！」

「蒲深雨？」一個聲音忽然傳過來，星辰嚇了一跳，回過頭去，只見一個穿著白大褂的中年男子，站在距離二人不遠的洞穴岔道處，說：「你們是誰？」

這個男人，自然就是李雍。

星辰一臉茫然地看著對方，而深雨則驚愕地說：「你怎麼會在這裏？」

「你知道我？」李雍剛開口，忽然他聽到了什麼聲音，他回過頭朝岔道另外一頭看去，卻看到一隻黑色的手掌，從岔道另一端的石牆後方伸出！

李雍頓時臉色大變，立即朝星辰和深雨的方向跑來，大喊道：「快，快走！」

星辰根本來不及問深雨這個中年男人是誰，看見他一臉驚慌地跑來，傻子也知道是怎麼回事了！

於是，背著深雨的星辰立即調轉頭跑去，李雍則緊隨在後面！

如果被那個鬼追逐的話，該怎麼做？要把那個鬼畫出來，要花費多長時間？畢竟這不像死亡筆記，寫個名字就萬事皆休，畫畫可不是一時半會兒就畫得出來的！在沒有公寓施加限制的前提下，這個鬼是可以輕易殺掉他們所有人的！怎麼辦？該怎麼辦？

深雨緊緊抱著星辰，她也開始絕望起來。該怎麼救星辰？有什麼辦法可以救他？

忽然，有什麼東西砸在了深雨頭上，掉落在地上。她看過去，竟然是……慕容蜃的人頭！

那個鬼，真的會殺掉星辰的！緊咬牙關，深雨的眼中閃過了一絲決然。

有一個辦法，還有一個辦法能夠救星辰！她都幾乎快要忘記了，一個能夠將問題徹底解決的辦法。只有那個辦法！

「星辰！」她忽然喊道，「給我，把敏的房間鑰匙給我！你應該一直都帶在身上吧？」

以前星辰在和深雨的通話中提到，殺了敏以後，他一直將敏的房間鑰匙帶在身上，以此時刻提醒自己，他是殺了人才換取活命的機會的。對於敏，他始終有著罪惡感。

「對，沒錯。」

「把鑰匙給我！」

星辰將手伸入衣服裏掏了起來，掏了半天，他才拿出一把鑰匙，遞給了深雨。

「這，這樣可以做到什麼？」

「星辰。」深雨抓過鑰匙，嘴唇微微一抿，說：「我會讓你活下來的，一定會！」接著，她看著敏的房間鑰匙，看著自己映在地上的影子，說道：「我宣誓，自願成為公寓二五〇五室住戶！」

這是公寓的另一個隱藏規則。如果拿著已經死去的公寓住戶的房間鑰匙，對著自己的影子，說出剛才那句宣誓自願進入公寓的話，而這個房間還沒有住戶搬進來的話，就會成為這個房間的新住戶。

深雨的身體漸漸消失了。下一刻，她出現在了敏昔日所住的房間——二五〇五室的客廳中。斷開的右手，重新長出了骨骼和血肉，而深雨撐住一旁的沙發，整個人站了起來，一直癱瘓的雙腿也被公寓徹底治癒了。

這就是自願進入公寓的住戶的一大好處，可以將任何進入公寓前的傷病治療痊癒。同時，十次血字全部都可以在血字執行完畢後，自動回歸公寓，而不需要等到執行完第六次血字之後。

深雨站了起來，看著這個昔日敏居住過的房間。而今後，這裏就將是她和星辰要一起生活下去的地方。

深雨立即衝入書房內，她來不及享受終於可以用雙腿走路的感覺，一把拉開抽屜，尋找著筆和紙。找著找著，她忽然罵自己笨，從書桌上拿了一張便利貼，找了一支筆，在上面寫上了「油畫用的畫布，筆，顏料，畫架，調色板」，然後將便利貼貼在櫃子上。然後，她迅速打開櫃子，取出了這些東西！

公寓的確是非常方便，只要是日常用品都可以變出來。當然，炸彈、槍械等武器或者降伏鬼的符篆什麼的是不可能變出來的。這些被變出來的物品，除了食物之外都是無法被破壞的。

深雨拿起畫筆，她回憶著那個鬼的形象，開始勾勒起線條來。她反覆告誡自己一定要冷靜，千萬不要因為慌張，讓自己畫出來的鬼失真。同時她知道，在這個公寓裏作畫，鬼絕對無法阻止自己！

「快，一定要快啊！一定，一定要救星辰！星辰，只要你可以活下來，你的任何要求我都會答應的，無論什麼都好……求求你，活下來！」

為了星辰，深雨決定做一個蓮花一般的女子。為了星辰，她可以進入這個比地獄更可怕的公寓！

星辰發現深雨消失了，他也是驚愕得無以復加，他聽到了深雨所說的「宣誓進入公寓」的話。難不成……深雨成為了公寓的住戶嗎？然而，他已經來不及思考這些了。

蒲緋靈此時走到了一個山丘下的洞穴前面。不知道為什麼，她感覺到好像有什麼在召喚著自己，她不由自主地走到這個洞穴前。沒有任何人指引她，她就來到了這裏。

「是這裏嗎？」她雙眼一片茫然，右腳自動跨了出去。

在這裏，會不會和深雨見面呢？她很清楚，她會來這裏，很有可能和哥哥有關。縱然死了那麼久，他還是陰魂不散。

她慢慢走入了洞穴。自從記事時起，她就知道，哥哥不是一個正常人。他是個擁有一雙魔性眼睛的男人，是以人類姿態存在的惡魔。

這時，她忽然回過頭去，卻看到那本應該在身後不遠處的洞穴入口，已經消失了！本該是入口的地方，卻變成了一條沒有盡頭的幽深長廊！

此時的子夜，手緊緊抓住李隱，她想，此刻或許真的要和李隱葬身於此了。

無法找到蒲深雨的話，那一切就都變得毫無意義。而且，直到死，她都沒有辦法查出母親之死的真相了。

「不用擔心，子夜。」李隱安慰著她，「我們不會死的，不會的！」

雖然話是那麼說，但在這種無法用公寓的規則來忖度的狀況下，誰都知道，死神的鐮刀隨時都會落下。李隱雖然已經執行過七次血字指示，也從未遇見如此詭異的狀況。

李隱的話音剛落，突然他感覺胸口有一陣冷氣席捲而來，還來不及做出反應，一隻黑色的手掌從他的衣領處猛然伸了出來，一把掐住他的脖子！一個黑色的頭顱，從李隱的胸口處伸出！

這一刻，李隱魂飛天外！

子夜還來不及進行反應，她的後衣領處也伸出了一隻黑手，同樣也有一隻黑色頭顱從那裏伸出！

接著，李隱感覺被拽入了一個黑暗世界！眼前恢復清晰的時候，卻發現自己在一個狹窄的洞穴內！而子夜就站在他的對面，二人面面相覷，愕然地看著對方。

「李隱？子夜？」

一個聲音傳來，李隱立即朝後面看去，看見了柯銀夜和柯銀羽。大家都感覺到一絲陰寒。

此刻，所有人都明白了，這裏是鬼的巢穴。就如同貓捉老鼠一般，捉到老鼠後，不是立即殺了老鼠，而是慢慢折磨牠，最後才將其吃掉。他們被捉入這個巢穴內，鬼也會慢慢折磨他們，直到他們精神崩潰，再將他們殺害。

蒲緋靈在這幽深的洞穴中繼續前行。

洞穴開始開闊起來了，兩邊也開始變得寬敞起來。沒有多久，她就來到前方的一個被開闢出來的石洞入口。走出去後，她赫然看見，眼前橫著一條斷崖！向下看去，竟然是深不見底的萬丈深淵！

而就在她身旁不遠處，有一座懸索吊橋！吊橋另外一邊，是另外一片斷崖。而對面的斷崖，則連通著別的洞穴。她朝左右看去，有許多大小不同的石洞入口，而她所走出的是其中一個。

這裏是六號林區五十多米以下的地底。

她一步步朝那個吊橋走過去。吊橋是木製的，大概只有一米多寬，綁住吊橋的繩子看起來也顯得有些舊。而吊橋下方的深壑，光是看看，都讓人不寒而慄。蒲緋靈的腳頓了頓，不由自主地朝後面挪了挪。然後，她就感覺碰到了一具冰冷僵硬的身體！

蒲緋靈頓時嚇得尖叫起來，她連忙回過頭去看，身後卻是空空如也，什麼也沒有。她越來越恐懼了，昔日那個可怕的魔性男子的身影，再度出現在她的腦海中。

來不及想太多，她立即衝上了吊橋！

過了大概十分鐘，又有一個人從石洞入口走了出來。那個人正是星辰。他看著眼前這座吊橋，毫不猶豫地跑了過去。他剛要走上去，忽然又看到一旁某個石洞入口走出來一個人，赫然是神谷小夜子！她還活著。

「你……」他看著神谷小夜子，剛想走過去，但隨即想到，這個女的誰知道是人是鬼？也許是蒲靡靈的亡靈假扮的？

神谷小夜子也有同樣的忌憚，所以她也不敢接近星辰，而是走近那座吊橋。吊橋是可以走到對面崖壁的唯一路徑。

二人之間隔著一定距離，也不說話，都在考慮是不是要過橋。畢竟萬一在橋上被這個鬼給兩面堵住，就完蛋了。

但很快，二人就發現，沒有時間猶豫了。因為……二人身後的石洞入口，都出現了一個若隱若現的黑影！

不約而同的，二人都奔向了那座吊橋！

深雨死死盯著那幅油畫，她已經畫了快一半了，然而，因為沒有了預知能力，只能靠記憶來畫，而記憶其實很容易在細節上出錯，所以她不敢畫得太快，可是更不敢畫得太慢！畢竟，每一秒星辰都有可能死去！

深雨的嘴唇上，依舊留著那個男人給自己帶來的溫存。她無論如何都要挽救他的生命，無論要付出什麼代價。

就在這個時候，她無意中朝窗戶瞥了一眼，手中的筆掉了下來！

窗戶上，一張黑色的臉死死抵住玻璃窗，不停敲打著！這讓深雨頓時感覺到一陣惡寒！當然，這張臉是無論如何都進不來的，公寓是鬼魂的絕對禁區。

「你休想讓我出來，休想！」她怒視著窗戶上的鬼，然後繼續畫著。

然而這時，房門忽然開了。她頓時嚇得朝門口一看，進來的人竟是封煜顯！他怎麼回到公寓了？

「你果然在這裏……」封煜顯看著那窗戶上的黑色鬼臉，對深雨說：「我必須把你弄出公寓去，只要把你弄出去，那個鬼就答應讓我和螢見面！」

深雨怎麼也沒想到居然會這樣！為了把自己弄出公寓，鬼不惜把封煜顯放回公寓，來將自己強行帶離公寓！而封煜顯，今年殺還是明年殺，都是一樣的。

「螢是我妻子。」封煜顯的身體微微顫抖著，「只有那個鬼可以讓我和螢見面，我必須見到她，必須！所以……」

深雨一把抓起一旁桌子上的一個鐘，就朝他的額頭狠狠砸去！而封煜顯則立即躲開了！是封煜顯的話，她還有希望，如果是上官眠，那根本就是絕望了！她這麼想著，對封煜顯產生了強烈的殺意！對星辰的生命構成威脅的人，無論是誰她都不會放過！

深雨立即拉開客廳裏桌子的抽屜，可是裏面卻找不到刀子！然而封煜顯已經衝了上來，深雨立即逃到了沙發後面，死死抓著沙發朝封煜顯推過去！封煜顯一個箭步衝上來，踩到沙發上，整個人狠狠向深雨撲去！

深雨被他狠狠按倒在地上，雙眼看著畫架以及窗戶外那愈加猙獰的黑色鬼臉。鬼的確進不了公寓，但是人可以！而人……其實比鬼更恐怖！

深雨最後只得大喊起來：「救命，救命啊！」

二十五層現在還有其他住戶，她希望有人聽到喊聲出來幫忙，無論是誰，只要能夠阻止這個男人，怎麼樣都行。

怎麼殺了這個男人？深雨雖然雙腳痊癒了，也長出了右手，可她畢竟是個弱女子，也因為雙腿癱瘓，從小到大都沒有參加過體育鍛煉，如何是一個三十多歲的壯年男子的對手？

封煜顯一把抓起深雨，對著窗戶外的鬼臉大喊：「我把她給你！按照約定，你讓我見到我的妻子！你如果敢違約，我死了做鬼也不放過你！」

沙發離窗戶只有不到五六米，而封煜顯力氣極大地拉著深雨走向窗戶！那扇窗戶，是人和鬼的絕對分界線！

深雨拚死掙扎著，然而她的雙手被封煜顯猶如鐵鉗一般的手抓住，雙腳因為之前是在室內穿的是拖鞋，被星辰背起來後早就丟掉了，踩在封煜顯腳上根本無法給他造成一丁點兒痛苦。

封煜顯發了狠，妻子螢的自殺對他打擊太大了。進入公寓後，他終於找到了這個可以和幽冥溝通的媒介，也因此希望尋求和螢對話的可能。如今終於能和妻子見面，他如何會不興奮？本來他就已經想自殺去見妻子了，只要可以和妻子見面，就算死，他也無所謂了。

至於深雨的生死，他根本不關心，畢竟他現在是唯一一個被詛咒卻還不知道預知畫存在的人。因此他對一個根本不認識的女人，完全無所謂她是死是活。

「螢！」封煜顯大喊著，「我終於可以來見你了，我……」

雖然深雨不斷扯著嗓子呼救，可是，沒有一個人來。公寓牆壁的隔音效果非常好。剛才封煜顯進門後，就隨手把門帶上了。

此時深雨死死地盯著那幅畫，她已經畫了一半了，如果能畫完，那就可以徹底地……

這時距離窗戶只有兩米了。只要封煜顯拉開窗戶，將自己的頭推出去，那個鬼就可以瞬間把自己拉出公寓！

「求求你！」看呼救無效，深雨只有動用求饒這一辦法了：「它不可能讓你和你妻子見面的，那是絕對不可能的！」

「你給我住口！」封煜顯已經失去理智了，妻子的死，早已把他推向精神崩潰邊緣，此刻眼看長久以來的期望終於要實現，他已經不顧一切了。現在就算是天王老子擋在他面前，也沒有用！

星辰……星辰……星辰……深雨此刻真正意識到，她已經愛上了星辰。雖然時間很短，但她和星辰待在一起的每分每秒，都比過去的人生要幸福無數倍！在星辰說他要娶自己的時候，她才感覺到真正地活著了。

誰也不能夠奪走星辰的生命，誰也不能！

深雨忽然爆發出最大的力氣，她的頭狠命地朝封煜顯的臉撞去！現在的深雨要和封煜顯拚命了！

封煜顯的臉被狠狠一撞，撞出鼻血來了！他的手略微鬆了鬆，就在這時候，深雨再度一撞，爆發出了驚人的力氣，把封煜顯的身體狠狠頂到後面！

封煜顯一隻手捂住鼻子，一隻手死死抓住深雨的頭髮，繼續朝窗戶扯去！封煜顯對妻子洛螢的執念，就如同深雨對星辰的執念！

同一時間，李隱和子夜也衝出了石洞口，看到了眼前的吊橋。而星辰和神谷小夜子已經來到了吊橋的中心部分。

「快上去！」李隱拉著子夜的手，朝吊橋衝過去。

而幾乎是同時，皇甫壑和上官眠也都各自從兩個石洞口衝出來！所有人都衝上了吊橋！

封煜顯的手死死抓住窗戶，將窗戶朝內側打開，接著，他抓著深雨的頭髮就朝窗戶外推出去！

那黑暗的面孔上，漆黑的眼珠瞪得很大，嘴巴大張開，扭曲的表情讓這個鬼顯得更加可怕！

深雨的臉被拉向窗戶，距離越來越近了！

封煜顯此時用上了最大的力氣，可以說他現在死都不會放手！昔日和妻子天人永隔的痛苦歷歷在目，他再也無法忍受和妻子分離了！他要再見到妻子，無論付出什麼代價！

深雨則拚命掙扎著，她的手雖然不斷去抓封煜顯的臉，在他的臉上抓出一道道血痕，可是封煜顯毫無反應！在這最後關頭，深雨終於決定用她最後的辦法！

就在星辰即將跑到橋的另一頭時，忽然，整座吊橋開始抖動起來！然後，一陣黑霧覆蓋過橋身，等黑霧散去，吊橋現出了真身……這座橋竟然是被拉長了的蒲靡靈亡魂的身體！

然後蒲靡靈扭曲的身體開始直立起來，上官眠反應最快，她抓住距離她最近的銀羽，然後一個縱身跳起，猛然跳躍到了身後的崖壁上！星辰則已經掉了下去！神谷小夜子因為已經很接近對面的崖壁，她縱身一躍，也跳到了對面！

星辰的身體往下墜落，正絕望的時候，抓住了一塊凸起的岩石，這才阻止了身體下墜，然而他很清楚，這根本支撐不了多久，而且距離上方太遠，神谷小夜子也沒有辦法救他！

深雨的腳狠狠抬起，正中……封煜顯的褲襠，那個最敏感的部位！這一招斷子絕孫腳，深雨幾乎用盡了全力！

吊橋那個鬼已經完全直立起來，李隱、子夜、銀夜和皇甫壑四個人，自然也掉了下去！

上官眠忽然從身上取出了一個小輪盤，輪盤上有一個鉤子，她將鉤子釘在地面，隨後放下一根長繩，立即垂了下去！

剛下墜的銀夜立即死死抓住那根救命繩子！銀羽看見哥哥抓住了繩子，臉上卻沒有輕鬆多少，因為她知道，這或許只能延緩幾秒鐘而已。

而李隱、子夜和皇甫壑也拚命去抓繩子。上官眠之所以救他們，就是因為這四個人中有三個是公寓中的智者，她決定讓他們活下來，也許能在絕境中找到一線生機。她對下面的人大喊：「抓緊！」

李隱朝繩子抓去，可是手距離繩子始終有幾釐米，上官眠放繩子時已經算得很精準了，可還是差了一點！

封煜顯被那一腳踢得感到撕心裂肺的劇痛，任何男人都無法忍受那個部位的疼痛！他頓時捂住褲襠，手自然放開了深雨！

深雨不會再給他任何反擊的機會，她繞到封煜顯後面，狠狠抓起一把椅子，朝封煜顯頭部砸去！

「抓住，抓住……抓住啊！」李隱大喊著用手去抓那繩子，可還是沒有抓住，最後皇甫壑抓住了繩子，而李隱和子夜只能繼續下墜！

「不——」無論怎麼去抓，李隱和子夜始終距離那根繩子幾釐米！

李隱和子夜徹底絕望了，到了繩子末端，二人依舊沒有能夠抓住，他們一起墜入了深淵！

李隱拚命地伸出手去抓子夜。就算死，他也不要和子夜分開！沒多久，二人就被那深淵的黑暗徹底吞沒了……

現在，只有上官眠一個人面對著那個鬼魂！被一片黑暗籠罩著的鬼，身體猶如一隻扭曲的毒蛇，迅速朝上官眠襲來！上官眠猛然朝反方向逃去，而那巨大的鬼魂也隨之扭曲並懸浮地追來！

封煜顯倒在地上，頭上有鮮血汩汩流出。

深雨重新坐在畫架前，抓起筆繼續畫！她現在只剩下鬼臉的最後幾筆，草稿就可以完成了！雖然不知道草稿能否殺了那個鬼，可至少也是希望！

星辰的手依舊死死地抓住那塊凸起的岩石，而那塊岩石已經開始鬆動了……

李隱不斷地墜落著，他此時此刻，認定自己真的無法活下去了。

現在回想起來，進入這個公寓，其實並不是一個偶然。

當初，大學畢業後決定離家獨立生活的李隱，選擇在那個公寓所在地附近租房生活。而他之所以如此做，因為他無意中發現，父親每年都會去集中調查那一片區域，他在父親書房裏看到了那一帶所有建築的詳細資料。尤其是那個公寓的周邊地帶，父親調查了很多次。

當時李隱就懷疑父親想要做什麼，讓父親如此執著的事是什麼？他希望瞭解父親的想法，一直以來唯利是圖、金錢至上的父親，究竟對什麼事情如此執著呢？所以，他選擇了接近那個公寓生活。

那一天，因為寫作不順利，不得不出去求職的他，就進入了那個父親一直在調查的公寓區。他並不是第一次進入，但那天是第一次走進那條巷子。因此，他進入了那個公寓。

當李隱得知父親認識子夜的母親時，他開始懷疑，這個公寓，和父親要調查的事情有關聯。最初他無法想到這一點，他以為這只是一個巧合罷了。但是後來，他越來越覺得，也許這一切都是必然。冥冥之中，或許有著某種類似命運的東西把一切牽繫到了一起。

他的視線始終沒有離開子夜，他希望在這生命的最後時刻，將她的身姿完全印入自己的腦海，一如最初見到她時，就已經烙印在他的靈魂那樣。

然而，就在這時，他卻感覺眼前的景物發生了巨大變化，下一刻，他和子夜竟然都躺在了地上！

而眼前……是那座地獄公寓！

# 8 血脈的反攻

「公寓？我們回來了？」李隱簡直無法相信自己的眼睛，他死死盯著眼前的公寓，甚至懷疑這是幻覺，是公寓玩弄他們的另外一個手段。

子夜也是一樣，她原本已經完全絕望了，但此時卻絕處逢生，竟然出現在公寓前！

這時候，地面上忽然出現了一行黑色的字跡，那字跡漸漸成形，顯示出這麼一段內容：「將二五〇五室的蒲深雨帶出公寓，就可以活下去！」

上官眠靈活地在狹窄的崖壁上移動到了一個石洞口，猛地鑽進去，她的速度極快，但身後死死追趕的惡靈比她更快！公寓是不會對這個惡靈施加限制的。

上官眠知道，她的辦法不多了，炸彈、毒藥、槍械都無法傷害鬼魂，她最近已經開始考慮從宗教的角度著手研究，但暫時還沒有任何進展。在這樣的情況下，唯有靠速度來拚了。

從小無數次經歷生死危機，為了活下來，她經受了許多根本無法想像的恐怖，遊走在死亡邊緣對她而言是家常便飯，所以進入公寓那麼久，她從來沒有感覺到多大恐懼，只要不是必死無疑，都無法對她造成什麼精神上的刺激。

對上官眠而言，就如同《哈姆雷特》中的一句台詞，這個世界猶如一個監獄，而公寓不過是其中條件比較差的一間牢房罷了。而且對她而言，鬼魂和那些她在黑暗世界看到的人類的恐怖相比，根本是小巫見大巫。

這時，她已經感覺到背後那恐怖的惡靈不斷逼近了，但在這狹窄的石洞中是無法使用炸彈的，上官眠衝入石洞內的一個岔道，進入了一個較為空曠的地帶，然後，她回過頭去，取出經過改裝的沙漠之鷹，雙目冰冷地看著那逼近她的惡靈。

依舊是一襲黑衣，全身猶如被黑暗包裹，雙手漸漸舉起，惡靈向上官眠移動而來。她立即向惡靈頭部開了一槍，這一槍直接射過頭部，鮮血頓時飆射而出，但是那身體連動也沒有動一下！然後毒針飛出，也刺中頭部，可是毒針卻被一團黑氣包裹住，被腐蝕了，最後被吞噬！

上官眠見怎麼也阻止不了這個鬼，只能繼續向後逃。

這時，從另外一條岔道走出了一個人。正是……李雍！

李雍一眼看到了那個一襲黑衣的男人，男人這時候抬起了頭，只見頭髮下面，是一副森白的骨架！李雍頓時停住腳步，他和那個鬼還有一段距離，卻感覺寒意頓生。這不就是剛才的那個骷髏嗎？

作為一個看慣生死的醫生，見到一個骷髏筆直站在自己面前，這荒唐的景象讓李雍原有的價值觀不斷崩潰。雖然他早就意識到，當初殺死青璃的兇手，有超自然的成分，但親眼看到卻還是……

今天是青璃的祭日，李雍絕對沒有忘記。上次他去暮月街拜祭，也是因為這個緣故。

這個鬼……難道，殺了青璃的，就是這個鬼嗎？

此刻，恐懼被滿腔憤怒壓過了。贏青璃，是李雍心中最重要的人，是和他的生命同等重要的人，縱然她已經死了近二十年，但李雍還是無法忘記她，他非常想念她，懷念她。查出殺害她的人，成為李雍生命的全部意義。而他不管怎麼調查，卻猶如石沉大海，真相如墜雲霧之間。

但是，他從不打算放棄。青璃的死是他這一生最大的執念。無論殺死她的是人是鬼，他都要查明一切真相！

所以他決定，不惜一切手段經營正天醫院，和天南市的大人物搞好關係，擴大醫院的影響力，一切的目的，都是為了獲得更多的金錢和權勢。一旦他有了足夠的金錢和權勢，那麼就能夠通過巨大影響力進一步追查青璃之死的真相，同時也可以瞭解更多自己以前不瞭解的領域，哪怕是超自然的現象！

就算耗盡一生，他也要接觸到這個存在！

而現在，他終於和這個「存在」，面對面地接觸了。

此時，李隱和子夜都朝著公寓的旋轉門衝過去！那扇門，是生與死的分界線！當兩個人進入公寓，踏上大理石地板的時候，終於進入了絕對安全的地帶！

「子夜，我們……」李隱抓住子夜的手臂，「我們真的回來了？真的逃回來了？」

他此時真的很害怕，害怕眼前的一切是那個鬼製造的幻覺，害怕眼前的子夜是惡鬼變化而成的，害怕下一刻眼前的平安再度變為地獄的景象。

而這一切也就說明那行黑色的字是真的嗎？

「蒲深雨在公寓裏？在敏的房間裏？」子夜喃喃地說，「這怎麼可能？」

「我也感覺不可能，但是……」李隱想到了那行字。

但是，問題在於，如果去做了，還有一線希望，如果不做……比起公寓，他們會更早地死在那個鬼手上，除非有辦法把那個鬼也帶進公寓來！可是這談何容易？

「為什麼鬼要我們把蒲深雨帶出去？」子夜敏感地抓住了這個關鍵，「也就是說，蒲深雨的存在對那個鬼而言是至關重要的吧。」

李隱點了點頭：「我也那麼認為。不過，無論如何，只要這個鬼不消失，我們即使現在在公寓裏，將來執行血字也要出去……」

現在必須先確認深雨的狀況。

坐著電梯到了二十五層，他們走出電梯後，都感覺到一陣緊張。沒多久，就來到了敏昔日所住的二五〇五室門口。

李隱將門口的把手一轉，居然直接打開了房門。門沒有鎖，一打開，他們就看見了裏面坐在椅子前作畫的女子！

深雨驚愕地回過頭來，看見李隱和子夜進來，驚訝地張大了嘴巴，說：「你們，你們怎麼會進來？難道……」她馬上想到了什麼，莫非，這二人也和封煜顯一樣，和惡魔進行了交易嗎？

子夜一眼看見了倒在地上的封煜顯，以及顯得慌亂的深雨，她已經猜出了大概過程。

「別過來！」深雨大喊道，「就快了，等我畫完這幅畫，那個鬼就會死掉，我們所有人都可以得救了！」她此刻非常緊張，如果這二人也和封煜顯一樣，二人聯手，自己是無論如何也敵不過他們的！畢竟自己由於長期坐輪椅，身體非常虛弱，可是李隱和嬴子夜在進入公寓後，不知道經歷了多少次生死歷險，體力比一般人強出許多。尤其是進入公寓快兩年的李隱，他平時經常會去進行武術訓練，雖然和真正的練家子還差很遠，但是對付深雨是綽綽有餘了。

封煜顯是失去理智的人，但李隱非常聰明，深雨很清楚，跟李隱是講得通道理的，所以才立即說出了這句話。而即使是說話的時候，她也沒有停下手上的畫筆。她現在心裏全部都是星辰，星辰的生死時刻牽動著她的心。

而這時，星辰感覺自己即將到達極限了，他抓住的那塊凸起的石頭，已經越來越鬆了，再這樣下去，他很清楚等待自己的將會是什麼。

不，不要……他不想死！他從來沒有像這一刻這麼希望活下來。長久生活在哥哥陰影下的他，終於找到了生存的意義，那就是深雨。

他不可救藥地愛上了深雨，他想要好好地擁抱她，讓她遠離過去所有的傷痛和絕望，治癒她內心所有的傷口……就算要繼續活在那個令人絕望的公寓中，就算還要經歷可怕的血字指示，只要是和深雨在一起，那他也一樣可以含笑面對！

而如果他死了，就再也見不到深雨了。這一點，對星辰而言，比死亡更加恐怖！

「我愛星辰！」深雨大喊道，「我愛他！他是唯一認同我的人，唯一願意愛我的人，唯一理解我、珍惜我，把我當做正常人來看待的人。所以我一定要救他，就算進入這個公寓也在所不惜！」

李隱和子夜都感到非常震驚。深雨居然和銀夜一樣，都為了自己所愛的人，選擇自願進入公寓！身為同樣癡情的人，李隱心中也對深雨產生了同情。

「好吧。」李隱點點頭，「我來幫你，調顏料就交給我吧，不過，上色這個過程是必需的嗎？」

「我也不知道，但是畫的『咒』，也許和上色也有關係，上色後的畫更真實和清晰。」她此時非常感激李隱和子夜，在生死契約下，在鬼魂的恐怖威脅下，選擇相信她，幫助她！

這時候，線條終於畫完了。而深雨感覺到，那個鬼還是沒有死。

「顏料調好了。」子夜將調色板遞給深雨，「快！我們的時間很緊，也許還會有住戶被送到公寓門口來……」

李雍和那個鬼，現在只隔著不到十米的距離。而上官眠已經遠遠逃開了。

「是你嗎？如果殺了青璃的是你……」李雍此時已經沒有了恐懼，他發出炸雷一般的怒吼：「我絕對不會放過你，如果有鬼存在，那麼就算我被你殺掉，也會化為最可怕的厲鬼來索取你的性命！」

然而李雍的狠話剛剛放下，他就感覺到一陣戰慄的陰冷，他聽到耳邊傳來一個聲音：「你真的想死嗎？」

他迅速扭頭看過去，一個陰白的人頭出現在他的肩膀上，那赫然是已經死去的慕容蜃！

此刻的慕容蜃，已經變為惡靈的一部分。那個頭張開一張有足球大小的嘴，朝李雍撲過來！

李雍連忙側臉翻身到地上，滾了兩圈後，卻發現那個人頭不見了。緊接著，他感到喉嚨似乎被什麼堵住了，頓時一陣噁心，然後，一大堆黑色頭髮湧出了他的嘴巴，一張噁心的面孔從他的嘴裏漸漸湧出……慕容蜃的雙眼死死地盯著李雍！

這個時候，星辰還在苦苦支撐著，神谷小夜子早就逃到對面的石洞中去了。他很清楚，下一個死的就是自己，那個鬼會殺掉他。

就在這時，那塊石頭終於掉出來了，他整個人摔下去時，身體卻被一大束黑色的頭髮捆綁住！

同一時間，子夜忽然看到，窗戶外面出現了一幅油畫！那幅油畫垂在窗台上，在畫上，是星辰被頭髮捆縛住身體的場景！

子夜立即對深雨說：「深雨！你看窗外那幅畫。」

深雨轉過去頭一看，手裏的畫筆差點掉下來。

這時候，只要再將那張鬼的面孔上的最後一部分塗黑，就算完成了這幅畫。可是，那個鬼居然給她畫出了這幅預知畫來！很明顯，如果那個鬼現在死掉，星辰就會掉下去，墜入深淵！

預知畫只要沒有完全上色，就還算未完成，就不能夠形成詛咒。而這幅畫上，只有鬼的頭髮，是不會因此形成詛咒的，需要有正面的臉出現。

深雨明白，這是那個鬼在威脅她！而這預知畫多半是真的，那個鬼的確有能力這樣威脅她！現在星辰的命和鬼是綁在一起的，殺了鬼就等於殺了星辰！

深雨忽然抓起那幅畫，躲開李隱和子夜，說：「你們別過來！」

現在只剩下最後未塗黑的一部分，李隱和子夜也可以做到。她很清楚，他們很希望那個鬼死掉來保全自己的性命。

「你放過星辰，我就把畫給你！」深雨對著窗戶大喊，「你把星辰放回來！」

仔細想想，以前她對這個鬼只能畫出黑影，恐怕就是因為自己的右手是鬼的化身，鬼不可能自己畫出自己來，招致詛咒實現。

但現在深雨用新的右手自然可以畫出這個鬼，所以鬼就用星辰的性命來威脅她……

該怎麼辦？鬼不可能遵守承諾，但也不存在其他的生路。現在，根本沒有任何辦法。

沒有任何辦法了。

深雨很清楚，一旦把畫交出去，星辰就死定了。但是，如果不交，那麼星辰馬上就會死。

這時候，一隻黑色的手伸在窗前。意思很清楚……要麼交出畫，要麼就讓星辰死！

深雨顫抖著一步步走向窗戶，她感覺腳都發軟了。不管怎麼做，都救不了星辰了嗎？

「求求你，你放過星辰的，好嗎？求你，求你放過他……你要我做什麼都可以，我可以繼續為你畫預知畫，你要我為你殺多少人都可以，只求你放過星辰……」只要可以救星辰，犧牲這世界上任何一個人的性命，深雨都不會有任何猶豫，包括她自己的生命。

這時候，李隱和子夜也在緊張思考著，在目前的這個情況下，如何既能救星辰，又能夠殺了這個亡靈。但是，怎麼想，都感覺這是一個絕望的死局，星辰的犧牲是不可避免的。然而在瞭解星辰和深雨的感情後，李隱真的做不到無視星辰而佈局。

忽然，深雨說道：「我們各退一步吧！你立即把星辰放到六號林區的安全地帶，只要你做到，我就馬上把畫……」

這時候，她拿著的畫忽然有些傾斜，深雨一慌張，渾然沒注意到，自己的右手無意中碰到了沒有徹底乾透的黑色顏料上，被蹭開的黑色顏料瞬間把畫面上的空白部分完全塗黑了！

頓時，公寓外傳來一聲震耳欲聾的巨大吼聲！接著，那隻黑手縮了回去！

星辰的身體頓時墜落了下去！

李雍嘴裏的頭髮不見了，眼前的黑衣鬼也消失了。

「不——」隨著深雨絕望的大喊，那張油畫被風吹到了空中。

從今以後，這世界上，不會再有預知畫了……

李雍感到全身幾乎虛脫了，他抹了抹額頭上冒出的汗珠，感覺是從鬼門關繞了一圈回來。他看到眼前只留下一堆白色的骨架。那堆骨架，一動也不動。

「這到底是怎麼回事？」李雍大著膽子走到骸骨前，蹲下身子仔細觀察。看著看著，他下定了決心，取下一段指骨，收到口袋裏。必須要想辦法查出這具骸骨的主人。然後，才能夠進一步追查青璃的死。

李雍繼續向前走去，很快通過一個石洞走到那段崖壁前，他看見崖壁另外一頭站著三個人。那三人正是柯銀夜、柯銀羽和皇甫壑。

銀夜和皇甫壑費盡九牛二虎之力，總算爬了上來。上官眠留下的那個鉤輪是可以伸縮的，堅韌程度自然也不在話下，所以才能夠死裏逃生。但星辰還是掉了下去。

看到李雍出現，三個人都如臨大敵，銀夜立即擋在銀羽面前，神色冷峻地看著李雍，問道：「你是什麼人？」三個人顯然都把他也當做了惡靈的化身。

李雍看這三個人的反應，似乎也是在這裏經歷了什麼，他想，或許可以從他們口中獲得訊息，於是便走了過來。

這狹窄的崖壁實在讓人感到不安，稍有不慎就會跌入深淵。李雍走得很小心，而看到他如此小心翼翼的樣子，銀夜感到，他似乎是人類。

「你們不用怕。」李雍回答道，「我不會傷害你們的，我也不知道為什麼會出現在這裏。這是什麼地方？」

「這裏……」銀夜頓了頓，還是下意識退後了一步，說：「你站住！不要繼續走過來了，我們沒有辦法信任你。」

李雍就停住了腳步。此刻雙方的距離大概有十米。

「你們……」他問道，「也看到了那個黑衣的惡靈？」

銀夜一愣，說道：「嗯，是的。你也看到了？」

果然他們也看到過！「我們合作吧。」李雍說，「要想離開這裏，我想我們不齊心協力是不行的。」這三個人很可能知道些什麼。無論如何，要想辦法從他們口中獲悉自己需要的情報。而且，他也不知道，這和神谷小夜子跟他提及的事情有沒有什麼關係。

「等一下。」皇甫壑突然問，「你剛才說的是『惡靈』，那麼，你相信這個世界上有鬼嗎？」

「嗯，基本上相信吧。」李雍苦笑著說，「總之先進石洞裏去吧，站在懸崖邊講話，我感覺很不舒服。」

三個人倒也認同他的話，如果不是被鬼殺死，而是跌下懸崖，那也未免死得太冤枉了。

這時候，在那座發現了地獄契約碎片的橋邊，一隻穿著白色壽衣的稻草人偶倒在那裏。而那根扎穿了稻草人偶的針，此時被拔了出來，扔到了一旁。拔出那根針的，正是蒲靡靈的鬼魂！他在被殺死的最後一刻，還是留下了一個可怕的殺招，拔出了稻草人偶上的針！

這個血字指示安排的生路，是「封印」，和當初的魔性嫁衣一樣，針刺入稻草人後，鬼就會被封印，但同樣的，拔出針封印就會解除。

白髮老婦的封印，被解開了！因此，白髮老婦再度出現了！

這時候李雍等人進入石洞，來到一個還算寬敞的地方，看到了那具骸骨。銀夜先是一驚，李雍就說：「這具骨架之前還是鬼啊。」

這時候，三個人忽然都產生了一個古怪的念頭……您也太淡定了吧！

這是一個正常人的反應嗎？多數人都會恐懼不堪吧？這世界上不怕鬼的人終究是少數，難道這個人也是慕容蜃那種變態？一想到這裏，三個人都有點起雞皮疙瘩。

李雍當然並不是變態，只是他作為醫生，早就看慣了生死，對青璃之死的執念成為支撐他那麼多年來活下去的唯一理由。他不惜一切代價獲取地位和金錢，就是要擁有可以查出真相、並為青璃報仇的能力！就算仇人是一個虛無縹緲的鬼魂，也要殺掉它！血肉之軀殺不掉，就去找道士和驅魔師，還不行，就去找能夠克制鬼的道具，甚至拚掉自己的性命也在所不惜！他相信一定有辦法可以為青璃復仇，只是需要能力而已。

既然如此，他就要付出一切代價去想辦法獲取能力！這個執念已經深深烙印到了他的靈魂深處，以至於他現在活著的每分每秒都是為了這個目的，可以說，假如他真的報了仇，他會感到人生已經沒有任何意義了。

只要可以為青璃復仇，就算犧牲生命也在所不惜，鬼魂又算什麼？那恐懼，能夠抵得上失去青璃的萬分之一嗎？他永遠也不會忘記，當年聽到青璃的死訊，在太平間看到她冰冷的屍體時，自己是多麼絕望。這一生，他唯一追求的摯愛，比自己生命更重要的愛人，就這麼死了。

如果不是有復仇這個信念，他根本不會活到今天。

「這具骸骨……」銀夜走上前來，也很忌憚地說：「你說是那個鬼的真身？」

「對。」李雍指著那具骸骨說，「那麼，告訴我吧。你們都知道些什麼？事實上，我也大致上知道一些情報。」

銀夜有些驚訝，隨即問道：「你究竟是誰？」

這個時候三個人最關心的是，他是否也瞭解公寓的什麼秘密，這一點比什麼都重要。

「我想我們現在最先考慮的是活下去吧。」銀夜此刻已經開始恢復冷靜，「這個鬼還不能判斷是否就徹底完蛋了。我們目前要先離開這裏。」

「嗯，說得也有道理。」

四個人對這一點達成了共識。

剛要說些什麼，突然，李雍感覺眼前一片模糊，一瞬間，眼前的場景切換到了院長辦公室裏！

「這……這是怎麼回事？」李雍頓時氣急敗壞！好不容易終於抓住了一點線索，居然功敗垂成？怎麼辦？

而銀夜和銀羽，也在皇甫壑面前消失了。他們回到了自己的家中。

蒲靡靈的亡靈死後，將住戶拉入六號林區的詛咒也自動解除了。現在，只剩下皇甫壑和神谷小夜子還在六號林區了。

至於星辰……他醒了過來。

此時的他，身處在六號林區的中央。坐在某棵樹下，他不明白究竟發生了什麼事，為什麼自己明明墜落了，卻出現在這裏？

究竟是什麼力量救了他？

星辰此時只感覺背後升起一股寒意，隨即一樣東西掉了下來，正是……吉天衍的人頭！

救了星辰的，正是白髮老婦。因為根據公寓的限制，蒲靡靈的中途介入是違背血字規則的，現在必須將一切恢復過來。所以，因為蒲靡靈的緣故而墜入懸崖的星辰被救了回來，這是公寓平衡血字難度的一個體現。

現在，白髮老婦重新展開了對星辰、神谷小夜子和皇甫壑三人的殺戮！

沒有人知道作為生路的稻草人偶的針被拔出了，所以不會有人再重新去把針扎入稻草人偶裏。如果要活下去，就要再一次去扎那個稻草人偶！

不過，白髮老婦今天之內不會繼續殺人了。因為六名住戶已經死了三個，這次血字指示規定的時間是兩天，所以，殺死過半住戶後，在明天到來之前，暫時不會再有人死了。

但是一旦到了明天，如果還無法重新利用那條生路的話，白髮老婦會再度大開殺戒！當然，如果今天的時間範圍內有人去觸動生路，鬼也會提前動手的，而公寓也會施加一定限制。

這時候，神谷小夜子終於爬出了洞穴。這是林區內某座山峰下的一個垂直洞穴，她看著依舊一片黑暗的天空以及周圍環境，咬了咬牙，走了出來。然而剛走出來，她就看見了令她毛骨悚然的東西。

一隻被啃噬掉了一半的人頭，就在她面前不遠處，正是方有為的頭！

深夜來臨了。

星辰在樹林裏行進著，但他已經快要到崩潰的邊緣了。一個人在血字執行地，那是要有多恐怖就有多恐怖的。他的手機在神谷小夜子手上，他無法聯繫任何人。他不知道該怎麼辦了。當然，他並不知道，午夜零點以前，鬼暫時還不會殺他。

此刻，離午夜零點已經越來越近了。他不斷看著手錶，知道很快就要到五月二日了。根據血字指示，到了五月二日，還要再待上整整一天時間，足夠一個鬼殺死自己無數次了。

無法聯繫任何人，又不知道深雨現在情況如何，這一切都讓星辰的心不斷往下墜。

深雨……就算是死，他也希望最後再見深雨一次。

突然，他想到了什麼。吉天衍的人頭……為什麼是吉天衍的人頭丟過來？為什麼不是慕容蜃的人頭？難道說，難道說……

星辰隨即飛快地跑起來，朝宛天河跑去！沿著宛天河跑，或許可以找到那座橋！那個稻草人偶，到底會不會……

然而，不幸的是，午夜零點已經到了。

星辰感覺一陣陰冷的幽風吹來，他還來不及反應，就聽到身後響起一陣急促的腳步聲！公寓的限制開始消除了。現在……鬼可以殺死星辰了！

星辰的腳步不斷加快，終於跑到了宛天河沿岸，也看到了眼前的一座橋！

星辰發現，就是這座橋，在這座橋邊發現了那個盒子內的稻草人偶和針！他朝著橋那頭奔去！

果然是那個鬼老婦！

然而身後的腳步聲也越來越急促了，不斷地逼近……逼近！

那座橋就近在眼前了，而那個翻倒的盒子，還有那個稻草人偶也進入了視線！星辰看到，針被拔了出來！果然，果然如此！

星辰爆發出最快的速度，衝向那個稻草人偶！那根針就放在旁邊不遠處，只要拿起來再扎進去……一切就都可以結束了！

十米……五米……但是，終究不能再接近了。

星辰感覺有兩隻冰冷的手死死抓住了他的腳踝，隨即他整個人重心不穩地倒在了地上！

「不要！」星辰的手死死抓著泥地，看著前方的稻草人偶和針。只差一步啊，距離生，只是差一步啊！

他還想回公寓去，去見深雨，他要永遠保護她，給她最真摯的愛！他絕對不要死在這裏啊！

可是那雙冰冷的手不斷地將他往後拖，距離那個稻草人偶越來越遠，越來越遠……

就在距離即將拉大到十五米左右的時候，星辰睜大著雙眼，從身上取出了一把尖銳的匕首！

賭一賭吧！他大吼一聲，將那把匕首猛地朝稻草人偶擲過去！

也許不一定需要針，能夠刺穿稻草人偶就行了吧？然而十五米的距離，失敗的可能性實在太高了，但是星辰沒有選擇了。

匕首飛向稻草人偶……

「刺穿啊，刺穿啊，刺穿啊！」

可惜的是，匕首從稻草人偶旁邊飛過，正好刺中那個盒子，倒在了地上。畢竟，星辰不是上官眠，若是由她來做，絕對可以刺中。

「不！」星辰絕望了，他沒有任何辦法可以活下去了。鬼老婦馬上就會將他送入陰曹地府！

然而，就在這時候，他忽然感覺抓住自己雙腳的那雙手消失得無影無蹤了。他驚愕地抬回過頭去，只見身後空空如也。

匕首扎入了那個盒子。盒子下面其實還有一個夾層，是公寓的備用生路，裏面……還有一個此刻已經被匕首扎透的稻草人偶……

這個噩夢般的恐怖血字，終於徹底落下了帷幕。

PART TWO

## 第二幕

**時間**：2011年5月4日18:00 ～ 5月5日00:00

**地點**：東臨市碼頭乘坐遊輪「月光號」

**人物**：柯銀夜、葉天辰、荀墨瓔、羅誠
張紅娜、許嬈

**規則**：在規定時間內乘坐遊輪「月光號」，時限結束即可回歸公寓。本次血字有通過了五次血字的住户，其他人可以通過接觸該住户自動回歸公寓。本次血字指示不發佈地獄契約碎片下落。

地獄公寓

# 9 血祭

銀白色的月光灑在海面上，一艘豪華的大型遊輪正在海面上行駛。

安娜在甲板上倚靠著，她的目光注視著海面。看著海，她忽然想，在那陰暗的海底深處，隱藏著什麼呢？

人類實際上對海洋的瞭解並不多。在地球上，海洋的面積遠遠超過了陸地的面積，海洋中有著太多未知的存在。

安娜非常討厭海洋。她總感覺海洋中隱藏著什麼不安定的因素，其中有著相當恐怖的存在。而那麼深的大海中，沒有光存在，在那樣冰冷黑暗的世界裏，會存在著什麼呢？

海風吹來，她打了一個寒噤。她感覺越來越不舒服了，於是，她回過頭去，來到遊輪的大型宴會廳內。

宴會廳內燈火通明，地板上鋪著紅色地毯，桌子上擺滿了可以隨意取用的食物，人們都衣著光鮮，拿著酒杯談笑著。

走在這裏，安娜感覺格格不入。

「安娜？」

安娜循聲看去，那是一個穿著黑色裘皮大衣的中年女人，女人的面容看起來並不特別顯老，那華貴的服飾更襯托出她高雅的氣質。

見到安娜，她連忙走過來說：「你剛才去哪裏了？」

「媽媽……」安娜低著頭，擺弄著裙子說：「我剛才到甲板上去了。」

「你真是的。」她歎了口氣，「好了，宴會的表演快到精彩部分了，你就待在我身邊吧。」

她回過頭，對一個和她差不多年齡、衣著華貴的中年女子說：「姐姐，太好了，找到安娜了。」

「嗯。」被稱為姐姐的中年女子點點頭，「綾宵，你……」

「怎麼了，姐姐？」安娜的母親問，「你想說什麼？」

「不，沒什麼。」姐姐搖了搖頭，「沒什麼。」

離她們所在位置不遠處，一張桌子旁，站著一個三十多歲的男子，男子留著鬍鬚，手中拿著一杯紅酒，身旁站著一個穿著低胸晚禮服、模樣甚為妖豔的年輕女子。

安娜的母親綾宵走了過去，她來到那二人面前，說道：「莫俊先生，大家都下定決心了吧？」

「啊。」那叫莫俊的男人點點頭，握著酒杯的手更緊了一些，雙目中儘是冰冷：「當然都決定了。大護法的話是絕對不會錯的，這一點你應該知道。」

「可是……」綾宵托著下巴，非常不安地說：「可是我們真的可以這麼做嗎？」

安娜此時顯得非常憂鬱。不知道為什麼，她總是感覺相當不安，周圍的一切都猶如被巨大的黑暗壓迫著。在這片大海上，她感覺到自己猶如被窺視著，而且無從逃脫。但是，她又無法阻止母親乘坐這艘遊輪「白浪號」。

船的航程是今天下午開始的，明天中午差不多就可以到達目的地——東臨市港口。她希望時間儘快過去，她就不需要再承受這陰森的感覺了。

自從父親去世以後，她就感覺到，母親一日比一日消沉，最近更是變得沉默寡言起來。

這時，一個身穿黑色西裝、身材挺拔的男子走了過來，對安娜的母親和阿姨說：「綾宵，綾音，做好準備了嗎？」

那男人看起來大概三十多歲，面容剛毅，透出一種英武。他端著一杯紅酒，樣子顯得極為瀟灑。不知道為什麼，在這個男人面前，安娜感到非常緊張。

莫俊對那個男人說：「大護法，我們選擇在這艘船上，真的有特別意義？」

「當然。」黑西裝男人點點頭道，「這片大海，傳說就是神主開啟神之門的地點。這個地點非常特別，所以我選擇在這片海域進行。好了，就這樣，同樣的話我不喜歡重複。莫俊，你該不是在懷疑我吧？」

「哪裏，怎麼可能呢？我們怎麼可能會懷疑您呢？」

安娜一句話也沒說，她聽不明白他們在說什麼，也不想明白。不過看起來，母親認識這個男人。

「選擇在這片海域很重要？」那個妖豔女子開口了，「不是只要……」

「你認為不重要嗎？」黑西裝男子咯咯笑著，說道：「算了，隨便你們吧。我有些累了，想去休息室坐一坐。如果還有人有疑問，隨時來我的房間問我吧。」

目送黑西裝男子走遠，妖豔女子緊緊咬著嘴唇，說：「真的要在今天晚上那麼做嗎？我總感覺，好像太早了一點？」

「他的話不會錯的。白小姐，你不會想退出吧？」莫俊冷冷地對妖豔女子說，「我們是絕對不可以反悔的，你當初不也宣誓了嗎？」

「我，我只是說說而已啊……」

安娜注視著這幾個人。她知道，這個叫白莉莉的女人和這個叫莫俊的男人，都是母親最近新認識的朋友，但總覺得他們很神秘奇怪。「大護法」，「神主」，那是什麼意思？

深夜，月光下的這艘遊輪，陷入了寂靜。這艘「白浪號」大型遊輪，載著超過三千名遊客，此番是前往松門市港口。同時，也因為正值輪船公司創辦的周年紀念，所以也在船上舉辦了宴會，大家都很盡興。

但是，對於安娜的母親顏綾宵來說，這卻是一個不眠之夜。

安娜在房間裏睡下了。她知道，母親夜裏會去和那些人聚在一起的，雖然不知道他們做些什麼。她很想問母親，可也知道母親不會告訴她實話。

其實，母親和她一樣，也非常討厭和害怕大海，看到大海，第一感覺就是恐怖。以前父親和阿姨也經常取笑母親。不過，母親卻始終改變不了對大海的恐懼，而這也影響到了安娜。

安娜直起了身子。她想去看看母親。現在，母親估計在遊輪的娛樂室裏吧。

這時宴會還在進行，時間已經是午夜零點了。在娛樂室裏，坐著五個人，是黑西裝男子，顏綾宵和她姐姐顏綾音，鬍鬚男子莫俊，妖豔女子白莉莉。

「那麼……」黑西裝男子說，「各位門徒們，我作為資深的神國門徒，將會在今天晚上帶領各位回歸神國。這片大海，根據神國的傳承，是最接近神國大門的一個入口，只要我們進入神國，那麼就能脫胎換骨，與天地同壽，徹底洗淨以前的罪孽。」

他又說道：「各位都考慮好了嗎？是否真的願意為神國獻身？你們將是新一批進入神國的國民，

應當感到榮幸，我不希望任何一個人退縮！否則……你們也有墮落為黑心魔的可能！」

話說到了這個地步，每個人大氣都不敢出。

「什麼意思？媽媽，你們要自殺？」安娜出現在娛樂室的門口，她聽到了這些人的談話。

顏綾宵看見安娜吃了一驚，立即說道：「不是的，安娜，我們的肉體雖然死亡，但是靈魂……」

「不，我不要，我不要進入什麼金色神國！」安娜頓時驚恐地大喊，她看出母親不是在開玩笑，隨後她就飛快跑出了娛樂室！

「糟糕！」被稱為大護法的男人立即跳起來，說道：「快，快去抓住她！」

安娜逃出娛樂室大門後，沿著走廊飛奔，她慌不擇路，一路磕磕絆絆，她完全記不住路線，最後來到一扇門前，卻進入了遊輪的輪機室。而輪機室裏，只有一些機械，沒有人在。她在這堆滿機械的房間裏不斷地逃，然而身後追逐的聲音卻不斷地逼近！最後，她被逼入了一個死角。

安娜驚恐地回過頭去，那六個人不斷地逼近她。那個被稱為大護法的男子說：

「你別掙扎了！就算你死了，也不代表你消亡了，而是會成為金色神國的國民，擁有更為潔淨的身軀和超凡的生命。」

「不，不要！」安娜對母親大喊道，「媽媽，你說啊，你告訴我！什麼『金色神國』，那種莫名其妙的東西，你難道要為了那種東西殺了我？」

然而母親顏綾宵卻說：「不要怕，安娜，結果一定出乎你的意料，而且，你也可以在那裏見到你父親，他現在也在金色神國。這一位是大護法，大護法的話是絕對真理，他不會欺騙我們的！」

「不，不是的！」安娜大喊道，「你們就是一群瘋子！」

就在這時，那個大護法已經衝了上來，撲向安娜！一道寒光閃過，隨後，大護法鬆開了手。

安娜的胸口被插入了一把匕首，血正汩汩流出。

「不，不要……」她指著眼前的人，「不要，媽媽，救我……」

「殺了她。」大護法冷冷地說，「再不殺她，她就會墮落為黑心魔。我們不能夠手軟。」

「媽媽，阿姨……」痛苦的安娜手伸向顏綾宵和顏綾音，「求求你們，救我啊，快點救我，我不想死，我不想死……」

然而母親和阿姨卻冷冷地走到她的面前。「對不起了，安娜，」母親說道，「只有讓你早一步離開這個世界了，放心吧，媽媽等會兒也會來找你的。」然後，她抓住匕首，狠狠地再刺深下去！

「不……」安娜死不瞑目地瞪著母親，她無法相信母親居然真的狠得下心殺她，而阿姨也是在一旁看著！

「我詛咒你……」安娜的嘴巴裏湧出血來，「我一定會詛咒你，詛咒你們每一個人！詛咒你們……」

這是發生在李隱進入公寓兩年以前，震驚全國的「白浪號」遊輪失蹤事件。這艘船突然地在大海上消失了，這艘船和船上的三千多人都不知所蹤。至今仍舊是一個謎。

五月三日，上午八點，牽扯到這次血字指示中的所有人都來到李隱的房間裏。李隱、子夜、星辰、銀夜、銀羽、皇甫壑、神谷小夜子，還有封煜顯。而深雨則被所有人圍坐在中央。

「你不可能再畫出預知畫了？」

李隱對外宣稱，深雨是新加入公寓的住戶，自然沒有人有什麼反應，她和敏的關係被隱瞞了下來，現在新住戶那麼多，沒人特別去注意她。但是，知情的人是不會不在意的。預知畫的作用極大，就算深雨本人說她已經無法畫出預知畫了，也要再三確認一番。

「我想不會有錯的。」李隱看了星辰一眼，「當時，白髮老婦的封印被解開時，她沒有畫出預知畫來。光是這一點就足以說明了。她不可能放著星辰不管的。」

銀夜盯著深雨，說：「她的父親就是那個鬼？而那個鬼化為她的右手，因此她能畫出預知畫？結果，因為畫中的詛咒，她的父親蒲靡靈被殺死了？是這樣沒錯嗎？」

按理說，銀夜對深雨可以說是極端憎惡，只要想到她以前故意欺騙慫恿銀羽來殺自己，也差點害死銀羽，他就對這個女人毫無好感。如果她有畫出預知畫的能力，那至少她還有利用的價值，可是現在，他實在不想看到這個女人。

不過，當他知道，她也和自己一樣，為了自己的摯愛，自願進入公寓的時候，內心也有所觸動。她做出了和銀夜相同的選擇，而且，他當初對這個公寓的恐怖，瞭解得還不夠多，而深雨則是在充分瞭解到公寓的恐怖後，還是毅然決然地為了所愛之人進入了這個公寓，這絕不是一般人能夠做到的！

須知，這個公寓的恐怖，就是你可能會死、也可能不會死，希望和絕望並存，比單純的絕望可怕得多，而血字指示中層出不窮的厲鬼亡靈，更是令人膽戰心驚。瞭解這個公寓的存在的人，只怕是有多遠逃多遠，哪裏還會自願進入公寓？千萬人中，都未必會有一個人會自願進入公寓。

也正因為這樣，星辰和深雨的愛，已經比磐石還要堅定，二人雖然從相識到相愛時間極為短暫，但靈魂卻已經緊緊相連，誓死不會分離。

所以，包括銀夜在內的住戶們，都漸漸消除了對深雨的芥蒂，開始在心中接納她成為這個公寓的住戶。

「對，我可以肯定。」深雨說話時，不時看向星辰。

她當時真的以為星辰死定了，感覺猶如被打入地獄一般。當後來星辰平安地打電話回來時，她真是喜極而泣，如獲新生，就算成為公寓的住戶，也感覺不算什麼了，因為星辰還活在這個世界上。只要星辰活著，就算在地獄中，她也有活下去的希望。但如果星辰死了，就算是在公寓外面，她也沒有活下去的目標和期待了。這個世界上，沒有人會比星辰更愛她了。

離開房間的時候，最後走出去的是銀夜和銀羽。

「蒲深雨小姐。」對即將走到電梯的星辰和深雨，銀羽喊了一聲。深雨回過頭來。

「我有些話想問你。」

星辰馬上想說什麼，但深雨攔住了他，點頭說：「可以。你想問什麼我都會告訴你的。」

「深雨……」星辰連忙對著銀羽說：「柯小姐，得饒人處且饒人，深雨以前的確做了對不起你的事情，但現在她也成了公寓住戶，也算是莫大的懲罰了！還有比在這個公寓中更加恐怖的懲罰嗎？所以請你不要……」

「我知道。」銀羽打斷了他的話，「我只是有些話想問她而已。對於蒲小姐以前對我做的事，我已經不計較了。畢竟，在這個公寓裏，第一優先考慮的還是怎麼活下去。」

銀夜也說：「放心吧，卞先生。我們不會為難她的，我相信她已經無法畫出預知畫來了，所以不會對她做什麼的。」

深雨回過頭對星辰說：「沒關係的，讓我去吧。我大致也猜到他們想問我什麼。」

「可是……」星辰還是警惕地看著銀夜和銀羽。要知道，殺了敏的人是他，而指使他殺死敏的人就是深雨。第三張地獄契約碎片就在他的身上，如果銀夜推斷到了這一點而想做什麼的話，就很難說了。柯銀夜這個男人詭計多端，誰知道他在算計什麼？無論如何，他都不能夠容忍深雨受到絲毫傷害。絕對不能！

所以，星辰寸步不讓地說：「不可以。如果有問題想問的話，讓我也一起聽吧。我不能讓你們單獨和深雨談話。」

柯銀夜看著星辰那為保護所愛之人不惜一切的眼神，似乎看到了為了銀羽可以付出一切的自己。這兩個人，都是至情至性之人啊。恨得極端，愛得也一樣極端……不過，自己不也一樣如此嗎？這麼一來，銀夜倒是對這二人愈發有好感了。

「好吧。反正，也不是不能讓你聽到的事情。」銀夜走過去，按下電梯的按鍵，說：「其實，我和銀羽只是想問一件，讓我們有些關心的事情。」

這時，在不遠處的樓梯間裏，有一個女人正窺視著這一切。

「柯銀夜，柯銀羽……」那女人的容貌很妖媚，她看著銀夜的目光中，隱隱有一分狠毒，她自言自語道：「柯銀羽自然是自甘墮落的黑心魔，那柯銀夜也一樣。」

到了十四樓，走出電梯後，四個人走到了柯銀夜所住的一四〇四室門口，銀夜取出鑰匙將門打開，說道：「請進吧。」

所有人進入房間後，銀夜就把門鎖上了，他招呼大家坐下。

星辰警惕著銀夜，一直護在深雨面前，他不知道這對兄妹想玩什麼把戲。無論如何，膽敢傷害深雨的話，他也是不惜和銀夜拚命的。

「別那麼緊張嘛。」銀羽和煦地一笑，「我們不會做什麼讓你們為難的事情的。你在擔心什麼？擔心我們看出是你殺了敏，獲得了第三張地獄契約碎片的事情嗎？」

星辰的臉色頓時難看起來，立即站起身說：「你們想做什麼？要奪取第三張地獄契約碎片嗎？」

「你放心吧。」銀夜擺擺手說。

「我敢打賭，李隱和嬴子夜也已經看出這一點了。綜合目前所有的情報，白癡都猜得出來敏是你殺的，所以，地獄契約碎片也在你身上。我沒有搶奪你的碎片的打算，只要不在李隱身上就行。地獄契約碎片分散一些，有利於互相牽制的局面形成，這是我樂見的。否則，李隱和嬴子夜早就算計到你們兩個身上了。」

其實星辰也想到了這一點，但他對柯銀夜實在太忌憚，所以反應才那麼大。

「沒關係，星辰。」深雨卻很輕鬆地說，「他們不會對我們不利的。現在地獄契約碎片發佈才剛剛過半，還不是住戶們血腥爭奪的最後時刻。」

銀羽看向深雨那從容的神情，深呼吸了一下，問道：「我執行尋找六顆人頭的血字時，你打電話給我，告訴我『金色神國』的事。這個組織，究竟是否真的和公寓有關係？」

阿慎沉迷於組織而將自己親手送入公寓，這一點確實讓銀羽痛徹心扉，也讓她對阿慎由愛轉為強烈的憎恨。但她真的很想知道，這個公寓是否真如金色神國所傳說的那樣，是一個「煉獄」？在經歷了種種靈異現象之後，誰也不能保證金色神國的宣傳是絕對的無稽之談。

「我不知道。」深雨很直接地回答，「只有和血字直接相關的內容，我才能畫出來。但這件事情和血字指示沒有直接關係，所以我不清楚。但是，我可以告訴你們，這個公寓裏，有一個住戶是金色神國的門徒。」

「誰？」銀夜立即大聲問道，「是誰？誰是金色神國的門徒？」

倒是星辰被弄得一頭霧水，問道：「什麼金色神國？那是什麼？和公寓有什麼關係？」

「一個國外神秘組織的名稱，」深雨答道，「這個組織的核心理念是，認為這世界上所有人類，都是金色神國犯下罪惡後墮入凡塵的人，所以我們所有人都是『黑心魔』。唯有進入『懺罪煉獄』反覆輪迴才能夠洗清罪惡。所以……這個公寓，被金色神國的門徒視為『懺罪煉獄』。」

「什麼跟什麼，亂七八糟的……」星辰聽了這段話感到莫名其妙，「這個和公寓牽扯上似乎有些牽強吧？」

「快告訴我！」銀夜急切地問，「是誰？誰是金色神國的門徒？」

銀夜對金色神國可以說是恨之入骨！這個莫名其妙的組織，蠱惑阿慎，並間接導致了他將銀羽送入這個公寓！而現在公寓住戶中居然有金色神國門徒？難道和阿慎有關係嗎？

「她的名字叫張紅娜，是住在二二一〇室的住戶。」

張紅娜，正是之前和慕容蜃、皇甫壑等人作為住戶代表和李隱開會的五個人之一。銀夜對她沒有多少印象，只記得是個濃妝豔抹，看起來像是風塵裏打滾的那種女人。

「她在金色神國中，擔任『大護法』。」深雨繼續說道，「『大護法』是金色神國中一個比較重要的職務，她之所以進入公寓，是因為阿慎向她報告了公寓的存在，所以她親自進入了這個公寓。」

銀夜的雙目中，怒火不斷灼燒，銀羽也一樣，她對金色神國的憎恨不下於銀夜，她的身體顫抖著。只要一想到這個公寓中有金色神國的門徒，他們就無法冷靜！以神的名義來牟取暴利，草菅人命，這種組織絕對不能饒恕！

不過，恨歸恨，同為這個公寓的住戶，再去憎恨她也沒有多大意義了。放著她不管，她一樣會死在鬼的手上。而且，那樣死得更慘，更可怕。

所以，更重要的是……要找到這個叫張紅娜的女人，問出原委！

於是四個人立即動身，前往二十二樓。

而這時，張紅娜正在二十二樓房間裏洗澡。

在這個公寓裏，她沒有絲毫恐懼。這個公寓，她認為就是懺罪煉獄。能到大護法這個位置，她相信進入懺罪煉獄自己絕對不會死，就算死了，也能夠升格為神國的國民。只是，她還想爬得更高，這樣就有機會去歐洲總部，甚至有機會接觸金色神國的最高管理層。

沖洗完身體後，張紅娜走出浴室，用浴巾擦了一下，忽然聽到門鈴聲。

「誰啊？」她皺著眉頭，換上浴袍，來到門口將門打開，就看見柯銀夜、柯銀羽、卞星辰和蒲深雨四個人站在門口。

「你們是……來做什麼？」

「你……」銀夜剛開口，看到她穿著浴袍，於是說道：「你先去換衣服吧，我們有事想問你。」

這麼嚴肅的態度，讓張紅娜心裏打起鼓來。他發現什麼了嗎？

「不用了。就這樣吧。」她說道，「你們進來吧。」

銀夜也沒時間和她糾纏，就走了進去。張紅娜坐了下來，蹺起二郎腿，問道：「怎麼？你們來有什麼事情？」

銀夜先平靜了一下，然後說：「張紅娜小姐……你進入這個公寓後，有什麼想法嗎？」不能一開始就問，那樣她很可能會死不承認。

然而沒想到，張紅娜很直接地說：「想法？很簡單。這個地方很不錯呢，對『黑心魔』而言，真是相當奢華的住所了。你們應該感謝神國給你們一個贖罪的機會……」

銀夜沒想到她居然親口承認了！

「你們來找我想問什麼？脫離懺罪煉獄的方法？你們死心吧，只有不斷輪迴下去，你們才能洗去身上的罪孽。對了，柯銀羽，你應該感謝葉凡慎呢，你邪惡的靈魂，只有在這裏才能得到救贖。」

銀夜和銀羽頓時感到一股怒火升起，銀羽搶先一步衝上去，狠狠地打了她一個耳光！這一耳光打得非常重，張紅娜整個人翻倒在地上！

「你……」她驚愕地看著銀羽，大怒吼道：「居然敢打我？就讓我來殺掉你這個惡魔吧！」

銀夜立即衝過去抓起她的衣領，冷冷地看著她。頓時，她的浴袍下春光乍泄，但銀夜視而不見，一字一頓地說：「敢在我面前說要殺了銀羽，你就要為這句話付出代價！」

「你敢威脅我？」張紅娜連忙去抓他的手，「你敢用你的髒手碰我？你就等著神主的審判吧！」

這個女人是來真的，她真的有可能會在將來殺掉他們！既然如此，銀夜也不會留她的性命了！

就在準備動手的時候，張紅娜卻哈哈大笑起來，她已經對死亡無懼了。屋裏的氣氛，此刻可以說緊張到了極點。

「銀夜，等一下。」銀羽走過來，她冷冷地看著張紅娜，問：「是阿慎告訴你，這個公寓的存在的吧？」

「那當然。」張紅娜一臉高傲地說，「葉凡慎居然能夠發現這個懺罪煉獄，真是不簡單。我作為大護法，當然也不能放過進來的機會。」

「你堅持認為……你不會死嗎？」銀羽冷視著這個女人。

而張紅娜先是一愣，隨即哈哈大笑：「那是當然！我是誰？我是金色神國的大護法！我就算死了，也會自動回歸神國的。你就不用……」

銀羽彷彿是聽到了什麼天大的笑話一般，但對她而言，還有一個更重要的問題。

「你有沒有把這個公寓的存在，告訴金色神國的其他門徒？或者阿慎本人有沒有說……」

「這個？我沒有說。懺罪煉獄不是一般門徒能夠接觸的地方！」

也就是說，這個組織還不知道公寓的存在。這樣就好，否則讓這些人介入和公寓有關的事情，只怕又會扯出不少麻煩事。

「當葉凡慎告訴我這個公寓的存在時，我很驚訝。雖然我很多次都想像過懺罪煉獄的樣子，但沒想到會是這樣一座『公寓』，不過，也蠻有趣的。你們就在這裏好好地為自己贖罪吧！否則，你們應該知道，自己的未來會是什麼樣子……」

張紅娜早就已經被組織徹底洗腦，洗得相當成功。也許有些門徒未必絕對相信金色神國，但張紅娜完全不同。她加入這個組織後，辭去了工作，耗費了大量金錢和精力，現在心理已經扭曲了。

銀夜以前也研究過金色神國，裏邊的人都是這樣的。這些無比荒謬的事情，他們卻如此堅信，這些人真的很可悲。

當然，銀夜不會因此而同情他們。畢竟，大家都是成年人，有自己的判斷能力，不能說被洗腦，就不用對自身的行為負責了，所以當初他對於殺掉阿慎沒有什麼心理負擔。雖然阿慎自己認為，他的做法是為了銀羽好，但銀夜絕對不會因此就寬恕他。他絕對不容許任何人威脅銀羽的生命，如果有這樣的人，那他就算不擇手段也會讓這個人付出代價。眼前的這個女人，也不例外！

「等一下！」星辰阻攔道，「柯先生，請你別這樣。這個公寓，死的人已經夠多了！」

銀夜聽到這句話，受到了一些觸動。是啊。死的人還不夠多嗎？

夏淵、唐蘭炫、歐陽菁、楊臨、夏小美、伊蕊……這些人，一個個都被這個公寓殘忍地殺死，這樣的痛苦，太多，太多了。而活著的人，要繼續承受這樣的恐怖，然後，某一天也有可能在血字指示中死去。

這個公寓是不折不扣的真實地獄！

星辰殺死敏以後，日日夜夜被噩夢折磨著。扼殺一個人的生命，這樣的事情太痛苦了。那種將自己推入地獄的痛苦，他無論如何都不想再體會了。他真的不希望，再看到有人在自己面前死去了。

「我們同仇敵愾的對象，應該是這個公寓啊！」

銀夜也清楚這一點。的確，現在公寓是他們所有人共同的大敵，而且是死敵！但是，銀夜更知道一件事情：「人，有的時候比鬼更可怕。」

然而，這時他放開了手。張紅娜有些愕然，她本以為銀夜會立即動手殺了她的。

「現在殺掉你，太便宜你了。」銀夜冷冷地看著張紅娜，冰冷的眼神讓她不自覺地打了一個寒噤。

「我會好好保護銀羽的。你，就在血字指示中，好好體會一下吧……那種生不如死的恐怖。我和銀羽這兩年多來的痛苦和恐懼，我也要你親身體驗一下！」

「讓我體驗？你腦子沒壞掉吧？」

銀羽緊緊咬著嘴唇，回過頭對銀夜說：「走吧。我不想再和這個女人說話了。」

銀夜點點頭，他和銀羽目前還是在公寓外面住，四十八小時內回公寓一次。

走出房門後，銀羽對銀夜說：「陪我出去走走吧。我不想待在公寓裏。」

銀羽的內心是很痛苦的。在阿慎眼裏，他的神國才是至高無上的，她不過是可有可無的罷了。這份痛苦一直折磨著銀羽。她對阿慎付出了自己全部的愛，卻換上這樣的結果！因為認識了他，才導致自己現在陷入這種比死更痛苦的境地！

「銀羽，你別理會這個女人的話。」銀夜抓起她的手，「走吧，先離開公寓再說……」

來到一樓，走出公寓大門的時候，銀羽感覺有些恍惚。時間彷彿回到了她剛剛進入公寓的時候。那時，她完全沒有懷疑阿慎。她發誓，一定要執行十次血字指示，然後再去和阿慎見面，他是自己最大的精神支柱，更是她在這個公寓活下來的希望。在葉山湖釣魚基地，因為這份活下去的執念，她不惜將自殺的住戶屍體拿來當做釣惡靈的餌！

而她得知阿慎自殺的消息時，她一直認為，阿慎是忍受不了她提出分手的打擊。所以她自責、痛苦、內疚至極，如果不是有銀夜，也許執行血字的時候她就會自暴自棄地任由自己被殺死吧。

忽然，她回過頭，看著這個公寓，張開嘴，發出一聲震耳欲聾的咆哮！

「啊啊啊啊啊啊啊啊啊啊啊啊啊啊啊啊——」銀羽喊得聲嘶力竭，她看著這個自己如此憎恨的公寓，和阿慎的身影重疊……

她在直永鎮陷入夢境，最後一刻要被小丑殺死的時候，她夢見了阿慎。正因為阿慎的出現，她才沒有被小丑殺死。這正是因為她對阿慎日夜沒有停息的思念！然而現在證明這一切只是一個笑話！

這咆哮聲很多住戶都聽見了，但誰都沒有反應。進入這個公寓後精神失常的住戶多了去了，每個人都已經對此麻木了。

「銀羽……」銀夜在一旁看著，他就是因為怕看到這樣的銀羽，才沒有把阿慎的事情告訴銀羽。

銀羽幾乎喊啞了喉嚨，她跌坐在地上，已經是淚流滿面。「他怎麼可以那麼對我？怎麼可以那麼對我！」自己是那麼地愛著他啊！雖然現在移情於銀夜，但是當初她真的是深愛著阿慎啊！她是真心的！然而她的真心換來了什麼呢？

「還有我，銀羽，還有我在你身邊！」

銀夜將銀羽擁抱入懷中，說道：「別去想他了，我已經把他殺了！今後我會一直保護你的，我一定會讓你執行完十次血字的，為了達到這個目的，我什麼都會去做！別想了，銀羽！你現在是這個公寓裏，執行血字次數僅次於李隱的住戶，再有四次血字，你就可以離開這個公寓了！還有四次啊！」

但是，誰都清楚，接下來的血字指示，將會越來越可怕。這也就意味著，要活下去將變得越來越艱難。哪怕只剩下一次，生機也不會增加。成功執行血字指示，其實，只不過是死緩罷了。

銀羽恨恨地看著公寓，說道：「你做得對，銀夜，殺了她，確實太便宜她了！我要讓她也好好嘗嘗我們的痛苦，我們的恐懼！我不會讓她那麼輕易死掉的！絕對不會！」

「銀羽，如果你真的那麼恨，我可以馬上為你去殺了她……」

「不，我要讓她活下去的，一直活下去……我還要讓她明白，就算死了，她也不可能踏入那個所謂的『金色神國』！我不要她帶著安詳的笑離開人世！」

銀羽咬牙切齒地詛咒著張紅娜，不，或者說……她是將對公寓的憎恨轉移到了張紅娜身上。因為沒有一個住戶能夠奈何得了公寓，這無邊無盡的憎恨和恐懼，自然要找一個發洩的管道。那麼……張紅娜自然就成了銀羽最佳的發洩管道。

而這時候，張紅娜在樓上的窗前，看著銀羽的發洩。

「哼，她算什麼東西！嗯，不知道我的第一次血字指示什麼時候來呢？」她的腦海裏，閃現出了一個人的身影。

「天秀，不知道你現在在神國過得好嗎？四年前，你選擇了進入神國，你現在過得怎樣呢？」

這時她的手機響了，她接通手機，說：「嗯，對，是我。李大護法……什麼？你說的是真的？」她頓時喜出望外，「你說歐洲總部的大師，要親自來天南市查看分部的運營狀況？」大師，對她而言，就是心目中的神啊！

「好的，我明白了！到時候我也會去的。嗯，好的，掛了。」

掛斷電話後，她很興奮地說：「太好了，以前只在照片上看到過大師，大師可是金色神國神主的使者啊！雖然神主麾下有無數使者，可是對我們而言，神使已經是至高無上的了！」

夜晚。東臨市以南數十公里的海域上。

海面此刻很平靜，月光照到海面上，泛起一陣陣銀白的光芒。

一艘大型遊輪行駛在海面上。遊輪上一片黑暗，看不到任何人的蹤影……

是的，一個人也沒有……

四年前，張紅娜還不是大護法，只是一個普通門徒，受到當時的大護法龐天秀指引才加入了金色神國組織，之後在歐洲總部一個高級管理層格隆的帶領下，和顏綾宵一起被洗腦了。

格隆心機深沉，除了蠱惑門徒獲取金錢之外，還鼓勵漂亮女門徒「獻身」，基本上每週一次。有一次，張紅娜看到一個中年女子從格隆的房間裏走出來，臉上帶著潮紅，走路時還不斷喘息，就知道她也是「特別修煉者」了。

於是她走過去問：「你也是和格隆先生進行修煉的門徒？你叫什麼名字？」

「嗯，是啊……我叫顏綾宵。格隆先生說，要幫我度過最後一關。是龐大護法介紹我來的。」

「是麼？很巧啊，我也是。」

接著，張紅娜和她邊走邊談。這個女人非常靦腆，說話的時候總會臉紅。她忽然問張紅娜：「張小姐，你討厭大海嗎？」

「嗯？」張紅娜一愣，「討厭大海？」

「是啊。我總是感覺大海的深處也許隱藏了什麼，很黑暗，很可怕。不過，神主說海洋是孕育萬物的源頭，也是神國之門和地球的連接點，所以我很矛盾。龐大護法對我說，以我的修煉進度，應該可以很快就升入神國了！」

「恭喜你啊！」張紅娜由衷地為她高興，「那你們打算在海上，進行升格入神國的過程？」這個「升格」，就是自殺。

「對，坐上一艘叫『白浪號』的遊輪。然後前往神國所在海域。我打算把我女兒也一起帶入金色神國，她叫安娜，是個很可愛的女孩子。」

「這樣啊，你女兒可以直接進入神國嗎？」

「大護法說問題不大，她的靈魂比較純潔，是屬於可以直接進入神國的那種。除此之外，我姐姐也和我一起去，同行的還有莫俊和白莉莉。」

「真是羨慕你們啊。我如果也可以修煉到大護法那個程度就好了……」這是張紅娜第一次也是最後一次見到顏綾宵。

一個月後，就傳出了震驚全國的白浪號失蹤事件。

# 10 海底浮屍

白浪號所屬的輪船公司因此面臨巨額訴訟，海上救援隊日夜搜索，全國都關注著這一事件。但很快的，這件事情逐步淡出了人們的視線。在公寓的影響下，人們都淡忘了這個事件。

而張紅娜卻認為那是金色神國的神蹟。她和顏綾宵雖然只見了一面，但是卻給她留下了很深刻的印象……

這天一早，張紅娜醒來了。

她揉了揉肩膀，穿上拖鞋，就在這時候，胸口處突然有一股火燒般的感覺驟然升起，隨即，眼前的客廳牆壁上不斷滲出鮮血來！那些鮮血很快組成了一段文字，文字清晰可見。

「二〇一一年五月四日下午六點以前前往東臨市，乘坐遊輪『月光號』，血字終止時間為晚上零點。船票已經放在書房抽屜內。本次血字有執行血字達到五次的住戶，時限到了以後，可以通過接觸該住戶自動回歸公寓。本次血字指示不發佈地獄契約碎片下落。」

「不是吧？通過那名住戶才能回公寓？」

張紅娜此刻的表情，不可謂不精彩。而令她極為在意的是「執行血字達到五次的住戶」。是誰？

柯銀夜？柯銀羽？還是李隱和嬴子夜？

同一時間，一四〇四室內，銀夜看著眼前的血字指示。難道是在說自己嗎？

這次血字指示也變相證明，有這樣的住戶在，可以帶其他住戶一起坐順風車。這倒是讓人想起了《七龍珠》裏孫悟空的瞬間移動。

公寓為什麼給予住戶這等優惠？如果有一個執行血字五次以上的住戶，其他住戶哪怕是首次執行血字，也可以搭順風車。

不過，公寓的用意，誰能知曉。也許是某個特別的規則也說不定。利用這個規則，也可以靠把鬼帶入公寓，令其被黑洞吞噬。

還有另外四個住戶接到了血字指示。很快，樓下客廳內，六名住戶聚齊了。

當看到張紅娜的時候，銀夜皺了皺眉頭。而其他四個人，都是新住戶。

一〇七室的荀墨瓔，是個十六七歲的女孩子，長相並不算特別漂亮，但身材非常好，她進入公寓前是一名高中生，進入公寓後，只能夠選擇離家出走，給父母留下了一張紙條，說自己幾年後一定會回家。因此，她非常痛苦，卻也別無選擇。

六〇九室的羅誠，一個油頭粉面的男人，長相很奸猾，不過奸猾對於公寓住戶而言卻是活下去的重要籌碼。

一二一一室的許嬈，是個戴著眼鏡，看起來像知識份子的女人。最後一個是二一〇四室的葉天辰，是一個二十多歲，個子挺拔的青年。

當然，銀夜最注意的，還是張紅娜。沒有想到，居然那麼快就和她一起執行血字了！

而張紅娜也冷冷注視著銀夜，她根本沒把他當一回事。她此刻只考慮著，她這第一次血字指示，該如何度過？

而其他住戶都把焦點放在銀夜身上。這些新住戶，可以說恐懼到了極點，當然因為是首次執行血字，多少還是有些懷疑，是不是真的會有鬼出來？

而這一次，血字指示發佈時間就在當天，這種情況還是首次發生。

讓銀夜很在意的是，為什麼公寓說，回來要依靠他呢？其他的住戶沒有辦法正常地回歸公寓嗎？這究竟隱藏著怎樣可怕的真相？

公寓的血字，很可能安排著難以洞察的陷阱，銀夜自然不可能放過這麼明顯的問題。不過現在必須立刻出發了，畢竟到達東臨市港口也需要一段時間，所有人都拿到了船票。

執行血字一共有六個人，自然是以銀夜為首。這六個人中，五個人都是新住戶，而除了張紅娜以外的四個人，心理素質都很弱，對於血字指示懼怕到了極點，都完全把希望寄託在通過了五次血字指示的柯銀夜身上。

每個住戶都看過血字分析表，而柯銀夜完成得最出色的一次血字指示，自然就是在午夜巴士上，找到了人偶逃過一死。許多人都對銀夜臨危不亂和驚人的洞察力很嘆服。第一次執行血字就可以和柯銀夜一起行動，他們都感到很慶幸。畢竟，銀夜是公認的在李隱之下的智者，連嬴子夜都被銀夜壓過一頭。

葉天辰極為崇拜銀夜。這個青年很溫和，看起來很明顯是個好好先生，在進入公寓，和銀夜幾次接觸後，他越來越佩服銀夜，而且銀夜為了愛人不惜自願進入公寓的故事感動了很多住戶，葉天辰也為之慨歎。這可以說是殘酷的公寓中難得的溫情，待在這個公寓，平時非常普通和自然的人性，顯得那麼可貴和難得。

而銀夜也沒有想到今天就會接到血字指示，本來他計畫和李隱一起繼續調查和蒲靡靈有關的事情的。雖然蒲靡靈無論肉體還是靈魂都已經被徹底消滅，但是他留下的謎團還有不少。

上官眠找到的日記提供了不少重要線索。很明顯，他似乎刻意地接近過不少人，都有可能和血字指示有關聯。而星辰將他家中的預知畫都帶了出來，也許能夠起到參考作用，當然這些畫沒有對住戶們公開。

據推測，蒲靡靈去了瀚海市後，應該做了一些事情，很可能是不斷接觸那些和血字指示有關聯的人。那麼，設法調查畫中的人和場景，或許可以查出未來血字指示發佈的地點，甚至可能找到更多的預知畫。無論如何，蒲靡靈以前畫出來的預知畫肯定不止這些。他是否在其他什麼地方，也同樣留下過預知畫呢？

最後，也是最重要的一點：魔王級血字指示。

深雨說過，她無法畫出魔王級血字指示的場景。而蒲靡靈的日記提及「絕對不要去執行魔王級血字指示」。這一忠告讓李隱等人感到一絲寒意。

這些情況暫時只有被拉到六號林區的住戶知情，在沒有進一步調查結果時，不能告訴其他住戶。深雨預知能力的喪失，是一件很讓人沮喪的事情。沒有這個能力，就等於住戶回到了以前那樣，執行血字時兩眼摸黑了。

那麼，最大的希望，依舊還是地獄契約。

現在，誰都猜得出，第三張契約碎片在星辰或深雨的手上，而第四張契約碎片多半在神谷小夜子或皇甫壑手上，是否在星辰手上也難說。當然，神谷小夜子和星辰都很清楚，碎片的確是在皇甫壑手中。目前，契約碎片已經發佈了四張，總計七張地獄契約碎片，只要再發佈三張，就能夠湊齊去執行魔王級血字指示了！那個時候，就可以離開這個該死的公寓了！

但是，蒲靡靈的忠告，卻讓每個人都心有餘悸。不要去執行魔王級血字指示？如果有了地獄契約，是否就能萬無一失了呢？地獄契約可以封印魔王，這是血字指示的說法，是絕對不會有誤的。血字不會「撒謊」，這已經被住戶們視為與「鬼無法進入公寓」同樣的絕對真理。相比之下，自然比蒲靡靈的話可靠得多。

「你在想什麼呢？柯先生，那麼出神？」

這時六個人已經出發前往地鐵站，銀夜給李隱打去了一個電話，拜託他幫忙調查一下「月光號」遊輪的情況。這一次血字是在海上。危險程度自然毋庸置疑。不過，這是一艘大型遊輪，上面會有很多遊客。難道那個鬼會把數千名遊客全部殺光嗎？以前血字指示並沒有這樣的先例。

剛才和銀夜說話的是許嬈。

許嬈繼續說道：「說起來，柯先生，這艘遊輪是從東臨市前往光明市的，我們只要在光明市下船，再趕回公寓也是一樣的。而血字指示卻說，要通過你回去……」

難道沒有銀夜就回不去了？想到這一點，大家都感到內心一陣冰冷。所以，大家幾乎把銀夜圍在中間，將他視為守護神一般。

銀夜取出手機，他要給銀羽打一個電話。當然，可能李隱已經告訴她了。果然，手機顯示銀羽來電。接通後，他就聽到銀羽的聲音：「銀夜！你真的要去執行第六次血字指示了？」

「嗯。」銀夜答道：「很抱歉，銀羽，我們已經出發了，時間不多了，從這裏到東臨市的港口，是需要一定時間的。這次我會回來的，一定會回來！」

銀羽緊緊握著手機，她看著公寓的窗戶，彷彿想要看到心中所牽繫的愛人，銀夜現在就是她生命的全部，如果他死了，自己也活不下去了。如果沒有了銀夜，那麼在這個公寓裏，自己就根本沒有任何期待和希望了。

這個世界上，是不存在神的。但是，銀羽這時想要向神明祈禱，祈禱銀夜能夠平安回來！他可以活著回來，對自己而言比什麼都重要！

「向我發誓！」銀羽忽然大喊，「向我發誓，一定要活著回來！絕對要活著回來……」

銀羽的聲音非常大，在銀夜身後的張紅娜都聽到了，她不屑地冷笑了一聲。

「嗯。」銀夜重重地點點頭，說：「我發誓，我一定會活著回來的，一定會！」

「好的……」銀羽抹著眼淚，她此刻只有繼續為銀夜祈禱了。

對銀夜而言，獲得銀羽的愛，是比執行血字指示成功，更加讓他感到喜悅和幸福的事情，同時也讓他更加執著地希望活下去。

「發誓？別開玩笑了。」

張紅娜卻冷笑著說道：「你以為發誓就有用了嗎？無論你如何想活下去，也不代表你就一定可以活下去。只有修煉到我們這個程度，獲得神主的祝福，才能實現超脫和不死！而不是活在『人類』這種僅僅只有幾十年壽命的卑微軀體中，你難道還不明白這個道理嗎？」

銀夜回過頭，他的眼神中露出一絲厲色。他沒有說什麼。他沒有興趣和張紅娜這種已經被徹底洗腦的門徒爭辯，那是對牛彈琴，自取其辱。

「走吧。」帶著一絲絕決，他和其他五名住戶進入了地鐵！

銀羽此時呆呆傻傻地站在窗戶前，她感覺心都要被撕裂了。她不斷在心裏呼喚著銀夜的名字，她知道，第六次血字將是多麼可怕。

「絕對不可以去執行魔王級血字指示嗎？蒲靡靈這個男人的話究竟是什麼意思？」

李隱眼前的電腦螢幕，顯示著關於「月光號」遊輪的所有資料。這艘遊輪，是在當初震驚全國的「白浪號」遊輪所屬輪船公司被收購後，新造的大型遊輪。此次他們乘坐的，是從東臨市航行至光明市的航線。

「白浪號……」李隱注意到了這一點。

「會有什麼關係嗎？」子夜站在他身後，也目不轉睛地看著資料。這時候，門鈴響了。來的人是銀羽。

「無論如何，都請你們救救銀夜！」她深深地低下頭，乞求著。

「你們一定可以救他的，李隱，嬴子夜……拜託了，求你們一定要救他，一定要救他……」

東臨市鄰近天南市，是一座現代化的大都市，面積和人口遠遠超過天南市。這座城市也是一個旅遊勝地，以前銀夜曾經和銀羽來過這個城市很多次。

坐在計程車上，銀夜等人正趕往港口。六個人分坐兩部計程車，銀夜不想看到張紅娜，所以他和許嬈、葉天辰同坐一部計程車。

「月光號，月光號……」葉天辰敲打著他眼前的筆電，說道：「這是一艘新造的大型遊輪，所以資料很少。會發生什麼事情呢？柯先生，鬼會不會從海裏出來呢？」

海裏？銀夜認為這個可能性很高。如果是來自大海的鬼魂，那麼生路會是什麼？而從目前獲取的蒲靡靈的預知畫中，並沒有找到和船、大海有關的畫。這一點，他已經確認過了。

銀夜回憶起，當初和銀羽一起去看大海的經歷。他喜歡看著海平面盡頭的天空，尤其是當太陽西沉時，大海被染成一片金色的壯麗，那時候他會慨歎大自然的神奇和美麗。而如今，卻要去面對來自大海的鬼魅嗎？真是莫大的諷刺啊。

當然，現在不是想這些的時候。銀夜此時在思考一個問題。

這次的血字指示，有兩個很不自然的地方。

其一，當然就是讓所有住戶都在意的，要靠他的瞬間移動回公寓的特權來回歸公寓，這一點完全是史無前例，豈不是預示著，如果沒有他，就等於掐斷了住戶的生路？就算克制住了鬼，回不到公寓的話一樣是死。

其二，就是血字指示中，為什麼執行時間是在當天？這樣的情況以前沒有出現過，一般都會給住戶幾天時間準備。這其中莫非有什麼玄機不成？

一時間，銀夜也想不出來。畢竟，公寓設計的陷阱絕對不是一眼能夠看出來的。當初尋找六顆人頭的那個血字，他就被徹底欺騙，差一點連銀羽都送命了！多虧銀羽拚死將鬼拉入公寓中，才成功完成了那次血字！

只要一想到那次銀羽幾乎是從鬼門關前走了一圈，銀夜的內心就感到一陣絞痛。他進入公寓，本意是為了熟悉血字規律來幫助銀羽逃出這個公寓，但那次卻反而是銀羽救了他。

銀夜從身上取出那張船票，雙手死死捏住，他雖然不知道這一次會有怎樣的可怕陷阱，但無論如何，都必須要活著回去見銀羽！這是他和銀羽的約定！

計程車到達港口的時候，風變得很大。下車後，一陣強風刮來，將銀夜的頭髮都吹得有些凌亂起來。一種前所未有的不安開始襲來。這種感覺和當初要去執行尋找六顆人頭的那次血字指示很相似。

另外一輛計程車也在後面停下了，張紅娜等三人也從計程車裏走了出來。

六個人聚集到一起，這時港口人來人往的。

「走吧，去找『月光號』遊輪。」風將銀夜前額的頭髮不斷吹起，這個男人的眼神中充滿了堅毅，讓旁邊的新住戶好生佩服：在這麼一個公寓裏，還能有著一雙如此堅定的眼睛，他真是了不起的真男人！

「柯先生，你還真是……很淡定啊。」葉天辰說，「我們就全都仰仗柯先生了！」

葉天辰對銀夜越來越信服，一路上他對銀夜也沒有少拍馬屁，一副相見恨晚、甚至想要義結金蘭的態度。銀夜也清楚，現在每個人對他都有著極大的依賴，畢竟這次血字能不能過，自己是一個絕對關鍵性的因素，所以自然都會圍著他轉。除了葉天辰，其他幾個住戶自然也是馬屁連連。

「那是自然，」許嬈也挨緊著銀夜，「柯先生，請您務必要幫助我們啊，這是我們第一次執行血字，就看你的了。」

「對，對啊。」外表奸猾的羅誠也說，「柯先生，我研究了以前的血字分析表，您的睿智天才不下於現任樓長李隱啊，這一次大家都要靠您的聰明才智了！今後，我一定唯柯先生馬首是瞻！」

這些馬屁是一個比一個拍得肉麻，銀夜倒也沒什麼反應。雖然人都喜歡聽馬屁話，但進入這麼一個公寓，誰還會去在意這些。這幾個住戶，能救的他自然會救，不能救的話，他柯銀夜也不是聖人。畢竟，在他心裏，值得為他付出生命去救的人，只有銀羽一個。極端一點說，如果可以救銀羽，哪怕犧牲掉其他住戶，他也做得出來。

銀白色的「月光號」豪華遊輪，此刻正停泊在港口。人們正絡繹不絕地踏上遊輪，大家都興致勃勃的，只有銀夜等人面色陰冷。

對於首次執行血字的住戶而言，這艘船就猶如是吃人的魔物一般可怕。許嬈和荀墨瓔緊緊地跟在銀夜身後，大氣都不敢出。倒是張紅娜，一點反應也沒有，直盯著那艘遊輪。

船票上寫明，開船時間是下午五點，這正是血字指示中提及的血字執行開始時間。所以必須在五點以前上船。

此時，一些人正在將船票交給工作人員核對，然後從懸掛下來的長梯登船。

仰頭看著這艘遊輪，銀夜內心猜測著，公寓這次會玩出什麼把戲來。登船的人那麼多，難道公寓不惜把他們全部殺死？即使是當初唐醫生執行的那個魔王級血字指示，牽涉其中的人也沒有真正死去。

咬了咬牙，銀夜說道：「走吧。我們上去……」大海，幽深的海洋深處，會隱藏著什麼呢？人類對於海洋，尚未完全探索到的地方確實還有不少。

來到長梯前，銀夜深呼吸了一口氣，邁出了一步。張紅娜緊跟在他身後走了上去，而接下來的四名住戶，也緊咬牙關走了上去。每個人都死死盯著銀夜的背影，此時的銀夜對他們而言就是神！

走上甲板後，六個人隨著人流，開始朝船艙內走去，根據船票來到他們被分配好的房間，由於是三男三女，剛好被分配到兩個房間。

房間佈置得非常整潔舒適，雖然不算特別大，但感覺很樸質。

和銀夜一起進入房間的葉天辰和羅誠，對這個房間很滿意。如果不是來執行血字指示，他們此刻恐怕會很愉快吧？

現在是夏天，雖然已經接近五點，但天色也沒有完全暗下來，所以大家心中還有一份膽氣，而且船上還有很多人在。

「先查看一下，」銀夜提醒道，「也許這裏會留下重要的生路提示。你們研究過很多血字，應該知道生路提示是非常重要的。」

葉天辰和羅誠自然很清楚生路提示的重要性，不過他們也很腹誹，生路提示對他們而言實在是太隱晦了。查看了一番後，實在是找不出任何線索。

「算了，我們先走吧。」銀夜忽然想起了什麼，他取出了手機，對房間的每個地方都拍了照片。

「為什麼拍照？」羅誠不解地問，「柯先生，這裏我們等會兒也能回來看啊……」

「這樣做保險一些。」銀夜拍完後，將手機放回身上，說道：「好了，去看看荀墨瓔那邊的情況如何吧。」

他們剛走出房間，就看到走廊另外一頭走來了張紅娜、荀墨瓔、許嬈三人。

「怎麼樣？」銀夜立即走了過去，問道：「有沒有發現什麼線索？」

三個人都搖了搖頭。

「這樣啊。」銀夜並沒有很意外，又說道：「把房間的各個地方都拍下照片吧，無論如何……」

銀夜回憶起在午夜巴士上，他用手機拍攝下來的視訊中出現的那隻鬼手。如果記錄下影像，鬼就有可能現身。

銀夜並不擔心鬼靠影像來索取他的性命，血字指示的關鍵在於生路提示。當然，這麼做也有可能觸發死路，但是死路的反面就是生路，只要利用這一點，也許可以找到生路！和這個公寓拚智商，真是有多少腦子都不夠用啊。

遊輪終於開動了。站在甲板上，大家看著逐漸遠離的港口，心裏都開始打起鼓來。海浪不斷拍打著遊輪，而這場地獄之旅，也終於拉開了帷幕……

張紅娜看著大海，內心很激動。金色神國的門徒，對大海是非常虔誠的，認為海是萬物之源，也是神國和這個地球的連接點。

銀夜不斷用手機在船上各處拍照，他的神情肅然，大家也受到感染，開始拍起照來。第六次血字指示，再怎麼小心都不為過啊。

天色漸漸暗了下來。此刻很多人都聚集在甲板上觀賞夜晚的海景。人們紛紛拿著相機拍照留念，說說笑笑。

甲板上露天的自助餐，桌子上放著一盤盤可以自行取用的食物，價錢自然都算在船票裏了。但這時住戶中幾乎沒人有心思去吃東西。

因為周圍人非常多，所以在這太陽已經下山的夜空下，住戶們感覺內心的恐懼驅散了不少。唯有銀夜始終保持著警惕。對他而言，就算這船上所有人都變成了鬼，他都不會感到奇怪的。今天晚上，月亮又大又圓。皎潔的月光投射在海面上，實在是非常美的景致。

張紅娜這時取了一碟蛋糕，大吃特吃起來。她是最不擔心的一個人，她自信神國隨時隨地都會保佑她，根本無需擔心。

忽然，她感覺到一陣非常強烈的心悸！彷彿有一雙眼睛正窺視著她！

這是怎麼回事？隱隱的不安開始浮上心頭，她將盤子放回到桌子上。

這時，一道月光射下，張紅娜赫然看到，盤子上倒映出了一張被頭髮遮住半邊臉的女性面孔！

張紅娜頓時尖叫一聲，將那個盤子狠狠扔到地上，而她回過頭去，卻什麼人也沒有看到。

剛才那是……怎麼回事？盤子上倒映出的……是什麼人？

張紅娜感到不安起來。對於地獄公寓這個「懺罪煉獄」，她瞭解得並不多，所以發生什麼事情都是有可能的。

「神主會保佑我的，神主會保佑我的……」她開始吟唱起金色神國的「聖歌」來，試圖驅散恐懼。可是，那恐懼猶如是植入內心的種子，開始生長起來。

「怎麼回事？」距離她最近的許嬈奔了過來，問她：「你怎麼把盤子打碎了？」

「不小心的。」她連忙回答道，這時服務生已經來收拾盤子碎片了。

接著她繼續吟唱著聖歌，唱著唱著，覺得忘詞了。糟糕！錄下聖歌的MP3放在房間裏了！快去拿來，唱著聖歌，心裏才感到安定！她立即衝進船艙，憑藉記憶找著自己的房間。這時候，走廊上居然看不到一個人。都去了甲板上吧？

終於，她來到自己的房間前，推開門就走了進去……然而她卻看到，這個房間明顯發生了變化！無論是面積大小，還是傢俱的佈置，都完全不同了！

她最初以為自己走錯了門，可走出來一看房間號，沒有錯啊。而且門外的景象也和之前記憶中的完全一樣。難道是「靈異現象」？

這時，張紅娜忽然發現，房間裏的一張桌子上，放著一本筆記本。她走過去一看，筆記本上寫著兩個字「日記」。她翻開了筆記本，第一頁寫著：

二〇〇七年七月三日

聽媽媽說，她已經買好了船票，乘坐「白浪號」，帶我去東臨市旅遊。

可是我總感覺媽媽最近很奇怪。

比如今天，家裏又來了那個奇怪的大鬍子男人，和那個很冷淡的女人，阿姨也來了，可是卻打發我去看書。

後來我問媽媽，他們談了什麼，她只對我說：「安娜，以後我會告訴你的。現在你別問那麼多。」

媽媽變了好多，我覺得很奇怪。但願不會有什麼事情吧。

張紅娜看著這本日記，注意到「安娜」這個名字。安娜？好像在哪裏聽到過……

二〇〇七年七月四日

昨天我又做了那個夢。墜入海底的夢。

和媽媽一樣，我非常痛恨海。因為父親的屍體，一直沉在海底，始終沒有找到，每當我想到這一點，我就感覺很可怕。

死了的人是沒有知覺的，但我還是會想，當父親的身體在那冰冷的海底時，會是怎樣的感覺呢？

深海的世界，也許是和地獄一般恐怖的地方吧。那裏有著陸地上難以想像的可怕生物，光是水壓就可以將人瞬間壓死，而且沒有絲毫光明存在。

而父親的屍體就在那兒。

我做的就是那樣的夢。沒有光，沒有希望，只能夠在未知的黑暗世界中呼救，卻沒有任何人可以帶我走出那黑暗世界。而且，我在海底看見了爸爸。

爸爸似乎一直在呼喚我們，他的靈魂似乎一直都在海底。多年來，一直都痛苦著，一直都在詛咒著……

那個夢讓我很痛苦。

今天，我和媽媽提起這件事情，媽媽對我說：「不是的，安娜。你爸爸並不是在海底，你爸爸的靈魂在另外一個神聖高潔的地方。在那裏，沒有任何人可以傷害你爸爸。」

爸爸是在大海中死去的，他和媽媽一起去海邊遊玩的時候，墜入海中死去的。

我就是從那個時候開始，和媽媽一樣開始害怕大海的。但是，那麼害怕大海的媽媽，為什麼現在主動提出帶我去坐船旅行呢？爸爸的死，應該給了她很大陰影才對。

我一定要查出原因來。

張紅娜又翻到了下面一頁。接下來，日記的內容開始變得冗長。

二〇〇七年七月五日

爸爸是在去年年末死的。葬禮是阿姨幫媽媽一手操辦的，然而，一直沒有從海裏打撈出屍體來。

我記得，那個大鬍子男人好像是叫莫俊，還有那個冷冰冰的女人，叫白莉莉。他們也來出席過葬禮，說過類似的話。

但是，以前我從來沒有見過他們。我問過媽媽和這些人是什麼關係，媽媽只是含糊地說，是新近認識的朋友。

印象中，媽媽是個很少交際和娛樂的人，她平時都待在家裏不外出，是個家庭主婦。真的很難想像這樣的她，會主動去外面交友。

我非常討厭那兩個人。尤其是那個叫白莉莉的女人，她總是用很古怪的眼神看著我，這個女人讓我感覺很不舒服。不過，礙於禮貌，我也只能和那兩個人打了招呼。

但是從頭到尾，白莉莉看著我的眼神都那麼冰冷，她給我的感覺越來越不舒服，就像是一條盤踞在我身邊的毒蛇。冰冷，兇殘，彷彿隨時要將人吞噬掉。

媽媽怎麼會認識這樣的人？而且，印象中，父親去世前的一段時間，媽媽很頻繁地外出，但她又同時斷絕了和一些舊朋友的聯絡。她當時是去見莫俊和白莉莉嗎？

葬禮開始後，面對爸爸的遺像，莫俊和白莉莉並不鞠躬，而是念誦一些很古怪的話，根本就聽不出意義來。那是哪國文字？反正我可以肯定不是中文。

「不要太難過了。」念誦完畢後，莫俊對一旁的媽媽說了一句話：「他現在應該在那裏了。」

莫俊的話，和媽媽今天的話聯繫起來，感覺這之間有很深的關係。雖然我不能夠完全確定……

「那裏」究竟是哪裏？這和父親的死有什麼關係？

而且，她看起來似乎打算和莫俊、白莉莉一起去坐船旅行。這到底和爸爸的死有沒有關係呢？是不是我想太多了呢？

今天早上，我起來後，看到阿姨來了。阿姨的樣子看起來也有些憔悴，似乎熬了夜，臉上的黑眼圈非常嚴重。我記得，阿姨是一個生活很有規律的人，她到底在忙些什麼？忙得那麼累？

接著，她就對我和媽媽說了一件事情。她說，她已經從公司辭職了。這讓我非常意外，阿姨是個很好勝的人，聽媽媽說，她和媽媽從小就一直在較勁，對於工作相當熱忱，也因為追求事業，四十多歲了還不結婚。她好不容易升任公司的銷售主管，怎麼會說不幹就不幹了呢？

我隱隱感覺，這和莫俊、白莉莉有關係。

而媽媽對於她所說的事情卻沒有露出意外的表情，似乎她早就知道阿姨會那樣做。她後來說的話也很奇怪：「你做得對，姐姐。金錢是罪惡之源，我們不可以繼續墮落下去。」

媽媽的話讓我感覺她有些不正常。阿姨也一樣，她也變得不正常了。這似乎和莫俊、白莉莉有很大關係。

我無法安心了，無論如何，我都要調查一下。就算問媽媽，她也不會告訴我。而問阿姨也一樣。那麼，只有自己想辦法調查了。

接著，媽媽和阿姨出門去了。我就利用這段時間開始在家裏到處搜尋，想要找出一些蛛絲馬跡來。

我在媽媽臥室的櫃子裏，發現了一尊雕像，是一個外國人的形象。而在雕像前擺著兩瓶水，水裝在白色的瓶子裏，好像就是普通的純淨水。這雕像是什麼？

更令我感覺不舒服的是，這雕像高高擺著，正對著父親的遺像。

就在這時，我忽然感覺到了什麼，連忙回過頭。我看到，在窗戶外面，阿姨死死地盯著我！她竟然還在外面！

我嚇壞了，連忙關上櫃子。接著，阿姨就走開了。

我不知道媽媽是否也看到了，但是阿姨的眼神我絕對不會忘記。那是一種充滿怨毒和憎恨的眼神。我感到渾身都冰冷了。

那個雕像究竟是什麼？我很想問媽媽，可是，又擔心她責罵我。我現在感覺孤立無援，身邊根本沒有可以信任的人。

我索性離開了家。我到了附近一家網吧裏玩遊戲，玩到晚上才回家。可我沒有想到媽媽和阿姨還沒有回家。

我關上門，卻忽然發現，我臥室的門大開著。而我記得，我走的時候，明明是把臥室的門關上了啊。

我走進我的房間裏，想看一看是怎麼回事。映入我眼簾的……是我床上的被子上面，被狠狠扎進了一把匕首！而在梳粧檯的鏡子上，寫著四個大大的字，像是用口紅寫的。

那四個字是：黑心魔死！

我當時的第一個想法是，家裏進了強盜！這實在是太可怕了，我剛打算報警，又覺得不對。門窗都鎖得好好的，沒有任何被破壞的跡象。接著我檢查了一下，家裏的錢沒有丟，媽媽櫃子裏的首飾也沒有丟。

不可能是強盜。強盜為什麼要這麼做？

這時候，我想起了阿姨那怨毒的眼神，那似乎是要殺了我一般的眼神。難道……雖然我認為不可能，但當時阿姨的眼神，實在是讓我感覺揮之不去。

黑心魔死，是什麼意思？那把匕首很精細，我不記得家裏有過那種匕首。

員警到了之後，進行了勘察，認為門窗都沒有被破壞，不像是外來人所為。

媽媽回來了，阿姨已經回家去了。她看到了鏡子上的字以後，也有些驚訝。

她跟員警說，她根本不明白「黑心魔死」這四個字是什麼意思。因為沒有財物丟失，員警認為有可能是惡作劇，但還是備案了。

我越來越覺得，這麼做的人可能是阿姨。可是「黑心魔」到底是什麼東西呢？直覺告訴我，媽媽是明白意思的，她看到鏡子時就明白了。

但是員警走後，無論我如何苦苦追問，媽媽都沒有告訴我，她始終堅持說她不知道。我感覺媽媽的態度很冷淡。如果是以前，她絕對會對我問長問短的，似乎那四個字對她造成很大的觸動和打擊。

我下決心一定要查出黑心魔是什麼。

七月五日的日記終於結束了，翻到後面一頁，又是新的一天的日記。

張紅娜此刻已經想起來了。日記中的「媽媽」就是顏綾宵，而「阿姨」肯定就是她的姐姐，同為金色神國門徒的顏綾音。

張紅娜只和顏綾宵談過一次話，和顏綾音只見過幾次，沒說過話。聽天秀說，顏綾音是神國最忠誠的門徒，甚至忠誠到了激進的地步。這一點和莫俊也很類似。聽他說因為這個原因，處決黑心魔的執行人員中，顏綾音和莫俊一直都起著帶頭作用。

處決黑心魔，說穿了，就是殺人。比如試圖探查金色神國的員警、記者，或者背叛神國的門徒，都由執行人員處決。張紅娜雖然沒有參與過，不過也大致有所瞭解。聽天秀說，莫俊和顏綾音處決了很多黑心魔，之前有很多記者暗訪金色神國，都被他們處決了，這二人在此事上都極為果決。

如果是這樣，那麼多半是顏綾音認為，外甥女安娜是一個黑心魔？但是，因為無法完全確認，所以才用這樣的恐嚇手段嗎？這本日記，要不要給其他人看呢？

銀夜站在甲板前，葉天辰並肩和他站著。

「這是……」

這是怎麼回事？對眼前的景象，銀夜過了很久才反應過來。

這艘船發生了天翻地覆的變化，僅僅是在剛才一瞬間就發生了。沒有人注意到變化是怎麼發生的，當發覺的時候，周圍熙熙攘攘的人群已經徹底消散了，地面變為腐朽的爛木，甲板也是鏽跡斑斑。船上看不到一個活人。這艘船變得面目全非！

「這，這是怎麼回事？」葉天辰嚇得躲到銀夜身後，許嬈和荀墨瓔也向銀夜身邊蹭。

「開始了……」銀夜看著周圍環境的變化，說道：「看來，我們是踏上了一艘幽靈船啊。大家先冷靜，不要亂了陣腳。隨時注意周圍的任何變化，也許就有生路提示！」

一陣大風吹來，天空中的月亮也被陰雲籠罩住了。

只聽許嬈一聲驚呼：「柯，柯先生，你看！」

銀夜立即看了過去……

甲板上的某一段欄杆，從船下方，伸出一隻水淋淋的手，死死抓住了欄杆。緊接著，另一隻手也抓住了欄杆！一個被水完全浸濕的頭顱伸了上來！儘管被欄杆遮住大半，加上距離遠看不清楚，可是每個人都感到一種發自骨髓的寒意！

不需要人指揮，隨著羅誠最先後退，每個人都迅即向後逃跑。沒有一個人注意到張紅娜不見了。衝進船艙內，大家都慌不擇路。很快到達了一個巨大的廳堂內，裏面擺放著很多桌子。大家自然是一擁而入，銀夜還是很注意地觀察著周圍的環境。

這個大廳的天花板很高，而旁邊則有一塊巨大玻璃分隔開，玻璃另外一面是好幾層樓組成的船上樓閣，共有四層。

就在這時，銀夜清楚地看到，在最上方的一層，也就是第四層……一個留著長髮的女性身影，正站在那兒！

「你們看！」

大家都看了過去。那個身影，每個人都看得清清楚楚！

「那……那就是鬼嗎？」整個廳堂內一片昏暗，所以大家只能模糊辨析出那是個女性。

「嗯。」銀夜此刻則在想著，這和剛才那個鬼是同一個鬼嗎？如果是，那就證明這個鬼可以輕易瞬移，或者是製造分身。如果不是，那就代表著……他們要面對至少兩個鬼魂！

# 11 鬼敲門

張紅娜走出了走廊。她此刻懷揣著那本日記，這本日記讓她很在意。日記中，安娜對父親之死的追憶，也多少讓張紅娜有些感觸。當初，她就是在父親去世後，為了尋求精神寄託才去聽金色神國的演講，並加入了神國。

什麼是神呢？張紅娜一直在考慮這個問題。父親一生如此操勞，他一直非常勤懇，而且他也很信佛，相信一個人只要有著慈悲胸懷，就一定能夠得到保佑，能夠一生平安。他幫助過很多人，從來不計較得失。他也很多次對自己說，錢夠用就行了，沒有必要太過執迷，否則就會失去自我。

父親一大把年紀，就算自己再怎麼辛苦，如果親戚朋友開口借錢，都不會拒絕，身邊的人無論有什麼困難，都會主動挺身相助。所以人緣很好，但也沒有少被母親埋怨。父親卻依然堅持這麼做，他相信好人一定會有好報的。

父親死的時候，張紅娜真的很難接受。他是過勞而死的。她覺得父親的一生就是個笑話。她認為世界上有很多黑心魔，所以像父親那麼善良的人才無法活下去。

龐天秀當時演講所說的話，讓張紅娜感受到了新的希望。只有進入神國，成為門徒，這樣才可以讓父親真正地得到安息。她是抱著那樣的想法加入金色神國的。因此，她對於執行人員殺害黑心魔的做法沒有任何反感。當初就算母親再怎麼阻止，她也堅信自己的想法。

而走出房間後，張紅娜就發現，走廊的格局也發生了巨變。

「這是怎麼回事？」張紅娜隱約感到了什麼，這個地方，莫非……莫非就是……

這時她沒有注意到，在她背後的走廊拐角處，走過去了一個留著長頭髮、身體不斷扭動的女人！

她猛然回過頭去，可是沒有看到任何人。

「神主，請保佑我吧……」儘管希望安心，可張紅娜卻越來越感到不安，她感到，似乎自己沒有想像中那麼堅信神國的力量。怎麼可能呢？自己是大護法是得到格隆先生承認的大護法啊！大護法，是不可能被懺罪煉獄傷害的！不會的，絕對不會的……

張紅娜在走廊上快速穿行，她只想快點到甲板上去。這艘船上的可怕變化，越來越超出她的理解。畢竟，金色神國對懺罪煉獄的描述實在太少了。

同一時間，銀夜等人也在巨大的船艙內穿行，沿著樓梯不斷地朝下走，最後進入了船體內部。

這時，終於有人發現，張紅娜不見了。

「我想起來了，」許嬈說，「她是進船艙裏去了。她現在不知道怎麼樣了？」

銀夜根本不關心這個女人的死活，對他來說，這個女人死了更好。他現在考慮的是，應該如何應對目前的局面。鬼已經出現，也就是說生路提示也可能已經出現了。那接下來該怎麼辦呢？這艘「月光號」，為什麼會變為另外一艘船？

二〇〇七年七月五日

今天媽媽為我買了新衣服，是一件純白色的晚禮服，我非常喜歡。她說，到時候就讓我穿這件衣服去。

昨天的事情，媽媽似乎完全忘記了，鏡子上的口紅印也擦掉了，而那把匕首則被員警帶走了。

我很喜歡這件白色晚禮服。一時間，我也稍微從緊張的氣氛中脫離出來。媽媽終究是不會害我的。可是，她肯定知道那口紅印和匕首的主人。

但是，我的好心情很快就消失了。因為，到了十點的時候，白莉莉來了。

我給她開門時，看到她我就生氣。我真的很想對她說，媽媽不在家，讓她離開。她進來後，媽媽立即出來迎接她，看起來媽媽倒是和這個女人關係很不錯。沒辦法，我想眼不見為淨。但她卻叫住了我。

似乎媽媽告訴了她匕首和口紅印的事情，她看起來很關心地問我這件事。既然她問了，我也不好意思再冷臉對她，只是告訴她我沒事。

接著，她忽然問我：「那口紅留下的恐嚇話語是什麼？」

看來媽媽沒告訴她這件事情。於是我回答了她，是「黑心魔死」這四個字。她聽了以後，明顯眼睛瞪得很大。

然後，白莉莉看著媽媽，說道：「你的虔誠度明顯還是不夠。」

虔誠度？我不明白她為什麼要對媽媽那麼說。接著她坐了下來，對媽媽說話的態度很高傲：「你忘記了嗎？當初是誰引導了你？現在你要反悔嗎？」

媽媽看起來很緊張，她立即說：「沒有，絕對沒有那樣的事情！你應該清楚的。」

「你自己心裏清楚。你還是在後悔那件事情。你應該知道這是多麼嚴重的褻瀆。」

我不明天這個女人為什麼用褻瀆這種嚴重的字眼。我怒視著她，對她的憎惡已經毫不保留了。

「我沒有後悔。」媽媽接著說，「我也相信那麼做是最好的。」

媽媽說話的時候完全不看我，她在白莉莉面前是如此誠惶誠恐。為什麼她那麼低三下四？我印象中媽媽不是那樣的人。

「你在撒謊。」白莉莉的目光猶如毒蛇一般看著媽媽，繼續說道：「如果不是那樣的話，你不會這樣做。你始終在逃避，你不想面對。其實我也不贊成現在就去白浪號，進行最後一步。很明顯你會拖累我們的。可是，你姐姐擔保說，你沒有問題。你應該明白，你和你姐姐比，有多少不足。」

阿姨？她為什麼提到阿姨？

「顏綾宵。」白莉莉繼續厲聲說，「你到底在猶豫什麼？難道你不相信那是我們最終的救贖嗎？」

「別說了……」媽媽忽然看向我，對白莉莉說：「別在安娜面前說這些……」

白莉莉說道：「你給我住口！你還是這個樣子，難道你真的不怕受到制裁嗎？」

「登上白浪號的時間越來越近了，如果你下不了決心就別來！如果不是你姐姐顏綾音，這麼好的機會根本輪不到你！」

我此刻對這個女人的憎惡達到了頂點。

然後，她也不道別，直接朝門口走去。而我則快速尾隨了上去。我想知道，這個女人到底是何方神聖。

我走出門，在後面跟著她。她走路的速度很快，而我為了不讓她發現，真的很費一番工夫。

沒多久，我看到她去到一輛車子前，駕駛座上坐著那個大鬍子男人莫俊。我就借著牆壁上的爬山虎遮住身體，偷聽他們的對話。

她拉開車門就坐了進去，怒氣沖沖地說：「顏綾宵根本不適合，我反對帶她上白浪號，她和顏綾音根本不一樣！」

莫俊似乎也同意她的看法：「的確如此。但是，格隆先生多次誇獎她，我們也沒有辦法啊。算了，格隆先生的意思，我們也不好違背。」

我越聽越糊塗了，怎麼出來個外國人？這讓我回憶起那個外國人形象的雕像。這當中是否有關聯呢？

我覺得媽媽可能加入了一個很奇怪的組織。這個組織似乎在從事著危險的事情。究竟是什麼？我無論如何都希望知道。

後來車子開走了。

到了夜裏，媽媽早早入睡了。我卻根本睡不著，打算寫完日記再睡。而恐怖的事情就是在這個時候發生的。

打開抽屜，我發現裏面放了一張紙，上面寫滿了密密麻麻的「黑心魔死」！

我嚇了一大跳！這是怎麼回事？

還不光如此。之後，我打開衣櫃，發現媽媽送給我的白色禮服，被一把匕首扎著，上面更是寫著四個大大的字：「黑心魔死」！

看到這裏，張紅娜感到有些起雞皮疙瘩。

剛打算翻過去一頁，她忽然注意到什麼，接著……她倒吸了一口涼氣。只見她周圍的牆壁上，全部都是密密麻麻的血字！血字的內容都是「黑心魔死」！

剛才明明還沒有這些字的！張紅娜隨即發現，地面上，天花板上，也同樣都是「黑心魔死」！

張紅娜又回過頭去，卻赫然看見，對面走廊的盡頭，正有一件白色禮服被釘在上面，「黑心魔死」四個醒目大字，就在上面出現！

強烈的惡意，讓張紅娜感覺到了前所未有的恐怖。她很確信，日記裏提及的事情，不可能是顏綾音或者白莉莉做的。對於屬於激進派的這些門徒，真的確認是黑心魔的話，不會用恐嚇這種手段，早就直接殺了。恐嚇安娜的，另有其人！是誰？究竟是誰？

而她也注意到，那匕首是金色神國派發的，專門用來誅殺黑心魔的匕首！這是怎麼一回事？究竟是怎麼回事？

接著，從那白色禮服的領口，忽然湧出鮮血來！而牆壁上的無數血字，也一樣開始湧出血來！

她不禁感覺到恐懼！為什麼？神國明明會保佑我的，為什麼？我不是黑心魔，不是黑心魔啊！

可是，那血依舊猶如泉水一般不斷湧出，令人膽戰心驚！

神主，神主會保佑我啊！為什麼神主不顯靈保護我？為什麼！

張紅娜此刻感到越來越恐懼。為什麼日記中的內容會現實化？這艘船，難道是「白浪號」嗎？

安娜如果是顏綾宵的女兒，她的靈魂也應該進入神國了啊，不可能繼續徘徊在這艘船上！他們絕對不可能傷害身為大護法的我，不會的！但是，殘酷的現實卻並非如此。

「你的虔誠度還不夠……」她想起日記中白莉莉對顏綾宵說的那句話。是因為我還不夠虔誠嗎？

這時候，張紅娜頭頂的天花板上，那些血字中央出現了一灘很大的血漬。從那血漬中，伸出了一隻蒼白的手臂。一張扭曲、幽藍的駭人面孔從血漬中湧出，倒懸著，向張紅娜不斷逼近……

張紅娜只感覺一陣寒氣從頭頂襲來，她立即抬起頭看向天花板！

天花板上什麼都沒有，連血字都不見了，周圍的血字、被匕首和釘在牆上的白色禮服也消失了。

張紅娜瞪大了眼睛，剛才的一切那麼真實，可是現在卻都消失了。她越加感到一陣瑟縮，恐懼吞噬了她的心。她立即取出手機，想撥打出去，卻發現手機完全沒有信號！

在另外一條走廊上，銀夜五人行色匆匆地走著，發生了巨大變化的船艙讓他們感到越來越詭異。現在，這似乎是一艘空船，和銀夜所說的幽靈船倒是越來越像了。

幽靈船的傳說，大家或多或少知道一些，但是在廿一世紀的今天，上了一艘真正的幽靈船，任誰都會感覺無比荒誕。對於這些新住戶而言，公寓也好，幽靈船也好，都是如此不真實，誰都希望這一切只是一場噩夢，當從夢中醒來，可怕的景象就都消失了。可惜，這是無法迴避的現實。

銀夜在一個四面都有岔道的走廊拐角處停下，回過頭對四個新住戶說：

「聽好了。血字執行時間一共為七個小時。目前只過去了半個小時，而我們有六個人，也就是說，鬼很快就會開始第一輪的攻擊了。」

因為研究了很多血字，新住戶們都戰戰兢兢，無比恐懼的時刻終於要到來了。鬼會對誰下手？

「不是說，沒有生路提示出現，鬼就不會殺人嗎？」荀墨瓔說道，「我們應該沒有接到生路提示吧？哪裏有提示？」

「目前看來似乎沒有明顯的提示，但公寓的提示往往會在不經意間提供給我們，而我們卻一無所覺。這樣的先例有很多。其實一般第一次執行血字都會給予比較明顯的生路提示，但是你們的情況不同，公寓為了逼迫住戶選擇執行魔王級血字指示，所以會讓你們衝擊高難度的血字。」

大家都很清楚，從去年嬴子夜剛進入公寓時開始，公寓就已經有這樣的傾向了。到後來，血字的間隔越來越短，也出現過讓住戶連續執行血字的情況。這加速了住戶的死亡，也讓唐醫生後來去選擇了魔王級血字指示。

不過，即便如此，敢去選擇魔王級血字的住戶依舊幾乎沒有，因為魔王級血字指示存在太多未知因素，令人膽寒，一般的血字再難還有一線生機，但魔王血字讓人感覺選擇了就等於是自殺。

這時每個人都注意著身後，銀夜也時不時看著頭頂和腳下，隨時注意鬼的動向，他的腦子裏迅速過濾著先前的所有線索。

銀夜取出手機，想先給李隱打一個電話，卻發現手機沒有信號！每個人的手機都是如此，也就是說，無法尋求李隱的幫助了！

公寓的四〇四室內，當銀羽發現銀夜的電話打不通時，她就感覺心猶如跌入了深淵。

「不！」她的雙眼死死看著窗外，銀夜，他現在必須要孤軍奮戰了，那些新住戶根本靠不住，何況還有一個張紅娜在！銀羽跌倒在地板上，她雙目失神，猶如失去了靈魂。

子夜看著她的樣子，把她拉起來，說道：「現在只能為他祈禱了。我們唯有這個可做了。」

「祈禱？向誰祈禱呢？」

銀羽感到一陣茫然，說道：「這世界上有可以救銀夜的神嗎？真的有神存在嗎？」

李隱看著她那哀莫大於心死的神色，心想，如果告訴她，那個隱藏規則的存在會怎麼樣呢？如果銀夜真的遭遇到生命危險，她恐怕真的會抹掉自己的血字指示記錄來救回銀夜吧。要不要告訴她呢？

「柯銀夜不是那麼容易倒下的人。」

子夜蹲坐著，對銀羽說道：「你應該知道，他是一個多麼堅強的人，為了你，他明知道這個公寓的恐怖，還是進來了。他不是會在第六次血字就丟掉性命的人。你要相信他。」

「可是我，我現在什麼也不能為他做。我什麼也做不了……」

「不是的。」子夜說，「只要你活著，他就不會放棄。只要你還活著，就是對銀夜最大的幫助。他會為了守護你，拚盡一切活著回來的！」

銀羽看著子夜，回憶起當初和她一起執行血字那次，她們躲進浴室裏，險些被鏡子內的鬼魂殺死。她們二人在那之後結下很深的友誼，銀羽非常欣賞子夜。她是一個很善良的人，雖然外表總是對任何事情都顯得淡然，但她為了自己執著的事情，會不惜付出一切。這一點，和銀夜非常相似。銀羽的眼裏，終於有了些許光芒。

而此時的銀夜，也的確是那麼想的。銀羽還有四次血字指示就可以離開公寓了，所以，無論如何他都要活著回去，幫助她度過剩下的四次血字！

忽然，走廊陷入一片黑暗！燈一盞盞地熄滅，五個人的眼前頓時伸手不見五指！在這樣的黑暗中，誰都會陷入精神崩潰的邊緣！

許嬈先大喊起來，荀墨瓔隨即也大聲哭喊！

銀夜頓時心中暗叫不好，還來不及作出反應，他已經感覺到黑暗中有什麼東西開始逼近了！他立即用手機的光線照亮眼前，頓時看到，許嬈的背後，有一個穿著一身黑西裝，身體扭曲地貼在天花板上的男人！

「逃！」那男人明顯不是先前那個鬼！果然有兩個鬼嗎？可是來不及思考那麼多了。

張紅娜這時走到一扇門前。她清楚記得，天秀對她說過，他在「白浪號」船艙的房間號碼，這個房間的門牌號和天秀告訴她的一樣。曾經身為神國大護法的天秀，就算死了也不可能會傷害她吧？何況，如果是大護法，肯定已經升入神國，絕對不會還在這艘幽靈船上的！大護法，那可是得到了神國承認的神民，絕對不可能會有問題的！

她轉動門把手，走進房間。房間很乾淨整潔，看不出有任何問題。

張紅娜將門關上，隨即用一把椅子堵住大門，她想，待在這個房間裏，應該是最安全的了吧？天秀肯定在房間放置神國的聖器。就算沒有聖器，至少也有神水。無論哪樣都可以克制鬼魂的。

果然，她在床頭櫃上發現了兩瓶神水。她立即擰開神水瓶子，一口氣喝下，頓時心中大定。有了神水庇佑，就算魔王來了，她也不會怕了！

張紅娜安心地坐下，又翻開了安娜的日記。剛要繼續看下去，忽然，門口響起了敲門聲！

張紅娜渾身都起了雞皮疙瘩！她立即死死頂住那把椅子，試探著問：「是柯先生嗎？」

敲門聲非常有規律，敲三下，隔一段時間再繼續敲。沒有任何回答。

「許小姐？羅先生？」張紅娜強自鎮定，她已經喝了神水，什麼鬼魂都奈何不了自己的！不會有事的！

接著，敲門聲開始變得急促。到最後，甚至變成了擂門！

張紅娜繼續用力頂住門，就算有神水，她也不希望門被弄開。只希望門外的……那東西放棄。

這時候，房間內的燈忽然熄滅了！張紅娜的心猛地跳了一下！她沒有想到，燈居然會滅掉！

那恐怖的敲門聲，還在繼續……

張紅娜第一次，開始後悔進入這個公寓了。但是，這個世界上沒有後悔藥。她無論如何都必須要完成十次血字指示，才能夠離開這個公寓了。

她死命地抵住大門，咬緊牙關，而敲門聲始終不停下來。張紅娜不斷地加大手上的力度，汗水不斷從她的額頭滑落。她感覺到，門背後的那東西，力氣越來越大了。這究竟是怎麼回事？

日記掉落在椅子上，正好翻到了張紅娜先前看到的部分。

二〇〇七年七月七日

今天，終於登上了「白浪號」。我想，一切真相終於可以揭曉了。

我在船艙睡了一會兒後就醒了。然後，我就開始了新一輪的調查。我已經基本可以確定，媽媽加入了一個神秘組織，那個組織是什麼呢？在這艘船上要舉行什麼活動嗎？

媽媽在上船後似乎一直和阿姨在一起，我感覺媽媽開始有些怕阿姨了。事實上，自從那天之後，我看到阿姨也有些害怕。

中午的時候，我和媽媽她們在宴會廳用餐，莫俊和白莉莉也出現了。菜肴非常豐盛，但我一口也吃不下去。

吃到後來，莫俊忽然說了一句話：「我昨天和大師通話了。」

媽媽看起來似乎很驚訝，連忙問道：「真的嗎？莫先生？」

「那是自然。」阿姨也說道，「畢竟莫先生身為執行隊首席成員，深受格隆先生讚賞，所以和大師也通過視訊通話過很多次。真是羨慕呢，我可是只看過大師的照片。」

「大師非常讚賞我們的行動，他說，祝願我們在神國中獲得新生。但是，他還補充了一點，那就是，在這艘船上有一個重要的傳說。」

「傳說？」媽媽聽到這句話很在意。

莫俊先停頓了一下，隨後說道：「這艘船的傳說。你們應該知道吧？大海作為萬物生命的搖籃，本身就有克制黑心魔的作用。而這片海域，更是連接著神國的大門。所以這艘船在設計的時候，本身就已經被黑心魔加了一個強大的詛咒。」

黑心魔！我從莫俊口中聽到了這個詞！

「媽媽，你們知道黑心魔，為什麼不告訴我？」我連忙大聲喊道。

莫俊毫無反應，連看都不看我。倒是白莉莉說了一句：「別理她，繼續說。這個詛咒具體是？」

「嗯，簡單地說，詛咒本身不可能殺死我們的靈魂。但是在我們對自己升格的關鍵時刻，如果詛咒被引發，多少會對我們產生一點障礙。」

我完全聽不懂他們的話。這些話聽起來就是妄想症患者的話。現代人有可能會相信什麼詛咒嗎？

我還想開口，但是阿姨卻狠狠地瞪了我一眼，讓我什麼話也說不出來了。

莫俊繼續說道：「所以我的意思是，進行升格的過程中，最好小心一點這個詛咒。根據大師的說法，這個詛咒的本質，是由人的惡念發動的。也就是說，惡念的源頭要被克制住，就能夠解除詛咒。」

「大師說的方法是什麼？」媽媽顯得非常焦急，立即問道：「什麼辦法可以克制詛咒？」

「辦法只有一個。那就是找到產生出惡的那個黑心魔，然後……」莫俊賣了個關子，看著媽媽她們。他這一停頓，讓大家都感覺到焦急起來。

「什麼啊，快說啊！」白莉莉也很著急，「你賣什麼關子！」

「嗯，那個辦法就是……」

敲門聲已經變成了擂門聲。張紅娜越來越難以堅持了。終於，門被重重一撞，她整個人飛了出去，那本日記也掉在了地上。

門開了。

張紅娜倒在地上，她看見門口站著一個黑影，那黑影一步步走了進來！

因為沒有燈光，所以根本看不清楚那個黑影是誰。張紅娜連忙大喊道：「你，你傷害不了我，我是金色神國的大護法啊！你傷害不了我的！」

而那黑影卻仍不斷逼近，張紅娜退到房間的角落。她此刻的恐懼達到了頂點，難道神水對這個黑影根本沒有用嗎？她咬著牙取出手機，將螢幕對著那黑影，她打算照一照，看這個黑影究竟是什麼。

手機螢幕一亮，她看見……那黑影是一個穿著墨綠色洋裝的女子，她的頭髮遮住了半邊臉，露出的部分，眼眶是空的，流出的是血！而她的左胸上，插著一把匕首，赫然是金色神國特製的匕首！

張紅娜忽然明白了。這個女子……正是安娜！她是被她的母親顏綾宵親手殺死的黑心魔！她沒有能夠進入神國，而是留在了這艘船上嗎？這一切都是她的詛咒嗎？

忽然張紅娜感覺到雙腿間有一股溫熱，她的腳下，流出一道淡黃色的液體來。她已經嚇得失禁了！此刻的她，哪裏還有威脅銀夜的那副狠毒樣子？

這時候，她忽然注意到牆角的日記，而目光也正好掃到最後一段話。

> 那個方法就是，對那個黑心魔下更強的詛咒，從而將那個詛咒抵消。當時我很奇怪，金色神國為什麼也要和黑心魔一樣使用詛咒的手段呢？但大師的解釋是，我們必須要對那個黑心魔也下詛咒，才能夠將原有的詛咒消除掉。我當時又問，誅殺黑心魔的匕首不能用嗎？大師說，對付這種處於很強詛咒的黑心魔，是沒有辦法做到將其消滅的，唯有通過詛咒以毒攻毒。詛咒的方法就是請筆仙，將這個黑心魔的名字寫在紙上，讓筆仙對其下咒。只要筆仙將這個名字劃下一道橫線就行了。

張紅娜看到了「筆仙」二字！她對於筆仙是非常熟悉的，大學時期曾經和同學一起玩過筆仙！金色神國並沒有完全否定一些詛咒的方法，例如筆仙，而且金色神國的義理中也認同鬼魂的存在。

當張紅娜將目光移回原位時，那個女鬼卻不見了！怎麼回事？為什麼不見了？

不過，張紅娜來不及考慮那麼多了。筆仙不可能一個人玩的，必須儘快找到銀夜他們，然後和他們一起請筆仙！因為日記中提及是大師說的辦法，她心中深信不疑。大師對她而言就是絕對的神啊！

金色神國天南市分部的格隆，此刻非常緊張地看著坐在他對面的人。

「大師……」他相當緊張地說，「您突然到天南市來，真是讓我非常意外。嗯，我已經給您安排好……」

「沒什麼。」他擺了擺手說，「我提前到來的事情，不要大肆宣揚。」

「是……我明白！」

坐在他對面的，是一個戴著面具的人，那張面具是鐵製的，看起來很是怪異。

事實上，格隆也沒見過大師的真面目。大師的雕像和照片，實際上都是副大師德雷斯，這位真正的大師，平時都是戴著面具出現。

「工作要加緊了，絕對不能夠出任何紕漏。你應該明白吧？」

「請大師放心！」

鐵面具男人忽然走到格隆的辦公桌前，不緩不急地說了一句：「格隆，你跟隨我多少年了？」

「嗯，有六年了吧。」

「那你應該知道我的脾氣吧。你別以為你在這裏亂搞女人的事情我不知道，這是我對你的最後一次警告，稍後你把財務報表給我，我要瞭解去年神國在天南市分部的所有收入！」

「是，是！」格隆原本還存著貪污一點的心思，但看大師遠在歐洲，對自己在這裏做的事情都那麼清楚，並且還給了自己最後的警告，他頓時直冒冷汗，哪裏還敢隱瞞，立即將真帳本取出，交給了鐵面具男人。

看完以後，鐵面具男人點了點頭：「你很明智，沒有欺騙我。」

聽著鐵面具後面傳來的冷峻聲音，格隆立即點頭如同雞啄米一般，說道：「我哪裏敢欺瞞大師！大師，您打算何時挑選門徒？我……」

「今天到此為止吧，我明天還會再來的。」鐵面具男子說完後，就走出了房間。

格隆此時已經是滿頭大汗。

「好可怕的男人，聽聲音應該很年輕，可是卻能夠輕易掌控整個神國，而且到現在為止，我們都無法知曉他的身分。」

在金色神國的最高管理層，沒有人敢對這個大師有任何異心。

離開分部後，大師上了一輛黑色轎車。車上的司機是一個金髮的英俊白人男子，他正是副大師德雷斯。

車子開動後，大師就取下了鐵面具。只有這個副大師，他是完全信任的，讓他看到自己的真容。

「大師，接下來是回您的家嗎？」

「嗯。」

「大師，」德雷斯看著後視鏡上年輕的大師的臉，「您的那些預言，還有關於黑心魔的說法，我知道都不完全是虛假的，但是，我想以後還是不要牽涉進太多真實靈異的成分吧？」

「半真半假，才是欺騙的最高境界。」大師卻不以為然，「我能創辦金色神國，被人視為神，就是因為我懂得這個道理。金色神國當然是根本不存在的，但是鬼魂的存在並不是謊言，我不過是換了一個稱呼，叫做『黑心魔』而已。你不這麼認為嗎，德雷斯？」

# 12 安娜的詛咒

海浪一陣陣湧來，有時候還掀起巨浪。

此刻，在船頭。張紅娜氣喘吁吁地坐著，看著眼前的這片海。特地帶來的指南針根本沒有用處，而且即便在船頭，也一樣無法使用手機。

天空猶如被一塊無邊無垠的黑幕遮蓋，月亮和星辰都看不到。只有靠手機螢幕發出的微弱光亮，才讓張紅娜稍稍看清眼前。

張紅娜雖然以前玩過筆仙，不過，在過去那麼長時間後，已經忘記了該怎麼請筆仙了。剩下的那五個人，會不會玩呢？比起這個，更重要的是……

她將身體靠在船頭的欄杆上，繼續用手機發出的光亮來看那本日記。她也隨時警惕著眼前，而因為身後就是大海了，所以鬼應該不會來襲。當然這也難說，不過張紅娜也沒有更好的辦法了。

她需要從日記中判斷出，自己要詛咒的黑心魔是誰？確定這一點至關重要。

龐天秀，莫俊，白莉莉，顏綾音，顏綾宵，安娜……一共六個人，這六個人中的一個應該是黑心魔。雖說前面五個人都是神國門徒，但是張紅娜認為，門徒受到詛咒墮落為黑心魔也不是沒有可能的。過去也有過這樣子的先例。

這時，在天南市的某條高速公路上，一輛黑色轎車內。

「可是，大師，」德雷斯有些擔憂地對身後的年輕男子說，「這樣是否妥當呢？如果過分涉入靈異現象，到最後我們會……」

「你在擔憂什麼？」年輕人的聲音不急不緩。

「大師！」德雷斯大聲說，「你還記得二〇〇七年七月的『白浪號』事件吧？龐天秀他們肯定是因為觸發了你說的詛咒，才會整艘船消失的。三千多人的大型遊輪猶如被抹掉一般消失，讓我想想都不寒而慄啊。這已經超乎我們的想像了！」

年輕的大師稍稍沉默了一會兒：「那一次……的確是我失算了。沒想到那個詛咒那麼厲害。事實上，那艘船本身就是幽靈船啊！」

「什麼意思？」德雷斯愣住了，「本身就是？」

「對，早在天秀他們登上那艘船以前，就已經如此了。」

「怎麼會……」

「對，只不過，那時候應該是有某個人的憎恨和船的詛咒產生了共鳴，增強了詛咒的力量。」

高架橋上的車流堵塞了起來，這倒讓德雷斯可以安靜聆聽。

「那為什麼，大師你當初讓我通知龐天秀和莫俊，讓他們選擇在幽靈船上升格，不，為什麼要讓他們一起升格？」

大師將頭仰靠著，說道：「我和你提過吧，德雷斯，因為我想做實驗。雖然，我認為那本日記上說的都是真話，但實驗一下總是沒錯的。我想試試看，是否靠請筆仙就可以將詛咒的主體消滅掉。如果這條生路是真的，就代表這是可信的。而如果這樣的話，那麼，另外一條路也應該是可以實現的。創立金色神國的根本目的，就是為了進行這一系列的實驗，實驗是否真的存在克制這些靈異現象的生路。如果這些生路全部都可行的話，那麼我的計畫也就可行。不全部實驗一下，我實在不放心，而且也不便於掌握規律，但如果成立了金色神國，讓那些完全相信我的門徒去進行實驗，就完全不同了。信仰能夠讓人盲目，所以他們也就會為我賣命。」

德雷斯也沒有很驚訝，他早就知道，大師有這方面的想法。

「不過，我不明白，」德雷斯又提了一個問題，「大師，『白浪號』本身就是幽靈船？可是，這艘船是星航輪船公司製造出來的啊，並不是歷史上沉沒的船隻，怎麼會變成幽靈船……」

「不，其實確切地說，那艘船是變成了『白浪號』。」

「嗯？」

「『白浪號』也好，其他什麼船也好，都一樣。讓那些真正的船消失，然後變成那艘船的樣子，誘惑人登上船。那本日記上的描述就是這樣。」

「月光號」，也只是幽靈船的偽裝之一。當初的「白浪號」，也是同樣的情況。那艘船本身就是最可怕的幽靈船啊！

此刻，在幽靈船上，張紅娜繼續看著日記。

這是一個可怕的組織。

我現在根本睡不著。剛才宴會廳上，出現的那個被媽媽稱為大護法的男人，估計就是那個組織的人。我無論如何也要幫助媽媽脫離這個組織！但是，我該怎麼做呢？

我打算直接去娛樂室說服媽媽。就在我剛有這個打算時，忽然聽到門外傳來了媽媽和阿姨的聲音。

「姐姐，」媽媽對阿姨說，「走吧，到龐天秀大護法那裏去。莫俊和白莉莉也等在那裏。」

「綾宵，」阿姨對她說，「我有一件事情想問你。」

「什麼事情？」

「你丈夫的死，不是意外，而是你親手殺了他吧？因為他否定金色神國，所以他就是黑心魔。是你殺掉了他，對嗎？」

居然是這樣？張紅娜看到這裏大驚失色。那麼說來，安娜的父親，顏綾宵的丈夫，就是黑心魔嗎？但是日記後面的內容卻更加驚人。

我當時根本不敢相信自己的耳朵！

我一直認為，爸爸是失足掉進大海的，我一直都認為爸爸的死是一個意外！可是，居然是媽媽殺了他？怎麼可能？

我這時候極其希望媽媽否認。我希望她能否認！但接下來卻是沉默。

「我就當你是默認了吧。」阿姨的聲音殘忍地傳來，「這麼一來，我也就理解你為什麼會變成這個樣子了。你雖然殺了他，但你很後悔吧？這讓你後悔甚至開始懷疑神國，連你殺了他的事，也沒有告訴身為姐姐的我。不過綾宵，你做得沒錯，黑心魔只有被殺死才能獲得救贖。你即將升格為神國國民，就別擔心這些了。跟我走吧。」

我這時候感到前所未有的絕望。為什麼？黑心魔是什麼？為了那種理由，就要殺了爸爸？

我懷著痛苦的心情寫下日記，我現在必須要去找媽媽，我要親口問她，爸爸的死是不是真的是她做的！

日記到這裏，就結束了。

張紅娜輕輕歎了一口氣。她將日記闔上，心中感到很悲涼。她從小就很敬愛父親，所以她可以體會安娜的心情。

安娜很痛苦吧？但是，這是沒有用的。造成詛咒的，看來多半是安娜了。安娜很可能在這種痛苦的心情下被殺死，然後受到這艘船上的詛咒影響，黑心魔的黑暗面完全爆發了出來。

「就讓我來讓你解脫吧，安娜。」張紅娜堅定了這個想法。

她將日記放入衣袋內，站起身。拿手機來充當手電筒，一步一步走著。

「該死，手機不能用，聯繫不上柯銀夜他們。就算都是黑心魔，這時候我也需要他們啊，一個人是無法請筆仙的……」

走著走著，她忽然聽到身後傳來響動，連忙回過頭一照，但是，只看到欄杆以及海浪。

她稍稍鬆了口氣，繼續朝前走。但是又走了兩步，她還是感覺不對勁。再一次回過頭，她依舊沒有看到任何人。

是錯覺嗎？如果是就好了。

剛要回過頭，她的視線卻掃過一旁的欄杆，接著……她看到甲板上，一個背影正靠著欄杆，看著大海！

她嚇得魂飛魄散，連忙說：「是，是誰？柯先生嗎？還是……」

但對方半點反應也沒有。

張紅娜立即回過頭飛奔起來！那個人……肯定不是人，是鬼！

她心中已經越來越恐懼了，必須儘早找到柯銀夜他們，用請筆仙的方式來化解安娜的詛咒！無論如何一定要消除掉安娜的詛咒！

這時候，銀夜等人在黑暗的長廊中不斷奔逃，逃入了船的最底層。打開手電筒，他們緊張地穿行在走廊上，到目前為止，還沒有一名住戶喪生。但是銀夜很清楚，這只不過是時間早晚而已。

這時，他們走到了走廊的盡頭。

「到底了嗎？」銀夜皺著眉頭，看了看身後。情況的發展讓他感覺很不妙。

在五個人身後不遠處的牆壁頂部，一個模糊的輪廓出現了。然後那個輪廓開始清晰起來，一張血紅的面孔從牆壁裏浮出，接著又是一隻手伸出來。那張面孔的下巴，留著黑色的大鬍子。猩紅的雙眼，充斥著冰冷和殺意……

「你們快看！」葉天辰指著眼前的牆壁說，「上面寫著字！」

字的內容是：「這艘船是四年前失蹤的『白浪號』，造成詛咒的人，有可能是我們金色神國當時登上船的龐天秀大護法，執行人員莫俊和顏綾音，還有顏綾音的妹妹顏綾宵，門徒白莉莉，顏綾宵的女兒安娜。我找到了安娜的日記，日記中提及，需要找到詛咒源頭的那個黑心魔，將名字寫下來，再請筆仙來對那個名字下咒，才能終結詛咒，結束這個血字指示。看到這段文字後，你們馬上請筆仙，將以上的名字都嘗試一遍！張紅娜留」

這段文字是用水筆寫的，銀夜仔細看了看那段文字，心裏有些驚訝。這個血字指示居然和金色神國有關係？這個女人獲取了生路提示？請筆仙？

還是第一次遇到使用這種方式來作為生路的。

「我們馬上去船頭吧！不過，黑心魔是什麼意思？」許嬈看著那段文字，問銀夜：「柯先生，你知道這是什麼意思嗎？」

「別說那麼多了。這段文字也可能是陷阱。」銀夜冷靜地說，「我們也不可以貿然行動。」張紅娜在船艙的很多地方都留下了這段文字，希望銀夜等人看見後來請筆仙。

「我上高中的時候倒是和別人玩過筆仙。」荀墨瓔說道，「我知道怎麼弄，你們有誰會？」

「我會！」羅誠立即說道，「我以前也和別人玩過。」

「別輕舉妄動！這可能是陷阱，」銀夜立即阻止道，「請筆仙，誰知道會發生什麼事情？」他實在不願意相信這是真的。

但就在這時，忽然羅誠感覺脖子被人死死抓住，他回過頭去，只見牆壁上有一段突出了一半的身體，然後，他整個人就被拉入了牆壁中！

這個過程，僅僅一秒的時間，讓人根本來不及反應！

銀夜等人都瞪大了眼睛，而那牆壁則已恢復如初。

銀夜忽然反應了過來。羅誠說他會請筆仙，而鬼是在他們看到張紅娜的留言後開始殺人的。也就是說……這段文字很可能是生路提示！因為鬼不可以在住戶沒接到生路提示的情況下殺人！

巨大的幽靈船依舊在海上漂浮著。是的，漂浮……這艘船的駕駛室內，一個人都沒有。而且，這艘船也無法操縱。這片海域，猶如是噩夢的源頭。

海，是生命的源頭，但也同樣是葬送生命的場所，同時也有著人類無法想像的存在。

此刻，銀夜衝到了船艙最上面一層，葉天辰等三人緊隨其後，剛才羅誠的死已經讓他們每個人恐懼到了極點。只要想一下身體被拉入那面牆壁，就讓人渾身戰慄了。

太恐怖了！執行血字指示的時候，生命根本就像風中殘燭！如此殘忍的狀況，讓每個人都陷入了近乎絕望的境地。而現在，唯一的希望，就是請筆仙！

「荀墨瓔！」忽然葉天辰一把抓住女高中生荀墨瓔，說道：「你說你會請筆仙吧，告訴我！還有，剛才那幾個名字都記住了嗎？」

「名字？」荀墨瓔想了想，「嗯，龐天秀，莫俊，白莉莉，顏綾……顏綾什麼來著的？」

「顏綾宵，顏綾音，是姐妹倆。還有顏綾宵的女兒安娜。」銀夜說出這句話，也代表著他已經默認了請筆仙。剛才鬼的做法，讓他判斷出，張紅娜留下的文字很有可能是生路提示，所以鬼魂的殺戮就開始了。

這次血字的時間一共是七個小時，現在已經快七點了，時間並不長，隨著鬼的不斷殺戮，輪到自己只是時間問題！而且，根據血字來看，恐怕自己會成為鬼優先殺戮的目標！

「安娜。」銀夜說，「根據張紅娜留下的文字，『安娜』是最有可能的。先把這個名字寫下來吧。」銀夜警戒著四周，現在四個人身處在船艙的一間小宴會廳裏，面積還算大，逃還是有機會的。不過，周圍太暗，需要手電筒照亮，才能夠寫下名字。

「這個樣子真像是《死亡筆記》呢……」嘴裏咬著手電筒，荀墨瓔在一張桌子上鋪開紙，拿出一支筆，在上面寫下了「安娜」兩個字。

「那麼，開始吧……」荀墨瓔說著，看著眼前的三人，問道：「那……誰來和我一起請筆仙？」大家你看我，我看你，都有些猶豫。誰都不知道請筆仙的過程中會發生什麼事，但這很可能是生路，如果這麼做能夠將詛咒消除，冒一定的風險也是值得的。

「等一下……」銀夜又看了看四周，他此刻很擔心。請筆仙的過程，鬼很可能會出來干擾。而根據請筆仙的說法，筆仙如果請來後不送走，又會有一些麻煩。可別沒消除詛咒，反增加了新詛咒！但是，在這艘船的任何一個地方，都不可能保證，請筆仙的過程不出現任何突發狀況。如果這樣的話……該怎麼辦？

根據過去的血字經歷，可以看出，鬼對於住戶找到生路後的行動會竭力阻止，當初嬴子夜為了用衣架封住那個惡鬼，不惜讓敏剁掉了她的雙腳，才成功了。

「柯先生，我們時間不多啊！」荀墨瓔說，「如果不立刻決定的話……」

本來銀夜想說，鬼殺了一個人後會間隔一段時間才繼續殺人，可以再想更好的辦法，但是，想起上次在六號林區，方有為、蕭雪、吉天衍三人被殺的時間間隔非常短，他又猶豫起來。

血字指示的規律在不斷變化，是因為魔王級血字指示的緣故嗎？到目前為止，只有唐醫生一個人去執行過魔王級血字指示，公寓打算繼續擴大難度來逼迫住戶去執行魔王級血字指示吧。那接下來會怎麼樣？在地獄契約碎片還沒有集齊的時候，公寓還是不放鬆對住戶的壓迫嗎？

「柯先生，我也認為還是先做吧！」許嬈走上前，伸出手去，說：「我們一起抓住筆吧，嗯……就是這樣嗎？」

銀夜歎了口氣，心想，罷了，反正橫豎都是死，只有捨命一搏了。反正，進入公寓的人，命本來就已經不屬於自己了。小心謹慎，那是在有足夠的安全保證的前提下，但在這越來越可怕的血字指示中，過分的小心只會葬送性命。

膽識，也是執行血字成功的一個要素。只是，生路應該不會那麼簡單才對。這畢竟是對自己而言的第六次血字指示啊！

銀夜看到兩個人都抓住了筆，筆尖對著那張紙時，忽然感覺內心非常忐忑。這，該不會是一個觸發死路的條件吧？

不，不會……羅誠已經死了，如果說死路的話那也已經開啟了。如果羅誠沒有死，銀夜是絕對不會同意請筆仙的，因為那樣會觸發死路的可能性高達百分之七十以上。在血字指示中，危險率達到百分之五十以上的行為他都會儘量避免，只有命懸一線時才會去搏可能性很小的生路。

當然，機率這種事情，誰都說不清楚，綜合各種條件判斷的機率，也未必就一定可靠。即使是所謂百分之百的機率，也摻雜有許多主觀想法。絕對安全、絕對不存在風險的生路，本來就不可能有。雖然現在多重生路的假設已經得到一定程度的驗證，可是也要有命去等到第二生路想出來。

羅誠已經死了，誰知道鬼選擇的下一個目標是誰？

銀夜估計，請筆仙可以構成生路的機率，大概在百分之四十左右，這個判斷很大程度是由羅誠的死得出的。即便如此他還是不敢將機率考慮到百分之五十以上，他認為羅誠的死也有可能是公寓故布疑陣，只是這不太吻合公寓一貫平衡血字難度的做法。

許嬈和荀墨瓔的手都抓住了筆，開始說請筆仙的話。

大家都開始焦急地等待，等待筆動起來。

動啊……快動啊！銀夜和葉天辰的雙眼都死死盯著二人夾住的那支筆，希望筆快一點動起來！

許嬈此時也壓抑住自己的心情，不讓手移動。她焦急地看著筆，繼續說著請筆仙的話。氣氛一時緊張到了極點。

就在這時，許嬈和荀墨瓔忽然看到……夾住筆的手，變成了三隻！

「啊！」兩個人都嚇得甩開了筆，那支筆掉在了地上。

銀夜和葉天辰卻不明白二女為何如此恐懼，還來不及問，忽然，從那張桌子的桌布下面，猛然伸出一隻手來，抓住了許嬈的腳！

許嬈還來不及反應，她整個人就被拉入了桌子底下！

銀夜立即衝上去，一腳將桌子踢翻！然而桌子下面，卻空空如也！

荀墨瓔已經恐懼到說不出話來了，一個大活人，居然就這樣徹底消失了！這簡直就是恐怖電影中的場景！

銀夜此時雖然也很驚懼，但也有一絲慶幸，那就是在筆仙請來以前，就已經被鬼魂強行阻止了。

不過這麼一來誰還敢請筆仙，這個過程根本都還沒啟動，就被鬼殺掉的話……三個人此時沒有任何猶豫，立即轉頭就逃！荀墨瓔在站起身的時候還摔了一下，她此刻覺得，以前整天抱怨的高考、高中生活的壓力，在眼前的恐怖面前根本就什麼都不是了！只要可以活著離開公寓，就算要她天天去看書復習，她都不會有任何怨言了！

就在三個人已經逃得沒影了的時候，宴會廳內的另外一張桌子下面，又伸出一隻手來！就像是連鎖反應一般，接二連三地從幾張桌子下面伸出了手。

一個接一個的鬼影從桌子下爬了出來，每一個都是面容煞白如紙，而身體猶如煙霧一般縹緲。

這時候，一個長髮女鬼接近了那張掉在地上、寫著「安娜」二字的紙條，沒一會兒，那張紙條就像蒸發一般消失了。

張紅娜這時候在甲板的另外一側，她跑得氣喘吁吁。這艘船很大，她從船頭跑到船尾，也花了很長時間。她實在不敢再跑進船艙裏了，她感覺裏面就是恐怖的囚籠！

身為金色神國大護法，她首次感覺到了無比的恐懼！她從身上取出另外一瓶在那個房間拿到的神水，打開蓋子就喝了起來。其實仔細想想，四年過去了，這水早就該變質了。但是張紅娜卻不管，她認為這神水具有奇效。喝完後，她才稍微有了點勇氣。

已經過了七點了。張紅娜看著手錶，緊咬牙關，她發誓，下一次血字前，要加緊修煉，她恐怕是修煉還不到家，所以才會如此狼狽。

自己寫下的留言，柯銀夜他們看到了沒有？現在不會去船頭找她了吧？在這黑暗恐怖的環境下，張紅娜強迫自己鎮定下來。

「實在不行，我試著一個人請筆仙吧，不過一個人能請嗎？」

安娜將金色神國視為可怕的組織，這說明她是黑心魔。誅殺她是必需的。連她這個大護法，都對安娜的鬼魂充滿了恐懼。

銀夜三人沿著樓梯，終於來到接近船頭的地方。

地板變得非常朽爛，空氣中也不時傳來腐臭的氣息。銀夜警惕地注意著四周，絲毫不敢放鬆。第六次血字指示，果然極為可怕。縱然是長期研究血字指示的銀夜，也感覺到身體有點虛脫了。羅誠和許嬈的死，間隔時間不超過半個小時。看來，公寓的規則越來越扭曲化了。誰也不知道再這樣發展下去會變成什麼樣子。

他和銀羽約定，一定要活著回公寓去見她。但是，他真的能遵守這個約定嗎？

這時候，荀墨瓔和葉天辰都緊挨著銀夜，二人看向銀夜的目光完全是依賴了，畢竟只有銀夜才可以帶給他們最大的希望。

對銀夜而言，儘快找到張紅娜，確認那段話的真偽比較重要。雖然鬼也一樣可以化身為張紅娜，但見到她的話，可信度畢竟可以提高一些。

銀夜對於那段文字還有很大疑問。張紅娜為什麼會知道，這艘船以前是「白浪號」？還有，為什麼說和金色神國的門徒有關？那個叫安娜的留下的日記又是什麼內容？她要他們把所有名字都嘗試一遍，但是，那個安娜明顯是重點。但那所謂的日記也有可能是公寓安排的陷阱。

他希望儘快看到那本日記，同時也可以更進一步瞭解原因。

從那段文字來分析，安娜等六人很可能是造成這艘船變為幽靈船的源頭。請筆仙能否消除詛咒姑且不提，這個詛咒本身就非常可怕了。僅僅一個鬼魂的詛咒，就讓那麼大的船變成永遠漂在海上的幽靈船！

幽靈船，大多是源自西方的傳說，銀夜對這方面瞭解不多，如果是對西方文化很瞭解的銀羽可能會知道得多一些，只是銀夜很少問她這類問題。

這時，銀夜等人即將走到船頭。忽然，銀夜注意到身邊掠過一道黑影，他立即用手電筒照過去，卻是張紅娜站在那兒！

銀夜鬆了口氣，然後一眼見到她手上拿著一本筆記。難道那就是安娜的日記嗎？

「總算和你們見面了！」張紅娜頓時鬆了口氣，她剛才又從船尾走回船頭，希望和銀夜重新會合，好在這一路都沒有再遇到鬼。

「你精神不正常嗎？」銀夜怒道，「你讓我們到船頭集合？你知道這有多危險嗎？如果鬼堵死退路，根據血字我們不可以離開船，那麼我們不就死定了？」

張紅娜一愣，頓時明白過來。她的確是疏忽了這一點。

「那本就是安娜的日記？」銀夜快步走過去，「告訴我，到底是怎麼回事？」

「我想先問一句。」葉天辰問道，「張小姐，那個金色神國是什麼？難道是什麼古代文明？」

「不。」張紅娜搖搖頭說，「金色神國是偉大的神之國度，是超越我們這個世界的最高存在，所以……」

「給我住口。」銀夜冷冷地看著她，「說重點！到底是怎麼回事！」銀夜對這個女人實在是極度憎惡，心想她倒是沒被鬼殺掉。

張紅娜拿著那本日記，遞給銀夜，說道：「這本日記，是我們神國一個門徒的女兒寫的。那個門徒叫顏綾宵，安娜是她女兒。」

「能詳細說說嗎？」銀夜說話時依舊警惕著周圍。

「門徒？」葉天辰聽糊塗了，「什麼意思？你是屬於什麼組織嗎，這到底是怎麼回事？」

「等會兒我和你解釋。現在你聽她說！」銀夜知道現在時間很緊迫，必須儘快讓她說完。

「先請筆仙啊！」張紅娜卻說道，「現在關鍵是要……」

「剛才我們已經嘗試過了！」銀夜抓住荀墨璎說，「她剛才和許嬈一起請筆仙，結果鬼從中阻撓，許嬈被殺了。你知道這意味著什麼吧？這也許是生路，但同樣有可能是死路！」

「你說什麼？」張紅娜驚訝了。

「我必須先確認你的情報……」銀夜翻開日記，「哪一頁寫著請筆仙的事情？」

「這裏。」張紅娜翻到那一頁，指著莫俊說的那段話，說：「這是我們大師的指示，大師的話是絕對不會錯的。也就是說……」

「去你的大師！」銀夜忽然一腳狠狠踢向張紅娜的腹部，然後一個箭步衝上去抓起她的衣領，將她的頭摁在地上，陰狠地說：「你想害死我們嗎？大師？就是因為那該死的神國，銀羽才會進入這個公寓的！你如今還把這個當做生路？你以為我是白癡嗎？我早就該殺了你！」

「喂喂，」葉天辰連忙來拉銀夜，說道：「柯先生，你別這樣啊，她也許知道什麼呢……大師，大師是什麼人？」

「難道……」荀墨璎問，「我在進公寓前，看了村上春樹的《1Q84》，難道是類似那本書裏的邪惡組織嗎？」

「差不多吧。」銀夜惡狠狠地看著張紅娜，說道：「說到底，這不過是你們金色神國的門徒的妄想症吧？你以為我會相信你嗎？」

「你……你，你這個黑心魔！」張紅娜怒道，「你居然敢辱罵大師！你能理解大師的偉大嗎？你也看到懺罪煉獄中那麼多的鬼魂了吧？大師的話是絕對正確的，你既然認同了那個公寓存在，為什麼認為大師的話是假的？」

「那我問你！你們的門徒不是都該進入神國嗎？那麼，我問你……」

銀夜狠狠抓著張紅娜的頭髮，怒目圓睜地說：「現在那些門徒的鬼魂不是都在這艘船上變成詛咒了嗎？你倒是解釋看看？」

「那是因為這艘船本身被黑心魔下了詛咒！」

張紅娜絲毫不肯相讓，說道：「你們必須再嘗試請一次筆仙啊，安娜可能就是造成詛咒的根源！日記中提及的，她憎恨神國，所以她才會墮落為黑心魔，然後導致這艘船被詛咒！」

葉天辰和荀墨瓔完全聽不懂她的話。

「所以，快點請筆仙啊！按照大師的吩咐去做，大師的話是絕對不會有錯的，絕對不會！」

銀夜這時候已經幾乎失去了理智，他的冷靜近乎全盤崩潰。在金色神國的門徒前，他只有無比強烈的憎恨！殺了她！殺了這個女人！銀夜的雙手死死掐住張紅娜，他這時候是真的要殺掉她了！殺人這種事情，他不是第一次做，阿慎和夏小美都是被他殺死的，如今再多殺一個人，他也無所謂。

葉天辰連忙死命拉住銀夜，他已經見到太多鬼魂了，不想再多死一個人變成鬼！

「住手啊，柯先生，你不要這樣……」

銀夜的雙手上力氣越來越大，對公寓的憎恨，此刻全部都加諸到張紅娜身上，他只想將這個女人殺掉，殺掉，殺掉！

葉天辰和荀墨瓔都想將他的手拉開，但銀夜是鐵了心要殺張紅娜，他此刻已經完全失去理智了。

張紅娜也沒有想到銀夜居然這麼衝動，她不斷掙扎著，可是沒有任何用處。

忽然，銀夜似乎清醒了過來，鬆開了手！他這才反應過來，張紅娜不可以殺！畢竟她有可能還知道其他的一些情報，如果獲得那些情報，也許可以找到生路！

銀夜本是個很理性的人，但再理性的人進入這樣一個公寓，都會精神崩潰的。經歷了上次六號林區的險死還生，加上公寓規則的不斷扭曲，銀夜終於也難以再繼續保持理性。正常人經歷同樣的事情，恐怕早就徹底崩潰，甚至自殺了。

張紅娜咳嗽了好幾聲，被荀墨瓔扶起來，她看向銀夜的眼神帶了幾分恐懼。這個男人平時看起來那麼文質彬彬的，怎麼會突然變成惡魔一般？

「你解釋一下。」他抓著那本日記，「你還知道些什麼？別再和我說什麼大師，否則我下一次真的會殺了你！」他沒有想到的是，此時的張紅娜，心中對銀夜也一樣產生了殺意。

她的心裏是這麼想的：這個黑心魔已經無可救藥了，如果放任他繼續待在這艘船上，說不定他本身也會變為詛咒的一部分。等有機會，索性殺了他！殺黑心魔，以前都是莫俊這些門徒做的，張紅娜沒有親身參與過。但是如果有機會，她對殺黑心魔不會有任何猶豫。

張紅娜打定主意後，便慢慢走過去。接近他，殺了他，然後說服另外兩個人和她一起請筆仙。這就是張紅娜的打算。如果不殺了銀夜，不會有人和她一起請筆仙下咒。

「我跟你詳細解釋一下這本日記。」她走到銀夜面前，故意用恐懼的神色看著銀夜，卻將手伸入口袋，握著那把匕首。

割斷喉嚨……快一點的話，一定不會有問題……張紅娜盤算著，她自忖突然出手，銀夜來不及作出反應。而那匕首極為鋒利，一定可以殺掉他。

一道森冷寒光閃過，匕首現出，狠狠劃過銀夜的咽喉！

銀夜的臉上頓時現出錯愕的表情，一道血紅的傷口赫然出現，鮮血不斷噴湧而出！

「哈哈哈哈哈，你死了吧？哈哈，死了，死了！你這個黑心魔，這個該死的……」

銀夜的雙手捂住脖子，滿臉痛苦之色，身體掙扎了幾下就倒在地上，鮮血瞬間染紅了地面……

張紅娜揮舞著染血的匕首，獰笑著說：「你這該死的黑心魔，總算死在我手上了吧？哈哈，哈哈哈哈……」

然而，她笑不下去了。因為，應該已經死去的銀夜，忽然爬了起來！只是，他的面孔變成了當時那個侵入房間的女鬼的臉！女鬼脖子上的鮮血依舊在不斷流出，樣子極為駭人！

張紅娜立刻嚇得魂飛天外，一下跌倒在地。這時她注意到，荀墨瓔和葉天辰也不見了！張紅娜立即爬起來，朝著反方向逃去！

而對於銀夜等人而言，則是看到張紅娜走過來，然後她拿出了匕首，下一瞬間，她忽然就消失得無影無蹤了。

這讓銀夜三人感到毛骨悚然！三人再度撒開腿飛奔，逃到甲板上一個比較空曠、容易察覺周圍動靜的地方後，才停了下來。

翻開那本日記，銀夜對葉天辰說：「麻煩你，葉先生，幫我照亮一下。這本日記是目前最後的線索了。希望可以從日記裏找出答案來。」

用最快的速度讀完日記後，銀夜陷入了沉思。

甲板上的三人，面臨著殘酷的抉擇。

「這個叫安娜的女孩子很可憐啊。」荀墨瓔也和銀夜一起看完了日記，「那麼，造成這艘船的詛咒的，多半是她了。因為她將金色神國視為邪惡組織，她才會對金色神國如此憎恨。」

「我們必須分析一下。」銀夜正色道，「這是我們最後的機會了。」

「分析？」葉天辰頓時大叫，「柯先生，我們還是馬上請筆仙吧，六個人都試一下吧……」

「不可能都試。」

銀夜捧著日記，說道：「雖然從日記上來看，很可能造成詛咒的是安娜，但我無法完全信任那個大師的話。生路應該是另外的方法，提示可能就在日記裏。安娜，顏綾宵，顏綾音，莫俊，白莉莉，這五個人都可能是詛咒的源頭。對了，另外還有一個人，叫龐天秀的，不知道是誰。」

「估計是金色神國的門徒之一吧。」荀墨瓔說，「這也是唯一比較合理的解釋。但這個人在日記裏根本沒有出現過啊。」

「這本日記，有不少地方讓我很在意。」

「哦？是什麼？」荀墨瓔追問道。

「首先就是，安娜連續兩次被人恐嚇。第一次，床上被插上匕首，鏡子上用口紅寫字；第二次，衣服被匕首刺穿，還是同樣的恐嚇。恐嚇者將安娜視為黑心魔。」

「什麼意思？」葉天辰若有所思道，「難道你認為，那個恐嚇者才是真正的詛咒源頭？」

「對。」銀夜說，「剛才你們也看到了，筆仙還沒有請來，許嬈就被鬼殺了。也就是說，請筆仙的過程極為兇險，我們根本沒有辦法將六個人的名字都試一遍。安娜雖然看起來最明顯，但我認為這極有可能是公寓安排的陷阱。」

銀夜可沒有忘記當初六顆人頭的血字，還有李隱度過的送信的那次血字，公寓刻意安排的陷阱有多可怕。安娜，很明顯是公寓故意引誘住戶跳進去的陷阱，她很有可能根本就不是關鍵。不，甚至請筆仙本身，也可能是陷阱！銀夜認為，應該另外考慮生路。

「距離血字結束還有幾個小時，公寓應該會給我們一定的時間來思索生路。」

銀夜強行鎮定住自己的心神，說道：「我知道你們都很害怕，但是貿然行動只會死得更快。許嬈的下場你們也看到了吧？」

荀墨瓔回憶起許嬈被桌子下面伸出的手拉進去，然後立刻消失的情景，現在還感覺背脊發涼。

「好吧，我們一起分析，」葉天辰也強打精神說，「三個臭皮匠賽過諸葛亮嘛，何況柯先生你本來就有不下孔明的智慧啊！」到這時候，葉天辰也不忘記追擊一記馬屁。

銀夜苦笑一聲：「好了，別說了。目前分析下來，我認為，有可能恐嚇她的人，嫌疑最大的是顏綾音，但她母親顏綾宵也一樣有可能，莫俊和白莉莉也有一定程度的可能性。至於那個龐天秀，就不知道了。」

「顏綾宵也有可能？」荀墨瓔不解地問，「她居然如此對待自己的女兒嗎？」

「被洗腦、喪失心智的人，是無法用常理看待的。」銀夜解釋道，「因為迷失心智殺死自己的父母子女，這樣的事情也不是沒有先例。從日記的內容來判斷，顏綾宵因為認定丈夫是黑心魔，所以將他推入海中。所以，我認為她一樣有可能認為女兒也是黑心魔。」

葉天辰回過頭去看了看，又回過頭來，問道：「我先問一句，黑心魔是什麼意思？柯先生，你好像很瞭解這個組織？」

「嗯。我妹妹銀羽就是這個組織的受害者。她以前所愛的男人，因為成為這個組織的門徒，所以騙銀羽進入了這個公寓。他很清楚公寓有多可怕，但是他認定銀羽是黑心魔。黑心魔按照這個組織的解釋，是指不相信金色神國存在，有其他信仰，或者對金錢權位極為執著的人，都可以看做是黑心魔。但從這個角度來講，太多太多的人都可以被視為黑心魔了。」

「看來這些人都是非常極端和不正常的。」葉天辰凝神思索了一番，「那麼，到底是誰……」

「不過，有一點很需要注意。」銀夜指出，「這個神國門徒對黑心魔是恨之入骨的，既然如此，那這個人為何只是單純的恐嚇呢？為什麼不乾脆把安娜殺死呢？因為根據金色神國的說法，只有使用那把特製匕首殺死黑心魔，就能夠將其靈魂送入所謂的懺罪煉獄。」

說到這裏，大家都眉毛一掀。

「難道……」荀墨瓔立即說出口，「是顏綾宵？她雖然認為女兒是黑心魔，但是不忍心殺死女兒？對，很有這個可能性啊！不，不對啊，根據這本日記的內容，顏綾宵將白色禮服送給安娜，接著，那禮服被匕首刺穿……這樣說不過去吧？」

銀夜分析道：「顏綾宵就算不是那個恐嚇者，至少也是一個從犯。」

「她在瞭解到這一切後，並沒有產生太大反應，似乎她早就知道那個人是誰。至於將白色禮服刺穿，本身就是一種殘忍的傷害安娜的行為。不過，也可能是顏綾音，因為安娜畢竟是她的外甥女，不忍心下手的可能性也不能說沒有。恐嚇的目的，可能是想要讓安娜瞭解自己的『罪孽』，讓她不再繼續『墮落』。這些神國門徒的邏輯，不是能用正常思維理解的。」

「這麼說也對。」

接著，大家陷入了一片沉默。每個人都害怕鬼從後面接近，所以不時注意著周圍。但是，四周都被寂寥所籠罩，沒有任何動靜。

「還好。」葉天辰拍了拍胸口，「鬼總算安靜了一會兒。大概公寓對鬼施加了限制。我們還是快決定吧，到底該怎麼做？也就是說，顏綾音和顏綾宵，都可能是詛咒源頭？」

「很難判斷。」銀夜翻著日記，「只能說這兩個人的可能性很高。但是，莫俊和白莉莉也一樣是有可能的，只是如果是這二人，應該是殺掉安娜，不會刻意恐嚇吧？」

如果真是如此的話，就必須要試著對這二人，來請筆仙？

「兩個都試試看？」荀墨瓔說著，已經有了決定：「如果可以做到的話……」

「其實我有一個想法。」葉天辰提出了一個設想，「你們想啊，一般人請筆仙，除了好玩，也有一部分是希望進行占卜。也就是說，詢問筆仙一些問題，然後等筆仙在紙上寫出答案來。那我們為什麼不請筆仙來問一問，詛咒源頭到底是哪一個人？」

「這……」銀夜也猶豫了。或許真的有可行性。葉天辰所說的，也許就是真正的生路！確定了詛咒源頭，再通過筆仙來消除詛咒，那麼，就可以成功執行這個血字指示了。

只要將六個人的名字都寫出來，然後問筆仙就可以了。不過這也就意味著需要第二次請筆仙。可是有了許嬈的先例，就算是提出這一點的葉天辰，也沒有膽量繼續請筆仙。

沒人敢做的話，就等於沒說。銀夜也不想冒這個險，這樣做，也許會生成新的詛咒。而且，那個大師的話，實在很難相信。可是，現在的確沒有其他線索。如果做了，還有一線生機，不做的話，只有面臨萬劫不復的境地。

但銀夜總感覺，應該還有一個更好的辦法，可以終結這一切。更何況，嬴子夜以前假設的多重生路，已經得到證實。也就是說，生路並非是唯一的，血字指示中很可能存在著多重生路。

銀夜決定重新看一遍日記。他隱約感覺到，這本日記有些不自然。他認為日記的內容應該不是虛構的，畢竟那樣做就違背了血字指示平衡難度的原則。但是，也難保沒有摻雜安娜先入為主的想法。

此刻，在公寓內。

「的確有這個可能性。」銀羽看著電腦螢幕上調查的結果，眼眸中有了一絲光芒。

「嗯，我也那麼想。」李隱指著電腦螢幕上一張圖片，「『白浪號』遊輪失蹤後，引起不少靈異傳聞。而這個叫莫俊的男人，就是其中比較重要的一個。」

「這個叫莫俊的人……」銀羽仔細盯著那圖片，「看起來照片沒有後製過，但是引起了一定程度的轟動，被認為是靈異現象吧？」

「嗯，這張照片是莫俊在『白浪號』上拍的，傳到他的博客上的。當時還有幾張照片也傳上了博客，後來就被網友人肉搜索出來了……」

圖片上，是一個留著鬍子的男子，男子站在一艘船的甲板上，照片是夜晚拍攝的。而在男子身後，有一個若隱若現的黑影。

「這個黑影，很可能是真正的鬼。」李隱非常肯定地說，「而這艘『月光號』遊輪是星航公司被收購後的新集團製造的輪船。所以……」

銀羽也非常贊同。調查這個叫莫俊的男人或許有一線希望。當然，因為無法聯繫銀夜，所以也無法將資訊傳遞給他，但也有可能公寓在某一時刻加強限制，令通話可以進行，所以，查出一些線索是很重要的。

圖片上，莫俊身後的黑影越來越濃重，看起來猶如一個噬人的怪物一般……

# 13 請筆仙

「那麼……這個叫莫俊的男人，」銀羽迅速流覽著網頁，「還有關於他的更多的內容嗎？」

「大部分網頁都看不到了。」李隱點擊著一個個搜索出來的網頁，「只知道名字和長相，年齡是二十六歲，其他的資料都沒有了。」

只能求助一個人了……情報販子黎焚！

住在一二〇二室的黎焚，之前就查出了深雨的照片。這個男人確實是有些能耐，在黑白兩道都混得風生水起。他本人是一個超級駭客，能夠製作很強悍的病毒程式來瓦解任何防火牆，只要有足夠的錢，任何情報都能夠為委託人奉上。

在如今這個資訊社會，情報的價值無疑是巨大的。一個企業如果獲悉了競爭對手企業的商業機密，就可以在競爭中立於不敗之地。一個搜集情報能力很強的情報販子，自然是地下世界的頭號人才。當然，在這個公寓裏，也一樣是非常重要的人才。

走出房間時，銀羽已經急不可耐地取出手機，說：「黎焚的手機號碼是多少？告訴我！」

只有身為樓長的李隱，才有所有住戶的手機號碼。乘坐電梯到十二樓去只要一點時間，而銀羽卻連這一點時間都無法等待，由此可見，她內心有多麼焦急。

一二〇二室裏，不修邊幅、非常邋遢的黎焚，正在和另外一名住戶下圍棋。而那名住戶，正是神谷小夜子。

在這個公寓，很少有住戶會一個人待在房間裏，那樣絕對會發瘋的。所以，很多住戶都會選擇聚集在一起，就算是打打牌、下下棋，也好過什麼都不做。當然也有很多住戶選擇對血字指示進行研究和總結，來尋求更多對生路的解析。

神谷小夜子和黎焚非常談得來。這個男人雖然看起來很邋遢，但實際上很睿智。而身為情報販子，和偵探也算有不少共同語言。實際上神谷小夜子也和情報販子打過交道，所以對這類人也算了解。

黎焚的手機響起，他接通了電話，就聽到銀羽急促的聲音：「黎先生，我是一四〇七室的住戶柯銀羽……」

「哦，柯小姐啊，什麼事情？」黎焚用肩膀夾著電話，拿起一顆黑子，放在棋盤上。

「是這樣的……」

沒過多久，響起了門鈴聲。黎焚放下棋子，說：「神谷小姐，看來這盤棋只有以後再下了。」

「沒什麼。本來也只是消遣而已。」

黎焚走到門口，將門打開後說：「詳細情況我知道了，我幫你們查查看，我擔保在半小時內，查出那個叫莫俊的男人的資料。」身為情報販子的黎焚，有著對自己這份職業強烈的自尊心，即使進入了公寓，他的自尊心也沒有改變。

「半小時？」李隱一愣，問道：「你確定？」

「當然。」黎焚指著臥室的方向，「我剛才已經開機了。半小時，你們可以計時。不過，你們不能看我搜索情報的過程。你們放心，只要是曾經在互聯網上留下過痕跡的資料，我就絕對可以將它找出來！」

「謝謝你，黎先生！」銀羽對他鞠了一躬，「拜託你了！」

「少來，名花有主的女人的感謝我沒興趣……」黎焚說著撓了撓耳朵，就向臥室走去。

「神谷小姐？」子夜這才注意到神谷小夜子也在客廳裏。

「嗯。」神谷小夜子將圍棋棋盤收好，說道：「黎先生是個有真本事的人呢。估計公寓的住戶很快都會注意到他的。情報，對於未來的血字指示，是極為重要的。」

李隱頓時慨歎起來，如果當初送信的那次血字，有黎焚在，說不定就可以查出被公寓隱藏的真相了。不過仔細想想，公寓也可能會施加情報上的限制。如果連司法系統都可以影響，對情報的操縱自然也是非常容易做到的。

雖然銀羽很想跟進去看看，但神谷小夜子勸道：「你還是待在外面吧。他這個人……看起來，很有些怪癖。」

「這樣啊……」銀羽也只好耐心等待。這個時候急也沒用了。

時間一分一秒地流逝著，四個人在客廳裏等待的同時，也沒有閑著，繼續分析情況，神谷小夜子自然也幫著他們一起分析，她這個日本女神探不是浪得虛名的。

「原來如此。你們認為，是和這個輪船公司有關，還是『白浪號』和『月光號』的詛咒存在著某種關係？」

李隱說道：「我的推測是，可能是一個海底的惡靈。『月光號』是從松門市出發，而『白浪號』是在即將進入松門市海域時消失的。也就是說，這很可能是一個關鍵。」

「海底的惡靈嗎？」神谷小夜子回過頭看了看臥室，然後接著說道：「或許有這個可能。」日本是一個島國，所以飽受水患困擾。神谷小夜子從小也接觸過許多怪談文學，其中水往往被作為死亡的象徵，在恐怖文學中擔當著一個作用很大的符號。

終於，門開了，黎焚走了出來……

「其實我認為，金色神國未必是一個組織啊。」在幽靈船上，荀墨瓔忽然提出了一點：「你想啊，柯先生，那個靈異公寓都存在了，那麼真有什麼金色神國存在，也不是什麼奇怪的事情吧？也許那個大師真的能夠拯救我們啊。」

人陷入恐怖後，信仰就會變得盲目。荀墨瓔現在的情況就是如此。

「不，不可能的。我調查過金色神國的事情。」銀夜立即否定了這個想法，「我知道你想說什麼。如果這是真的，那麼大師說過的話就是正確的了，不……你甚至希望，死後可以成為金色神國的神民吧？」

「別那麼武斷啊！」

葉天辰也有些動搖了，說道：「如果真的可以獲救，要我去信那個教也無所謂啊。我可以把那個大師當神來看待，只要他可以把我救出去！那個公寓，我想真的是懺罪煉獄吧。何況那個大師說得也沒錯啊，人類的確是非常邪惡的，黑心魔也不完全是無稽之談啊。」

葉天辰和荀墨瓔這時的眼神，讓銀夜回憶起了當初阿慎的樣子。為了獲救，就算把靈魂出賣給惡魔也無所謂嗎？

銀夜當然也很清楚，對於每一個住戶來說，只要可以脫離公寓，就算是殺人放火，都可以做得出來，卞星辰就是個很好的例子。

但無論如何，銀夜絕對不會輕易動搖。即使真的有所謂的懺罪煉獄，即使在神的眼中，銀羽是所謂的黑心魔，他也不會認同！哪怕是神，是神的旨意，他也不會服從。能夠決定自己人生的只有自己，神也不能夠代替自己活下去！至少……自己絕對不承認自己是什麼黑心魔！

「你們清醒一點！我們是人，不是什麼黑心魔！這一點請你們弄清楚！我……」

葉天辰卻說道：「我不在乎！只要可以活著離開這個公寓，別說黑心魔，就是讓我承認我是豬狗我都無所謂，就算要我去舔那個大師的腳我也願意！這個公寓太恐怖了，我無論如何都想活下去……」

「好了，別討論這個了。」銀夜打斷了他的話，又注意了一下四周，然後說道：「目前還沒有任何良策。那麼……你們贊成請筆仙嗎？」

葉天辰和荀墨瓔面面相覷，對請筆仙，二人都非常猶豫。

荀墨瓔說：「我，我決定信金色神國！想辦法找到張紅娜小姐，問問她，要入神國有什麼儀式？總之，我希望得到救贖，我是黑心魔吧，那麼就讓神國來救贖我吧，柯先生，你不如也來信金色神國吧……」

「對！」

葉天辰也說道：「柯先生，其實你不是黑心魔吧？你是自願進入公寓的啊，如果不是你妹妹，你也不會變成現在這樣。其實，當初你妹妹的男友也是為了她好啊，黑心魔進入懺罪煉獄才能獲得救贖啊，對吧？安娜她肯定是因為褻瀆了神國，所以才會被詛咒，陰魂不散啊。我認為信神國是最穩妥的辦法了……」

「你們什麼意思？」銀夜冷冷地說，「如果神主命令你們殺掉一個人，說那個人是黑心魔，你們也會動手吧？」

「柯先生，黑心魔被神國誅殺後才能夠獲得拯救啊。」葉天辰已經越來越代入金色神國門徒的角色了，「難道不是嗎？你看，日記上，大師在安娜被殺以前，就預言了船被黑心魔下了詛咒，這不是應驗了嗎？」

銀夜眉頭一皺。葉天辰說得也不是沒有道理。從日記的時間來看，大師的預言的確在一定程度上成真了。難道說，這個組織真的有些門道？但如果這麼想的話，那麼銀羽進入這個公寓遭受的所有痛苦都是自作自受嗎？她就應該繼續被血字指示折磨到死嗎？絕對不是的！銀羽她絕對不是什麼黑心魔！就如同銀羽那麼相信自己一樣，他也堅定不移地相信銀羽。

「銀羽也好，我也好……沒有人天生就是有罪的，黑心魔不過是蠱惑人心的說法罷了。」銀夜堅定不移地說道：「我絕對不會向這個組織低頭！公寓一定會留有生路的，但絕對和這個組織無關！」

銀夜說出這句擲地有聲的話後，卻看到眼前的葉天辰和荀墨瓔依舊是一副執迷不悟的表情。他們寧可相信那虛無的金色神國，來麻醉自己和逃避殘酷恐怖的現實。

人類就是如此，只相信自己願意相信的事情，但現實卻往往和人的理想有太大差別，這世間最大的痛苦也正是如此。但逃避是無法解決問題的。

「你看，柯先生！」忽然荀墨瓔指著銀夜身後大喊。

他立即回過頭去一看……幾個恐怖的鬼魂，正從甲板的欄杆上，一個個爬上了船！

黎焚查出的是非常震撼的情報。

「金色神國？」銀羽愕然地說，「你說他是金色神國的門徒？」

「金色神國在國內進行暗中活動時間也不短了，不過，因為活動比較隱秘，所以沒有受到當局重視。」

怎麼會是金色神國？這讓銀羽根本就無法相信。

「這是我查出的情報，可信度是不會有太大問題的。不過，要查出金色神國在這個城市的據點在哪裏，還需要一定的時間。我畢竟不是神仙。」

銀羽的雙眸幾乎要噴出火來。金色神國……又是金色神國！銀羽發誓，如果銀夜有什麼三長兩短，她和這個組織絕對是不死不休！

「黎先生，」她再次深深鞠躬，「請求你，繼續調查關於金色神國的一切，你的恩德，我絕對會銘記在心！」

「好吧，反正進了這個公寓，大家都是命運共同體了。」黎焚很爽快地答應了。

詭異的幽靈船的船頭，此刻，張紅娜已經被逼到了絕境。

眼前，有無數個鬼魂正在接近她！一眼看去，至少也有一百多個！而站在最前面的，則是那個夢魘一般的女鬼！女鬼的胸口，插著金色神國的特製匕首！

張紅娜此刻終於明白了，神國大護法這個身分，對於這些鬼魂半點用處都沒有。她跪倒在地上，渾身顫抖著說：「安娜，求求你原諒，這和我沒關係，你該去找天秀他們啊，求你別來找我，你不是我殺的啊……」

然而，鬼魂們卻依然不斷逼近她！

與此同時，銀夜三人也陷入了恐怖境地！

數不清的鬼魂包圍住他們，每一個鬼都相貌各異，但臉上都毫無血色，不斷地逼近他們！

五十年一度的魔王級血字指示，令公寓的規則發生了巨大變化。每五十年，在臨近下半年的時候，公寓都會開啟一個封印。

在黎焚房間內的子夜，突然捂住胸口，一股劇烈的痛苦灼燒感升騰而起！緊接著，牆壁上開始出現了新的血字！

銀夜等人的血字還沒有終結，竟然又有了新血字？

血字的第一行內容是：

「從本次血字開始，將提供給住戶們進入『倉庫』的通行卡片，『倉庫』將會提供給住戶們各種可以用於血字指示的道具……」

「倉庫」的封印，終於要解開了……

數量如此多的鬼魂出現，在血字指示中是很罕有的。以前的血字，多數都只有一個鬼，李隱執行的送信那次血字有兩個鬼已經是很少見了。而如今……

圍住他們的，至少也有幾十個鬼，而且還有更多鬼魂從海裏爬到船上來！

銀夜想起了日記中，安娜對大海的那種隱隱的不安。難道說，她對大海的恐懼源自於此嗎？突然被如此多的鬼魂包圍，退路被徹底封死，銀夜此刻遭遇的絕境，可以說和當初在巴士上面對厲鬼時一樣！

同樣的絕境，同樣的恐怖！但這一次，比之前更可怕。

葉天辰和荀墨瓔則已經被嚇得六神無主了，二人畢竟都是首次執行血字指示，這種恐怖片裏才能夠看到的場景如今成了現實，他們現在快要崩潰了。

不過，這些鬼的移動速度卻非常慢，但也形成了沒有缺口的包圍圈，從哪裏都不可能突破出去。

「冷靜！」銀夜知道此刻心理上絕對不能淪陷，他對葉天辰和荀墨瓔說：「現在剛過八點，距離血字指示終結還有四個小時，那麼多的鬼魂，公寓肯定會施加相當強的限制，所以別慌，絕對不要慌！」

可就算那麼說，看到那麼多形象猙獰的鬼魂向自己逼近，單單公寓的「限制」又能夠提起人多大的求生信心？物理性打擊對鬼魂是無效的，即使被公寓施加了限制，物理性打擊也只能夠延緩鬼的行動或者造成一點障礙而已，如果在回公寓的路上依舊找不到生路，公寓將徹底解除對鬼的限制，那時候鬼就會像無解恐怖片中的那些鬼一樣，無所不在，篡改記憶、改換空間、操縱靈魂都是輕而易舉的事。

銀夜雖然那麼說，但鬼魂再怎麼受限制，也比人的血肉之軀要強啊！更何況數量那麼多，就算不是鬼而是人，他們三個也敵不過啊！此刻已經是最危急的時刻。

「請……請筆仙吧！」葉天辰忽然說，「我們請筆仙來試試看，是安娜，還是顏綾宵？或者是顏綾音？」

銀夜死死抓著那本日記，也許只有這個選擇了。

同一時間，張紅娜也拿出了一支筆，她又拿出一張紙，是從那本日記上撕下來的紙。她沒有嘗試過一個人請筆仙，但這時候只有試試看了。千萬保佑要成功啊！

然而，這時候，一雙在張紅娜背後的手，向她伸了過去……

銀夜忽然注意到，他腳下的影子，居然動了起來！怎麼可能！他沒有違背血字指示，怎麼可能觸發影子詛咒？

事實上，並非只有銀夜，公寓內所有的住戶，此刻影子都發生了異變！只見影子的手上，多出了一張卡片，然後將卡片塞入了口袋。

「這是什麼？」李隱、子夜和銀羽也發現了這一點，黎焚和神谷小夜子也是驚訝得目瞪口呆。

銀夜將手伸入口袋，取出了一張深黑色的卡片。卡片的中間寫著五個大字：「倉庫通行證」。

卡片背面寫著一大段文字：

二○一一年下半年，受魔王級血字指示影響，血字指示的難度將進行重大調整，同時考慮到下半年的魔王級血字指示難度劇增，為平衡血字難度，按照五十年一度的慣例，賦予住戶使用特殊物品執行血字指示的特權。使用本卡片，在卡片上簽名一次，即可進入倉庫領取血字執行用品。

執行血字次數越多的住戶，可以領取越高級的血字執行用品。本卡片有效期截止至二〇一一年十二月三十一日，如果住戶完成十次血字（或者魔王級血字指示）也將自動無效。

倉庫內的時間是靜止的，所以在血字執行期間也可以使用，但在倉庫內最多只能待一個小時，一個小時後就會被踢出重回原地，四十八小時後才能再次使用。

葉天辰和荀墨瓔也注意到了，哪裏還會猶豫，三個人都立即取出筆在卡片下方簽下自己的名字。隨即，每個人都感覺天旋地轉，當清醒過來的時候，發現自己在一個白色的房間裏。

這個白色的房間大概有一間教室大小，陳列著四個外形非常規則的白色櫃子，房間沒有門和窗戶，四面都是牆壁。

在一片雪白的牆壁上，有一段內容很長的血字。上面寫著：

本倉庫每個住戶都擁有獨屬的一格。這四個櫃子中的所有物品分為四類。

第一，攻擊類道具，可以對鬼魂進行一定程度的克制，但不能殺死鬼魂。

第二，防禦類道具，可以躲避和逃脫鬼魂的追殺。

第三，抗性藥物，可以提升身體的靈異抗性，不會輕易被鬼魂殺死。

第四，詛咒類道具，可以對鬼魂進行詛咒，但有很大限制條件。

四個櫃子分別對應不同道具，但是一次限領三樣，除非道具被毀，否則每次都必須歸還一件道具才能領出新的道具。道具的領取以血字執行次數為準，每件道具都有血字次數的資格限制，正在執行的血字不算資格，不到資格的無法打開抽屜。

必須強調的是，只有公寓安排的生路才可以保證不死，道具只能夠輔助，如果找不到生路，那麼在進入公寓之前都會遭到追殺，依舊不能保證安全。

銀夜此刻頓時狂喜！這不就意味著，可以成功執行血字指示的可能性大大提高了嗎？他看完以後，血字就慢慢消失了。

那些櫃子的抽屜上，寫著各種道具的名稱和具體作用，不同規則也有不同分類。

「血瘤樹種子」、「惡靈面具」、「月光草」、「咒靈香」……看著看著，銀夜傻眼了，此刻的他，猶如一個進入了金庫的乞丐。這些東西太強大了吧？

「不過真是可惜啊。」

看了一圈後，銀夜歎息道：「只有公寓提供的生路才能實現對鬼的封印和消亡，這些東西雖然好，但不能殺死鬼，頂多也就是封印。而且，越是高等的道具越難實驗成果，比如這血瘤樹種子，一旦可以培育成功，可以讓受到公寓較大限制的鬼無法接近。但是，血瘤樹種子成活率比較低，得不償失啊。我目前算是五次血字，倒是可以領取不少道具，但只有三件可以帶出去……」

銀夜留意了一下，有沒有「筆仙」，但是沒有看到。他想了想，首先到了攻擊類道具的櫃子前。

「攻擊類道具數量比較少，而且越高等級的越少。最高等級的攻擊類道具有三種，九次血字可以領取的『陰司羅盤』、『勾魂魔槍』、『咒靈長戟』。『陰司羅盤』可以反彈任何詛咒，也就是說鬼的詛咒會加諸到其自身嗎？『咒靈長戟』可以對鬼魂造成重傷的物理性打擊，真是厲害……不過最可怕的還是這個，『勾魂魔槍』，可以對鬼魂進行大範圍的封印，無論有多少鬼魂，只要在三百米範圍內都可以進行封印，但是無法對魔王封印。」

如果銀夜現在可以領取勾魂魔槍，那麼這些鬼魂對銀夜就無法構成任何威脅了。不過，的確沒有任何道具可以殺死鬼。只有公寓提供的生路才能做到，勾魂魔槍只能夠封印，咒靈長戟只能夠重傷鬼魂而無法殺死。

五次血字可以領取的攻擊類道具一共有十一種。

「嗯，這個好像不錯。厲魂鐘，只要搖動厲魂鐘，鬼魂的靈體就會在一定程度上被破壞，攻擊行動將極度不穩定。嗯，這個三靈凶頭杖，以陰森鬼氣為養分的魔杖，最初手杖只有一個鬼頭，手杖在完整狀態下有三顆鬼頭，需要吞噬陰氣慢慢長出。每一個鬼頭都能夠形成讓鬼魂難以接近的咒力結界，三顆鬼頭全部長成時，可以讓受到公寓限制較大的鬼魂受到極大影響，最低需要五次血字指示方可領取。這個東西不錯！」

銀夜打開這個抽屜，裏面放著一根大約一米多長的手杖。手杖的一頭，是一顆深黑色的巨大獰鬼頭顱，甚是猙獰嚇人。

取出三靈凶頭杖後，銀夜又到了抗性藥物櫃前，想找找看有沒有好的藥物。

「嗯，藥物的數量倒是比較多。根據說明來看，因為倉庫內時間是靜止的，所以藥物在這個空間內服用或塗抹都是無效的。先看看五次血字可以領取的藥物，這個血蝕果種子，成熟的血蝕果，一旦服下，血液就具有腐蝕靈體的作用，聽上去不錯。嗯，這個靈眼眼藥水，一旦滴入此眼藥水，就可以分辨出偽裝成人類的鬼！這是好東西啊！」

這東西可以說是好東西中的好東西，一直以來住戶們都為無法分辨人和鬼而頭痛。銀夜毫不猶豫地打開抽屜，取出了滿滿一瓶眼藥水。

最後，他看向了詛咒類道具。他下意識地看著最上方的、最低要九次血字才能夠領取的道具。

「黃泉冥咒，九幽魂陣，還有……不死之咒？最低九次血字才可以領取的極強詛咒道具，使用該詛咒道具，就可以獲得五次死而復生的機會。」

五次死而復生的機會？銀夜瞪大了眼睛，這簡直是作弊器啊！等於憑空多出五條命來！也就是說，只有第六次被殺，才會真正死去。不愧為九次血字才能夠領取的超強詛咒！

當然，現在的銀夜只能望洋興嘆，九次血字實在太遙遠了。不過他想，如果自己可以達到九次血字，一定會為銀羽領取這個詛咒道具！

接著，他才看五次血字可以領取的詛咒道具。

「嗯，五次血字才可以領取的只有六種。詛咒類道具真是少，血字次數越多可以領取的越少啊。咒靈香，一旦將這種熏香點燃，香的範圍內都將被下詛咒，在詛咒範圍內，住戶所受到的傷害都將自動反彈到鬼魂身上。但是，如果住戶死去，咒靈香就會失效。還有這個，言靈詛咒，如果鬼魂說出了被設定為不可以說出的禁言，將被封印三個小時。這個好像沒用，基本沒見到幾個會說話的鬼。」

詛咒類的道具大多限制很大，需要滿足一定條件才能實行，所以銀夜只有再去看防禦類道具了。

粗粗一看，他就看到了一個好東西，正好要最低五次血字才能領取的「領域棋盤」！

領域棋盤，是類似於西洋棋的一個棋盤，棋盤上放置好對應位置的棋子後，鬼魂就會如同被定在棋盤上的棋子一般無法移動。

「領域棋盤，嗯，這一次鬼魂的數量比較多，恐怕要把所有黑白棋子都放上去才能夠制止鬼魂，而且，數量越多，靜止的時間越短，如果全部用上，靜止的時間只有五分鐘。沒關係，五分鐘也夠了，五分鐘內鬼魂將不會對住戶進行攻擊，而這段時間……」

「足夠我請筆仙，來進行詛咒了！」

不過，銀夜也產生了一層更深的恐懼。那麼多逆天道具才能夠平衡的血字難度……接下來，血字指示的難度將提升到怎樣恐怖的程度？

銀夜又看到旁邊一個抽屜，上面寫著「冥泉之水」，也是最低五次血字才可以服用的。冥泉之水的作用是，能夠讓服用該水的人，感應到死亡氣息的逼近。比如說，如果自己或者身邊的人即將死去，就能夠感應出來。時間越臨近，感應就越強烈。

他將抽屜打開，裏面裝著一個白色的小瓶子。看到那白色小瓶時，銀夜感到腦子猛然炸開！他簡直不敢相信自己的眼睛。

「這，這是……」他立即取出小瓶，將瓶蓋打開，裏面是一種顏色非常渾濁的液體，他喝了一口，而這味道……和金色神國提供的「神水」味道幾乎一樣！他以前調查這個組織的時候，買過一瓶服用過。

「金色神國提供的神水，是在這個倉庫中拿到的？」

銀夜忽然想到了什麼，衝回詛咒類道具的櫃子前，看到了一個寫著「陰縫匕首」的抽屜，最低四次血字可以領取。陰縫匕首的作用，主要是進行詛咒。他迅速拉開抽屜，而陰縫匕首果然也和金色神國特製的匕首一模一樣！

但是，金色神國怎麼可能提供數量那麼龐大的匕首和神水？銀夜想起了在詛咒類道具櫃子前，看到需要八次血字才可以領取的「邪影鏡」。這面鏡子可以拷貝非生物的任何東西，並能夠從鏡面取出。也就是說，金色神國的大師，也許就擁有這面鏡子。

那個大師究竟是何方神聖？難道，他是五十年前執行血字指示的倖存者？將道具帶出了倉庫，沒有再放回去？他帶出來的三樣道具，肯定是邪影鏡，陰縫匕首和冥泉之水！

但是，成功執行了十次血字的人，為什麼只帶出了陰縫匕首冥泉之水這樣低等的道具？有些很強大的詛咒道具，在人類社會使用也是可以呼風喚雨的！

夜幕下，天南市某座酒店式公寓的頂層。年輕的大師正端著一杯葡萄酒，坐在窗戶前，德雷斯則在他身後恭敬地站著。

「德雷斯，現在回想起來，拿到那本日記真是我的幸運啊。」他喝了一口葡萄酒，「那本日記中的說法，還有那個叫蒲靡靈的男人留給我的那三樣道具，因為那些東西，我才得以創立了金色神國。真的很感謝蒲靡靈啊，如果沒有他，我的計畫就無法實現了。尤其是那面鏡子，能夠把神水和匕首不斷複製，也正因為如此，才有大量門徒加入金色神國。」

「的確呢，」德雷斯也微笑著說，「大師您當初無意中取得那本日記，真是非常幸運啊。您的神跡也因此被所有人相信。如您所說，謊言的最高境界，就是半真半假。」

大師喝了一口葡萄酒，他的目光看向遠方。

銀夜終於回歸了現實世界。要離開倉庫，只要在通行證上再次簽名就可以了。簽名後，字跡就會消失。

時間果然是靜止的，再度在幽靈船上出現，眼前的鬼魂沒有任何變化。銀夜抬起手腕看了看錶，時間果然沒有變化。

雖然對於陰縫匕首和冥泉之水的存在感到非常愕然，但現在重要的不是這個。銀夜將領域棋盤放在地上，西洋棋上的黑子和白子都對應著鬼魂的位置。隨即，那些鬼魂的動作猶如被凝固住了一般，立刻不動了。

葉天辰和荀墨瓔也回到了現實空間，這二人都是首次執行血字，所以無法領取任何道具。

「還好。」銀夜鬆了口氣，他立即拿出靈眼眼藥水，向兩隻眼睛中各滴了一滴。然後，他看向身後的葉天辰和荀墨瓔，他們沒有任何變化，這二人的確是真正的人。

至於三靈凶頭杖，他死死地握在手裏，那猙獰鬼頭的黑色雙目忽然變得血紅，看來是開始吸收陰森鬼氣了。有這三靈凶頭杖在手，就算是那個詛咒源頭到來，只怕也要忌憚三分吧。

「柯先生！」葉天辰看到銀夜右手拿著的領域棋盤和左手握住的三靈凶頭杖，頓時大喜過望地說：「你成功領取道具了？我們不管怎麼做，也拉不開任何一個抽屜。太好了，這些鬼都不動了？」

「快走！」銀夜的表情依舊很嚴峻，「公寓接下來肯定會削弱對鬼的限制，必須加快速度！」倉庫隔四十八小時才能進入一次，每次進去只能待一個小時，也就是說銀夜無法再次進入倉庫了。

這個三靈凶頭杖，是他目前最大的倚仗！領域棋盤的缺點，一是棋子過多時靜止時間越短，二是同樣的鬼魂，棋子的靜止只能使用一次，三是黑子國王、黑子皇后、白子國王、白子皇后絕對不能遺失，否則就是「將軍」！國際象棋裏，黑子和白子各有十六個，而鬼魂的總數遠遠超過這個數目，所以還是有無法靜止住的鬼魂。

從靜止的鬼魂的縫隙間，三人迅速逃跑。同時，也因為有三靈凶頭杖在，沒有被靜止的鬼魂也無法太接近銀夜。

銀夜很清楚，表面看來，這些道具猶如網遊中的外掛一般，非常強大，但血字指示根本不可能存在作弊器或者BUG。公寓主動提供這些道具，是為了平衡血字難度。

事實上，長期以來，公寓都是將鬼魂的限制大幅度增加，才保證血字指示中有人能夠活到最後。否則，根本來不及思考生路，鬼魂也不可能間隔那麼久，還專門等你看到生路提示再殺人。更何況，大多數鬼魂都有著不死不滅，轉移空間，篡改記憶，甚至控制時間的恐怖能力。

恐怖故事中，以鬼魂作為主角，就是源於人對死亡的本能恐懼和未知。人對死亡太過忌諱，又太過不瞭解。死後的世界，就成為了人們最大的未知。而鬼魂則是這未知世界中唯一和人類產生的交集，讓死亡這個隱晦的意識以一種鮮明的方式表現了出來，讓人感到和死亡最大程度的接近。這就是人類對鬼魂恐懼的根本原因。

恐怖源於未知，對死亡的未知。未知比鬼魂更可怕，能夠自動在人類內心播撒恐怖的種子，然後生根發芽，人會產生不必要的想像，產生出比現實多得多的恐懼感。對死亡的忌諱和敏感，也正是人類最為脆弱的一面。因此現代社會，人們對靈異現象有一種熱衷，這恰恰是一種缺乏安全感的表現，現代人因為對未知和死亡的敏感而產生的不安全感，造就了都市傳說和對靈異怪談的熱衷。

鬼魂在恐怖小說和恐怖電影中的不滅與無解性，恰恰是人類面對死亡的一種掙扎，想要反抗卻無力反抗，想要超脫卻無法超脫。沒有人可以探索死亡，在這個社會，無論賺了多少錢，無論獲得多少人的青睞，死後一切都會成空，這潛在的黑暗始終盤踞在人的心頭。也因此，成為了血字指示的真正恐怖所在。

銀夜很清楚，公寓給予的道具，特別說明「無法殺死鬼魂」，正是保持了這種不滅性，一如人類對死亡的掙扎和無力感。但同時又讓住戶能夠活下去，給予他們一點希望，再釋放出更大的絕望來。

讓他們能夠活到後面的血字，體驗更大的恐怖。

銀夜曾經思索過這個公寓為什麼會產生。他現在認為，或許這個公寓正是人類內心矛盾和掙扎的體現，是人的心魔所造就的恐怖建築物。

也就是說，獲得這些道具後，真正的恐怖即將被釋放出來！最大的恐怖，不是鬼魂，而是無形的詛咒。例如「絕命終結站」，所謂的死神從來沒有在電影中出現過，但恰恰是這樣，卻達到了極致的恐怖。

大多數道具的作用，都是作用於鬼魂。如果詛咒的主體不再是有形的鬼魂呢？那會變成什麼樣子？

衝入船艙內，沿著樓梯到了下面的走廊，銀夜神情肅然地說：「你們兩個快點請筆仙，我用三靈凶頭杖來保護你們！」說是那麼說，但銀夜也沒有足夠的信心。

「那……寫誰的名字？」葉天辰問道。

「安娜。」銀夜毫不猶豫地說，「寫安娜的名字！」

安娜很可能是被陰縫匕首殺死的。如果用陰縫匕首來殺死人，詛咒會造成其無法進入輪迴，永遠盤踞在死去的場所，無法得到解脫，是一種極為邪惡的詛咒。也就是說，安娜是一個由陰縫匕首詛咒而成的惡靈！

「好吧，那就先試一下安娜吧！」荀墨瓔從日記上撕下一張紙，在上面寫下了「安娜」二字。

接著，她將紙片放在地上，對葉天辰說：「葉先生，你和我的手這麼握好，筆尖頂住紙，好，就這樣……」

李隱看著眼前這個倉庫。

「陰司羅盤，黃泉冥咒，惡靈面具……」李隱此時就如同劉姥姥進了大觀園，腳都邁不動了。但是，他始終保持著冷靜。

公寓對他們是不可能有任何仁慈的，也是說，道具的存在，只是保持血字難度的平衡罷了，也就是讓住戶有足夠時間來思考生路。生路才是王道，靠道具想活到十次血字，那是癡人說夢。

畢竟，封印鬼的道具大多需要很多次的血字，而且有限制，一旦鬼海戰術出現，就沒有任何用處了。而施加詛咒更有很大限制，比如「咒靈香」要求住戶本身不死，而萬一鬼瞬間殺死住戶，咒靈香的作用就等同於雞肋了。不過，有了這些道具，至少住戶不會陷入絕對的被動了。

本來，李隱是可以領取七次血字的道具的，現在只能領取四次血字的道具了。越是血字次數低的道具，數量就越多，威力也就越弱。

「攻擊類道具，四次血字可以領取的……」

櫃子上的道具抽屜按照血字高低分佈，越高血字的放在越上面，越低的放在越下面。

李隱打算選擇一種比較趁手的。四次血字的道具，能力都非常有限，攻擊類道具中，最好的是「黑白無常」。李隱將那個抽屜打開，抽屜中放置的是一顆混雜著黑白雙色的圓珠。

「黑白無常……」李隱死死抓著這顆圓珠，「不錯的東西呢。可以在特定範圍內將鬼魂的身體約束住，猶如將鬼魂帶入陰曹地府的黑白無常一樣。」

但是，「黑白無常」的約束，只能持續十分鐘。第二次約束時間會進一步縮短，同時圓珠中黑色和白色會逐步混合，當珠子完全變為灰色時，約束能力就會喪失。畢竟這只是四次血字的道具，限制還是相當大的。

李隱從倉庫回到了公寓。很明顯，道具是無法帶入公寓的，李隱所持有的黑白無常在進入公寓後就消失了。就如同鬼魂無法進入公寓一樣，這些道具也一樣無法進入公寓。

「召集所有住戶。」李隱表情沒有多大變化，「馬上開展討論，整理所有道具的資料，然後按照住戶的能力進行分配。」

子夜此時也已經回到了公寓，她看著李隱的表情，就知道他已經看透了公寓這一做法的意圖。這絕非恩賜，也不是奇蹟。恐怖並沒有因此終結，反而比以前更加提升了。

「公寓不會再對鬼魂施加限制了。」李隱的手緊緊握拳，「公寓會逼迫我們，非去執行魔王級血字指示不可！」

幽靜的走廊上，筆終於動了！

那筆尖在「安娜」這個名字上，劃下了一道橫線。

五年以前。天空一片陰暗。海浪不時拍打著山岩，在山岩上方，顏綾宵正面對著一個中年男子。

「對不起，我必須這麼做。」

那個中年男子的胸前，被插入了一把匕首！男子的表情痛苦地扭曲起來，他不解地看著眼前的顏綾宵，滿臉錯愕地問：「為什麼？你為什麼要這麼做？」

「因為你是黑心魔。對不起，老公，但我不能坐視你成為黑心魔。沒辦法，只有讓你去死了。」

然後，她衝上前去，將丈夫推入大海。

「不——」

「不是我的錯，別怪我……」顏綾宵無法忘記丈夫臨死前的眼神，怒視她的眼神，她無法忘記！

良久，她跪在了地上，她開始恐懼起來。

忽然……一隻手，從山岩下方伸了出來！

安娜的名字被葉天辰和荀墨瓔請來的筆仙劃去了。

銀夜手持的三靈凶頭杖上的血紅雙目依舊大睜著。銀夜依舊是絲毫不敢放鬆警惕，他很清楚，雖然這三靈凶頭杖在五次血字可以領取的道具中屬於較強的，但是公寓一旦解除了鬼魂的所有限制，後果不堪設想！

事實上，仔細想想，歷次血字指示，公寓極少完全解除對鬼魂的限制，頂多就是削弱限制。即使是發現生路的當口，公寓也不會將鬼的限制完全解除，因為那樣一來，住戶根本不可能來得及使用生路度過血字。比如以前子夜在江楓製衣廠用衣架封印那個鬼，當時如果公寓將鬼的限制完全解除，子夜和敏百分之百死定了，絕對不可能來得及封住鬼。

而有了手上的三靈凶頭杖，公寓就會將對鬼的限制徹底解除！也就是說，這將是住戶從來都沒有面對過的最可怕的鬼魂，恐怕就連當初在六號林區要殺他們的蒲靡靈的亡靈，也根本比不上，畢竟蒲靡靈不是血字指示中的鬼魂，只不過因為沒有被施加限制，所以才可怕。但是，如果和任何一個被公寓完全解除限制的鬼魂相比，那根本就是小巫見大巫了。

如果沒有手上的道具，面對這樣的鬼魂，那是百分百的絕對死局！不要說是像上官眠那樣的高手，就算是用一支上萬人的軍隊，哪怕動用核武器，都不可能活下來！

此時，銀夜無法確定是否真的解除了詛咒。但那個大師的話，他已經無法無視了。

走廊上一片死寂。銀夜的手緊抓著三靈凶頭杖，眼睛不斷注視著四周，就怕出現最可怕的局面。

葉天辰和荀墨瓔也非常緊張，二人的手依舊握著那支筆，面面相覷。

「上天保佑……」銀夜的聲音顫抖著說，「但願一切都結束吧……」他實在不願意面對限制被完全解除的鬼魂！

三人已經緊張到了極點，但還是一片寂靜，什麼事情都沒有發生。三靈凶頭杖上的猙獰鬼頭依舊大睜著血紅雙目。

然後，那個鬼頭的嘴巴忽然大張，發出一聲長嘯！長嘯聲未落，與銀夜近在咫尺之處赫然出現了一個穿著一身墨綠色衣服、面孔完全陰白、瞳孔中一片虛無的女鬼！而那女鬼的身上，插著一把陰縫匕首！

女鬼就這樣站在銀夜面前，三靈凶頭杖的猙獰鬼頭開始大聲嘶吼起來！那女鬼忽然將手猛然伸向銀夜的胸口，而這時隨著那鬼頭的嘶吼，她的身體後退了幾分，手沒有碰到銀夜！

然而雖然如此，銀夜已經感到一陣灼痛！他撕扯開胸口的衣襟一看，在接近心臟的部位，居然出現了一個大大的手印！

此刻的銀夜脊背完全涼了。他很確定，這個女鬼根本沒有碰到他一下！沒有碰到，就能夠留下一個手印，如果碰到了，自己還有命嗎？沒有這根三靈凶頭杖，他現在已經是一個死人了！

銀夜立即回過頭去，葉天辰和荀墨瓔已經跑出了老遠，只看見兩個背影！此刻，他們面對的是被公寓徹底解除限制的鬼。以前的血字指示能夠讓他們逃上一陣子，但是現在……絕無可能了！

「別逃，跟在我身邊！」銀夜說著已經追了上去！但是已經來不及了。

葉天辰逃到一半，忽然他感覺到了什麼，還來不及說話，他的左胸處忽然伸出了一隻染滿鮮血的手！那隻手上，正抓著一顆還在跳動著的心臟！而這隻手完全是憑空出現的，他的身後根本沒有任何鬼魂！在三靈凶頭杖的攻擊範圍內，鬼魂體是無法隱匿身形的！

這時，銀夜已經衝到荀墨瓔身旁，而那隻手丟下了心臟，縮了回去。荀墨瓔立即伸出手去抓住三靈凶頭杖，說：「讓我也抓住這根手杖吧！銀夜，『領域棋盤』為什麼沒用了？」

「這個……」銀夜看著手上抓住的棋盤，「這個鬼魂太強了，『領域棋盤』的靜止無效！」

接下來，是新一輪的噩夢！

狹長的走廊上，銀夜和荀墨瓔都死死抓住那根三靈凶頭杖，大氣也不敢出。如果這根手杖吸收足夠陰氣而能變為完整的三顆鬼頭，那麼或許可以鎮壓這個鬼。但是，現在的這個狀態，鎮壓的效果著實打了不少折扣。

葉天辰的屍體就倒在地上，死不瞑目地瞪著天空。銀夜極為緊張，不停地看著四周。他現在根本連邁動一下腳步都不敢。

鬼頭暫時停止了嘶吼，血紅雙目大睜著，似乎也在尋找那個鬼的蹤跡。那個鬼似乎暫時蟄伏起來了，等待新一輪的殺戮。

「筆仙……筆仙不管用嗎？」銀夜思索著，「還是說……不是安娜？那麼，是顏綾宵嗎？」

安娜的日記究竟要揭示什麼呢？究竟生路是什麼？但是還來不及等銀夜思考出結果來，那鬼頭又大叫了一聲。銀夜只看到眼前一道墨綠色的身影迅速衝來！那簡直是堪比子彈的速度！

銀夜還來不及反應，身影已經近到他眼前，隨即又瞬間倒退了回去！倒退自然是因為三靈凶頭杖的緣故。但是，僅僅是剛才瞬間衝來的這個過程，銀夜的胸口就被狠狠抓出了五道深深的血痕！外面的衣服被抓破了，傷口相當深，深及心臟部位。如果再深入一點，心臟絕對不保了！

這就是完全解除限制的鬼嗎？道具的存在，僅僅只是將原有難度進行了新的平衡！難道日後要面對的都是這種完全解除了限制的鬼？

那道墨綠色身影再度消失了。

「荀，荀小姐……」銀夜用顫抖的聲音對她說，「我們如果再不想出生路，就算有這根手杖，也無法保證我們能活多久……」

日記……考慮一下啊，到底問題在哪裏……疑點其實不是沒有。

白莉莉那一天來見顏綾宵的時候，話語就很奇怪。當安娜告訴她鏡子上被寫下「黑心魔死」四個字的時候，白莉莉對顏綾宵說，你的虔誠度還不夠。

還有，接下來，白莉莉和顏綾宵的對話，還有顏綾宵和顏綾音的對話，涉及金色神國的話題，完全不避諱安娜在場。這是為什麼？

還有，每個人似乎都有意無意地無視安娜，沒有一個人對顏綾宵提及安娜，和安娜說話的時候也從來沒有叫過她的名字……

尤其是在船上，莫俊提及黑心魔時，居然當著安娜的面說出來。當晚，顏綾宵對顏綾音所問的是否殺死了她的丈夫的疑問，沒有回答。而顏綾音當時是對她那麼說的……

「這麼一來我也就理解你為什麼會變成這個樣子了。你雖然殺了他，但是你很後悔吧？」

後悔嗎？當顏綾宵用陰縫匕首殺死了丈夫後，她看到了什麼場景呢？丈夫並不是進入懺罪煉獄，也不是進入金色神國，而是化為惡靈，被詛咒，永遠盤踞在大海中……所以，她才開始對大海恐懼。

她對大海的恐懼正源於此。因為她看到了無法安息的丈夫的鬼魂，被陰縫匕首詛咒的靈魂註定會變成惡靈，沒有辦法獲得救贖，永遠都會盤踞在死去的地方。而如果這個鬼魂攻擊持有陰縫匕首的人，就會進一步陷入詛咒，越受到詛咒，就會變得越邪惡，是非常危險的詛咒道具。而金色神國居然使用邪影鏡，大量複製陰縫匕首！

那一天，恐怕顏綾宵就發生了什麼變化。而那個變化，顏綾音已經發現了。不光是對海的深層恐懼，那是更加根本的變化。

將陰縫匕首刺入被子，用口紅在鏡子上寫下「黑心魔死」，然後扎破送給安娜的白色禮服……一切都是因為顏綾宵的心魔。

「難道說安娜是……」銀夜剛明白過來，忽然，三靈囟頭杖再一次大聲吼叫起來，而雙目也變得更加血紅！

安娜也和顏綾宵一樣恐懼大海。大海的深處是什麼呢？大海的深處是……

銀夜和荀墨瓔死死握住三靈囟頭杖，二人都咬緊牙關！

用陰縫匕首將安娜殺死的人，是唯一可以克制這個鬼的人。那個人，正是顏綾宵。可是，顏綾宵已經死了。

張紅娜此刻將陰縫匕首刺入了自己的心臟。

「自殺……就行了。然後，我就可以成為神國的神民……」她冷笑著，眼前的鬼魂全部消失了。她倒在甲板上，將隨著詛咒，變為永恆盤踞在這艘船上的惡靈，隨著這艘幽靈船永恆航行下去……在她面前，沒有等待她的神國。就如同當初的顏綾宵一樣。

銀夜對身旁的荀墨瓔說：「安娜，是顏綾宵分裂出來的另外一個人格，安娜根本不存在！」

殺死丈夫的那一瞬，她看到了丈夫的鬼魂。但是，由於陰縫匕首的詛咒，導致丈夫無法將她殺死，卻變得越來越邪惡和可怕。那恐懼讓她明白丈夫並沒有獲得救贖和幸福。

大海並非是通向神國的門，而是絕望。絕望的同時，便是崩潰。所以，她的人格產生了分裂。

如果沒有接觸金色神國就好了……如果沒有殺死丈夫就好了……如果我不是顏綾宵就好了……

於是，名為「安娜」的人格，在顏綾宵腦海中被分裂了出來，從而變為了兩極分化的人格。兩個人格同樣對大海有恐懼。

所以，顏綾宵在鏡子上留下的恐嚇話語，割破禮服的行為，作為分裂出來的副人格的安娜什麼都不知道。事實上顏綾宵根本沒有女兒。

雖然顏綾音、莫俊等人都知道她的人格分裂問題，但就算對她解釋也沒有用，所以最後只能聽之任之了。因此他們談話也不避諱安娜，因為安娜和顏綾宵是同一個人。

在娛樂室裏，顏綾宵的副人格「安娜」甦醒的時候，逃入了輪機室。顏綾宵自己殺死了自己。顏綾宵和安娜，是同一個人的兩個人格，彼此投射出對方的幻影。

最終，顏綾宵——也就是安娜——被龐天秀刺傷後，她自己將陰縫匕首刺入了心臟。她卻以為是母親顏綾宵殺死了身為女兒的安娜。同時，對自己進行了詛咒。也就是說，詛咒就會反彈到她自己身上。在這艘幽靈船上，成為一切邪惡詛咒的源頭。

銀夜和荀墨瓔的手握住筆，另外一隻手都抓住三靈凶頭杖。他們在紙片上，寫下了「顏綾宵」這個名字。

而這時，墨綠色的身影再一次出現在二人前方……

# 14 神國的覆滅

陰暗的海面上，幽靈船依舊在行駛著。

銀夜和荀墨瓔的手將筆緊緊握住，另外一隻手抓著三靈凶頭杖，二人的額頭上已經滿是冷汗，心跳也是不斷加速！

那墨綠色的身影時而出現，時而消失，這反而比直接的殺戮更具恐怖感。

銀夜總算是明白了，如果不是恰好在這時可以進入倉庫獲取道具，他們根本無法安然地請筆仙！所以，這次的血字指示非要有道具不可。

但是，筆沒有動起來。雖然銀夜和荀墨瓔反覆說著請筆仙的話，卻毫無反應。而就在這時，銀夜驟然感到一陣陰冷寒意襲上後背！

三靈凶頭杖目前應該還可以抵擋一段時間啊！銀夜隨即想到，陰縫匕首和三靈凶頭杖一樣，都是倉庫的道具，而且陰縫匕首是詛咒類道具，恐怕力量比三靈凶頭杖更兇險！

來不及多想，銀夜只感覺瞳孔一縮，接著他就看到，荀墨瓔握著筆的右手衣袖垂下部分，忽然伸出一隻手來，狠狠地將那支筆折斷！接著，那手又瞬間縮回到荀墨瓔的衣袖中去！

「啊！」荀墨瓔嚇得慘叫，立即脫下上衣，丟在地上，可是袖子裏的鬼手已經消失得無影無蹤。荀墨瓔的左手始終握著三靈凶頭杖，而且身體也靠得非常近，在這樣的情況下，鬼竟然還能夠找出空隙來！太可怕了！

其實，四類道具中，攻擊類道具根本不可能對鬼魂造成實質傷害，真正要說傷害，還得是詛咒類道具。比如陰縫匕首，如果傷害鬼魂的話，就能夠形成人和鬼魂相連的詛咒，鬼魂就很難傷害到持有匕首的人。但這詛咒的代價就是會讓鬼魂的惡意和邪惡升級，那樣對住戶而言，也可以說是噩夢了！

大多數詛咒類道具都是如此，例如看似非常逆天、可以無限複製道具的邪影鏡，也一樣有相當大的限制，那就是邪影鏡一旦放回倉庫或者破碎了，複製的道具就會全部消失。

就算是那九次血字可以領取的不死之咒，限制也很大，雖然可以五次不死，但畢竟是通過詛咒來實現的，詛咒會加重身體負擔，體力、速度、五感都會受到影響，第五次復活，基本就喪失了基本行動能力，視覺、聽覺、嗅覺都會喪失，這種因為詛咒而付出的代價就算回歸公寓也無法治癒，將會終生如此。所以，銀夜輕易不會選擇詛咒類道具。

而現在看來，攻擊類道具的威力還是太弱了。但是後悔也來不及了，現在已經不能再回倉庫去換道具了。銀夜立即又拿出一支筆來，說：「繼續請筆仙！快！」

荀墨瓔也知道，現在不是害怕的時候，再不完成請筆仙的過程，這個女鬼會真的殺了他們！被陰縫匕首詛咒而變得更加邪惡的鬼魂，再加上完全解除了限制，領域棋盤的靜止完全無效，而這三靈凶頭杖僅僅只有一個鬼頭，再拖下去，這個鬼真的會將他們全部殺死！

銀夜其實太高看三靈凶頭杖了，當然這不會影響公寓解除對鬼的限制。公寓對平衡難度，一向是以雙方持有的條件為準，而不是現實狀況。比如說，住戶就算在執行血字指示的時候不進入倉庫取道具，公寓也一樣會解除對鬼的所有限制，因為公寓已經將通行證給了住戶，也就是說，住戶不去取道具，是住戶本身的問題。同樣，通行證遺失也不會再補，公寓沒那麼仁慈。而沒有辦法拿到適合的道具，也一樣是住戶的問題。日後，血字指示將會越來越恐怖！

再一次握住筆，二人也更緊緊地握住手杖。又要重新來過！

二人都凝神屏息，開始請筆仙。現在，唯有祈禱三靈囟頭杖能夠進一步克制那個鬼了。根據抽屜上的文字說明，三靈囟頭杖的作用主要是形成咒力結界，因為隨著三顆鬼頭完整形成後能夠對鬼魂造成一定傷害，所以被歸類為攻擊類道具，但現在只有一個鬼頭的情況下，實際效果其實只是類似於防禦類道具而已。而且咒力結界的範圍非常有限，保護兩個人其實有些勉強。但是，現在領域棋盤無法使用，唯有三靈囟頭杖可以用了。

又過了許久，終於……筆動了起來！

銀夜和荀墨瓔都大喜！筆仙如果可以請來，就意味著這艘幽靈船上的地獄旅程可以徹底結束了！

接著，筆開始移動，在「顏」字上先劃下了橫線……

一聲震耳欲聾的慘叫響起，隨即一道墨綠色身影在二人身前兩米多遠處出現，女鬼的身體開始灼燒起來，身上不斷地冒出煙霧來！這果然是公寓安排好的生路！

很快，「綾」字被劃過，當「宵」字也被劃過以後，女鬼的身體終於倒在地上，身體被火焰焚燒，化為一堆灰燼！

結束了！終於都結束了！

銀夜頓時感到全身虛脫，靠在牆壁上，大口大口地喘氣。詛咒的根源消失了，其他的鬼魂想必也不會出現了吧？

「我，我居然活下來了……」

荀墨瓔說著說著，已經號啕大哭起來：「我，我終於度過第一次血字指示了……」

不久後，二人來到甲板上。張紅娜目前生死不明，而銀夜希望儘快見到她。金色神國掌握著邪影鏡的事情，讓他倍感在意。陰縫匕首和冥泉之水也就罷了，邪影鏡可是非常重要的道具啊。如果可以想辦法拿到那面鏡子的話，就可以進行道具的大量複製了。

不過，邪影鏡的使用，有一個最大的忌諱。如果沒有那個忌諱的話，恐怕邪影鏡就會是需要九次血字才能夠領取的道具了。其作用是……能複製出非生命的物品。而鬼魂，恰恰就是「非生命」！道具是無法放入公寓的，也就是說只能一直放在公寓外邊，一旦被鬼魂利用，就會導致鬼魂大量地產生出來！

正所謂水能載舟，亦能覆舟，詛咒就是雙刃劍，傷害他人的同時也會傷害自己。詛咒類道具沒有一樣是可以不付出任何代價或者沒有絲毫限制就可以使用的。

無論如何，銀夜打算儘早找到張紅娜。當然，他依舊還是死死握住三靈凶頭杖，畢竟他也擔心剛才死在自己面前的是一個假鬼魂。荀墨瓔也明白這一點，所以始終跟著銀夜。

銀夜也打算進一步調查金色神國是如何獲取這些道具的。仔細想想，邪影鏡加上陰縫匕首，就意味著可以創造出更多惡靈。金色神國的門徒殺死的黑心魔數量何其多，那麼，也就創造出了數量龐大的惡靈！顏綾宵這樣的悲慘惡靈，也僅僅是冰山一角罷了。

這時，甲板上非常淒清，看不到絲毫蹤跡。張紅娜現在是死是活呢？手機依舊無法使用，可能這個海域本身就能隔斷信號吧。

二人再一次來到幽靈船的船頭。那裏也沒有看到任何人。

而這時，三靈凶頭杖上的鬼頭，忽然再度睜開了血紅雙目！

「啊！」銀夜忽然想到了，張紅娜身上也有陰縫匕首！她之前手上就拿著那把匕首！陰縫匕首可以造就出新的詛咒！

忽然荀墨瓔感覺脖子被什麼東西死死勒住，她整個人立即騰空飛起，瞬間離開了三靈凶頭杖咒力結界的保護範圍！她的身體被吊起，而在她的頭頂上，有一個懸浮在空中的女鬼，那女鬼穿著和張紅娜一模一樣的衣服！

吊起荀墨瓔的，是張紅娜垂下的頭髮！

銀夜呆呆地看著空中，他此刻真正感到了絕望！他一個人能夠請筆仙嗎？不，就算能夠成功請到筆仙……這個生路對張紅娜還有效嗎？

銀夜懷著僥倖心理，將領域棋盤的黑子國王放好，然而，那個女鬼沒有靜止，反而將頭髮拉上去，此刻荀墨瓔身體掙扎的幅度很小，很明顯，她已經沒救了。

難道好不容易有了道具，卻還是要死在這次血字指示中嗎？這實在是莫大的諷刺！

被陰縫匕首殺死的人，都會變為惡靈，即使生前無比善良，也不可能改變這個詛咒。而張紅娜在活著的時候，本來就已經打算要殺死他了！同樣，公寓也不會對張紅娜的鬼魂施加任何限制！

銀夜拿著三靈凶頭杖，撒開腿向後逃去！如果三靈凶頭杖能夠再長出一顆頭來，或許可以攻擊，但現在的三靈凶頭杖，自保都非常困難！

而現在距離血字終結的午夜零點，還有幾個小時！

銀夜很清楚，今晚除非出現奇蹟，否則他可以生還的可能性實在太低了。面對完全解除限制的鬼魂，他根本沒有活下去的任何依靠！

跑了十多分鐘後，銀夜已經精疲力竭。他在甲板上半蹲著，身上完全被汗水浸濕，雙手依舊緊抓著三靈凶頭杖。

鬼頭的血紅雙目再度大睜，開始大吼起來。但這一次，警示卻是稍微晚了一些。

銀夜握住三靈凶頭杖的右手手臂關節處，居然生生斷開了！就在這一瞬間，他的頭被一隻手死死抓住，他的身體瞬間就到了三十多米外的地方！而三靈凶頭杖則留在了原地，只剩下一隻抓著手杖的斷開的右手手臂，無力地倒了下來！

銀夜和三靈凶頭杖隔了三十米以上的距離，這完全超過了咒力結界的保護範圍！而在沒有道具的情況下，面對完全解除限制的鬼魂……

銀夜被一隻冰冷的手死死按住面孔，壓在地板上，他從指縫間看到了滿臉是血的張紅娜的面容！隨後，那張駭人的鬼臉，猛然向他俯下來！

金色神國的大師，此刻坐在酒店式公寓的臥室裏，他穿著一身浴袍，又倒了幾杯葡萄酒。桌子上，放著一面圓形的銅鏡。這面鏡子，正是邪影鏡！

忽然，他感覺到了什麼，猛然回過頭，只見一個一身黑衣的女子正拿著一把槍對著他。

「『睡美人』？」他驚愕地說，「你居然……」

那黑衣女子，正是上官眠！

「我已經找到你拚命想要找的那個公寓了。」

上官眠的表情猶如面具一般僵硬，說道：「所以你想要得到的一切，都由我接收了。看你的表情，埃利克森家族沒有告訴你我在這裏啊，『黑色禁地』首領大人，愛德華・阿蒙尼雷！」

「你想做什麼？」大師驚懼地說，「我承認，當初的確是我受到埃利克森家族的威脅，才不得不放棄了你。總之，總之我可以給你提供保護，怎麼樣？『睡美人』？」

然而上官眠只說了一句話：「你在踏入天南市土地的那一刻起，就已經死了。你帶的那些保鏢，比起『金眼惡魔』來，都弱太多了。」

「你，你想要什麼？金錢嗎？權勢嗎？我暗中經營金色神國，尋找那個公寓，就是為了擴大我們黑色禁地的影響力，連靈異現象都能夠進行支配的我們，總有一天能夠戰勝『墮天使』和『邪神』，成為歐洲地下第一殺手組織！我們一定可以研究清楚生死的奧秘，甚至可能踏入永生之門！怎麼樣？你需要的話，我可以告訴你我多年來的所有實驗成果，求你，求你放過我……」

說話間，他忽然抓起桌子上的邪影鏡，朝上官眠扔過去。然而，上官眠已經扣動了扳機。子彈穿透了邪影鏡，然後穿透了大師愛德華的頭顱！

愛德華的身體倒在地上，死得不能再死了。

邪影鏡被徹底打碎了。

銀夜倒在地上。眼前張紅娜的鬼魂，已消失得無影無蹤。邪影鏡被毀掉後，複製出來的陰縫匕首自動消失了，所以詛咒自然也就失效了。金色神國複製的所有陰縫匕首和冥泉之水，全部都消失了。

上官眠將手槍收起，踢開了邪影鏡，隨後離開了這個房間。這個酒店式公寓外面的所有監視器都已經被她事先破壞了。住在隔壁房間的德雷斯，也已經被她殺死了。

一身黑衣的她，猶如收割生命的死神……

# 魔棺

PART THREE

## 第三幕

時間：2011年5月7日00:00 ～ 5月8日00:00

地點：天南市卞星辰家的別墅

人物：嬴子夜、深雨、卞星辰
鍾天奇、鐵宇

規則：在2011年5月7日之前，進入卞星辰家的別墅，並且待到第二天零點，執行血字任務期間，擅離者，死！

地獄公寓

# 15 塵封的慘案

午夜零點，終於到來了。

公寓底樓大廳，此刻聚集了很多住戶，此刻住戶們都在熱烈地討論著所有的道具。

令所有住戶非常不滿的是，沒有一樣道具可以直接滅殺鬼魂，最多也就是封印，而且能夠封印鬼魂的道具限制和代價都相當大。而且，聽李隱說，公寓接下來很可能會完全解除對鬼的限制，許多人原本高漲的情緒再次低落了下去。道具的存在，其實只是為了平衡血字，並不能提高生存率。

這時，銀羽終於看到，一個模糊的身影輪廓，在大廳中漸漸浮現而出！

「銀夜！」她大喊一聲，飛速衝上去，而顯形出來的銀夜，臉色相當蒼白。斷掉的手臂雖然做了止血處理，可傷勢太重，失血過多。但他抱著一定要活著和銀羽見面的決心，咬牙堅持到了午夜零點！

銀夜倒在地面上，斷掉的右手開始生長，並補充血液。但他的臉色仍然非常蒼白，脈搏和呼吸都很微弱。

「銀夜，銀夜！」銀羽抱起銀夜的身體，拚命呼喚著愛人的名字。這時住戶們也看向了銀夜。

「活下來了……就柯銀夜一個人？」

「都有道具了，怎麼只有柯銀夜能活下來？」

「因為荀墨瓔、張紅娜這些住戶第一次執行血字，沒有辦法取得道具吧？」

「可是，你看，柯銀夜看起來也是奄奄一息的樣子，右手還斷了，有道具居然還變成這樣？」

看到銀夜這個樣子，即使最樂觀的人，心也沉下去了。

李隱這時也走了過來，抓起銀夜的手腕，說：「脈搏開始恢復了，看來失血相當嚴重，而且似乎虛脫也很嚴重，不過現在差不多可以恢復了。」

銀夜終於甦醒了，睜開了雙眼。

「銀羽……」他伸出手抱住眼前摯愛的女人，「我遵守約定，回來了！活著回到你身邊了！」

這一幕，讓不少住戶都有一種鼻子酸酸的感覺。

「銀夜，你先去休息吧。」李隱扶起他，「有什麼事情，等到明天，啊，不，今天中午再討論吧。」

「嗯？」銀夜忽然伸出雙手，問道：「三靈凶頭杖呢？領域棋盤呢？怎麼不見了？」

「道具是不能帶入公寓的。」李隱立即解釋道，「所以應該自動回到倉庫裏了。下次進入倉庫，還是可以拿出來的。」

聽到這個，銀夜才鬆了口氣。

「等，等一下！」幾名住戶連忙衝過來，問道：「柯先生，你使用道具了嗎？三靈凶頭杖，我記得我在倉庫裏看到過……」

「嗯，我們因為沒有執行過血字，拿不出道具……」

「能不能到時候把道具借給我們用？求求您了！我們不想死啊，只要有道具，也許就可以撐過去了！」

「荀墨瓔、羅誠他們都死了嗎？為什麼有了道具還是死了？」

「拜託了，柯先生，下次血字請務必借道具給我們用吧！」

「好了，先別說了！」李隱攔住他們，「道具到時候自然會借給你們用！現在先讓柯先生去休息。他剛執行完血字，精疲力竭了。」

住戶們到了凌晨三點多，才終於漸漸散去。而這個時候，李隱依舊無法入睡。按照慣例，他泡上了一杯茶。

在銀夜執行血字期間，公寓又有五名住戶接到了新的血字指示。血字指示是在五月七日，也就是後天。而血字的內容則是……

「卞星辰，你知道這是為什麼嗎？」李隱看著坐在他對面的星辰，「為什麼血字指示的地點是你家？」

李隱和子夜上次去過星辰家，也就是在蒲靡靈的祖屋。

這次血字的執行者是子夜、星辰、深雨，另外還有兩個人是新住戶。

血字指示的內容，是要在五月七日一整天的時間內，待在星辰家的別墅裏。而那個地址，星辰確認了好幾遍，的確是他家。而這一次血字，還是沒有發佈地獄契約碎片的下落。

李隱記得，當初在星辰的家中，他曾經在走廊上有過某個人從他身邊走過的感覺。他本來以為是錯覺，但現在回憶起來……

「蒲靡靈應該是徹底地死了才對啊！」星辰激動地大喊，「為什麼，為什麼在那裏執行血字指示！」

「你的家裏……恐怕有一個鬼魂盤踞著。」李隱接著又問，「怎麼樣？你和你哥哥通話了嗎？」

「我給他打了電話，讓他這幾天不要待在家裏，住到鷹真大學去，我對他說我要帶一些朋友到家裏玩，希望他不要在場。他也答應了，說會暫時住在學校裏。」

「這樣……那也好。」李隱鬆了口氣，「這樣你哥哥就不會被捲進去了。」

這件事情，和蒲靡靈有關係嗎？

討論到凌晨四點多，星辰才離開了。而四〇四室裏，只剩下了李隱和子夜。不過，此時二人都沒有一點睡意。

二人相對坐著。李隱緩緩拿起茶杯，說：「茶都冷了，我再去添點熱水……」

他剛站起身來，子夜忽然抓住了他的手。

「你……有沒有隱瞞我的事情？」子夜似乎猶豫了很久，才問出這句話來。

李隱沉吟了一陣，然後搖了搖頭，說：「你在說什麼呢，我有什麼事會瞞著你？」

他知道子夜在困惑什麼。她不能打開需要五次血字才能領取的道具抽屜。也就是說，她肯定發現了，自己實際上只執行了四次血字指示。但她一直以為，送信的那次血字，她是執行成功了。事實上，是使用了公寓的隱藏規則才救回她的李隱，抹去了自己的三次血字指示。

李隱並不後悔這麼做。如果失去了子夜，他恐怕連生存的意志都會喪失。但他不希望子夜知道這件事，雖然到最後肯定還是瞞不住她，但他還是希望能夠儘量多隱瞞她一段日子。

不過子夜已經有所察覺了。她是何等聰明的人，那次血字她本來被鬼魂吞入，是死定了，但後來卻安然回歸公寓，怎麼想都很奇怪。

「去睡吧，子夜。」李隱將手抽回，扭過頭去，他怕自己的眼神會讓自己的謊言被拆穿。一雙白皙的手臂環住了李隱的腰。子夜的頭靠在李隱的肩膀上，他能夠聞到她身上散發的淡淡體香。

「我今晚不想回自己的房間睡。後天，我又要去執行血字指示了。現在想起來，除了第一次血字和第四次血字，我都是和你一起執行的呢。」的確如此，第二次血字是銀月島，第三次血字是廢棄鬼樓，還有就是第五次給鬼魂送信。這三次李隱都和子夜在一起。但是這一次……

「很抱歉一直都沒有告訴你。我母親死後，我一度感覺失去所有的支柱，那時候我一方面接手母親的理科研究，一方面則是調查母親和姨媽的死。」子夜抱緊了李隱，繼續說道：「我雖然不知道母親當時在調查什麼，但很可能和姨媽的死有關係，而她也因此死了。調查過程中，我漸漸感覺到這背後隱藏著很可怕的東西，不過，資料非常少。後來，我調查過你，也因為這個關係，進入了公寓。」

「我不會怪你。」李隱絲毫不介意，在這個公寓裏，還有什麼好計較的呢？

「你父親和我母親似乎真的有很深的關係，我想很可能是當初姨媽的死，讓我母親和你父親接觸過。而我也大致猜到發生過什麼。那一天我看到你父親在提及我母親時，他的眼神，那是……深懷愛意的眼神。你們果然是父子啊，眼神也是一模一樣的……」

子夜大致明白，李隱的父親對自己的母親懷著怎樣的感情。至少她很清楚，母親的死，絕非李隱的父親造成的。

「母親的死，看來是蒲靡靈造成的。但是，究其根源，是這個公寓，乃至那所謂的『魔王』。而因為『魔王』的存在，導致血字指示發展到，公寓不得不給予我們那些道具，才能平衡血字難度的地步……而有了道具，依舊那麼狼狽地回來的銀夜，你也看到了。」

魔王，是壓在每個住戶心頭沉甸甸的一塊巨石。

「我們……真的可以活到最後嗎？」子夜把李隱抱得更緊了，「長久以來，我調查母親的死，接手母親的研究，只是為了母親而活著。但和你相遇後，我終於決定真正地為自己而活。」子夜說著說著，聲音變得哽咽起來：「我從來沒有像現在這樣害怕死亡，我真的好怕……好怕我會死在血字指示中。」

這一年來，子夜已經記不清自己有多少次命懸一線、險死還生，可以活到今天，簡直可以說是奇蹟。但奇蹟是不可能永遠維持下去的。而現在事實說明，她只完成了四次血字指示，也就是說，還有六次血字指示等著她。道具的增加，在她看來絕對不是一件好事，反而說明接下來的血字會變得更可怕。畢竟，沒有可以殺死鬼魂的道具。鬼魂不死不滅，而人始終是血肉之軀。

子夜將頭靠在李隱身上，她這時只能夠依靠李隱了。無論她再怎麼堅強，但畢竟要面對的一切實在太可怕了。而她終究還是一個女人。

「好吧。」李隱點了點頭，轉過身，伸手拭去子夜眼角的淚珠，說：「就和我在一起吧。」

夜，變得更為深沉和黑暗。

此時，卞星炎還待在別墅裏。他躺在床上安睡著，雖然星辰要他離開別墅，可是現在畢竟太晚了。

一滴鮮紅的血滴了下來，落在床單上。天花板上，開始浮現出一灘很大的血漬。扭曲的身影，開始從血漬中冒出，然後慢慢地俯下身子。腐爛的面龐，不斷靠近卞星炎的臉，大睜著的眼睛，死死盯著星炎！

「這是我目前提出的方案。」李隱將一張表格放到桌子上，看著幾個住戶。星辰，深雨，還有另外兩名新住戶——二○三室的鍾天奇和九一○室的鐵宇。

這張表格是由裴青衣製作的，她的記憶力實在是出眾到連李隱都感到嘆服。她只進入了倉庫一次，便記下了所有抽屜上的道具名稱和大致用途。一個小時內就將這些東西全部記住，裴青衣的確是個人才！

道具分為四類：攻擊類，防禦類，抗性藥物類，以及最強的詛咒類。

「我綜合分析以後，子夜，你最適合使用攻擊類道具是四次血字可以領取的『冥鉤』，這是可以對鬼魂造成傷害的一種鐵鉤，在四次血字可以領取的道具中算是比較強的了。另外，我還會把『黑白無常』借給你，有了『冥鉤』和『黑白無常』，你的情況會好很多。另外，銀夜和銀羽也同意借給我們好的道具。」

星辰聽到這裏馬上問道：「什麼道具？快說吧！」

「首先會給你們每個人都滴上靈眼眼藥水，這樣就能夠分辨出人和鬼。還有『魅影傀儡』，這是六次血字可以領取的最好的防禦類道具，『魅影傀儡』可以替住戶承擔所受到的攻擊損傷，只要傀儡不被徹底破壞。作用類似於詛咒類道具中的『咒靈香』。『魅影傀儡』的數量不少，一個抽屜中有七個魅影傀儡。」

「七個？」星辰疑惑地問，「抽屜有多大，裝得下嗎？」

「關於那個抽屜……」子夜補充道，「似乎空間很特殊。雖然從櫃子外觀來看抽屜的大小都一樣，可是有些抽屜和一般抽屜大小差不多，有些抽屜的空間卻大到可以裝一個人進去。這應該也是倉庫的特殊之處吧。」

「這……」星辰還是不滿足，「只是防禦類道具？」

他看了看深雨，深雨的體質是所有人裏最弱的，讓她去執行血字，危險性自然不小。他希望深雨能夠拿到一件好道具。

「還有更好的攻擊類道具嗎？」星辰不甘心地追問。畢竟他只能領取三次血字的道具來，還不如三靈凶頭杖。

「這個……」李隱皺了皺眉。在沒有邪影鏡的情況下，道具的數量是非常有限的，所以，萬一借出去，被鬼魂殺死的同時也破壞了道具怎麼辦？誰都希望手中盡可能多有一些底牌。

鍾天奇和鐵宇也表示希望可以獲取至少一件攻擊類道具，如果不行，詛咒類道具也可以。

「攻擊類道具的提供是有限的。」李隱知道不能夠輕易讓步，否則開了先例，大家都來要道具怎麼辦？借道具一定要有一個度。自顧都不暇，不可能再借更多道具給住戶。

「你這不是偏心嗎？李樓長。」新住戶鍾天奇不滿地說，「你給嬴子夜『冥鉤』和『黑白無常』，我們就只有『魅影傀儡』？至少也給我們一件攻擊類道具吧！單單防禦類道具，我們沒辦法放心啊！」

「這個……」李隱咬了咬牙說，「請你們體諒我，畢竟高級的道具本來就少，如果再給你們……」

鍾天奇的臉色越來越難看，執行血字可是九死一生的任務，誰都希望獲得更好的道具！而新住戶因為沒有執行過血字無法獲取道具，只能指望老住戶。而老住戶也無法互相搶奪道具，搶奪身上的倉庫通行證是無用的，每張通信證上面都印有住戶房間號，簽上住戶的名字才會生效，其他住戶奪取過去也無法進入倉庫。再加上，回到公寓後道具會自動回歸倉庫，也就無法私自佔有道具了。否則的話，早就會因為搶奪道具而發生喋血事件了。

「李……」鍾天奇還要繼續開口，忽然子夜說話了：「這樣吧，『黑白無常』輪流持有如何？」

子夜提出這一點後，其他人都是一怔。「黑白無常」這個道具，可以約束鬼魂，但時間極其有限，僅僅一個小時，在需要待一天的別墅裏，似乎效用不大，有一點雞肋。

不過，既然子夜做出了讓步，星辰和鍾天奇都不打算再繼續相逼，畢竟，道具再重要，也重要不過生路。一旦找到生路，那就是百分之百的存活率，可是靠道具，存活率和以前比也不會高到哪裏去。而李隱和嬴子夜的智慧，是找到生路的最大倚仗。

「好吧。」星辰首先表態，「那就兩個小時如何？一人可以持有『黑白無常』兩個小時。當然，如果遇到特殊情況再調整。就這麼定了吧？」

李隱卻不怎麼贊成，「黑白無常」雖然雞肋，但是關鍵時刻極有可能救住戶一命，單靠「冥鉤」，他實在沒有辦法放心。

不過，李隱本身只有四次血字，他很清楚，就算自己去求銀夜和銀羽，也不會給他更好的道具了。而「黑白無常」是他最拿得出手的攻擊類道具了。

他決定再去和銀夜、銀羽溝通一下，試試看能不能借來三靈凶頭杖。詛咒類道具他並不考慮，畢竟大多數詛咒類道具限制和代價都太大，第五次血字的難度使用詛咒類道具，似乎不值得。

接下來還有一個問題。星辰的家，也就是蒲家祖屋，是否隱藏了什麼秘密？不過，深雨也並不瞭解這一點。畢竟，蒲靡靈這個外公，深雨從未見過，也沒有和他進行過接觸。

與此同時，在美國紐約市中心的某座大廈的第四十層，一個很大的辦公室裏，一個看起來大約五十多歲的外國男人，正在通過電腦視訊進行通話。

「你到底想做什麼？」外國男人皺起眉頭，對視訊上的人說：「我們不是說好了嗎？沒有必要再聯繫了！」

「可是，我們必須得聯繫啊。」視訊上的那個人說，「戴斯比先生，當初你們所做的事情，實在是驚世駭俗啊。卞夫人現在的精神狀況還是很差吧？」

「住口！你……」名叫戴斯比的男人怒道，「你到底想幹什麼？直接說出來就是！」

「既然如此，我就直說了。我需要的是……」

當視訊上的人把話說完後，戴斯比頓時冒出一陣冷汗，他看著眼前的視訊，頓時感覺到太小看對方了。

「你怎麼會……」

「這世界上沒有真正的秘密。戴斯比先生，你知道我需要的東西了吧？只要我們合作的話……」

「你給我住口！」

「你如果不和我合作，我保證，你的頂頭上司，卞總裁，會知道很多事情，包括你當初和卞夫人之間發生的事情，呵呵，當然，如果你能滿足我的需要，我也可以保證嚴守口風的。」

「Fuck！」戴斯比怒罵了一句，「你敢威脅我！」

「為了達到這個目的，我什麼都做得出來。就算要和你一起下地獄，我也不在乎。我希望，明天可以在中國和你見面。你可以選擇不來，但是請你考慮清楚後果。」

戴斯比死死抓住桌子，他感覺這個人是認真的，他真的做得出來！

「我知道了。但是你應該知道這樣做的後果吧？」

「這個不勞您費心，這是我自己的問題。最後提醒你一下，戴斯比先生，我這個人耐性不是很好。」說完這句話，視訊就結束了。

戴斯比滿頭都是汗。他立即抓起桌子上的電話，撥了一串號碼，說：「瑪莎小姐，請馬上幫我訂一張到中國天南市的機票，儘快！」

同在這座大廈的這個樓層，另外一間更大的辦公室裏，一個和戴斯比差不多年齡，卻是東方人面孔的男人，也在進行視訊對話。

「星炎。」他對著電腦螢幕說，「我已經做好了安排，帶你母親回國，我想，她的病情也許在見到你和星辰後會有所緩解。」

視訊上的人，正是星辰的哥哥卞星炎！星炎聽到這番話後，立即說道：「明白了，爸爸，我馬上通知星辰……」

「嗯，那好。」通話結束後，那中年男子對站在眼前的另外一個大概四十多歲的外國男子說：「蒙森，我這次去中國，公司就暫時交給你了。等我回來，有可能把我兒子星炎也一起帶回來，到時候你務必好好教導他。」

「明白，總裁！」那個叫蒙森的男人立即答應道。

「嗯，那好。還有，之前要你調查的事情，關於我兒子現在住的別墅以前的屋主，叫蒲靡靈的男人，查得如何了？」

「啊，我正要向總裁彙報。」蒙森將蒲靡靈的全部情況說了一遍，調查資料非常詳細。

「中國分部的人相當盡心，查到後就給了我所有資料。」蒙森將資料小心翼翼地遞給眼前的上司，「總裁，這個叫蒲靡靈的男人確實非常不正常。」

「嗯……」翻了翻資料，星炎的父親卞弘成也陷入了深思。

他打算親自去中國，問問星辰到底知道些什麼。他的夫人現在狀況也不太好，醫生說，她目前的病症類似於精神分裂，僅靠藥物治療是不夠的，還需要心理上的治療。

卞弘成深愛著妻子，當初妻子只是一個風塵女郎，而自己則是家族產業的繼承人，是被父親當做重點對象培養的。當時，家人對他和妻子的結合百般阻撓反對，是他竭力堅持才得以和妻子結婚。但父親也發下狠話，二人生下的孩子，必須有足夠的商業才能，能夠成為未來家族的頂樑柱，如果沒有這方面的才能，就讓他弟弟的孩子繼承家業。那番話讓妻子受到很強烈的刺激，所以，她對於孩子極為重視。

幸運的是，星炎完全滿足了她的要求，從小精通各個領域的知識，無論是經濟、歷史、政治，還是物理化學，都有涉獵，隨著星炎年齡增長，才能也越來越卓越，雖然家族極力想培養他商業管理方面的才能，但星炎卻對理科研究更有興趣。

而星辰的才能上卻遠遠遜色於星炎。因為星炎不願意繼承家業，所以妻子只有將希望寄託到星辰身上。在他很小的時候，就開始教授他商業方面的知識，一度希望培養他成為家族的繼承人。但是，星辰幾乎學任何科目都學不好，這也導致妻子對他越憎恨。甚至在家族內，星辰也沒有什麼地位，完全被無視了。

星辰的痛苦，卞弘成其實也不是沒有感覺到，但是他平日裏只考慮著如何經營龐大的企業，很少關心兒子的感受，家中的事務都是交給妻子的。他很清楚，妻子對星炎和星辰，是區別對待的。妻子最後還是將希望全部寄託在星炎身上，她幾乎已經不把星辰當做她的兒子看待了。在這樣的豪門生活，加上她的出身，星辰簡直就是她的恥辱。

所以，當星辰提出要和星炎一起去中國留學時，卞弘成沒有反對。而多年來沒有和星辰見面，也不知道他現在生活得如何？車禍之後，他失去了右眼，自己也只去看過他一次就回美國了。卞弘成在潛意識中，也並不怎麼關心這個兒子，似乎他只有星炎一個兒子一般。而他並沒有對這一點有多少愧疚，長期在商場打拚，他腦海裏早就完全被灌輸了弱肉強食的概念，在豪門中，星辰這種毫無才能的人無法立足也是自然的，無法成為強者就只有被人差別對待。他認為商場上的理論也適用於豪門的家教，反正，讓星辰吃穿不愁就算盡到做父母的本分了，其他的事情，卞弘成完全沒有考慮過。

但是，妻子現在卻患了精神分裂症，這讓他擔憂起來。這是不是和星辰有關係呢？無論如何，只有親自去一趟中國了。

鷹真大學內，星炎剛走出他的辦公室，就看見星辰從走廊上迎面走了過來。

兄弟二人慢慢接近，星辰看著眼前這個他曾經如此憎恨的哥哥，一時間不知道該說些什麼。他發現，自己依舊還是很恨哥哥。因為，在接到血字指示後，他甚至有一個想法，要不要讓哥哥離開別墅呢？如果哥哥死了的話……如果哥哥被鬼殺了的話，那麼我是不是就不會再像以前那樣被對待了呢？

「星辰，」星炎立說，「正好你來了，剛才我和爸爸……」

「哥哥。」星辰卻搶先說道，「你獨自住在別墅的這段日子，有沒有感到什麼不對勁的地方？或者說，你有沒有感覺到那座別墅……在鬧鬼？」

「鬧鬼？」

星炎愣了一下，他似乎被這個問題給搞糊塗了，半天才反應過來，問道：「星辰，你問這個是什麼意思？」

對於研究科學的哥哥來說，靈異現象是被視為純粹的迷信。星辰自然也清楚這一點，但他還是要問一問。畢竟，根據李隱說的話，別墅裏可能之前就出現過鬼魂的蹤跡。不過看哥哥的反應，似乎哥哥並沒有注意到這一點。星辰頓時感到慶幸，他和哥哥居然可以活到現在。

「你先進來吧。」星炎指了指他的辦公室，「進辦公室說吧。」

星炎被鷹真大學聘為教授，校方給星炎安排了一間單獨的辦公室。他們走進辦公室後，星炎將門關上，開門見山地說：「星辰，你有事情瞞著我吧？到底是什麼？」

「不，沒什麼。」星辰搖搖頭，「哥哥，剛才我是和你開玩笑的，你不用當真。嗯，你剛才要和我說什麼事？」

「啊，爸爸說，他要和媽媽到中國來，估計後天就到了。據說是想治媽媽的病，同時也想知道媽媽的病情和那座別墅的原主人的關聯。」

後天……不就是血字指示當天嗎？

「不行！」星辰大喝一聲，「爸爸媽媽不可以來中國！」

開什麼玩笑？在血字指示當天到別墅去，到時候會發生什麼事情，星辰光是想想都感覺恐怖！但是，他該怎麼說呢？

「為什麼？星辰？」星炎很疑惑，問道：「是不是因為你還怨恨媽媽？」

「我……不是的，哥哥……」星辰知道現在不是說這些的時候，當務之急是必須馬上聯絡父母！不管怎麼樣，絕對不可以讓他們來中國！他們一來，肯定會到別墅去的！而且父親明顯是想調查蒲靡靈的事情！

如果這樣，勢必會牽涉到公寓，那樣的話……簡直就是一場噩夢！好不容易勸說哥哥當天不要待在別墅，但如果父母來的話……

星辰越想越擔憂，他隨即站起身，衝出辦公室，取出手機來，撥打了父親的電話。他一邊在走廊裏飛奔著，一邊在內心大喊：「快接，快接啊！」

這時候，深雨站在鷹真大學的校門口。這所天南市著名的高等學府，名牌大學，可以說是盡人皆知。

走進大學校園，深雨仔細看著周圍，大路兩邊種植了許多綠樹，一座座教學樓佇立著，大學生們三三兩兩地並肩走著。

深雨沒有上過大學。她從小放棄了學習，把所有心思都用在畫畫上。大學生活到底是什麼樣子，她一直都非常好奇。但如今，她連活下去，都沒有保證了。

但她並不後悔。和星辰共度的這段時間，遠比她以前所有的人生都要來得珍貴。哪怕只能和星辰一起度過非常短暫的時光，對深雨而言也是很幸福的。生命的價值並不在於長短，而在於是否無怨無悔。

星辰終於接通了父親的電話，他立即說道：「爸爸，你絕對不要來中國！絕對別來！」

「怎麼回事？」這時卞弘成正在公司的電梯內，兒子的這個電話讓他很莫名其妙，問道：「你為什麼這麼說？是你說，你母親的情況和那座別墅的原主人有關。我想帶她來中國看看……」

「我，我當時是隨便胡說的，你別信我的話，爸爸，你千萬別來！」

卞弘成在商場上打滾了那麼多年，早就是人精了，兒子如此慌亂的話，欲蓋彌彰的意圖實在太過明顯了。他馬上追問道：「你不是胡說！我聽得出來，你有事情瞞著我！到底是怎麼回事？」

「不是的，爸爸，你聽我說……」

「夠了！我調查過你說的那個蒲靡靈，那個人已經死了二十年了，他能夠對你母親造成什麼影響，我不知道，但一定隱藏了什麼秘密，無論如何我都要去中國一次！」

「聽我說，爸爸！你別來，如果來了，會……」星辰一時間不知道該怎麼解釋才好，只能說道：「無論如何，爸爸，我求你別過來，好嗎？」

星辰對父母的關心，聽在卞弘成耳朵裏，卻成了另外一股意味。卞弘成知道，星辰對妻子一直抱有怨恨，尤其是當初他失去右眼，他始終認為這是妻子的責任。當然卞弘成知道此事後，也認為妻子的處理不妥當，但心裏隱隱認為，星炎的確比星辰更重要一些，畢竟星炎是未來卞氏集團的繼承人，他是絕對不能有任何損傷的，哪怕傷了一根指頭也不行！卞氏集團是卞弘成的心血，他無論如何都希望星炎將其繼續發揚光大！所以，他也沒有對妻子的做法說什麼。

可是現在聽到星辰如此慌亂，他有了不好的猜測。難道……妻子的精神分裂和星辰有關係？他因為怨恨母親，而對她做了什麼嗎？他害怕自己去中國會查出什麼來，所以才要求自己別去？

卞弘成其實也不喜歡星辰這個兒子。雖然他以前也因為妻子過分嚴苛星辰，而對星辰有些同情，但他幾乎從未和兒子談過話，也沒有真正去關心過星辰，他只是考慮著如何將集團交給星炎。卞氏集團的發展永遠是第一位的，根本無法繼承集團的星辰，將來給他在集團裏安排一個職務就是了。反正家族養著他就行了，也不指望他為家族做什麼貢獻，他還有什麼怨言？

「星辰，你……」卞弘成皺著眉問，「你說出一個理由來，為什麼不讓我們去？」

理由？理由能說嗎？難道能說，他進入了一個靈異公寓，這個公寓發佈了前往鬧鬼場所的血字指示，而那棟別墅現在成了指示執行地點，後天那裏就會出現鬼魂？這樣說，父親的第一反應肯定是他患了精神分裂症。

星辰的智慧畢竟比不上李隱、銀夜，一時間要編造一個邏輯上挑不出任何漏洞的謊言，實在是非常難為他。所以，他自然結巴起來。而這反而更讓卞弘成認定他是心虛，堅定了要去中國的想法。

「好了！我已經決定了，我會帶你母親去中國，到時候我就知道你在想些什麼、做過什麼了！」

這句話，讓星辰的心頓時掉入一片冰冷。什麼叫「想些什麼、做過什麼」？父親似乎在暗示他圖謀不軌？

「爸！你這是什麼意思？」星辰不甘心地說，「我是為了你們好啊，如果你們來了，到時候……」

「是嗎？」父親冷冷地說，「你這一年來，書不好好讀，也不找份像樣的工作，整天在外面和一幫來歷不明的人瞎混，你以為我不過問，你就可以隨便丟我們家族的臉了？你是卞家人，在外面要考慮家族的聲譽！我們卞家在海外名聲也是響噹噹的！你如果做出讓家族蒙羞的事情，到時候別怪我無情！」

「夠了！」星辰大喊道，「我知道，你和媽媽一樣，都看不起我！因為我不如哥哥，和哥哥比起來我什麼都不是，只是家族裏多餘的人！你以為我很留戀卞家嗎？你以為我很喜歡做卞家人嗎？就因為在豪門出生，為了爭奪更多遺產，你們整天鉤心鬥角，眼裏只有錢！我算什麼？我對你們來說算什麼？」

卞弘成大怒，吼道：「放肆！你這是對父親說話的態度嗎？」卞弘成是何等人物？掌管著卞氏家族這麼一個豪門和卞氏集團這麼一個龐大企業，無論在家裏還是在公司，哪個人看到他不是敬畏得低下頭來，一個個爭先恐後地拍他馬屁？就連家族裏的幾位叔公，看到他都要給他三分面子！星辰居然敢吼他？反了天了！

「你給我聽好，星辰！這次我回國後，要把你也帶回美國來！我會安排你進公司工作，希望你到時候給我安分一點，我不指望你能輔佐你哥哥，但你給我記住，永遠不要給卞家抹黑！」

星辰握著手機的手，已經不住地顫抖起來。他完全沒有注意到，深雨已經站在了他的身後。

「爸……算我求你，別來中國，或者，就算來了，你和媽媽就住在酒店，不要到別墅來，好嗎？我這一生，唯一一次求你，求你別那麼做……」

「你別想命令我！我才是卞家的家主！我看你就是做了什麼虧心事，怕我去揭穿你！我當初讓你去中國讀書，你呢？大學考不上，現在在社會上閑晃，難道你徹底學壞了不成？我知道，你怨恨你媽媽，你認為你失去右眼是你媽媽造成的，但是我看這是你不爭氣！如果你比星炎更有才華，當然會優先救你！失去的右眼是個警戒，讓你明白，沒有實力，你就什麼都不是！」因為說話的聲音很響，後面的深雨也聽到了。

她想起，當初敏是怎麼厭惡她、憎恨她的，甚至當眾辱罵她，說她是「惡魔之子」，還說如果沒有生下她該有多好……星辰，他面對的也是這樣的夢魘嗎？這就是他的父親嗎？

「爸……算我求你了，別來……」星辰這時已經流下眼淚，「那個別墅裏有很詭異的東西，如果你們來了的話，會發生很可怕的事情的……」

「我看你是腦子不正常了！說話顛三倒四的！」卞弘成越聽越氣，這個兒子話都不會好好說了，看來真是沒學好，迷信的那一套都學會了！這次一定要把他帶回來！

這時電梯門打開了，卞弘成走了出來，說：「總之，這次我肯定會去！到時候我就知道你現在是個什麼樣子！還有你和那個蒲靡靈的關係，我也會查個水落石出！你就做好心理準備吧！」

「爸爸！」星辰拚命大喊道，「不要，絕對不要來！我都那麼求你了，難道，在你心目中，我就那麼不堪嗎？對你而言，我不是你的兒子嗎？」

「就因為你是我兒子，才能夠吃穿不愁！你如果是別人家的兒子，像你這樣什麼事情都不會做、沒有半點才能的人，早就在社會上混不下去，連溫飽都成問題了！你應該感激自己生在卞家，否則你就是個一事無成的廢物了！」

忽然，星辰的手機被深雨一把搶了過去！深雨冷冷地對著手機說：「你是星辰的父親吧？」

「嗯？你是誰？」卞弘成愣住了，怎麼換成一個女的了？

「雖然你是星辰的父親，但是……你也沒有資格侮辱星辰！」深雨此刻怒火中燒，「我不知道你們卞家的家族和企業有多強大，你們這些人有多偉大，星辰的哥哥又有多好，但是，我想告訴你，在我的眼裏，你們所有人加起來……都比不上星辰一分一毫！你真的瞭解你的兒子嗎？我可以告訴你！」

說這句話的時候，深雨直視著星辰，說出了她的心裏話！

「他是一個最善良、最溫柔的人！你們根本沒有資格侮辱他！」她深呼吸了一下，繼續說道：「你如果執意要來中國就來吧，但你會後悔的，你一定會後悔的！」接著她立即掛斷電話，隨即撲過來緊緊抱住星辰！

「把剛才的話全部忘掉，一個字不剩地全部忘掉！星辰，就算你的父母、你的家族都無視你，都不在乎你，但我一定會在你的身邊！我會陪著你，永遠陪著你……直到我死！」

# 16 腦髓靈咒

公寓的大門口，已經種入了血瘤樹的種子。

李隱和銀夜正站在播入種子的地面旁，等待著樹的成長。血瘤樹一旦長成，就會生出無數血瘤，血瘤一旦取下，並將其割開，就能夠釋放出一股血紅色的氣體，對靈體有相當程度的傷害。不過，血瘤樹的成活率非常低，這次種了十顆種子，也不知道有多少可以成活。

「我可以再借給你一件詛咒類道具。」銀夜對李隱說，「這是我的底線了。這個詛咒類道具，是需要付出代價才能夠使用的。」

李隱頓時大喜，多一件道具，那麼子夜就多了一個活下去的希望！

他還來不及道謝，銀夜就說了一句：「雖然這是目前我和銀羽可以取出的最強詛咒類道具，不過代價實在不小。名字叫做『腦髓靈咒』，六次血字才可以領取，這種詛咒，能讓住戶的大腦擁有強大的靈念力。」

銀夜意味深長地看了李隱一眼，又說道：「不過，使用道具的代價，是要……」

等銀夜將話說完，李隱的身體也顫抖了一下。這代價實在是有些……

「你不要的話就算了。雖然是詛咒類道具，但我也不是很捨得借給你。」

李隱皺緊了眉頭，雙拳攥緊，說：「我考慮一下吧。」

在鷹真大學裏，抱著懷中的深雨，星辰才有了真實存在於世界的感覺。真是奇妙啊，進入公寓而失去了一切的他，卻因此和深雨邂逅而獲得了一切。

這時，他和深雨都沒有注意到，在大樓窗戶外的一個花壇旁，站著兩個外國男子，其中一人正用望遠鏡看著他們，而另外一個則拿著手機通話。

「蒙森先生，」拿手機通話的外國男人用英語說道，「您是說殺了卞星炎嗎？」

電話另一頭傳來一個陰狠的聲音：「不錯！總裁這次親口對我說，要將他帶回美國來。阿加諾，你是我多年培養的心腹，你無論用任何手段，都要儘快讓卞星炎從這個世界上消失！到時候，卞氏集團註定是我的！我為了集團流血流汗，憑什麼讓卞星炎這小子享受！另外，你們也要一起殺了卞星辰，這樣，就沒有人來繼承卞氏家族的產業了！」

「是，蒙森先生。」那叫阿加諾的外國人說，「我會儘快安排，把一切安排得妥妥當當。」

「這次要小心一點！上次的暗殺就失敗了，只是讓卞星辰失去了右眼，卞星炎還活得好好的！阿加諾，我能容忍一次失敗，但我絕不容忍第二次！你明白了嗎？」

「明白！蒙森先生，你就等著我們的好消息吧！」

掛了電話後，阿加諾對另外一個外國男子說：「朱特，蒙森先生發話了，這一次，一定要在卞總裁把卞星炎帶回美國以前，送他去見上帝！」

「那是當然！」名叫朱特的外國男人點了點頭，「那這一次怎麼做？還是偽裝成車禍嗎？」

「不。」阿加諾搖了搖頭，「現在卞星炎和卞星辰在一起，正是好機會啊。偽裝成強盜殺人吧，不要用槍，多叫幾個兄弟，這一次務必要把一切都做得天衣無縫，不出任何差錯！」

「是！」這時，這兩個人都沒有注意到，後面的花壇裏，草叢中忽然發出了聲響……

遠在美國的蒙森掛斷手機後，忽然看到眼前的電腦有視訊通話請求，於是按下了鍵。視訊中出現的是一個三十歲左右的金髮男子，蒙森看到他，笑了起來：「西格爾，我的朋友，怎麼樣？那件事情……」

「蒙森，確實查出了一些東西。」那名叫西格爾的金髮男子說，「顯然卞夫人隱瞞了什麼，這和戴斯比也有很重要的關聯。」

「哦？說說看。」

「等一會兒我會給你一些資料，是去年在中國天南市發生的案件的新聞報導。時間上非常湊巧，而我通過一個人證實了這一切。很明顯，卞夫人做了什麼，而且這和戴斯比也有關係。」

「哦？西格爾？這是真的？」

蒙森驚喜交加，說道：「居然連這傢伙也有關係？好！繼續追查，放心，西格爾，將來等我掌控了卞氏集團，你也會有不少好處！到時候，你可以捧著大把大把的美金去拉斯維加斯豪賭、玩女人，都不在話下！」

「呵呵，蒙森，那我就先謝過了。」

星辰的心情漸漸平復了。他想了很久，只有讓哥哥來說服父親，才是最有效的。無論如何，那都是他的父母，他怎麼能讓他們牽涉到血字指示裏？

午休時間到了。星炎和星辰在學校餐廳內一起用餐，再度提起了這件事情。星辰極力勸說星炎，要他勸說父親別來中國。

「你到底為什麼執意不讓爸爸來呢？」星炎在這個問題上依舊追問不休。

「如果你真有什麼難言之隱，至少可以告訴我吧？」

星辰看著星炎真誠的眼神，但是話到嘴邊，還是感覺說不出口：「我……」

這時候，在星炎的別墅裏。一個男子輕易地潛了進去，正是剛才和蒙森通話的西格爾！

「這防盜鎖也太容易開了。」

西格爾吹著口哨，輕鬆地踱著步子，說：「家裏一個人都沒有，省去我不少事，好，就查一查這裏有沒有什麼線索吧。」

這個別墅相當大，他先在一樓各個房間都看了一遍。當然，整個過程都是戴著手套的。

「嗯，沒有，這裏也沒有……」又走出一個房間，西格爾搔了搔頭，自言自語道：「看來得去二樓啊……」

走到樓梯，剛跨上一級台階，西格爾就隱隱有一種古怪的預感。

「怎麼回事……這種感覺，真奇怪。」

西格爾晃了晃肩膀，隨即繼續走上去。他長期過著刀口舔血的生活，也殺過不少人，如果會害怕，就不會做這一行了。

來到樓上，他更是感覺到一陣壓抑，因為……太安靜了，安靜得好像自己失聰了一樣，就連風聲、自己的呼吸聲都聽不到。不過他認為這是自己的神經質，沒有想太多，繼續朝前面走。

來到某個房間門口，他伸出手，握住了門把手，打開了門。就在他走進這個房間時，鄰近的第三扇門忽然打開了，然後，一隻手伸了出來……

西格爾走進這個房間後，立即將門關上。他環顧著這個房間，開始翻找起來。就在這時，手機忽然響了。他立即掏出手機，接通電話，將手機夾在頭和肩膀之間，問道：「喂，是誰？」

「西格爾先生嗎？」

「嗯，什麼事？」

「之前，我的屬下似乎和你說了一些不該說的事情。」

西格爾停止了動作。他警惕起來，問道：「你是什麼人？」

「怎麼說呢？我並不希望這個消息流傳出去，西格爾先生，你要的無非就是錢。錢，我一樣可以給你。只要你開個價錢，我馬上可以把錢匯入你的帳戶。你的雇主出的錢，我可以給你兩倍！」

西格爾皺起眉頭，但隨即舒展開來，說道：「看來你的幕後老闆是戴斯比啊，否則怎麼會那麼大的口氣，開口就是兩倍的價錢？不過，做我們這一行的，信譽很重要，不然我也沒辦法混出名堂來。很抱歉，不行。」

「哦？你確定嗎？不行？」

「嗯，當然不行。你的那位屬下給我提供的情報相當重要，呵呵，你自己也很擔憂吧，擔心這件事情洩露。但是，沒辦法……」

「四倍。」

「你說什麼？」

「我說四倍。如何？你儘管報個數字，我一定付給你四倍的金額。我別的沒有，錢我可沒有少賺。別和我提什麼信譽，大家都是明白人，何必講得那麼冠冕堂皇？」

四倍的價錢，西格爾的心也抽搐了一下，說道：「你剛才說你賺的錢？難道不是戴斯比幫你出錢的嗎？」

「這你不用管，總之，只要你報出數字和帳號，我會立即匯款，缺一毛錢你都可以馬上毀約。」

「這……」西格爾咬了咬牙，說道：「六倍！如果你肯出到這個價錢……」

他本以為對方肯定會和他殺一殺價，但沒想到對方爽快地回答：「成交！」

西格爾驚愕不已，貪婪頓時將他的心全部吞噬，他得意得飄飄然，沒想到居然有這等收穫！

「好，我的帳號是……」

電話另外一頭的人正靜候下文，只聽見西格爾報出一個「1」字來，就聽見一聲尖厲的慘叫！

「喂，喂，喂！」對方又大喊了幾聲，但是西格爾沒有回應。

手機一直接通著，裏面傳來一種古怪的聲音，那聲音不斷地傳入耳朵裏，讓人感覺很心悸。

「誰？你是誰？」對方接連問了幾遍，可是都沒有任何回答。打電話的這個人感到奇怪，西格爾難道被人殺死了嗎？

這時候，電話另外一頭的怪異聲音依舊在繼續著，這聲音很難形容。這是什麼聲音？彷彿是，來自地獄的低鳴一般！

當天晚上。李隱來到一四〇四室，銀夜的房間。

剛一進門，李隱就看到銀羽也在房間裏。

「考慮好了?」銀夜打開門的時候就知道，李隱必定有了決斷。因為他看得出，李隱的臉上有一分決絕。

「嗯。」

「你想清楚了?這個代價可不小，就算沒有『腦髓靈咒』，嬴子夜也未必會死。但是如果使用了腦髓靈咒……」

「我決定了。」李隱一跨進門，就非常艱難地說：「子夜的生死，比什麼都重要。那個腦髓靈咒，的確對鬼魂體有相當程度的傷害作用吧?」

銀夜關上門，又提醒了李隱幾句：「雖說能傷害，但無法滅殺，而且使用得越久越不利。最重要的是，鬼魂所受的傷害隨著時間推移也會逐步恢復，畢竟那是公寓徹底解除限制的鬼魂啊。我相信，在這個世界上，沒有任何武器可以對其造成威脅，哪怕是人類的終極武器核彈，只怕也傷害不了這樣的鬼魂。」

「這我知道。」

李隱已經下定了決心，所以他的口氣也是毅然決然：「不過只有那個腦髓靈咒，可以最大限度提升子夜的生存率，不是嗎?在最後關頭，作為殺手鐧，可以說是極為重要的!」

要知道，這次血字，對子夜而言是重新進行第五次血字指示，也就是說，時間到後她還必須自己回到公寓來!而這個腦髓靈咒一旦傷了鬼魂，就可以爭取到相當長的時間。

當然，如果找到生路的話，另當別論，但李隱不能夠把一切都賭在不確定因素上。當初送信的血字，就是中了陷阱，險些萬劫不復，如果沒有那個隱藏規則，子夜早就……

這時候，銀羽的臉色卻變了一變，走過來說道：「怎麼可以這樣?腦髓靈咒，那可是……李隱，你知道要付出什麼代價嗎？」

「銀夜告訴我了。」

「你真的能夠忍受？其實，有了『黑白無常』，還有『冥鉤』，也足夠了吧？更何況還有『魅影傀儡』啊！實在不行，我們把三靈凶頭杖借給你吧……」

李隱搖了搖頭，說道：「只有一顆鬼頭的三靈凶頭杖，作用實在有限，銀夜在幽靈船上不是差點被殺嗎？但是腦髓靈咒的作用，卻強很多。你們別勸了，對我而言，子夜的生命是第一優先的，別的都在其次。不過，銀羽，還是謝謝你。」

見李隱如此堅決，銀羽也就不再說什麼了。何況，他剛才的分析也確實有道理。三靈凶頭杖只有長出第三顆鬼頭後，才能具備真正的力量。

「另外……」銀羽又想到什麼，「你們這次具體選用的道具是什麼？」

「星辰也是執行過三次血字指示的住戶，他也能拿出一些道具來。不過他還在斟酌選取哪些，畢竟只能帶出三件而已。我們主要是選用『冥鉤』，『黑白無常』，『血瘤樹』，『魅影傀儡』以及『腦髓靈咒』，其他的道具也在商討中，畢竟這件事至關重要。可惜目前道具的資料還太少啊。」

「血瘤樹怎麼樣？」銀夜又問，「從時間來算，應該長出來了吧？十顆種子，不可能每顆都無法成活吧。」

李隱搖了搖頭，說：「我剛才去看過了，還沒有長出來。」

「這樣啊……該不會真的一顆都長不出來吧？」

血瘤樹的種植方式很簡單，只要在種子上灑上血液，然後種入土裏就可以。而根據抽屜上的說明，O型血成活率最高，AB型成活率最低，所以灑上的是銀夜的血，他的血型是O型。不過，成活率高也是相對而言，即使是O型血，能夠長成血瘤樹的可能性依舊不算太高。即使樂觀估計，十顆裏最多也只能成活一到三株。所以，就算一株都沒有成活，也並非是不可能的。

李隱聽後頓時大喜，血瘤樹只要長出一株來，就會有相當數量的血瘤可以使用！

就在這時，忽然樓下傳來了子夜的大喊：「李隱！快下來！有一株血瘤樹要長出來了！」

「我先下樓去了！」

李隱坐電梯到樓下，來到公寓大門口，就見泥土中，碗口粗細的樹苗已經生長出來，這植物的莖是血紅色的，而且還不時發出紅色光芒來，甚是妖異。而乒乓球大小的紅色血瘤，也一顆顆地長了出來！最後，這棵血瘤樹迅速長到四米多高，血瘤遍佈整棵樹幹。

「只成活了一株啊。」子夜見李隱走出來，上前說道：「不過總比一株都沒有好。這些血瘤就平分給五名住戶吧。」

這樹上的血瘤密密麻麻，一兩百顆應該是有的，平分給五個人，那每個人至少也有二十顆血瘤了。不過，血瘤是消耗性道具，用一顆少一顆，而且作用相當有限，但其優點在於，一旦成活，量非常多。比起藥效總是限定在一定時間的抗性藥物來要好得多，在攻擊類道具中也算較好的一類。

當然，如果有了邪影鏡，量就不是問題了，邪影鏡的複製是沒有上限的，缺點在於極容易複製出鬼魂來，那樣誕生的鬼魂也同樣沒有上限。這就像一把雙刃劍，一旦邪影鏡被鬼魂利用，無數的鬼魂出現，光是想想就是噩夢了。

李隱和子夜開始採摘血瘤。

李隱問道：「對了，子夜，我剛才和銀夜達成了協定，他同意多借給我們一件詛咒類道具，最低六次血字才可以領取的『腦髓靈咒』。我打算讓你來使用。這可以說是你最大的殺手鐧，『腦髓靈咒』可以令你的大腦具有強大的靈念力，這念力一旦釋放，就能夠對近距離的鬼魂造成相當程度的傷害，在傷害復原以前，配合『冥鉤』以及『黑白無常』，你的生命可以得到很大保障。」

說是那麼說，但畢竟面對的是完全解除了限制的鬼魂，而且所謂「相當程度的傷害」這個說法，也很曖昧，相當程度是多大程度？但是，『腦髓靈咒』是六次血字可以領取的最好的詛咒類道具，何況詛咒類道具的效果，明顯要比攻擊類道具強大得多。

「那還真是要感謝他們啊，不過詛咒類道具一般都有一定程度的限制，那限制是……」子夜沒有看過「腦髓靈咒」的介紹，否則也不會問這個問題了。

「是……」李隱沉默了一會兒，「可能會造成暫時性的失聰。當然，是暫時性的。」他沒有說出真正的代價，僅僅只是暫時性失聰的話，李隱又怎麼會猶豫？但是，他實在希望能夠多給子夜一個籌碼。血字指示的執行期間，真是有多少條命都不夠用啊。

說到這裏，他的心也抽搐了一下，隨即又補充了一句：「子夜，你記住一點。這個詛咒類道具，如果能夠不用儘量不用。臨時性失聰，危險性也還是相當大的。」

「這倒是。」子夜點了點頭，自然銘記於心。

他們將血瘤全部採摘完畢，分放在五個筐子裏，整齊地擺放在公寓大門口，道具是不可以帶入公寓的。

血瘤的顏色是一種相當詭異的紅，猶如是真正的鮮血一般，果實相當飽滿厚實，接觸血瘤的時候，能感覺到近似血液的溫熱。而一旦割開血瘤，就是住戶的一大保命工具。

這個時候，美國紐約還是白天。卞弘成已經帶著妻子曾麗雪，坐上了飛往中國的班機。曾麗雪現在的狀況時好時壞，有時表現得和正常人沒什麼區別，但有時卻滿嘴都是胡話。這讓卞弘成很憂心，對於兩個兒子，他沒有完全說出妻子的病情。

臨上飛機前，蒙森到機場送卞弘成，表示在總裁回紐約總公司之前，一定會好好管理集團。其實卞弘成也清楚，蒙森對自己的位子，也不是沒有絲毫垂涎。闖蕩商場那麼多年，他怎麼可能不防一手？所以他同時提拔蒙森和戴斯比，就是希望這二人互相競爭，相互牽制，因此他並不怎麼擔心。不過，戴斯比卻向他請假一周，說是有親人去世，要回家鄉參加葬禮。好在目前業務不算特別繁忙，他也就批准了。但是，這個時候請假，他總隱隱感覺有些不安。

事實上，戴斯比已經坐上他前面的一個航班，前往中國了。

蒙森目送飛機起飛後，臉上露出一絲森冷的笑容，說道：「你個老不死的，去中國也不忘把保鏢帶在身邊，否則我照樣叫阿加諾送你去見上帝！哼，估計你到了那裏，就可以直接為你兩個兒子收屍了。然後，我再想辦法扳倒戴斯比，整個集團就會是我的了！」

想到這裏，蒙森取出手機，給阿加諾打去了電話，然而電話響了很久，都沒有接聽。他感到奇怪，又給朱特等人打去電話，卻也一樣沒人接。當他撥通西格爾的手機，還是沒有人接聽的時候，他感到不對勁了。

「難道出事了？怎麼一個個都不接電話？」阿加諾是他一手培養的心腹，而西格爾則是有名的黑道人物，二人無論槍法還是功夫都堪稱絕頂，不過是讓他們去殺卞家兄弟而已，難道會陰溝裏翻船？只是，蒙森永遠都無法知道答案了。

這時，在公寓門口，李隱和子夜看到從巷子另外一頭走過來的星辰和深雨。星辰看見血瘤樹也吃了一驚，隨即看到李隱，立即走了過去。

「李隱。」他開門見山地說，「我想問一下，有沒有什麼道具，可以讓無關人員無法進入別墅？」

李隱立即明白過來，問道：「你是擔心你哥哥？」

「不，是我父母。」星辰將大致情況告訴李隱後，李隱沉思了一會兒，說：「這倒是麻煩了，只怕到時候你哥哥也要一起回來。只有嘗試讓他們無法進入別墅了。不過道具多數是針對鬼魂的，很少有針對人類的啊。」

「拜託了。」星辰的語氣非常誠懇。

「他們是我的親生父母啊！不管他們怎麼對待我，都是我的父母，還有我哥哥，我不可以讓他們遭受生死災厄。請你們想想辦法吧！對了，領域棋盤能用嗎？」

「你別開玩笑了。領域棋盤是用來靜止鬼魂的，何況就算有效，也是有時間限制的。你要不要考慮，把公寓的的存在告訴他們？」

「他們會信嗎？或者李隱你有辦法說服他們相信這個公寓存在？」

當然沒有這種辦法。除非帶他們也進入公寓，可是這顯然是不可能的。

「那這樣吧，找到你父母和你哥哥，強行監禁他們整整一天吧。」

「強行監禁？不可能，我父親出國總是隨身帶著他的保鏢，我們很難做到……」

這的確是個難題。除非是公寓裏身手最強的上官眠出馬，但她會答應嗎？她這個人給人的感覺，好像沒有絲毫感情，也從來不和任何住戶交流。更何況，即使她答應，下手沒輕沒重的，說不定會鬧出人命來。李隱估計，上官眠進入公寓前，多半是個殺手。

「你父母大概什麼時候到中國？」

「現在也許已經坐上飛機了，明天應該就到了。」

「那這樣吧，明天我和你一起去見你父母，想辦法說服他們。子夜，你也去吧，大家一起出面勸說，效果應該會好一些。」

深夜，飛往中國的班機上，卞弘成和妻子曾麗雪都睡著了。整個機艙內，大多數人都進入了夢鄉。安靜的機艙內，此刻幾乎沒有任何人聲。

這時，曾麗雪睜開了眼睛，她的腦海中一片混沌，許多零碎的畫面聚集在一起。血……數不清的血……被剖開的屍體……

還有那口黑色的棺材……

曾麗雪忽然張大嘴巴，想叫出聲來，在她頭頂放行李的架子上，忽然垂下了一個黑色的身影！一顆腐爛的頭顱倒懸著，冰冷的雙目死死盯著曾麗雪。

而此刻，在早先出發的另外一架飛機上，戴斯比正在廁所裏上大號。他咬著手指，考慮著到了中國該怎麼和那個人說。他已經給那個人發去了一封郵件，告訴了他那口棺材埋藏的地方。

「這個傢伙到底想做什麼……」

這時，廁所外傳來敲門聲。

「有人在！」心情煩躁的戴斯比叫了一聲，「等會兒！」

可是敲門聲一直持續著。戴斯比憤怒了，他正在氣頭上，又大罵道：「你煩不煩？都說了有人在……」

忽然，他看到，從門縫下流進來一大灘鮮血！

「這……這是……」

接著，從那鮮血中，一顆血淋淋的頭顱浮了出來……

天南市郊區，某個樹林中。一個身著西裝的男人，看著眼前幾個人挖掘著附近的地面。地已經挖得很深了，可是依舊一無所獲。

「沒有發現！」

西裝男子面色陰沉下來。那個叫西格爾的傢伙莫名其妙地銷聲匿跡，不知死活，而戴斯比告訴自己的地點又沒有挖出任何東西來。

「他應該不會騙我才對啊……」西裝男子拿出手機，打過去還是關機。看來戴斯比還在飛機上，所以把手機關了。

「繼續挖！」西裝男子還是不死心，「說不定再挖深一點就有了！」

「可是……」挖掘的人已經想放棄了，「會不會是搞錯了？都挖那麼深了啊！」

西裝男子其實也這麼認為。莫非真的弄錯了？不過，他還有一個更可怕的猜測。

「如果戴斯比他沒有對我撒謊的話，那麼，會不會……那口棺材本來是埋在這裏，但現在卻消失了？或者說，是那口棺材離開了這裏？」

星炎回到了別墅裏。雖然星辰要他這幾天不要回家，可是星炎想起有幾本需要看的書，所以決定回家取書。但他沒想到，星辰並不在家。

他從書架上取下了三本書，這時他不小心撞了書架一下，夾在腋下的三本書掉了一本下去，他立即伸手去揀。

就在這時，室內的燈光忽然一閃一爍起來！

星炎非常狐疑，他隱約看見有一個身影掠過眼前！星炎頓時感到一陣寒意！

但是，因為燈光剎那變暗，所以他根本沒有看清那個身影究竟是誰。星炎驚魂未定之時，燈完全滅了！他只感覺抓到了什麼，身體一個趔趄，倒在了地上！他又感到有什麼貼近了自己的身體，接著，一個低沉的聲音響起。

「還給我……還給我……」

那個聲音嘶啞至極，相當陰沉，星炎嚇了一大跳，接著就有一隻手死死抓住了他的胸口！

星炎的身體向後倒去，撞在桌子上。這時，燈又亮了，他的面前什麼人都沒有。他大口大口喘著氣，剛才胸口被什麼東西抓住的感覺還在，不可能是幻覺。但是，眼前的確是一個人都沒有。

忽然，手機鈴聲響起！星炎這才發現，自己是伏在書桌上睡著了。

星炎立即衝出書房，他聽到手機鈴聲是從另外一個房間傳來的。他緩緩走到那個房間的門前，打開門，只看見地板上有一個手機。那手機不是他的，也不是星辰的。

星炎走進房間，蹲下身，將手機撿了起來，剛接通手機，就聽到了一個他熟悉的聲音說著英語：

「西格爾！感謝上帝，你終於接電話了，你到底怎麼了？我讓你去調查的事情有眉目了沒有？查出來當初戴斯比和曾麗雪做了什麼嗎？你說要發給我的新聞報導我也沒有收到！喂，喂？你在聽嗎？西格爾？」

星炎自然認得這個聲音的主人，蒙森！父親的左膀右臂，以前多次和自己通過電話。

「喂，說話啊？難道你嫌錢不夠？沒關係，只要你提供給我的資料有價值，錢不是問題！喂！」

星炎想開口說些什麼，可是他什麼也說不出來。他中斷了通話，然後打開手機的功能表，翻開了備忘錄，他看到了一則「失蹤人員名單」。

星炎不知道這是否就是蒙森說的資料。他點開一看，上面有非常詳細的四個人的資料，那四個人是三男一女，還有報導的網址鏈結。

星炎緊緊捏著手機，他走出房間，頭也不回地朝別墅大門走去。剛才那個噩夢，讓他心有餘悸。離開別墅後，他思索著蒙森的話。蒙森說，戴斯比和母親做過什麼。蒙森在調查他們，而戴斯比，難道就是集團的總經理戴斯比嗎？

這幾年，星炎都待在中國，只有一些重要節日會回美國去。他不怎麼瞭解公司的情況，不過，這期間和蒙森、戴斯比見過幾次。母親做了什麼？從蒙森的語氣來判斷，明顯是一件見不得光的事情。

星炎越想越感覺需要調查一下，他繼續點開那個名單，看那四個人的資料。那四個人的名字分別叫林智真、姜壽、鄔琳、馮浩山。

根據資料說明，這四個人都在去年一月神秘失蹤了，至今生死未知。這四個都是什麼人？如果這件事情真的和母親有關係，他必定要調查一番。他決定先不告訴星辰，根據調查情況，再決定是否將此事告訴到中國來的父親。

星炎忽然想起，星辰無論如何都不希望父親來中國。難道……這件事情，和星辰也有關係嗎？

星炎咬著嘴唇，他認為應該不會如此。接著，他又仔細看了看這四個人的照片，越看越覺得，似乎在什麼地方見到過這四個人。

「這四個人……」可是，不管怎麼想，他都想不起在哪裏見過他們。

第二天上午，星辰早早趕到機場。在機場候機廳，他看見了哥哥，星炎看起來正凝神思索著，星辰走到他面前都還沒有發現。

「哥……」星辰出聲打斷了星炎的思考，「爸媽還沒到吧？」

「啊，星辰，你來了。」星炎看到星辰後，鬆了口氣。

星辰明顯感覺到，星炎有些心不在焉。不過他也沒有多想，哥哥是個對研究相當執著的人，說不定又在思索某個難題了。

星辰看了看手錶，說：「時間快到了，我們去出境處那邊吧。」

星炎和星辰到了那裏後，等候著父母。然而，過了一會兒，卻見到三個他們熟悉的外國人走出來，正是父母的保鏢！

為首的一人看見星炎和星辰，立即走了過來，用英語說：「大少爺，二少爺！出事了，總裁和夫人在飛機上……」

「怎麼了？」星辰頓時感到不妙，連忙問道：「出什麼事了？」

「失蹤了。在飛機上失蹤了！」

「你……」星辰一把抓住那個保鏢的衣領，怒吼道：「你胡說什麼？失蹤了？大活人怎麼可能在飛機上失蹤？你們不會去找？」

「飛機上都找遍了。」那個保鏢也是一臉哭喪，「可實在是找不到，我們已經報警了，現在……」

失蹤？怎麼會有在飛機上失蹤這種荒唐的事情？星辰猛然湧出一個想法來：難道……難道是和血

字指示有關嗎？可是，為什麼會波及父母？

「另外，還有一件事情。」那個保鏢又說道，「其實，我們也是剛下飛機才接到電話的。戴斯比先生，他也失蹤了！」

戴斯比乘坐的班機上，和鄰座的一個美國人交談了幾句，也算投機。他晚上去上廁所後一直沒有回來，那名美國人後來去找他，卻怎麼也找不到，結果只在他座位上的皮箱裏找到身分證件，最後航空公司通知了卞氏集團和戴斯比的家人。三名保鏢下飛機後就接到了電話，所以得知了此事。

星炎感覺身體發冷。父母，還有戴斯比，幾乎在同一時間失蹤？難道，這是蒙森做的？星炎的雙手死死攥拳，他雙眼幾乎充血！

因為卞弘成是有名的華僑，而且他的母親是美國人，這起案件牽涉很廣，暫時封鎖了消息沒有讓媒體獲悉。

星炎接受了警方調查，卻沒有將手機的事情說出來。他認為父母還活著，畢竟沒有發現屍體。可是，怎麼能從飛機上帶走兩個大活人？他認為這和蒙森有關。現在父母和戴斯比都不在了，集團大權肯定由蒙森掌控了。自己沒有證據，就算指控他，他也有的是辦法狡辯。

下午一點多，走出警察局，星炎決定將一切告訴星辰，然後和他一起調查那四個人的事情。

當他將所有情況原原本本告訴星辰後，星辰也沒有想到居然牽涉那麼廣。明天就要正式執行血字指示了，現在進行調查，或許還能夠查到生路！

他懷著萬一的僥倖，希望父母不是真的被鬼魂殺死了，如果是蒙森做的，那還有些希望，但如果是鬼做的，那麼就是徹底絕望了！

「林智真，姜壽，鄔琳，馮浩山……」看著這四個完全陌生的名字，星辰丈二和尚摸不著頭腦。他對這四個人的名字和長相，完全沒有印象。他們是誰？為什麼蒙森要調查這四個人？

「也就是說我們家有某個蒙森先生派遣的人潛入過，遺失了手機。」星炎分析道，「而名單裏的四個人，似乎是蒙森希望那個人調查的，和母親以及戴斯比都有關的。」

這四個人全部都失蹤了。該不會，這四個人就是……

一個小時後，星辰將這四個人的名單交給了情報販子黎焚，他非常懇切地說：「黎先生，拜託了，請你務必查出這四個人的情報，我感激不盡！」

黎焚接過這份名單，叼著一根煙，看了看，說：「沒問題，這點小事我都搞不定的話，還怎麼在道上混？」

「那就多謝了！」星辰欣喜不已。

時間分分秒秒地流逝，隨著夜幕降臨，執行血字的時間也進入了倒計時。黎焚還在外面進行情報搜索，而星辰也在心裏擔憂著父母的狀況。不過，擔憂歸擔憂，這一次的血字指示必須成功，而且，他要好好地保護深雨。

再一次進入倉庫，星辰開始選取自己要領的道具。三次血字可以領取的道具，力量非常弱，但聊勝於無，他不希望自己什麼也不能為深雨做。他已經事先考慮好了，該選什麼道具。

「爸爸，媽媽……」他在內心祈禱著，「你們一定不能夠有事啊！」

他伸出手，打開了某個抽屜……

# 17 地獄的逆襲

天南市市中心，白巖區，高檔別墅區綠森社區。

深夜十一點四十五分。

一座豪華的二層別墅坐落在社區內的人工湖旁，別墅是歐式風格的，年代相當久遠了，現在是卞星炎的住所。

五個人影接近了這座別墅，他們通過人工湖旁的橋來到別墅門口，星辰取出鑰匙，剛要去開門，卻赫然看到，別墅的二樓……亮著燈！

「怎，怎麼會……」星辰大驚失色，「我不是讓哥哥這幾天不要待在家裏嗎？」他的身後，站著子夜、深雨、鍾天奇和鐵宇。

星辰立即衝到門外的對講機前，按了門鈴，不久傳來了星炎的聲音：「是星辰嗎？」

「哥！我不是告訴過你……」

「我想，那個潛入了家裏的人應該還會來拿回手機。現在爸媽都失蹤了，我不能坐視不管。」

「哥！」星辰此刻心中怒罵自己，怎麼就沒有再確認一下呢？再過十五分鐘，就是正式的血字指示執行時間了！面對被公寓徹底解除限制的鬼魂，星炎就是有十條命也不夠死的！

「快出來，哥！」他立即打開大門，鐵柵欄門徐徐打開，隨即他和身後四個人都衝進了別墅的院落裏！

踏在草坪上，星辰此刻才發現，他內心深處其實還是很關心星炎的。他即使再恨哥哥，也無法坐視他面對血字指示的鬼魂！

來到大門口，他又取出一把鑰匙，因為太過緊張，插了好幾次都沒有插進鑰匙孔。深雨看得出，星辰其實非常在意他的哥哥。她也清楚，星辰從小就活在哥哥的陰影下，所以對哥哥一直抱著愛恨交織的情感。然而，他的本性始終是善良的，他無法坐視哥哥死去。

門終於打開了，星辰衝入房間內，來到寬敞的大廳，身後四人都有些感歎，大廳實在太大了！這麼一座別墅，在如今這個房價高得離譜的時代，簡直無法想像其價值！

一眼看去，大廳中央有一個螺旋的樓梯，此刻，星炎正從樓梯上走下來。他一眼看到星辰身後的四個人，微微一愣，說：「嬴小姐？星辰，另外三個人是你的朋友？」

嬴子夜，星炎自然是認識的，而另外三個人，他都是第一次見到。

星辰抬起手腕看了看錶，咬緊牙關，衝上樓梯，死死抓住星炎的肩膀，說道：「你給我馬上離開，別再進來！」

「星辰，你……」星炎的表情有些錯愕，可是他還來不及反應，星辰已經拽著他的身子，朝外面拖！必須要在血字指示正式開始以前，讓他離開這個別墅！時間一到，後果將不堪設想！接下來的二十四個小時內，將會是無比恐怖的！

來到大門口，星炎拚命拉開星辰的手，正色道：「星辰！我不能夠離開，我必須知道，父母的失蹤是怎麼回事，還有，把手機遺失在家裏的那個蒙森的部下的身分，我必須知道！」

星辰根本不理他，而是打開了大門，說道：「你給我聽好了，卞星炎！給我離開這兒，二十四小時內不准接近這裏！從現在起，這裏是你不允許踏入的禁區！你要是敢進來……」

星辰一把拉開了門，剛要將哥哥推出去，可是他無意中回過頭一看，身體徹底僵住了。因為……一個全身近乎腐爛、胸口有一個大洞、露出五臟六腑、面孔還在不斷滴血的猙獰惡鬼，就站在樓梯上，死死瞪著他們！同時，大門被關上了！

星辰好一會兒才反應過來，大喊道：「黑……『黑白無常』！贏子夜，用『黑白無常』！」

子夜的反應比他更快，她已經將黑白無常的珠子取出！然而，取出珠子的速度雖然快，卻也來不及了！室內的燈，忽然瞬間完全熄滅了！

無法確定鬼的方位，黑白無常的定位就會失效。情急之下，星辰立即取出了一顆血瘤，然後將血瘤捏碎！

血紅色的氣體立即瀰漫開來，在這血紅色氣體保護下，至少暫時可以讓鬼魂不敢輕易接近。但這血紅色氣體在空氣中會逐步消散，到那個時候……

這時，星辰打開了手電筒，再度照向樓梯，那兒卻沒有人了！

「星辰……那，那個是什麼？」星炎面色變得無比蒼白，再怎麼不信鬼神的人，也不可能在這種狀態下保持冷靜。

大門已經無法被打開了。星辰明白，星炎沒有辦法離開別墅了。他想也不想，立即取出了幾顆血瘤，遞給了星炎！

「拿好，不要掉了！關鍵時刻，捏碎這些紅色圓球，就能夠保命！」

此時星辰可以說是緊張到了極點，有這些紅色氣體，想必可以保住性命吧？但是，他顯然想得太簡單了。

紅色氣體瀰漫之處，大家都緊緊靠在一起。子夜手持著「黑白無常」，並且取出了「冥鉤」。而星辰也取出了自己拿的攻擊類道具——「殺形錐」，是一根異常陰寒的尖銳錐子，當然，這尖銳錐子的作用有限得很。

「放出『魅影傀儡』！」深雨對鍾天奇說，「快！這血紅色氣體消散得很快的！」

的確如此。血瘤因為一次成活後大量生長，效力也會相對削弱。這時候，「魅影傀儡」就極為重要了。「魅影傀儡」放出後，鬼魂就會將「魅影傀儡」視為住戶而進行攻擊。

星辰赫然看到，在血紅色氣體瀰漫範圍外的某處牆壁，正不斷地滲出大量鮮血，鮮血正向他們流過來！而他們卻無法移動，不可以離開血紅氣體的瀰漫範圍。

這時候，鍾天奇將背包的拉鏈打開，取出了五個折疊好的傀儡。這些傀儡類似於充氣娃娃，放在地上後，身體就開始鼓了起來，最後變成了五個容貌酷似星辰等五名住戶的人！

「這是……」星炎的眼睛瞪得越來越大，他怎麼也沒想到會有這麼些東西出來。

「哥哥……」星辰苦笑著說，「你記住，等會兒好好跟著我。我們的家被詛咒了，你也看到了吧？那是真正的鬼魂。雖然你可以很難相信，但這個世界上的確有鬼魂存在……」

雖然早就想到這一點，但此刻星炎還是很難相信。

那五個「魅影傀儡」開始分散活動起來。「魅影傀儡」活動期間，會代替住戶被鬼魂攻擊，也會像人類一樣受傷流血，一旦受到致命傷害就會徹底損壞，是消耗性道具。這次血字指示執行時間為一整天，鬼魂始終在解除限制狀態下，「魅影傀儡」自然很容易被破壞，所以大家都帶了不止一個「魅影傀儡」。

血紅色氣體越來越稀薄了，星辰立即又捏碎了一顆血瘤。在新的血紅氣體發散出來時，那地上的鮮血也越流越接近他們了！

這時候，在這座別墅的某個陰暗角落，某一隻「魅影傀儡」，其腦部突然不斷裂開，變得異常猙獰，最後臉部開始腐爛，化為了剛才那個惡鬼的模樣！

所有的住戶都沒有想到，道具倉庫本身，其實就是血字指示中的死路！一旦使用道具，在沒有找到生路之前，就會全面觸發死路！

「魅影傀儡」，血瘤，這些東西的作用，本身就是用來解除鬼魂限制的！道具倉庫中的血字，並不是公寓內部出現的血字，本身就是謊言！像當初的陰縫匕首，也是如此。

實際上，那張通行證背面的文字和倉庫抽屜上所有的指示文字，幾乎都是反話！例如血瘤的真正作用，是增加血氣將空間改造得更加適合鬼魂存在，「魅影傀儡」能夠增加鬼魂的分身，三靈凶頭杖則是吞噬鬼氣釋放更強的陰冥氣息！而「腦髓靈咒」就更加可怕了，是能夠讓鬼魂直接侵入住戶的大腦，完全操縱住戶！

每使用一件道具，不但會逐步削弱公寓對鬼魂的限制，而且還能夠不斷為鬼魂增加新的能力！這就是道具倉庫的恐怖所在！

然而，道具倉庫內的那段血字，卻欺騙了所有的住戶，再加上血字本身也提及道具倉庫用於執行血字指示，每個住戶都在潛意識裏認為道具是用來和鬼魂抗衡的。

但是……這只是公寓的騙局和陷阱罷了！公寓所謂的「提高血字難度」，就是指設置了道具倉庫！

當然，即使如此，李隱等人還是想不到，道具倉庫有可能會是死路。那是因為，他們認為，如果道具是死路的話，那麼僥倖存活的住戶，不就能夠告訴公寓內的其他住戶這一真相嗎？

但是，很可惜的是，這是不可能的。因為，沒有一個住戶能夠發覺這一點，即使鬼魂能力不斷加強，他們也只會認為，這是公寓全面解除了對鬼魂的限制而已！而公寓也會適當地在道具使用出來的時段，對鬼魂進行一定限制，讓住戶們都相信道具的克制作用。

更何況，使用道具的情況下，血字的難度驟然增加，能夠活下來的住戶……將會寥寥無幾！在他們開始使用道具的同時，也就代表著……他們邁上了可怕的末路！現在，就算找到了生路，在因為「魅影傀儡」而增加了分身的鬼魂面前，恐怕也需要找到多重生路才能夠完成這次血字！

這座別墅被黑暗徹底覆蓋，所有門窗都被下了詛咒，沒有人可以離開……

與此同時，別墅內的另外幾個「魅影傀儡」也發生了同樣的變化。先是頭部裂開，然後變為猙獰的鬼魂！

大廳內，星辰等人依舊是動也不敢動一下。血紅色氣體瀰漫的時候，那血跡繼續流向他們。繼而，牆壁上、天花板上、樓梯上，不斷地流下鮮血來！

「別浪費血瘤。」子夜阻止正打算繼續揑碎一顆血瘤的星辰，說道：「大家做好準備，鬼一旦出現就大喊一聲，我立刻用黑白無常約束住鬼魂！」

大家都點點頭，的確，「黑白無常」是目前最好用的道具，約束鬼魂啊！也因此，大家對提議輪流使用「黑白無常」的子夜非常感激。

在血紅色氣體逐漸消散後，手握「殺形錐」的星辰對星炎說：「哥哥，你必須跟緊我們，否則會發生非常可怕的事情……大家還是先走吧，如果鬼魂出現，立即捏碎血瘤！」

每個人的身體幾乎都緊貼著，不敢走快。星炎則謹慎地問道：「星辰，你是說真的？那個是鬼魂？這個叫血瘤的又是什麼東西？」

「是克制鬼的一種東西。」星辰回答道，「好了，先別說了，哥哥，我們先走吧。」

隨後大家開始在一樓移動起來。每個人都打開了手電筒，不斷照著四周，沒有出現鬼魂的蹤跡。剛才，鬼魂出現在樓梯上，因此沒有人敢去走樓梯。就算有血瘤，也沒有人敢這麼做。

星炎這時受到的震撼非常大，他只能緊靠著弟弟，一句話都說不出來。

大廳內，血跡開始凝聚在一起，空氣中的血腥味令人作嘔。地面上積累的血跡開始漸漸漫上來，住戶們的鞋底開始被鮮血浸濕。

子夜這時已經將「冥鉤」取出，同時也拿著「黑白無常」。

午夜零點終於過了！

沿著一條走廊，六個人戰戰兢兢地走著，但無論走到哪裏，都看到有血跡灑下。眼前的每一個房間都猶如惡魔的洞穴，令人膽戰心驚。

走到一面玻璃牆壁前面，子夜忽然注意到什麼，立即抓起「黑白無常」，對著那玻璃牆喊了一聲：「拘！」

那玻璃牆上出現的黑影立即被束縛住了！

「趁現在……」子夜喊道，「到二樓去！」

在滿是鮮血的一樓行走，大家都感到不安心，所以子夜這麼一說，大家都立即加快了腳步！

來到樓梯前，一干人迅速衝上樓梯。而星炎的恐懼感也接近麻木了，只是繼續跟隨著他們。雖然他有一肚子的疑惑想問，但也知道，這不是三言兩語就可以解釋清楚的。

沿著樓梯，六個人來到了二樓。

「正式開始了。」深雨抬腕看了看錶，她也緊緊捏著口袋中的血瘤。雖然深雨知道公寓的隱藏規則，但她不知道，「倉庫」其實是血字指示的一條死路。

「『黑白無常』的束縛時間只有十分鐘吧？」星辰對子夜說，「接下來十分鐘……」

子夜提起手中的「冥鉤」，那是一隻深黑色的鐵鉤，鐵鉤的尖端相當銳利，說道：「不用緊張，就算突破了束縛，『魅影傀儡』也可以為我們抵擋一段時間，雖然可能時間不會很長。鍾天奇，其他的『魅影傀儡』都帶著吧？」

「都帶著呢。」

「好的。」子夜將「冥鉤」伸向前方，隨後對卞星炎說：「卞先生，接下來，我們向你解釋一下吧。這一切也許超越了你的常識，但卻是不爭的事實。如你所看到的那樣，我們……是一群需要整日和鬼魂打交道的人。」

「哥。」星辰也決定把一切都說出來了，「我去年進入了一個『公寓』。在那個『公寓』裏，如果要活下來，必須要執行十次特殊的指示，就是要去一個鬧鬼的地方，讓自己活下來，執行十次就可以離開那個公寓。而現在，是我第四次執行這樣的指示。每一次在指示地點，都會出現大量的恐怖鬼魂。你明白了吧？哥哥。」

「你說什麼？」星炎頓時感到無比震愕！這是完全超乎他想像的事情，他根本就沒有辦法做出任何反應！

「荒唐，星辰，怎麼可能會有那種事情！你一定是被這些人騙了，嬴小姐，你以前也是鷹真大學的老師，你難道也相信這種怪力亂神的謬論嗎？」星炎竭力反駁，他無論如何也無法接受這種事情。

「這是真的。」子夜冷靜的面龐上看不出一絲情緒波動，「無論你相信與否，這是事實，不爭的事實。」

「不可能的，這絕對不可能！」星炎還是搖頭，「剛才我看到的那個，應該是假扮成鬼魂的人，怎麼可能真的有鬼？人死之後，就被微生物分解，徹底地消亡，怎麼可能有魂魄存在？」

子夜根本沒有心情和他討論唯物唯心的問題，現在，她時刻警戒著是否有鬼魂接近。一旦有，立即使用「冥銄」。雖然有「腦髓靈咒」這個殺手鐧，但李隱反覆關照過她，不到萬不得已不要輕易使用。

「另外，」星辰又補充道，「我認為，這恐怕和父母的失蹤也有一定的關係。他們在飛機上離奇失蹤，我想應該就是這個別墅內的鬼魂作祟！」

十分鐘過去了。一樓那面玻璃牆後，被定住的黑影重新動起來了。那黑影的手裏似乎抓著什麼，然後開始走動！

之前，沒有任何人看到，在子夜喊出「拘」的一瞬間，一根線就從「黑白無常」上射出，和玻璃牆後的鬼魂的手緊緊連在了一起！這根線不會被任何物質阻擋，觸不到也看不到，但是，只要拿著「黑白無常」的人，就會被這根線找到！這就是「黑白無常」的可怕！

事實上，「倉庫」內的道具，多數能力都和說明上的完全相反。而血字執行次數較少，領取的道具對鬼魂限制的解除也就有限。但無論如何，都會逐步地解除鬼魂的限制。甚至到最後，會出現增強鬼魂詛咒的道具。

攻擊類道具，大多數是增強鬼魂詛咒的能力，而防禦類道具則能夠讓鬼魂對多重生路中的某個生路完全抗衡，藥物類道具能造成住戶的體質更容易被鬼魂殺死，最可怕的是詛咒類道具，詛咒多數都會作用於住戶自身。

舉例來說：

黑白無常：表面作用能束縛鬼魂，但實際作用是在黑白無常和鬼魂之間產生出一條住戶看不到的細線。鬼魂只要沿著這根線，就能夠找到住戶！

冥鉤：表面作用為傷害鬼魂體，其實是削弱住戶的生命力，每次使用冥鉤都會導致住戶的體質下降，鬼魂體反而能吸收住戶的生氣。

領域棋盤：棋盤上的棋子對應鬼魂和住戶，但黑子國王會將一切鎖定在白子國王身上，一旦白子國王的棋子被破壞，棋盤崩潰，所有住戶都會面臨死亡。

靈眼眼藥水：短時間內作用於住戶的眼睛，令其雙眼釋放出吸引鬼魂接近的靈氣，也就是說，等於解除鬼魂感知能力的限制。

魅影傀儡：能夠複製一定範圍內的鬼魂，成為和此鬼魂完全相同的分身。

殺形錐：表面為刺傷鬼魂的攻擊類道具，實際上是將殺氣注入鬼魂體內，鬼魂會湧動更強烈的惡意，有可能在生路提示出現前殺死住戶。

腦髓靈咒：表面作用是用靈念力攻擊鬼魂，其實是令鬼魂得以侵入人腦而控制住戶。長期以來，在公寓限制下幾乎沒有出現過附體住戶之身的鬼魂，但使用腦髓靈咒後，這一限制就會解除。

三靈凶頭杖：表面作用是釋放咒力結界，其實每一顆鬼頭都會不斷解除公寓對鬼魂的限制，每一次鬼魂的嘶吼都代表限制的部分解除，當初銀夜在幽靈船上遭遇的情況就是如此。最後他之所以能夠成功請筆仙殺死鬼魂，是因為當時只有一個鬼頭，限制的解除還不徹底，否則他根本無法活著回到公寓。

陰司羅盤：極恐怖的道具，表面作用是反彈鬼魂詛咒，但實際上會將住戶的靈魂封入羅盤而導致住戶被鬼魂上身，而其他住戶根本無法發覺這一點。然後，鬼魂會將其他住戶一一殺死。

咒靈長戟：表面作用是重傷鬼魂，但實際上咒靈長戟本身就封著一個鬼魂。一旦咒靈長戟沾上足夠多的血液，那個鬼魂就會復甦，殺死使用長戟的住戶。

勾魂魔槍：表面作用是能夠讓鬼魂封印入陰陽夾縫，但實際的作用是導致住戶的靈魂被詛咒，即使血字結束，只要離開了公寓，就會被鬼魂拉入陰陽夾縫中。

陰縫匕首：表面上是持有陰縫匕首的住戶不會被其傷害的鬼魂殺死，但實際上，陰縫匕首能把鬼魂變為最邪惡的厲鬼，能夠侵入住戶的體內將其殺死。

邪影鏡：少有的表面作用和實際作用一樣的道具，完全複製鬼魂分身的鏡子，而且複製出來的道具越多，對鬼魂限制的解除也就越多。

不死之咒：表面上能夠讓住戶獲得五次不死的機會，但實際上根本不可能死而復生。對自己下不死之咒的住戶，一旦死去就會變成厲鬼，而每死一次就會變得越加恐怖。使用了不死之咒，住戶的生還率絕對為零，因為沒有同時存在五重生路的血字。

九幽魂陣：最強的詛咒類道具，表面作用是封印鬼魂，但實際上並不是封印，而是傳送，能夠把被攻擊的鬼魂傳送入公寓！在二十四小時內，鬼魂被解除無法進入公寓這一最大限制！也就是說，一旦用九幽魂陣來對鬼魂進行攻擊，就算逃回公寓也無法倖免，因為那些鬼魂可以踏入公寓而不被黑洞吸入！當然，到那個時候，道具的真實作用肯定會被住戶知曉，但已經晚了，因為那時公寓所有的住戶，沒有一個可以活下來！

黃泉冥咒：表面作用是能夠打開黃泉，封入鬼魂。但實際上，黃泉冥咒的真實作用是導致魔王出現！一旦使用了黃泉冥咒，該血字就會變成魔王級血字指示！在這種情況下，幾乎必死無疑。五十年一度的魔王級血字指示，公寓都會打開倉庫的封印。而最可怕的情況下，會導致一般的血字直接變為魔王級血字指示。

此時，那鬼魂正抓著那根線，朝樓梯走去，向著正在二樓、拿著「黑白無常」的子夜走去！

此時，二樓的氣氛非常緊張。

對於住了幾年的這棟別墅，星辰比任何人都要熟悉，就算在黑暗中也能分辨方向。但是，這個如此熟悉的地方，卻成為血字指示的地點，他不由感歎這個世界真是太瘋狂了。

「你當時問我鬧鬼，就是這個原因嗎？」星炎和星辰並排在走廊上走著，「剛才出現的那個打扮得如此恐怖的人，你們認為是鬼？不可能，這世上絕不可能有鬼。鬼魂、詛咒其實只是人類的一種心理暗示，是古時候人們對於未知事物的不理解而產生的認識，比如所謂鬼火的科學解釋就是磷火的自燃，所以，你告訴我，到底是怎麼一回事？」

星辰早就知道會這樣，讓一個整天研究理科的人去相信這個世界上有鬼，本來就是件極其荒唐的事情。而且就算知道有鬼魂存在，他估計哥哥也會去從物理、化學角度來研究公寓的構成和鬼魂的存在。當然，這樣的事情，以前李隱剛進入公寓時也做過，只是最後完全失敗了。

「我當初剛進入公寓的時候也很難相信。」星辰依舊還是耐心地為星炎解釋著，「總之，現在這個別墅裏，肯定存在著鬼！相信我，哥，你跟在我們身邊，這樣才能保住性命！」

同時，星辰也在等著黎焚的電話。這個情報販子的情報極為重要，他也將此事告訴了星炎：「哥哥，你給我看的名單裏的四個人，其實我請了人幫忙調查，父母的失蹤一定和這件事情有關係！」

星炎越來越迷糊了，這到底是怎麼一回事？雖然他依舊不願意相信星辰的話，但他感覺到，似乎星辰並不是在撒謊。但是，怎麼可能有鬼呢？

這棟別墅確實相當大，他們在二樓的走廊走了很長時間還沒有走到頭，六個人都緊緊靠在一起，不敢有絲毫鬆懈。

就在這時，星辰的手機振動了起來，來電顯示是……黎焚！

星辰非常高興，立即接通了電話，然後就聽到了黎焚的聲音：「卞星辰，按照你提供的資料，我查出來了。」

「都查出來了？」

「嗯。那四個人都是在去年一月失蹤的，目前案件都沒有破獲。而這四個人有一個共通點，其實這個共通點警方也注意到了，只是媒體沒有報導出來。」

「是什麼？」星辰立即激動地問。

「那四個人全部都曾經是同一家醫院的患者。而且，就醫的時間都比較接近。林智真是因為車禍，姜壽是因為尿毒癥，鄔琳是肺炎，而馮浩山是腸炎。其中姜壽的病情最重，失蹤期間，他還在進行治療。」

「都是在同一家醫院進行治療嗎？」星辰激動了起來，「那是哪一家醫院？」

「是正天醫院。這件事情，我已經告訴樓長李隱了。」

正天醫院！李隱此時心急火燎地趕回家裏，他聽黎焚說了這個情報後，就無法再保持冷靜了。這是巧合嗎？四個人在正天醫院就醫的時間很接近，都是在二〇〇九年十月到二〇一〇年一月之間！

黎焚將資料交給他後，還特意補充了一句：「另外，很明顯的是，在這四個人失蹤後，正天醫院突然進行了一次擴建，甚至開始進行分院的籌建，目前已經選好了分院的地點，根據我的調查，似乎正天醫院多了一筆相當龐大的資金。」

李隱的第一反應就是……爸爸！這件事情和爸爸有關係！

李隱回憶起，去年年初，正天醫院確實進行了新一輪的擴建，買下了周邊的土地，似乎還引進了國外的新藥和醫療器材，更厲害的是，挖來了一些醫學界有名的專家，專家門診的廣告更加鋪天蓋地。因此，即便在這家醫院看病的費用比一般醫院要高昂數倍，可大家還是會來這家醫院就診，畢竟誰都希望生病後獲得最好的治療。

計程車終於停在了家門口。李隱剛一下車，就看到家裏二樓的燈光還亮著。難道爸爸還沒有睡嗎？李隱立即衝向門口！

「正天醫院？」子夜聽到這個意外的情報後，她那原本波瀾不驚的面容也終於掠過一絲不安。

「黎焚是那麼說的。」星辰表情複雜地回答道，「那是……李隱父親的醫院。哥哥，那四個人都在那家醫院治療過。」

「是這樣嗎？」星炎陷入沉思，他開始整合目前所有的線索。

這時星炎正站在一扇門前，忽然那扇門大大敞開，然後一隻手迅速伸出，抓住了星炎的手臂，接著星炎的身體被拉進了這個房間！門幾乎馬上就關上了！

星炎感到身體重重地撞在地上，他睜開眼睛，看著這個房間。這個房間是別墅二樓的浴室，面積極大，中央是一個圓形的大浴池，星炎都是在這裏洗澡。這個房間雖然大，卻可以一覽無遺，但他卻看不到有任何人在。

星炎剛想站起身，就聽到身後傳來一個低低的聲音：「還給我……」和當時他夢中聽到的聲音一模一樣！

星炎立即回過頭去，可是他卻什麼也沒有看到。難道……真的有鬼？

星炎終於開始真正感覺到了恐懼。目前的情況，超越了他的理解範圍，他沒有辦法再用常理來思考一切了。

正天醫院……為什麼是正天醫院？星炎忽然感到記憶中的某個地方被觸動了。他緩緩伸出手，想要抓住什麼，可是卻抓不住。

「我到底忘記了什麼？」一剎那，他的眼前閃過一幕景象，在那景象中，他看到一個滿臉染血的人以及一雙瘋狂的充滿殺意的眼睛！

這是什麼？

那個景象從眼前淡出了。星炎覺得，剛才看到的那一幕無比真實，是他確實經歷過的事情，可是他卻回憶不起來。

李隱取出鑰匙，將門打開。離家這幾年，鑰匙他一直都帶在身邊。直覺告訴他，這一切一定和爸爸有關係！

剛走進客廳，李隱就看到母親楊景蕙躺在沙發上，膝蓋上放著一本裝訂好的正天醫院分院的籌建計畫書。

「你回來了？」

李隱立即朝樓梯上看去，只見父親李雍從樓梯上慢慢走了下來。他來到李隱面前，說：「雖然晚了一點，但是既然回來了，那就上來吧。我瞭解你，肯定是有事情才會回來的。」

「我有很重要的事情想問你。」李隱的雙眸充滿憎惡地看著父親，他此時胸中燃燒著怒火。四個人啊！那是四個活生生的人！

不過他不打算吵醒母親，所以緊跟著李雍的腳步，來到樓上的書房。

剛走進書房，李雍就將門關上，他回過頭看著滿臉怒意的李隱，擺了擺手，說：「坐下吧，小隱。你來，是想問什麼？」

李隱看著李雍如此淡然的樣子，終於無法壓住怒火，大聲說道：「去年一月，在正天醫院接受過治療的四名患者，幾乎同一時間失蹤了。你知道嗎？」

李雍的眉毛一掀，眼神中閃爍出一絲震驚。

「你……」他已經來不及收斂自己的表情，知道就算撒謊也沒有意義了。但是，那件事情，為什麼兒子會知道？而且偏偏是在這個節骨眼上？

然後，李隱吐出了一個名字，對李雍又一次質問道：「卞星炎。你別告訴我，你沒有聽過這個名字。」

「夠了！」李雍狠狠一拍桌子，「你在質問我嗎？你到底想做什麼？我是你父親，你難道忘記這一點了嗎？剛才那些事情，是誰告訴你的？是不是……一個外國人？」

「你說的……是不是戴斯比？」

李隱說出這句話時，李雍完全確定了自己的判斷。果然是戴斯比那條毒蛇！居然玩這一手！

忽然，李隱跪了下來。在李雍面前下跪，這是他長這麼大唯一的一次。

李雍也被李隱這突如其來的行動弄懵了，他還清清楚楚記得，大學畢業時放下狠話離開家的李隱，如此心高氣傲，現在居然會向自己下跪？這是怎麼一回事？

「求你。求求你告訴我，爸爸！」

李隱用額頭死死抵住地板，為了子夜，他不惜拋棄所有的尊嚴向自己最不願意乞求的人乞求道：「我是為了子夜，我不希望她死，請你告訴我，告訴我當初都發生了什麼事情！」

李雍甚至懷疑自己是不是在做夢，眼前這個放棄所有自尊心、向自己如此哀求的人，真的是他的兒子嗎？他居然會如此服軟？

「我一定要救她，我不能讓她死！我不可以沒有子夜……」李隱的頭壓得更低，他知道，如果強行質問，李雍是根本不會告訴他真相的。

「我答應你接手正天醫院，日後我會照你所有的話去做，按照你的想法去經營醫院，只要你答應我，讓子夜可以得救……」

李雍一時不明白，這和青璃的女兒有什麼關係？為什麼她會牽扯在其中？

「告訴我，到底出了什麼事情？」他走過去，想扶起兒子，可是李隱卻死活不願意起來。

「求你告訴我！求你……求求你！」

李雍看著兒子這副要死要活的樣子，心也有些軟了。他畢竟還不是滅絕人性的人，何況如果和青璃的女兒有關的話，他也不能坐視不管。

「我所掌握的情況，並不是很多。」李雍終於開口了，「你說的那四個人，是林智真他們四個吧？的確，當初他們是在我們醫院進行治療的患者。當時，戴斯比和我進行了交易，我用那些病歷記錄，換取了一筆龐大的資金。當時，我正好有擴建醫院的打算，所以……」

「為什麼？」李隱繼續問道，「為什麼要給他？」

「那些患者的失蹤，我是後來才知道的。最初交易的時候，我並不知道會發生這些事情。我完全不知道會變成這個樣子……」

而這個時候，在豪華浴室內的星炎，對著眼前的一片虛空，大喊道：「你要我還給你什麼？告訴我，你要我還給你什麼？我沒有拿走屬於你的東西啊。」

但是，虛空中，再度傳來那縹緲的聲音。

「還給我……還給我……還給我……」

星辰此時正走在這棟別墅裏。

看到星炎被拉入那扇門後，他也迅速撞開門衝了進去。但是，他進去的卻不是昔日熟悉的浴室，而是一樓的某個房間！那個房間裏懸掛了大量美術收藏品，是當初母親買下這棟別墅後進行佈置的。而他回過頭去，走到走廊上，發現自己真的回到了一樓！

深雨呢？子夜呢？還有哥哥……

地面上沒有看到任何血跡，而整棟別墅依舊是一片黑暗，空蕩蕩的，一個人也沒有。星辰只有硬著頭皮繼續走。

這時，忽然他聽到了一個聲音。

「嗯……嗯……嗯……」

這聲音是如此熟悉……星辰緩緩地朝著對面的一扇門走去，然後將眼睛貼著鎖孔，看了進去。他實在無法相信，剛才的聲音……

這是一間臥室，地面上散亂扔著許多衣服，內衣內褲都有！而在一張大床上，一對身上一絲不掛的男女，正在交歡！

那男人是一個外國男子，他騎在那女人的身上，不斷喘著粗氣，嘴裏還說道：「夫人，不知道如果讓你丈夫看到這一幕，他會不會氣得當場腦溢血發作？」

星辰只感覺腦部充血！鎖孔內的房間裏光線很明亮，所以他看得很清楚，那個男人正是戴斯比，而那個女人，正是他的母親曾麗雪！怎麼可能？如此充滿傲氣的母親……

「是……好舒服，戴斯比你好厲害，我丈夫根本不能和你比……」

星辰終於無法按捺住胸腔內的怒火，他站起身，抬起腳就將門一下踹開！

然而，房間裏卻空無一人，而且和外面一樣，也是一片黑暗。剛才在這裏面發生的一切，簡直好像是一場夢。

星辰頓時反應過來，莫非，剛才的一切都只是幻覺？是鬼魂創造出來的幻覺？可是這種幻覺有什麼意義？又不是魔王級血字指示，會出現心魔。不過，剛才那一幕實在是太真實了，戴斯比的聲音，母親不知羞恥的話語，此刻依舊迴盪在他的腦海中。

星辰甩了甩頭，不再去想這些，立即退出了這個房間。因為擔心深雨，他決定回到二樓去。說起來，之前第二次血字的時候，他也曾經一個人在血字指示地點走動。

沿著樓梯重新來到二樓，星辰卻看到，那扇把星炎抓進去的門前，一個人都沒有。就在這時候，從那扇門裏面……透出了說話聲！

走到那扇門前面，他再次把眼睛湊到鎖孔上看。他看見，裏面有一個看起來二十七八歲的青年，被五花大綁，嘴巴裏塞了一塊白布，人在地板上掙扎著。而在那青年面前，正站著母親和戴斯比！

「沒關係吧？」母親心有餘悸地看著戴斯比，「你派人抓他來的時候，沒被人看到吧？」

「沒有，放心好了。」戴斯比蹲下身子，一把抓起那青年的頭髮，獰笑著說：「夫人，你也看到了，我為你做到這一步，今天晚上，還是繼續服侍我吧。你不能夠拒絕啊！」

「是……」母親連忙點頭，「隨便你，你想怎麼做都可以……」

「好，你去給浴缸放水，這樣便於洗掉血跡。等水放滿了，就可以開始了。」

星辰忽然覺得，那倒在地上被綁住的青年的面孔，他有點熟悉，似乎在哪裏見到過。在哪裏呢……頓時他想起來了，這個青年，正是林智真！他見過照片！

林智真還活著？星辰想衝進去，可是又怕一進去，就像剛才一樣又什麼也看不到。

母親打開了水龍頭，那圓形的大浴缸開始慢慢地蓄水。林智真的臉上充滿了恐懼，他的身體不斷顫抖著，想說什麼，可是，因為嘴巴堵住了，他什麼也說不出來。

「不過啊，夫人。」戴斯比忽然說，「你確定，這座房子以前的主人，那個叫蒲靡靈的人留下的日記中所寫的內容是正確的嗎？怎麼想都覺得太荒唐了……」

「不會錯的。」曾麗雪斬釘截鐵地說，「我承認這很荒唐，簡直就好像是黑魔法一樣，不過我確信他說的話是不會錯的！」

「黑魔法什麼的，已經二〇一〇年了，又不是中世紀，聽著還真是駭人。不過無所謂，只要夫人你乖乖配合我，我就什麼都為你做。」

星辰突然腦子裏嗡了一下。剛才戴斯比說什麼？蒲靡靈的日記？還有，二〇一〇年？可是現在明明是二〇一一年啊！難道，他現在看到的，是過去的景象嗎？是過去的確發生過的景象嗎？

他猛然用身體去撞門，想要把門再度撞開，可是，門卻無比堅固，怎麼撞也撞不開。他只有繼續俯下身子，去看鎖孔中的情景。

這時候，浴缸裏的水滿了。

戴斯比走到林智真面前，一把揪住他的頭髮，然後把他拖到浴缸前，將他整個人丟入浴缸裏，隨後取出了一把鋒利的匕首來！

「那麼……開始吧。夫人，要是你不敢看，就閉上眼睛吧。」

接著，戴斯比舉起匕首，朝林智真狠狠揮去！一刀割就斷了林智真的喉嚨！而母親的確閉上了雙眼，並且還回過了頭去，她似乎不敢看這一幕。

「不……不……這不是真的……」這肯定是鬼魂製造的幻覺，為了迷惑自己，對，一定是幻覺！

這個時候，星炎正站在那個圓形大浴缸前。他忽然感覺到，之前那縹緲的聲音，是從這浴缸裏傳來的。雖然聲音很微弱，但他還是漸漸分辨出來了。

這個世界上沒有鬼……這個想法，此刻不斷在淡化，甚至有開始崩潰的跡象了。

星炎俯下身子，仔細地看著浴缸。這時候浴缸裏明明什麼都沒有，可是星炎卻感到心臟跳得很快。忽然，浴缸的水龍頭自動打開了！但是，流出來的不是水，而是……殷紅的鮮血！

星炎渾身一顫，接著，那鮮血不斷在浴缸中積累。那濃烈的腥味，讓他沒辦法說服自己這不是血。而當血在浴缸中快要盛滿時，星炎開始感到強烈的不安，他開始後退了。

星辰繼續看著鎖孔中的恐怖景象。

「好了，可以了吧？」戴斯比此時已經渾身都是鮮血，可是他卻沒有任何殺人後的不安和恐懼，依舊很平靜地對曾麗雪說：「快打開那口棺材吧。」

「嗯，好的。」曾麗雪點頭答應，她走到鎖孔看不到的死角，沒過多久，她推過來一口大概有兩米多長的深黑色棺材！接著，曾麗雪將棺材蓋打開了……

星辰看不下去了。他沒有辦法再看下去了，他把頭偏向一邊。

這一切還是和蒲靡靈有關係！這裏是蒲家的祖屋，留有蒲靡靈的日記，倒是一點都不奇怪。

「那個叫林智真的，是個海歸的ＭＢＡ，他當時因為車禍受傷，送入醫院，為他進行了手術後，後來就康復出院了。」李雍此時在李隱的面前述說著真相。

「而林智真是第一個失蹤的人。當我在報紙上看到他失蹤的消息時，我就隱隱感覺到不妙了，我給戴斯比打去電話追問，我希望他不要做出不利於正天醫院的事情來，並且我想知道，他難道想把那四個人都綁架了？但是，他的回答是，叫我不要多管閒事，當時我和他交易的時候被他錄音了，如果我敢把事情外傳，就讓我沒有好果子吃。後來，姜壽等三人也相繼被綁架了。」

「你就只知道這些？」李隱繼續追問道，「你不知道更多的事情了嗎？」

李雍點了點頭。但他在心裏說：「我當然知道的不止這些，可是，其他的事情就算告訴你，你會相信嗎？」

李雍回憶起當初他獲得神谷小夜子的情報後，就開始調查蒲靡靈這個人，並且查出了他昔日的祖屋，發現就是卞星炎的住所。於是，他派人潛入了這個別墅，進行了仔細的搜查，在這個別墅的某個房間的上鎖抽屜裏，找出了蒲靡靈留下的日記。獲得了那本日記並仔細閱讀後，他終於明白當初為什麼戴斯比要和自己進行那樣的交易了。於是，李雍立即和戴斯比進行了聯絡，讓他來中國。但沒想到自己派出去的人，居然起了貪念，和蒙森派來的西格爾合作。不過，還好那個西格爾也消失了，否則這個時候觸怒戴斯比可不是什麼好事。

不過，那本日記中有一段內容，他始終看不明白。

「『倉庫』是一個特殊的靈異空間，也是唯一和公寓重疊的空間。如果有住戶有幸看到這本日記的話，那麼我給你一個忠告吧。絕對不要使用『倉庫』內的任何道具，因為那些道具都是那個靈異空間的邪惡之物。不過，這還不是最恐怖的。

要特別記住的是，倉庫內每一個櫃子，任何一個抽屜，都不要打開，否則的話……也許你就會開啟一個絕對不能開啟的潘朵拉魔盒！

當然，是否相信我的話，是你的自由，不過有一點我需要聲明。我給予你忠告，並不是我大發慈悲，只是因為一面倒的遊戲太無趣了。雙方具有同等條件，勝負難以判定的遊戲，才好玩啊……」

李雍實在不明白，「倉庫」、「公寓」是什麼意思？他回憶起，當初在六號林區的洞穴內，那個女孩子說了「宣誓成為公寓住戶」的話。那個叫蒲深雨的女孩，就是蒲靡靈所詛咒的後代，這一點他已經調查得很清楚了。那個女孩子，知道「公寓」是什麼。而這很可能和青璃的死有關，因此，他決定不惜一切代價找出蒲深雨來！

這時候，子夜正在二樓飛奔。一個黑色的身影，在背後迅速追趕著她！

忽然，子夜感覺到一股力量在拉扯她，把她往後不斷拉去！那條線，可以把子夜拉到鬼的面前。

子夜還來不及做出反應，身體就轉過走廊拐角，頭狠狠撞在了牆壁上！她失去了知覺。這時，子夜的額頭忽然出現了一個血色圖案！那是一隻大大的流著血的眼睛！

子夜倒在地上，一個黑影來到子夜的面前，然後，那個黑色的影子融入到子夜的身體之中……

那流血的眼睛，正是「腦髓靈咒」下咒後出現的，在住戶失去知覺後，會自動觸發，造成住戶被鬼魂附體！

過了一會兒，子夜站了起來。她的身體變得猶如木偶一般機械，眼神毫無生氣。

這時深雨也在二樓徘徊著，她正在想辦法尋找星辰。剛才，星炎被拉入那扇門後，星辰衝了進去，深雨也跟了進去，卻發現裏面沒有人。

她當時陷入了極大的恐懼，害怕星辰會不會死了。但是，想到上一次星辰險死還生，只能祈禱他這一次也可以撐下來了。

她從房間裏走出來的時候，就發現子夜、鍾天奇和鐵宇不見了！

她忽然看到，眼前出現了熟悉的身影。

「子夜！」深雨頓時驚喜地說，「你沒事太好了！」

子夜還活著的話，就代表星辰可能也活著，說不定子夜還知道星辰在什麼地方！深雨立即向眼前的子夜跑了過去，而出現在走廊另一頭的子夜，也邁開步子，朝著深雨走來……

# 18 連殺四人

深雨距離子夜越來越近，就在二人之間相隔不到一米時，深雨忽然感到有些不對勁。子夜的表情沒有任何變化，一雙眼睛猶如是死人一般。

深雨定住腳步，不由自主地後退了幾分。她問道：「你……是子夜吧？」

但是眼前的子夜沒有回答，她只是機械地繼續朝深雨走來。看到這般詭異的景象，深雨頓時明白過來！她不是子夜！

然而就在這時，子夜已經伸出一隻手，抓住了深雨的手臂！忽然後面的走廊拐角處，又走出了一個人來，正是新住戶鐵宇！他看到子夜和深雨後頓時面露喜色，連忙跑過來抓住子夜的肩膀，說：「找到你們太……」

一個「好」字還沒出口，子夜猛然回過身子，一雙手抓住了鐵宇的身體！

深雨立即趁這個機會掉頭就逃！她剛轉過一個走廊，就聽到身後傳來鐵宇的慘叫聲！而深雨也只有在心中默默地同情著鐵宇，感謝他間接地救了自己一命。

深雨現在必須找到星辰。因為她當初是自願進入公寓的，所以獲得了十次血字都可以在血字指示結束時再自動回歸公寓的特權。她必須要讓星辰在她身邊，好讓星辰搭她的順風車回公寓。這個別墅的門窗現在都無法打開，很可能是需要找到生路才能離開別墅。最壞情況下，她必須要帶著星辰離開。

無論如何，深雨都一定要讓星辰和自己一起回到公寓去！和星辰一起活下去，這就是她進入公寓的最大目的。對於因為這受到詛咒的血脈而被視為惡魔之子、失去了生存意義的深雨來說，星辰是她在這個世界上唯一的希望和愛。

目前，手機沒有信號，無法和外界聯絡，否則李隱早就打電話進來了。所以，深雨也沒有辦法靠手機知道星辰的位置。

這座別墅實在是相當大，跑了三四個走廊都沒有到頭，房間多得眼花繚亂。這座別墅，蒲家的祖屋，事實上也顯示了昔日蒲家是多麼富豪的一個家族。不過，後來蒲家沒落了，蒲靡靈也把祖屋賣了，幾經輾轉成了星辰的家。這實在是非常不可思議的緣分。

但是，這個地方，此刻卻成為了可怕的噩夢。

深雨對於蒲家沒有絲毫的歸屬感，蒲這個姓對她而言是恥辱，是絕望，是一切黑暗的根源。她不希望再和蒲家扯上任何關係，但是，她卻踏入了那個人出生並且生長過的地方。

那個人……曾經是怎麼樣的呢？是什麼讓他變成了惡魔？難道是受到魔王的影響才變成了一個如此可怕的人嗎？還是如同慕容蜃那般純粹是心理變態呢？深雨無法找到答案。

這時她來到了二樓的一個室內噴泉前方。這個室內噴泉占地很大，是多條走廊的交集處。在這裏，有多個走廊岔道可以選擇，而深雨一時不知道該選擇哪一條。她知道，那個變成子夜的鬼很可能會追上來……

無法找到星辰，這讓她內心煩躁不已，為什麼這個別墅那麼大？又為什麼手機無法聯繫？如果是以前的自己，至少可以畫出預知畫來，但現在已經失去了這一能力的她，和其他的住戶沒有任何區別了。

深雨看了看，可以選擇的岔道一共有四個，她想了想，最後決定了其中一條走廊，剛邁開步子，她赫然看到，走廊上走來了一個人。那個人……正是卞星炎！

「卞星炎，」她立即跑了過去，問道：「你沒事吧？」

星炎的臉色很慘白，猶如經歷了極為恐怖的事情一樣。

「你們說得對。」星炎終於開口了，「這個世界的確存在著鬼魂。所以，所以……」

「所以什麼？」

「你告訴我吧。」他艱難地張著口，用顫抖的語調說：「那個公寓的事情。我似乎忘記了很重要的事情，我必須回憶起來……」

深雨皺著眉頭說：「先走吧，邊走邊說，星辰呢？星辰沒和你在一起嗎？」

「你知道星辰的右眼是怎麼失去的吧？」

星炎卻答非所問地說出這句話來。

「什麼？」深雨愣了一下，不明白為什麼星炎忽然提起這個來。

「去年一月，我帶著星辰開車去郊區的時候，發生了一起車禍，我們受傷都非常嚴重。我昏迷了將近兩個星期才醒了過來，而星辰比我還要晚幾天才醒過來。那時候，他的右眼球已經被摘除了。正好和那四個人失蹤的時間非常接近……」

深雨愣住了。

星辰進入公寓的時間，是在二〇一〇年一月底。眼球被摘除的他，被當時交往的女友拋棄，這一切都是因為他母親對眼前這個男人的偏心。深雨聽星辰提過這些事情。

不過，從星辰之前的行動看得出，他其實還是關心著哥哥，並不是真正地憎恨他。在關鍵時刻，選擇了讓哥哥離開別墅。

「星辰應該也注意到了時間的接近。如果是母親和戴斯比做了什麼事的話，那麼肯定是在那段時間，我遭受車禍昏迷時。我忘記了的事情，絕對和這個有關係。那個時候，媽媽和戴斯比都來了中國。」說到這裏，星炎回過頭去看了看後面，面容更加悚然：「還不放過我……」

星炎的身體退到了噴泉那裏，指著走廊另外一頭，大喊道：「為什麼，為什麼要糾纏我，不要，不要糾纏我！」他咆哮地大吼著，額頭上青筋暴起，表情也開始扭曲。這個樣子，和之前睿智淡定的卞星炎簡直判若兩人！

星辰繼續看著鎖孔內的情景。情景不斷變化著，時間也正切換為一天又一天的場景。

「這是最後一個了……」鎖孔內的場景又進行了切換。這一次，是一個女人被綁住丟入了浴缸中。而這個女人，正是鄔琳！也是失蹤的四名患者之一！

戴斯比和曾麗雪看著面容滿是恐懼的鄔琳，雖然嘴巴被塞入布條無法說話，但她眼神中的驚恐流露無疑。

「不，不要……不要！」星辰的雙手已經把大門抓出一道道痕跡，他幾乎要瘋了。

「這一次應該就可以了。」

踏入浴缸準備殺人的戴斯比，忽然回過頭對曾麗雪說：「對了，夫人，這個女的，你來殺如何？

之前的人都是我殺的，最後這個是女的，何況身體也被綁住了，你要殺她很容易。不能總是讓我出力，夫人你手不沾血吧？」

曾麗雪愣了一下，她看向鄔琳那滿是淚水近乎絕望的雙眼，點了點頭，說：「好吧，我來殺了她。加上她就夠了。」

「呵呵，夫人你還真能下得去手？」戴斯比的神情看上去明顯有些意外，「這個女的，年齡和星辰差不多啊。」

「沒關係。」曾麗雪的表情很平靜，猶如接下來要做的是最普通的事情一般。

接過刀子，曾麗雪來到鄔琳的面前，托起她的下巴說：「你很害怕吧？但是，你害怕也沒有用。你知道你為什麼會被殺嗎？因為你是弱者。以前的我，也一樣是弱者，被人凌虐，比誰都要低賤，任何人都可以污辱我，就算我死了，也不會有人為我傷心。就像現在的你一樣，就算我殺了你，我也不會有任何麻煩，因為我已經有了那樣的力量。」

「我後來遇到了改變我命運的人。」曾麗雪似乎是打開了話匣子。

「我才感覺自己活得像一個人。任何人都不敢輕視我，任何人都必須服從我，只要我願意，甚至可以決定一個人的生死，可以徹底改變一個人的命運，他們都是我的奴僕。所以我要更多的金錢和權力，包括孩子，也只是我的籌碼罷了。」

「我終於明白了。所謂的愛，所謂的神，不過是人的自欺欺人罷了。這個世界上沒有神，愛是軟弱的人才用的最卑微的東西，面對絕對的力量，一切都會輕易被碾碎。即使是擁有自己血脈的孩子，也一樣可能成為自己的敵人，也一樣可能背叛自己。我只需要可以讓我獲得更多力量的孩子，沒有那種能力的孩子就是垃圾！」

星辰聽到這幾句話時，他抓著門的手指甲已經滲出血來。

「我猜猜看，你現在在想什麼？」

看著不斷掙扎的鄔琳，曾麗雪冷笑著說：「你是不是想說，我會遭到報應的？我將來一定會下地獄？想罵我是沒有人性的惡魔？我告訴你，會下地獄的只有弱者，而強者是主宰一切的。所謂的人性，就是如此。如果你認為這不公平的話，那麼，你就指望你在一個更強大的家族裏投胎吧，否則，等待你的就只有地獄。你是我親手殺的第一個人，你的死，能夠成就我的人生。這就是你的命運。」說完，她揮起刀子，狠狠地割斷了鄔琳的喉嚨！

星辰的身體重重跪在地上，他的頭垂了下去，他此刻終於明白，對母親而言，自己算是什麼。他只是一個「垃圾」而已，不，甚至連垃圾都不如。他在母親心中的地位甚至比深雨都不如，深雨在蒲靡靈心中，至少是重要的存在，是對神的褻瀆，是一個無可替代的詛咒。敏至少還曾經愛過深雨，至少曾經為她付出過。但在母親的心中，他連這樣的價值都沒有。

星辰又抬起頭來，他的眼睛繼續看向鎖孔。而此刻出現在鎖孔中的，竟然是一隻滿是怨毒和冰冷的瞳孔，正死死地盯著星辰！

星辰的心臟幾乎停止了跳動！他毫不猶豫地立即站起身朝後面逃去！而在他轉身的瞬間，那扇門就打開了……

二樓的室內噴泉前。深雨看著眼前精神已經有些不正常的星炎，漸漸感覺到了什麼。他剛才所說的事情，難道……是公寓提供的生路提示嗎？會是這樣嗎？

「詳細地告訴我。」她立即走過去，用哀求的口吻說：「求你告訴我，到底是怎麼回事？你說去年一月，你和星辰發生了車禍？」

「沒錯，是這樣。」星炎看了看自己的身後，接著回過頭，嘴唇翕動著說：「那個時候，星辰和母親之間有些不愉快，我就帶著他去郊區散心。我們開到定軒區的一條鄉間小道上，突然衝出了一輛車來，我們的車子被撞飛，還翻滾了幾下。當時我昏迷了，而星辰在給醫院打了電話後也昏了過去。」說到這裏，他深深地吐了一口氣來。

「我……我到底忘記了什麼呢？」他忽然跪倒在地，抱住了頭，面色越來越難看：「我到底忘記了什麼……」

深雨見他這副樣子就好像真的失去記憶了一般。難道說，那場車禍奪走了他的部分記憶嗎？莫非，卞星炎失去的記憶，就是生路的關鍵？

如果真是如此，那麼這就是一件至關重要的事情了！她剛要開口說什麼，眼前的那幾條走廊忽然給了她一種陰森的感覺。這種感覺，就好像是某種東西侵入了一般。可是，她卻什麼都沒有看到。不過，她也不敢再逗留，立即拉住了卞星炎，打算儘快離開。可是……走哪一邊？無論是哪邊，那種陰森感都非常強烈。

卞星炎忽然說：「對了，棺材……我想起來了，那口棺材……」

「什麼？」深雨摸不著頭腦地問，「什麼棺材？」

「找到那口棺材……我只能想起一點來，找到那口黑色棺材，就能夠知道真相了……」

棺材？深雨有所觸動，難道這就是生路提示嗎？雖然不能夠確定，但是一定要試試看。必須要去找一找，在這座別墅裏，哪裏藏著一口棺材！

這時深雨再一次恨自己失去了預知能力，不過，話說回來，如果這種能力繼續保有，也就意味著蒲靡靈的詛咒還在持續。

「你認為，那口棺材會在哪裏？」深雨問星炎，「告訴我，你有什麼線索？」

「不知道，我，我想不起來……」他死死抱著頭，似乎非常痛苦。

看他這副樣子，深雨一時也不知道該說什麼。但這裏真的不能再待下去了，必須儘快離開。可是，周圍都被一股陰森氣息包圍著，她感覺無論選擇哪個方向都是死路一條。

就在這時，忽然一道人影閃出，抓起深雨的手，就朝走廊深處逃去！

「星辰？」衝出來的這個人，正是星辰！

「快逃！」星辰對深雨大喊道，「那個鬼在追我們，還有，別接近哥哥！因為，哥哥他，他其實……早就已經死了！」

在李隱家中。李隱此時在自己的房間裏和黎焚聯絡。他希望父親告訴他更多的情報，但他總感覺父親似乎隱瞞了他一些事情。可是，無論他再怎麼哀求，李雍都不再說了。

這時候已經是凌晨四點多了，依舊打不通子夜的手機和星辰家裏的電話，李隱揉了揉眼睛，打算再去找父親。

於是，李隱再次來到父親的書房。但是，當他打開門時，裏面卻是一片黑暗，他把燈打開，空無一人！書桌上留有一張紙條，上面寫著：「小隱：我出去一下，估計中午才能回來，轉告你母親吧。」

李隱抓起紙條，他感到不安起來。為什麼父親不告訴他就出門？他應該知道自己根本沒有睡下啊！

此時，李雍正開著車子行駛在一條高速公路上，現在是凌晨時分，道路上的車輛極少，而李雍也沒有半分睡意。

剛才，他派出去進行調查的人終於給了他回音。因為這件事情太隱秘，他不打算讓神谷小夜子去處理，決定自己親自辦。

給他打電話的部下，是這麼說的：「李院長，根據你的指示，已經找到了一個重要人物！」

這讓李雍相當激動，這件事情對他而言是最重要的，相比起來，青璃的女兒是生是死就退居其次了。

車子行駛了大概一個小時，在凌晨四點一刻，終於到達了目的地，那是位於郊區的李雍秘密買下的一幢房子。那座房子周邊都是山林，地處偏僻。

車剛停下，一個黑衣男人連忙跑到車前，恭敬地打開車門，說：「院長，您來了。」

「嗯。」

李雍走下車子，問道：「怎麼樣?那個人開口了嗎?關於蒲深雨，還有那個『公寓』的事情，她說了嗎？」

「這個……」黑衣男人面露難色，說道：「這個女的，好像心理不太正常，總之您來看看吧。」

這座房子下面，有很大的地下室，有五六間密室。其中一間密室裏，有好幾個兇神惡煞的男子，將一個女子用鐵鐐綁住，那女子身上滿是傷痕，臉上血跡斑斑。

鐵門打開，李雍走進了這間密室。一看到那被綁住的女子，他逕自走了過去。

「確認了嗎？」李雍問身旁那個黑衣男子，「確認她知道蒲深雨的下落？」

「應該不會有錯。」黑衣男子相當恭敬地說，「我們仔細調查過了，蒲深雨曾經租下一間公寓，這個女人是她的保姆，名叫冷馨。」

那個被鐐銬鎖住手腳的女子，正是那個變態程度和慕容屘不相伯仲的魔女阿馨！

「但是，在五月初，蒲深雨就失蹤了，怎麼也找不到她。」

李雍點點頭，他回憶起在那個神秘山洞裏的遭遇，當時和蒲深雨在一起的那個男子，又是什麼人？如今，這個女子是最大的線索。

蒲靡靈和他的女兒蒲敏都已經死了，那麼掌握著更多關於「公寓」的線索的人，自然是蒲深雨了。但現在連蒲深雨也不翼而飛，李雍已經派了人監視星齊孤兒院，但都沒有發現蒲深雨的下落。

李雍經營醫院這些年，可以說在黑白兩道都有相當廣的人脈，所以這些隱秘的事情自然是交給這些人去做，作為代價，他秘密地給這些犯罪組織的人提供藥品和醫生。

阿馨勉強睜開眼睛，看著眼前的李雍，冷笑著說：「啊，又來了個新的啊，這次要怎麼做？快，快來打我吧，來侵犯我吧，想怎麼樣對我都可以啊，我喜歡……」

李雍皺了皺眉頭，忽然狠狠一拳朝阿馨的胸口砸去，她頓時吐出一口血來，血濺到了李雍的衣袖上。

李雍取出紙巾，擦了擦血跡，說：「拷問了那麼久，都沒問出來？」

「是，是的……」黑衣男子頓時非常惶恐，他很清楚，李雍和他們組織的大哥那是過命的交情，平時稱兄道弟的，李雍只要一個不滿意，大哥就會責罰他。大哥的一個兄弟，之前在一次販毒時受傷，多虧李雍及時救治，才保住一條命。因此大哥對李雍承諾，今後他手下的兄弟任李雍差遣，如果有什麼地方怠慢了李雍，告訴他一聲，怎麼責罰他們都沒有二話！

李雍冷冷地掃了他一眼，又問：「對了，上次和那個叫西格爾的傢伙，處理掉了吧？」

「當然，院長你吩咐下來，當然是處理掉了！那傢伙敢做這種事情，就是該死！」

李雍看了看還在吐血的阿馨，說：「我不想浪費時間，給她注射毒品！我就不信，毒癮一犯，她還能嘴硬！這點小事，還用我教你們嗎？」

那黑衣服男子立即答應，馬上去準備了。

阿馨聽到「毒品」，卻毫無反應。

李雍坐在椅子上，點上一根香煙，冷冷地說道：「你聽明白了嗎？如果不想被注射毒品的話，就告訴我蒲深雨在什麼地方！如果你還是不說，等會兒我就讓你嘗嘗什麼是生不如死！」

阿馨卻抿嘴笑了笑，說：「我最喜歡被虐待，最喜歡痛苦了，你快來打我吧，快來打……」

李雍非常悠閒地吞雲吐霧，說：「不說是吧？很好。我是個醫生，折磨一個人卻讓他不死，我有的是辦法。不急，我一點都不急。」

對李雍來說，現在戴斯比和曾麗雪都莫名其妙地失蹤了，最大的線索就是蒲深雨了。如果找不到那口棺材，最起碼也要想辦法查出和那個公寓有關的事情。他必須知道，是什麼東西害死了青璃。

不久，那群人回來了。為首的黑衣男子拿著一個針筒，走到阿馨面前，擼起她的袖子，就準備要注射毒品。

「你考慮清楚了，」黑衣男子惡狠狠地說，「現在回答，還可以少吃點苦頭！否則，你應該知道後果吧？」

「啊，那就注射吧，我喜歡，我很喜歡……」

「他媽的！」黑衣男子恨恨地甩了她一個耳光，怒罵道：「你個婊子！敬酒不吃吃罰酒，別怪我了！」

就在針尖即將扎入阿馨的皮膚時，李雍忽然說：「等一下，先別注射。冷馨，你知道『公寓』、『倉庫』是什麼嗎？」

阿馨臉上明顯露出了意外的神色，接著很快反應過來，說：「你知道？」

她的反應，讓李雍甚是驚喜！

「你怎麼會知道……」阿馨注意到，李雍的臉，和深雨畫出的李隱的臉，有許多相似之處，頓時就明白了。原來如此……她隨即就有了打算。索性就把一切都告訴他吧，這樣肯定會更加有趣的。

「好吧，我告訴你，但是，只能告訴你一個人。」

李雍當即讓其他人都離開。反正她全身都被綁住，而且受傷那麼重，根本不足為慮。於是，黑衣男子和其部下都離開了。

在安靜的密室裏，李雍饒有興致地看著阿馨，說道：「可以說了吧？『公寓』和『倉庫』究竟是什麼？」

阿馨歪了歪腦袋，說：「我先聲明，我並不知道那個『公寓』在哪裏。」這句話是實話，因為慕容蜃沒有告訴過阿馨公寓所在的位置。

阿馨將公寓的事情全部都告訴李雍後，李雍感到強烈的不可思議！

「靈異公寓？這種荒唐的事情，我怎麼可能相信！」

「信不信由你。另外，你所問的『倉庫』，我也知道哦。」

「說！」

「蒲深雨，她擁有可以畫出未來的能力，這一能力是絕對不需要懷疑的。而『倉庫』的事情，我就是通過她的預知畫知道的……」

# 19 你已經死了

阿馨繼續說道：「蒲深雨並不知道她其實有輕度的夢遊症，有一天晚上，我看到她夢遊起身，然後開始畫畫。她當時一共畫了十多幅油畫，完成後，又回到床上睡覺去了。而我則將那些畫都藏了起來，那些畫裏面，畫出的就是『倉庫』。嗯，不，『倉庫』這個名字並不怎麼適合啊。那裏面都是一些被詛咒的，來自於那個世界的各種異物。」

「那個世界？」

「對。」阿馨說，「我在畫中發現了一件事情，那個『倉庫』存在的真正原因。『倉庫』中藏有的所有異物，都是不該出現在這個世界的。」

李雍回憶起當初他和鬼魂接觸的經歷，他漸漸感覺阿馨的話或許是真的，可惜不知道那個公寓到底在哪裏。

「你所說的不屬於這個世界的異物都是指什麼？」李雍進一步追問。

「很多啊，比如可以連通幽冥的惡咒，靈媒，附有邪惡死靈的植物，甚至還有可以讓人死而復生的……」

聽到這裏，李雍感覺全身僵硬了。

「你剛才說什麼？讓人死而復生？」

李雍回憶起一年前的一月，醫院裏送進來了兩個因為車禍而受傷的男子，其中一人因為搶救無效死亡。那個死亡的男子，名叫卞星炎。

卞星炎送到醫院的時候，右手斷裂，內臟受損嚴重，一隻眼睛被碎玻璃刺瞎了。雖然醫院全力搶救，可是依舊回天乏術。

但是，醫院正準備開具死亡證明的時候，曾麗雪來找到了自己。她提出了一個交易……

「請抹去我兒子星炎在這裏搶救過的所有病歷，不要讓任何人知道他死在了這裏。還有，能否請你提供給我一些東西？只要你開口，多少錢我都會給你……」

那一天，在院長室裏，他和戴斯比、曾麗雪見面。

「病人的資料？」

「對。」曾麗雪說出了讓他感到匪夷所思的話來，「和我兒子星炎的各種身體資料比對，血型、器官……最為接近的病人，我需要這樣的資料。拜託了……」

李雍答應了。他隱瞞了卞星炎的死，參與搶救的醫生都被下了封口令，並且直接送到國外深造。同時，他從在醫院就診的患者中，選擇出了各項身體資料都和卞星炎接近的人。曾麗雪特意提出，需要一個頭腦特別好的患者，而林智真這個ＭＢＡ就是最好的人選了。李雍將四個人的資料都交給了曾麗雪和戴斯比後，他們又提出了一個要求。

「將我兒子星辰的右眼球強行摘除，然後交給我們。放心，我們會增加報酬的，多少錢我都付。事後請你偽造病歷，就說因為車禍導致不得不摘除右眼球。」

曾麗雪將報酬增加到五千萬美金，李雍心動了。於是，他親手進行了眼球摘除的手術，然後將右眼球交給他們。

病歷記錄交給他們後不久，那四個人——林智真，姜壽，鄔琳，馮浩山相繼失蹤了。直到前不久看了蒲靡靈的日記，他才明白他們為什麼當時要那麼做。

日記中記載著，在蒲家祖屋地下室的下面，埋了一口黑色棺材。如果將死去的人的屍體放入那口黑棺中，過了十三天，就可以讓死去的人復活！但如果屍體殘缺的話，殘缺的身體部位需要填補，最關鍵的是，需要留存頭部。當時卞星炎的眼睛、手和內臟受傷非常重。所以……那四個人，肯定是被殺死了，毫無疑問。

李雍不惜一切代價都要得到那口棺材，因為……一旦實現就可以讓青璃復活！嬴青璃的屍身，事實上依舊保留著，他知道青璃的墓在什麼地方。

星辰家別墅的一樓大廳。在大廳內，如果鬼出現了，也有逃生的路徑。

星辰到現在也無法接受這麼恐怖的事實。他過去一年來面對的是早就死去的哥哥！而被殺害了的那四個人的亡靈，始終徘徊在這棟別墅裏，父母和戴斯比的失蹤也是因為這個緣故。

母親那殘忍的樣子，實在是可怕。鬼魂的恐怖多源於未知，而人類的恐怖則來自內心的惡意！一個人的惡意，到底可以可怕到怎樣的程度？殺一個人，可以沒有一點罪惡感，可以沒有任何負擔嗎？母親後來精神失常，是因為她忍受不了罪惡感的折磨，還是她看到了那四個人的鬼魂呢？都有可能。不過，已經無法求證了。

星辰在內心深處，非常同情那四個人。他們是被自己的母親殺害的，是被母親那深不見底的貪欲所殺的。哥哥死了的話，將來父親的兄弟的孩子必定可以獲得更多遺產，甚至奪取整個家族的支配權。無法容忍自己的孩子不能掌控家族的母親，絕不能夠讓星炎死去，所以，就算殺人也在所不惜了。

「生路也許還有一種。」深雨忽然想到了一個可能，說道：「你說你的母親殺了那四個人，然後分別將林智真的大腦，鄔琳的心臟，馮浩山的右手，還有姜壽的胃……」

「別說了！」星辰想起那一幕就感到強烈的噁心，想要嘔吐。

母親當時居然將林智真的頭部剖開，然後，將腦子取出，放入棺材裏面！還有鄔琳，她的心臟被挖了出來！這根本就不是人能做的事情！

相比之下，那些鬼魂反而沒那麼恐怖了。被如此殘忍地殺害，所以陰魂不散想要索取性命，這就沒什麼可奇怪的了。母親和戴斯比，都是罪有應得！

但是，星辰還是感覺身體像被抽空了一般。他不明白，遺產的繼承和掌握家族就那麼重要嗎？就為了這個，要讓哥哥復活？

「殺了你哥哥。然後……把他的大腦、心臟、胃取出來，斬斷他的右手。」

深雨突如其來的一句話，讓星辰幾乎不敢相信自己的耳朵。

「你在鎖孔裏的確看到你哥哥的屍體了吧？那麼，殺了你哥哥，然後等鬼魂出現後交給它們，那麼……就可以結束這個血字指示了。如果實在找不到棺材，就只有這個辦法了。」

殺了……哥哥？星辰看著眼前的深雨，她的表情沒有一點說笑的樣子，她是非常認真地說這句話。這就是最好的辦法了嗎？

「如果找不到棺材，就只有這個辦法了，不是嗎？星辰，如果你下不了手，你將你哥哥打昏後，由我來做吧。當初我讓你雙手沾滿了鮮血，這一次，由我來殺死你哥哥。星辰，你不用有心理負擔，你哥哥早就死了，所以沒關係的，不是嗎？我們只是殺死一個已經死去的人而已。」

頓時，星辰憶起了從小到大和哥哥一起的所有回憶。雖然哥哥總是超越他，總能夠比他擁有更多的讚美，他也一度憎恨過他……可是，要殺了哥哥，他如何下得了手？

但正如深雨所說，這很可能是唯一的生路了。他不想死，更希望活下去保護深雨。那麼，自己就第二次殺人嗎？就像當初殺死敏那樣？

「不，我做不到……」殺死敏之後的那段時間，他沒有一天睡得安穩。畢竟他沒有辦法像母親那般冷血，沒有絲毫罪惡感和負擔。

「那由我來殺吧。」深雨咬了咬牙，「星辰，把匕首給我，有了匕首，一定可以殺死你哥哥的。」

這時，一個聲音忽然在他們身後響起。

「星辰？你在這裏？」

回過頭去，星辰赫然見到，星炎就站在距離自己不遠處。

「星辰，告訴我……」走了過來，「你之前好像說，說我已經死了？這是怎麼回事？告訴我！」

深雨立即給星辰使了個眼色，但是，星辰卻開始不斷後退。

「哥哥……你……」

已經死去的哥哥出現在自己面前，這種荒謬絕倫的事情，快把星辰逼瘋了。雖然他不是沒接觸過鬼，但想一下，一個從小到大一起長大的兄弟，居然曾經死過一次，依靠詛咒而復活，想想都感到太可怕。

「回答我啊，星辰！」痛苦不堪的星炎衝上來，抓住星辰的肩膀說：「你告訴我，到底我是怎麼了？為什麼，為什麼那些鬼要纏著我？每個鬼都對我說，要我還什麼東西，可是，我要還什麼？告訴我……」

聽到「還」這個字，星辰頓時如遭雷擊！難道，深雨所說的，真的就是生路嗎？殺了哥哥，這就是生路嗎？

「我已經死了？怎麼會，我怎麼會死了？」星炎感到整個世界彷彿都顛覆了，為什麼會變成這樣子？

他犯下了什麼罪孽，要遭受這樣的痛苦？為什麼弟弟說他已經死了？為什麼那些鬼魂不肯放過他？為什麼？為什麼！

就在這時，星辰忽然狠狠一拳砸向星炎的臉！星炎被打得倒飛出去，摔在地板上！

星辰衝過去，騎在星炎身上，舉起了匕首：「你早就死了，哥哥……」

星辰眼裏不斷湧出淚水，左手掐住星炎的脖子，哽咽著說：「你在那場車禍中死了，哥哥！你現在應該是躺在墳墓裏的死了的人，不應該再出現了。所以，讓我活下去吧，你的大腦、心臟、胃，還有右手，以及……你的右眼，都不是屬於你的！」

星炎的右眼，原本是星辰的！

星辰在鎖孔中看到了母親將自己的眼球放入棺材的那一幕，他終於明白為什麼自己會失去右眼，自己唯一幸運的地方就是保住了性命。如果自己死了，可不是那麼容易糊弄過去的，自己畢竟是卞家子孫，家族的幾位叔公都可能大肆調查。

握著匕首，星辰的心在滴血。他必須要再殺一個人。而且要殺的是自己的親哥哥！過去，他在心裏無數次詛咒過哥哥，甚至詛咒他去死！但是，現在他真的要下殺手的時候，卻發現自己不忍心！

星炎感覺大腦被重擊了一下，無法置信地說：「我死了？我的眼睛是你的？不，不要，星辰，不要殺我，不要殺我！」

星辰已經是淚如雨下，他的匕首頂住了星炎的喉嚨，只要繼續刺下去，就可以殺掉哥哥！殺了他，這次血字就可以結束了！殺了他，就能夠和深雨一起活下去了！

這時候，童年的記憶突然一幕幕閃現……小時候在美國，哥哥帶著他在紐約看自由女神像，在曼哈頓的歌劇院看歌劇，關心他並且時常教他學習，告訴他大洋彼岸的中國是一個擁有偉大文明的國家……

「星辰。將來我一定要去中國。」一天，在自由女神像前，星炎對他說：「我始終認為，我應該回到故土去看一看，美國雖然好，但我更希望在中國生活學習。」

「是嗎？那我也去中國，我們在中國一起生活吧，哥哥。」

所有的回憶都湧上了星辰的心頭，他此刻才明白，哥哥早就成為了他生命的一部分，仰望哥哥的光芒，追逐他，這就是自己的人生，雖然很痛苦卻是他的人生。

「不，不能……」星辰的匕首怎麼也刺不下去，「我不能殺死哥哥……我做不到！」

「星辰……」原本已經絕望的星炎，感覺到了星辰的不忍。

「我一定會找出其他生路的。」

星辰抬起手臂，他看向一旁的深雨，搖了搖頭說：「我不能殺了他。多重生路的假設已經被驗證了，一定還有其他辦法可以活過這次血字的。一定有……」

星炎剛想說些什麼，忽然，一道人影掠過，隨即，他就看到一把匕首狠刺而下！

匕首瞬間刺入了星炎的喉嚨，將他的生機徹底斷絕！

李雍此時表情非常錯愕：「你……你剛才說什麼？你說的是真的嗎？」

此刻，他才真正明白，蒲靡靈的日記中提及的「潘朵拉魔盒」是什麼意思。如果這一切都是真的的話，那麼……

「信不信隨便你，」阿馨又補充了一句，「不過，那十幅畫後來也隨著蒲深雨一起消失了，所以我的話無法被證明。」

李雍算是明白了。從目前的情況來看，那個恐怖的靈異公寓，無論是否真的存在，但至少有一點是可以證明了。神谷小夜子給他發來的調查報告，並沒有撒謊。

「那個世界的異物，一旦到了這個世界，是會變得非常可怕的。」

阿馨的面色忽然猶如籠罩了一層冰霜，目光中露出凶厲的殺意：「不過無所謂了，等那一刻真的到來，一切就會變得無比有趣，可惜慕容主人沒辦法看到這一切了……」

那些「道具」，本質上是血字指示中的死路，但是，這並不是倉庫存在的最大意義。公寓將「倉庫」的封印開啟，有著更進一步的目的。

李雍看著阿馨的表情，感到極不舒服，這實在是個瘋女人！他這個人雖然心狠手辣，但並不是一個完全滅絕人性的人，如果不是對自己有利的事情，他也不會動用狠辣手段，但是這個女人，完全是將人命看做草芥一般！

但他根本不知道，阿馨心裏在想什麼。她已經猜出李雍的身分了，她雖然說出了關於公寓的一切，但是沒有說出李隱也是住戶之一。

告訴李雍「倉庫」存在的真正原因，卻讓他不會告訴李隱，這樣的事情，想想就感到痛快和舒服啊！阿馨和慕容蜃一樣，都是變態到極點的人，無論造成他人多大的痛苦和不幸，只會讓他們更加快樂。他們二人，是真真正正的人渣。

殷紅的血噴湧而出，濺滿星辰的臉龐。

星炎那錯愕的表情定格在他雙眼中，接著，那把匕首拔出，星辰隨著匕首抬起頭來，殺了哥哥的人，是已經被他遺忘的新住戶鍾天奇。繼後，他迅速將手抓向星炎的右眼眼眶，將右眼活生生地挖了出來！

「我殺掉他了，哈哈，成功了！」鍾天奇大喊道，「我可以活下去了，我可以活下去了！」拔出匕首後，鮮血從星炎的脖子處猶如泉水一般湧出，他掙扎了幾下，身體就不動了，雙眼滿是驚懼和絕望。

鍾天奇揮舞著匕首，對星辰說：「你不能怪我，殺了他才能夠找到生路，我必須那麼做！我不想死在這裏！」

星辰雙手死死抓著星炎的屍體，他內心還無法接受這一事實。哥哥居然已經死了……已經死了！可是，還來不及悲傷，他忽然感覺到不對勁。星炎的雙目，黑色的瞳孔消失了，變成一片白色！臉上的血色也褪去了，他的身體開始緩緩站起，發出腐臭的氣息！

此時，正在走廊上的子夜忽然倒了下來，在她的身後，一個同樣的身影站了起來！與此同時，在星炎的書房裏，有大量鮮血灑下，地上的血中，也站起了一個可怕的人影！全部……都是星炎的模樣！

這個別墅中一直暗藏的鬼影，其實全都是卞星炎！只是，星炎自己也沒有意識到，他已經死了。

「怎……怎麼會這樣？」深雨的臉色也變得慘白起來，這麼可怕的變化，究竟是怎麼一回事？

星辰馬上和深雨一起朝後面拚命逃去！鍾天奇自然不甘落後，也跟著一起逃！可是，根本無從逃走！鍾天奇剛逃了幾步，忽然一股巨大的吸力將他不斷朝後吸去！星辰和深雨也感覺到，一股強大的吸力將他們的身體朝後拽去！

而在二樓的子夜，她在昏迷的情況下，身體也不斷被吸向後方！沒有多久，身體就到了樓梯旁！星辰想要抓住什麼，可是那股吸力沒有絲毫放鬆，他想去拉深雨的手，卻拉不住。此時，死神已經降臨！

他們距離身後的星炎只有不到三十米，而吸力越來越大了！只見星炎身邊，又出現了兩個星炎！

生路，生路是什麼？在這種情況下，生路是什麼？

忽然，深雨的腦海裏掠過了一個想法。

黑棺裏，是由五個人身體的某一部分和星炎的屍體結合在一起的，由這口黑棺讓哥哥「死而復生」。那麼……星辰的眼睛，也是復活的條件之一，更是這個黑棺的詛咒源頭！

生路就是星辰本身！

深雨回過頭去，她忽然伸出手向鍾天奇手中拿著的那顆右眼眼球抓去，很快拿了過來，然後將眼球遞給星辰，說：「星辰！把這顆眼球塞進你的眼眶裏，勉強塞進去一點也行！這就是生路！」

而這一瞬間，鍾天奇已經被拉到了星炎的面前！接著，整個別墅裏都迴響起了鍾天奇的慘叫聲。

星辰這時意識到深雨想出了什麼辦法，於是他立即取下義眼，強行將那顆染血的眼球塞入眼眶！奇蹟發生了。

那三個星炎的身體，都開始尖厲地咆哮起來，沒過多久，就開始逐步消散，最後完全化於無形，就好像從一開始就沒有存在過一樣。

星炎的屍體，被放入了那口棺材，一直埋在書房書架後面的牆中。將來，是否會被人發現呢？如果被發現了，那口棺材又是否會被用來做這種殘忍的事情呢？沒有人知道答案。

子夜剛好也在這時候，從樓梯上摔到了客廳裏，醒了過來。

這一次的血字指示，終於結束了。

星辰看著空蕩蕩的客廳和地上染血的眼球，他知道，他已經失去了一切。蒲靡靈到底是在什麼地方找到的那口棺材？不過，他憑著預知畫的能力，能找出這口棺材也不奇怪。

父母，還有哥哥，都不復存在了。他的人生幾乎完全被公寓葬送了。

他將深雨緊緊擁入懷中，將她死死地抱住，彷彿一鬆手她就會消失一般。她又救了自己一次啊。

「我只有你了，深雨……」星辰的淚水從完好的左眼流出，對懷中深愛的女子說：「所以你千萬不能死，一定要活下去。我已經沒有可以再失去的了，除了你，除了你……」

子夜昏昏沉沉地站起身，她看著客廳裏相擁的那兩個人，走了過去。

「這……到底是怎麼了？」

這一次的血字指示，總算過去了。釋放出詛咒源頭的那口棺材，然後將失去的眼睛塞回星辰眼眶就是生路。以前那次血字星辰被換了眼睛，因為黑棺融入星炎體內沒有被觸發，所以無效。

這是一個置之死地而後生的生路。所幸最後成功了。

使用了「腦髓靈咒」的子夜，回憶不起任何發生過的事情。使用「腦髓靈咒」要付出的代價，是會導致一段時間內智商大幅度下降。不過子夜的智商本來就是超高水準，現在下降了也只是變成和一般人差不多罷了。

這也就是說，從此以後，子夜那傲人的高智商將暫時無法再運用於血字指示了，不過隨著時間推移會逐步恢復。這一詛咒，是公寓也無法恢復的。而智商是執行血字的最大倚仗，所以這不能不說是對住戶而言的莫大損失。但是，李隱根本不知道，這個代價的付出根本就沒有任何價值。

午夜零點後，深雨帶著星辰、子夜一起回歸了公寓。當李隱在公寓底樓大廳看到子夜出現的時候，頓時露出欣喜萬分的神色。

但是，星辰卻毫無執行血字成功的喜悅。他沒有和任何人說話，就和深雨一起回廿五層去了。看著星辰那失魂落魄的樣子，也讓深雨感到很心痛。

「人為什麼能夠那麼殘酷地去傷害他人呢？」星辰悲愴地說道，「為什麼現實總是要對我那麼的殘酷呢？」滿臉淚痕的星辰，看向眼中泛著淚花的深雨，說道：「我們一起活下去吧，在死去以前。」

「嗯。」深雨點了點頭，鄭重地答道：「我們要一起活下去，直到死去的那一刻。我現在執行了一次血字，也可以進入倉庫了。」

同一時間，在四〇四室，子夜也終於明白她使用腦髓靈咒的代價是什麼了。雖然是個很大的損失，但是李隱相信他能夠彌補。

「你說過吧？你擔心也許將來會死在血字指示中。」

在臥室的床上，李隱懷抱著子夜，輕輕地在她耳際說道：「即使如此，我也會成為你最大的屏障，從今以後……由我來保護你，我來代替你成為你的腦，成為你的手腳，哪怕是拚到我流乾最後一滴血，都會保護你！」

「我也是。」子夜伸出雙手纏繞住李隱的脖子，「我也會保護你，不管付出什麼代價，不管血字指示有多麼絕望……我都不會放棄，不會放棄……」

在這個公寓裏，每一個住戶都是如此掙扎求存，每一個都是拚上自己的一切在掙扎，為了那渺茫的生存希望，賭上自己的所有。

而那個「倉庫」成為了住戶們心中最後的、最大的一個希望。

然而，最為恐怖的噩夢，終於開始了。

在這次血字指示結束的幾天後，一名住戶進入了倉庫。

這名住戶進去後，看著那四個櫃子，朝某個櫃子走了過去。看著抽屜上的道具說明，最後做出了決定。

「拿這個道具出來看看吧。」

然後，這個住戶伸出手將某個抽屜打開了。

這一瞬間……潘朵拉魔盒被打開了。

抽屜打開的一瞬間，從裏面猛然伸出了一雙手，將那個住戶拉進了抽屜裏！隨後，那個抽屜就關上了。

抽屜中傳出拚命掙扎的動靜和慘叫聲，沒過多久，一切恢復了平靜。

這名住戶就這樣死去了。

然後，這個抽屜自動打開了。一個和那名住戶長得一模一樣的「人」走了出來！雖然長得一模一樣，但是，卻絕對不是那名住戶了。

然後，被殺死的這個住戶所住的房間客廳地板上，突然出現了一個龐大的黑色空洞。那個和住戶一模一樣的「人」，從黑洞裏走了出來！出現在那名住戶在公寓的房間裏！他變化得和那名住戶一模一樣，沒有任何辦法可以辨別出來，哪怕是靈眼眼藥水都做不到。

接著，這個「人」攤開手心，隨後，手心上面出現了一小團黑氣，其中有一張羊皮紙碎片！

地獄契約碎片出現了！這是第五張地獄契約碎片！

最恐怖的存在，終於被住戶釋放出來，侵入了公寓！

任何鬼魂都是不可能進入公寓的，一旦進入，就會被那個黑洞吸入。但是，這個「人」卻是一個例外，他就是從那個「黑洞」下面，被住戶解開封印而侵入公寓的。

公寓開啟了倉庫封印後，這個「人」會隨機存在於那四個櫃子的某個抽屜中。一旦住戶將那個抽屜打開，這個「人」就會殺死住戶，然後變成那個住戶的樣子，侵入公寓！然後，尚未發佈的地獄契約碎片中的某一張，就會被這個「人」所持有！

這個「人」完成繼承了被殺死的那名住戶的容貌、聲音、記憶、性格，可以說是絕對的「複製」。即便是和其最親近的人，也沒有辦法察覺出來。

不過，因為分佈於所有住戶的「倉庫」中的某一個櫃子，而很多住戶連第一次血字都未必能通過，每一個道具都需要執行血字才能夠取出，所以真的被其侵入公寓的可能性很低。

此刻，這個非常低的可能性，變成了最恐怖的現實！因此，「倉庫」的存在也失去了必要性。

這時，公寓的所有住戶都發現，倉庫通行證的卡片忽然消失了！公寓門口的那棵血瘤樹，也消失得無影無蹤，被取出的道具都自動回歸了「倉庫」。

所有的「倉庫」中，原本雪白的牆壁都被黑色覆蓋，那些櫃子自動崩潰消失，白色房間完全瓦解，最後，變成了無邊無垠的黑暗。

直到下一個五十年，才會再度變成「倉庫」，解開封印……

而沒有一個住戶知道，此刻，來自於那未知空間的恐怖存在，已經侵入了這個公寓！

# 七魂咒

PART FOUR

## 第四幕

**時間**：2011年5月15日00:00 ～ 5月16日00:00

**地點**：日本九州中部熊本縣大暮黑嶺

**人物**：神谷小夜子、裴青衣、隋文彬
吳宣臨、司馬真

**規則**：在大暮黑嶺地區居住。執行血字期間，擅離者，死！本次血字指示不發佈地獄契約碎片下落。

地獄公寓

# 20 葉神村

二〇一一年五月十四日，日本，九州中部熊本縣。

「估計差不多要到了吧。」

車子已經接近了血字指示所說的地帶，周圍漸漸變成了茂盛的森林，前面的幾座深山，看著都讓人感到一陣心悸。

這輛車是神谷小夜子租來的，而和她一起同行的還有四個人。這四人都是首次執行血字的住戶。

這一次的血字指示，地點居然是在日本。

神谷小夜子打破了車內壓抑的氣氛，用非常流利的中文說道：「大家還是討論一下這次的血字指示吧。」

不過，車後的三個人似乎都說不出什麼來，看樣子，都被嚇傻了。

「我只是擔心會聯繫不上李隱他們。」新住戶隋文彬，一個看上去有些猥瑣的男子說道：「只要能夠聯繫到李隱，應該問題不大吧。」

「我擔心的是，如果能夠撐到最後時刻……」隋文彬身旁頭髮蓬亂、戴著像啤酒瓶底那麼厚的眼鏡的吳宣臨說，「我們乘坐飛機回中國的話，會不會很危險？如果在飛機上出事，逃都沒地方逃啊……」

「找到生路不就行了？」裴青衣皺了皺眉頭說，「而且，能不能活下去也是個問題吧？」

「這次的血字指示，沒有發佈地獄契約碎片，而內容則是，要我們在前面的大暮黑嶺住下。那裏有一個叫葉神村的大村子，大概有六百多人。血字指示的關鍵應該就在那個葉神村吧。」

路越來越不平了，車子顛簸得非常厲害。每個人的臉色都極為陰沉。

血字指示在天南市外發佈，就已屬於較少見的情況了，比如以前的直永鎮，但是在國外發佈，這絕對是首例。當然，靈異現象在日本一樣是存在的。也就是說，在國外發佈血字，一樣是有可能的。

這一次的血字指示，一共有五名住戶參加。這五名住戶中，執行血字次數最多的就是執行過一次血字的神谷小夜子，其他四個人都是首次執行血字。

按理說，第二次血字指示的難度不會很高，但是，在即將進入二〇一一年下半年的情況下，公寓很可能會進一步讓規則混亂。接下來會發生什麼事情，誰都沒有辦法預料。

神谷小夜子不斷地用力踩著油門，山路的坡度太大，讓車子的行進越來越困難。

就在這時，車子前面忽然閃過一個穿著白色和服的女子！神谷小夜子立即踩下剎車，才沒撞上那個女子。可是仔細再一看，那個穿著白色和服的女子，卻消失得無影無蹤了。看到這般情形，車子裏的人都倒吸了一口涼氣。

「剛才是怎麼回事？」

「那個女的，怎麼不見了？」

神谷小夜子立即調轉車頭，朝另外一個方向開去。她將油門踩到了底，這在到處都是樹木的森林裏是件非常危險的事情，但是，沒有任何一個人阻止她，大家都希望儘快逃離。

車子又開了十分鐘左右，神谷小夜子才漸漸放緩了車速。

此刻，車裏沒有一個人敢說話，都害怕下一刻，可怕的夢魘再度降臨。

「剛才那個……」吳宣臨剛開口說出一句話來，坐在他身旁的司馬真立刻瞪了他一眼。

司馬真算是很新的住戶了，因為他進入公寓是在五月初。他是個超級資深宅男，作為御宅族，自然對於獵奇、靈異什麼的很有興趣，而如今……真正進入了一個靈異公寓。

神谷小夜子、裴青衣、司馬真、隋文彬、吳宣臨，這五個人就是執行這次血字指示的住戶。而所有人自然都將希望寄託在了神谷小夜子這個日本女神探身上，更何況這裏是她的祖國。

「大家別緊張。」神谷小夜子說，「剛才……也可能是生路提示。不是嗎？白色和服的女子……」似乎是太緊張，她這句話居然是用日語說的，不過裴青衣聽懂了，其他三個人都是一頭霧水。

「她說剛才的情況可能是生路提示。」裴青衣翻譯了剛才那句話，「所以叫你們不要太緊張。」

「你懂日語？」神谷小夜子看向裴青衣，問道。

「是的。」裴青衣答道，「我以前來過日本幾次，不過熊本還是第一次來。」

「其實……」神谷小夜子苦笑著說，「我也是第一次來熊本。」

這時，車子開到一條溪流旁，而在溪流對面，有一座小竹屋。在小竹屋門前，有一個留著花白頭髮的老人，拿著一桿煙坐在一塊石頭上，看到對面開來的車子後，他一下站起身來。

神谷小夜子的頭探出車窗，用日語問道：「老先生，請問……去葉神村該怎麼走？」

「葉神村？」那白髮老人微微一愣，「這裏就是葉神村啊。」

不知不覺，竟然已經進入了葉神村。雖然血字指示中並沒有說一定要進入葉神村，但是，這個地方是最可能出現生路提示的。再說，待在人群當中，恐懼總會減輕一些。

神谷小夜子下了車，她仔細看去，竹屋後方，確實還有著不少房子，看來的確是進入葉神村了。裴青衣也走下車來，她此刻已經將手上的香煙丟在地上踩滅。

「不好意思。」神谷小夜子對溪流對面的老人說，「我們……想問一下，葉神村有沒有旅館？」

「有啊，松田家是開溫泉旅館的。你們是遊客嗎？」

「是的。我姓神谷，這幾位都是我的朋友，他們是從中國來的。」

溪流很淺，踏著幾塊凸起的岩石就到了對岸。葉神村占地面積非常大，進入村子深處，他們發現這裏的建築已經算是比較現代化了，走在鵝卵石鋪成的路上，那個老人領著他們前去旅館。

走在路上的時候，神谷小夜子忽然注意到，附近一座屋子後面，有一個留著短髮的女子正躲在牆壁後面看著他們。

「依子？」那個老人也注意到了她，「你在那裏幹嗎？」

那個女子立即縮回了牆壁後面，似乎在害怕什麼。神谷小夜子立即走了過去，想叫住她，可是她已經走遠了。

「她是……」神谷小夜子問老人，「平田先生，她為什麼跑掉？」

老人名叫平田大介，他回答道：「依子是個有些神經質的女孩，她的母親在她很小的時候就失蹤了，在那以後，她就一直很內向怕生，估計是看到你們是陌生人，有些害怕吧。」

「失蹤？」一旁的裴青衣明顯注意到這個「不自然」的地方，用日語問道：「是怎麼失蹤的？能不能告訴我們？」

「這個……算了，不提了。」老人搖搖頭說，「反正大家至今也不知道依子母親的死活。」

忽然大家聽到一聲怪叫，神谷小夜子和裴青衣同時抬起頭來，二人看到，一隻烏鴉停在旁邊房屋的屋頂上，不停地鳴叫著。

住戶們看著那隻漆黑如墨的烏鴉，眉頭緊緊皺起，這種時候出現烏鴉，實在讓人感到一陣陰森和恐怖。烏鴉撲扇著翅膀，又飛到了空中。這象徵著不祥的鳥，令住戶臉上的陰鬱又增加了一分。

這時候，神谷小夜子的手機響起。她立即取出手機，接通了電話。

來電的是李隱：「你們到葉神村了嗎？」

「剛到。」神谷小夜子回答道：「我會看著辦的，嗯，知道了。」

「不要大意。」李隱聲音沉穩地說，「一定要小心謹慎！有任何變化立即打電話給我。」

「我明白……」掛斷電話後，神谷小夜子又對眼前的平田老人說：「等會兒能告訴我依子那孩子的住址嗎？嗯，是這樣的，其實我是個偵探，找人我還是很擅長的……」

「偵探？」平田有些愣愣地看著神谷小夜子，「神谷小姐，你那麼年輕，做的是這個行業？」

「嗯，我的全名是神谷小夜子。這個名字，不知道你聽過嗎？」

神谷小夜子的名聲主要是在京都比較響亮，熊本的深山老林裏的人，不知道她也不奇怪。果然，老人搖了搖頭，說：「我沒聽說過這個名字，你很有名嗎？」

「還可以吧。」

「我知道了。等一會兒，我就告訴你依子家的地址吧。這孩子是我們村裏人看著長大的，大家都非常喜歡她……走吧，神谷小姐，我帶你去溫泉旅館。」

大暮黑嶺，這次血字指示的地點，事先雖然進行了調查，但線索很少，查不出具體情況。葉神村位於大暮黑嶺山腹地帶，也是這座山上唯一有人跡的地方。

「這個村子，從昭和初期就已經存在了。」平田老人邊走邊說，「所以也留有不少很古舊的建築，各位如果有興趣，可以去看一看。嗯，前面就是松田溫泉旅館了。」

神谷小夜子一眼看到前方的旅館大門，旅館是一座三層樓的大屋子，占地不是很大，不過，住戶們根本沒有享受的想法，能夠有個住的地方就心滿意足了。打開旅館的拉門，前方的櫃檯前，一個穿著一件紫色和服、化了濃妝的中年女人立即鞠躬，微笑滿面地說：「歡迎光臨。」

似乎是這裏時常有遊客到來，女人沒有對神谷小夜子等人的陌生面孔有絲毫疑惑。事實上，葉神村也的確在熊本縣的旅遊手冊上有介紹，只是並非特別有名的旅遊之地罷了。

「君子啊。」平田老人笑著說，「這裏有幾位遊客是從中國來的呢。嗯？吾郎呢？他不在嗎？」

那個叫君子的中年女人笑著說：「吾郎？我不知道啊，下午都沒看到他呢。你剛才說，這幾位是中國來的客人？」

神谷小夜子走到櫃檯前，用日語說：「老闆娘，你好。我姓神谷。」

「嗯？你是日本人？」

「是的，不過這幾位都是從中國來的。」

君子有些好奇地看著裴青衣等人，點了點頭，翻開了桌子上的登記簿，問道：「那麼，請問你們想要幾間房？」

選好房間後，老闆娘熱情地帶他們到一樓的房間。因為考慮到逃跑的便利，一樓是最方便的。房門打開，是鋪著榻榻米的房間，房間不大，中間有一個長方形茶几，四邊都放著用來坐的墊子。外面直接連著庭院，庭院內有一個很大的金魚池。微風吹拂而過的時候，門上掛著的幾個風鈴清脆地響著。這裏空氣真是非常清新，比大城市好得多了。

「這個房間怎麼樣？」老闆娘微笑著說，「現在旅館的空房很多，不滿意的話可以給你們換。」

「不用。」神谷小夜子非常滿意地點了點頭，住宿的錢都是她一個人出的。

將行李搬進房間後，神谷小夜子走到庭院裏，深呼吸了幾下，她抬起頭看著已經日薄西山的太陽，雙眸也漸漸黯淡了下來。

李雍和她的聯繫已經完全斷絕了。因為李雍接下來要做的事情，是不需要讓她這個偵探介入的，所以李雍給她的帳戶匯入一筆錢後，給她發了封郵件，說她的工作已經結束了，以後在任何場合都不會承認曾經和她有過接觸，同時也說他已經查明了嬴青璃死亡的真相，不需要她繼續調查了。

神谷小夜子走到金魚池旁邊，她低下頭俯視水池的時候，卻看到了裴青衣的倒影。

「現在是發呆的時候嗎？偵探小姐？」裴青衣用流利的日語說道，「我們來這裏是為了想辦法獲取生路提示的，快去和村民們接觸吧。還有，那個母親失蹤的依子，一定要重點調查。」

「嗯，你說得對……」神谷小夜子揉了幾下太陽穴，「現在時間很寶貴，必須要在靈異現象產生以前，儘快地找到生路提示才行。」

「那就走吧。」

離開松田旅館，五個人決定分頭行動，神谷小夜子、司馬真一組，裴青衣、隋文彬、吳宣臨一組，畢竟兩個組都需要一個會說日語的人。

葉神村面積很大，雖然這個村子已經用上了自來水，不過依舊時常可以看到水井。這個村子裏的老年人比例很大，很多村民都是年齡在六十歲以上的老人，偶爾可以看到一些十幾歲的小孩子。

裴青衣和身後兩名新住戶走在村子裏時，引來不少村民側目，畢竟這個村子的人口不到一千人，多出的新面孔是很容易認出來的。不過，他們也沒有引起太大反應，看來葉神村時常有外來遊客。

「是遊客吧？」在裴青衣身後十多米處，一個模樣儒雅的青年對身旁一個短髮女孩說：「剛才你聽到他們說話了吧？好像是中國人吧？」

「是嗎？」那短髮女孩有些驚訝地說，「我還真沒看出來呢。對了，和也，最近依子好像有些奇怪？她變得很神經質，見到我們都不多說話。」

「是有些怪。」那被稱為和也的青年搖了搖頭，「晴美，我其實打算告訴你一件事情，所以才叫你出來的。」

「什麼事？」叫晴美的短髮女孩閃爍著一雙明亮的大眼睛，「有話就快說吧，別吞吞吐吐的。」

「其實，依子她昨天晚上和我說了一件很奇怪的事情。我雖然最初沒有在意，可是後來越想越感覺她不像是在撒謊。她對我說……」

當和也說完之後，晴美的眼睛也瞪得大大的，好一會兒才反應過來，說道：「不，不會吧？那種事情……」

「或許吧。」那個叫和也的儒雅青年說道，「不過，依子不像是在撒謊啊。」

神谷小夜子和司馬真此時來到了依子家的門口。門牌上，掛著「木內」的名牌。

「真的要進去嗎？」司馬真有些瑟縮，「不會，裏面藏著鬼吧……」

「這個大暮黑嶺，任何一個地方都會有鬼出現。」神谷小夜子神色淡然，「公寓不會留給我們任何一個安全的死角，所以你死心吧。怕的話，你就待在外面。」

司馬真咬了咬牙，說：「這怎麼行？一起進去吧。」

就在神谷小夜子伸出手，剛要按門鈴的時候，忽然她聽到身後傳來的一個聲音：「請問……你是來找依子的？」

神谷小夜子轉過頭去，她看到一個異常俊美、氣質出眾的男子，男子個子很高，有著一道英眉，猶如深藍湖水一般的雙瞳，高挺的鼻樑以及微微抿起的嘴唇，無論從哪個方面來看，都是個能讓所有女孩子發花癡的標準美男。

「你是……」神谷小夜子的手舉在半空，「你也是木內小姐的朋友？」

「嗯，你是哪位？」

神谷小夜子答道：「你好，我叫神谷小夜子，是……一名偵探。」

「神谷小夜子？」這個俊男露出了一絲驚訝的表情，愣愣地看著神谷小夜子，問道：「就是那個京都有名的女偵探？」

「你知道我？」神谷小夜子露出欣喜的表情，「太好了，沒想到，在這兒也有人知道我……」

「那是當然的啊。」那個俊男卻露出一絲落寞的表情，「我妻子去世前，一直都很崇拜你。她是京都人。」

「這，這樣啊……」

「不過，你這麼有名的偵探，怎麼會到這裏來？是調查案件嗎？」俊男疑惑地問，「而且，你是怎麼認識依子的？」

神谷小夜子說：「其實我還不認識木內小姐，我來這裏，是有些事情想要調查清楚。你是木內小姐的朋友嗎？」

「嗯，我們是從小一起玩到大的。我姓神原，神原雅臣。」

神原雅臣走到門口，按動了門鈴。過了一段時間後，門被緩緩打開，露出了一張非常疲憊的面孔，那面孔上有深深的黑眼圈，眼神中充滿恐懼。

「雅臣……」看到神原雅臣，木內依子才算安下心來，但忽然又看到了神谷小夜子，驚顫著問道：「你……是你？」

「怎麼？你們見過嗎？」神原雅臣回過頭看了看神谷小夜子，說：「神谷小姐，你不是說不認識依子嗎？」

「之前我剛進入葉神村的時候，和木內小姐碰過一次面。」

聽了她的解釋，神原雅臣才明白過來。而現在依子的樣子，就猶如是一隻驚弓之鳥。

「她……是從村子外來的，」她忽然說道，「雅臣，別讓她進來，別讓她進來！」

「不是的。」神原雅臣連忙解釋道，「你聽我說，依子，神谷小姐是來自京都的偵探，你還記得嗎？美代生前最崇拜的那個偵探。」

「你是說……」依子聽到這兒，才開始仔細端詳神谷小夜子，她臉上的戒備開始漸漸消融。可是儘管如此，她還是沒有將門完全打開。

「你，在害怕什麼？」神谷小夜子立即開門見山地說，「你是不是見到了什麼不可思議的事？」一旁的司馬真，因為他們說的是日語，完全聽不懂他們在說什麼，因此也不明白木內依子為什麼顯得如此害怕。雖然他在進入公寓之前沒少看日本動畫片，但是頂多能聽懂幾個單詞，要聽懂大段的對話，是根本不可能的。

他立即插嘴問道：「神谷小姐，你們在說些什麼啊？麻煩你翻譯給我聽一下啊……」

「你是中國人？」神原雅臣倒是有些意外了。

「雅臣，你進來吧。但是我不想和他們說話。」依子臉上的戒意還是沒有完全消減，「我，我不想……」

這句話司馬真倒是勉強聽明白了，他對神谷小夜子說：「神谷小姐，難道她不想見我們？不行吧，我……」

這時候，天色已經完全暗了下來。整個大暮黑嶺，都陷入了一片沉寂。

「依子看起來精神狀況不是很好。」

神原雅臣和神谷小夜子走在木內依子家附近的路上，他特意多看了神谷小夜子幾眼，感歎著說：「如果我妻子美代還活著，能夠見到你，一定會很興奮的……」

「那還真是有些遺憾呢……」

「你到底想要調查什麼呢？」神原雅臣忽然停下腳步，「你剛才問依子，說有什麼不可思議的事情，是指……」

「這個，我也不能說得太詳細。只是……」神谷小夜子說到這裏，也說不下去了，她取出了一支筆，撕下一張便條紙，寫下了自己的手機號碼，交給神原雅臣，說：「神原先生，如果你注意到發生了什麼很詭異、難以理解的現象，請打電話給我。」

然後，她將目光看向木內依子家的宅子，眼神中透著一絲深邃。

「無論如何，拜託了……」

「這種事情，絕對是不可能的！」

此時，在葉神村和也的家中，有三個人正聚集在一起。其中兩個人正是和也和晴美，還有一個，則是一個面容粗獷，體格很健壯的男人。

「吾郎，我一開始也不相信。但是……」和也朝左右看了看，說道：「但是你應該也知道那個傳說吧？」

「那也不過只是個傳說罷了，你還真的相信啊？和也，那肯定是……」

「總之，吾郎，最近你千萬不要到林子裏去，也不要接近那個地方。我提醒你一下，這樣的事情，寧可信其有，不可信其無啊。」

走出門的時候，松田吾郎抬起手腕看了看錶，已經十點多了。在他身邊的晴美臉色也很陰鬱。

晴美不久就和吾郎分開了，她回到了自己家。

剛打開門，她就說道：「哥哥，我回來了。」

「你回來了啊。」走廊上的一道拉門打開，從裏面走出的人，不是雅臣，還是何人？他走出門後，看著妹妹神原晴美臉上的表情很不自然，忙問道：「你怎麼了？晴美？」

「沒，沒什麼，哥哥。」晴美認為，和也告訴她的事情，還是不要告訴哥哥比較好。

她本擔心雅臣會繼續追問，但是雅臣卻沒有追問，而是說：「晴美，今天我見到了一個人。你知道是誰嗎？」

「誰？」晴美一驚，「是誰啊？哥哥？」

「你還記得，美代生前最崇拜的那個京都的偵探，神谷小夜子吧？」

「啊，當然記得，大嫂生前是神谷小夜子的鐵桿粉絲啊，你……你不會是說，你見到她了吧？不會吧？」

「是真的。我去依子家的時候遇到她的。剛開始我沒有認出來，不過仔細一看的確是她，以前美代給我看過很多次關於她的新聞報導。她本人是個非常隨和的人，我還以為她那樣的名人會比較倨傲呢。美代生前一直說希望能夠和她見上一面，沒想到……」

「哥……」晴美感到心裏很不是滋味。

「好了，時間不早了，你去睡吧，爸媽都已經睡下了。」

雅臣回過頭，向樓梯走去。看著他的背影，晴美心中歎息著：哥哥果然還是無法忘記大嫂，雖然過了那麼久，還是忘不了大嫂啊。

回到自己的房間，晴美關上門，鋪好了地鋪。

「無論如何，我一定考上大學去城裏。這個大暮黑嶺，也許真的有點邪門啊。」

接著，她走到燈下垂著的繩子那裏，伸手將繩子拉下，房間內頓時陷入一片黑暗。晴美躺了下來，不過，她卻怎麼也睡不著。

和也今天所說的話，始終在她腦海中迴盪著。在大暮黑嶺的樹林裏，還有，在那個地方……

「可惡，早知道今天就不出去見和也了……吾郎說得對，這根本就不可能啊。」

深夜，葉神村完全陷入了寂靜。外面的道路上，幾乎都沒有人走動。

這註定是一個不眠之夜……

神谷小夜子一夜都沒有睡。她靠著牆壁，身旁的司馬真、裴青衣也都是毫無睡意。不過，司馬真到後來也開始打呵欠了，而裴青衣簡直像是一隻貓頭鷹，眼睛睜得大大的，連眨都不眨一下。

「你一點也不睏嗎？」神谷小夜子問了一句。

「我習慣熬夜了，而且白天在公寓裏也睡了一段時間。」裴青衣看向神谷小夜子，回答道：「倒是你，眼皮一直在打架呢。」

「我是有點睏……」神谷小夜子看著手錶，「距離午夜零點，血字正式開始還有一點時間。不過，看來還是很危險啊。」

「說說進展吧。你在那個叫木內依子的女孩子家裏面，裝了竊聽器吧？」

「嗯，對。」

仔細看的話，就會發現，神谷小夜子的耳朵裏插著耳機。

「竊聽器不會被發現嗎？」裴青衣似乎不太放心地問，「萬一被發現，讓村子裏的人對我們有敵意就不好了。」

「偵探這碗飯我可是吃了那麼長時間，如果這個竊聽器也能被發現，我這女神探的名號豈不是浪得虛名？」

「那就好。」

從耳機這一頭聽起來，木內依子很明顯還沒有入睡。她的呼吸聲非常急促，不時能夠聽到翻動書頁的聲音，她現在應該是在看書。

從竊聽器的收音情況來判斷，一切正常。

不久之後，聽到木內依子關燈的聲音，她似乎入睡了。

距離午夜零點越來越近了。氣氛的緊張讓住戶們都屏住了呼吸。這時候，隋文彬和吳宣臨也醒了過來。

時間跨入午夜零點的瞬間，就有可能發生極為可怕的事情。五個人都充滿了戒備，房間內的燈開得大亮，尤其是裴青衣，看手錶的同時，臉上甚至掠過一絲濃烈的殺氣。

她的手指不斷地在榻榻米上煩躁地彈著，手指甲塗得猶如血一般鮮紅。

「那個……聊聊天好不好？」司馬真感覺氣氛太僵了，於是打了個圓場：「嗯，裴小姐，你看起來很鎮定呢，莫非你有什麼想法？」

裴青衣搖搖頭說：「我哪裏有什麼想法。我以前也只是一個普通白領罷了，進入這個公寓，我的人生徹底被毀了。」

神谷小夜子看著裴青衣此刻臉上露出的痛苦神色，她重重歎了口氣，說：「我知道進入這個公寓要面對多麼可怕的現實，但是，人是沒有辦法回到過去的。所以，只有面對眼前的現實。至少，我們還是有一線生機的，十次血字指示，每完成一次，就代表著距離獲得自由更近一步。每一個住戶，都是抱著這個微渺的希望活著，為了能夠離開這個公寓而活著……」

「可惜的是……」裴青衣用自嘲的口吻說，「這個世界上極少有人能夠認清這一點，雖然無法回到過去，可是人們還是希望逃避現實。現實有著太多的殘酷，所以人們只有自欺才能活下去。」

「我贊成你的話。」神谷小夜子附和道，「如果人能夠如同鬼魂一樣，單靠唯心就可以存在，就不會有那麼多痛苦了。」

但現實是，人終究只能選擇面對現實。無論是多麼殘酷的現實，如果沒有改變現實的能力，就只有勇敢地面對。

「相對來說，有著十次血字就可以離開的生機，其實就已經不錯了。」裴青衣若有所思地說，「在這個世界上，比進入那個公寓還要更加不幸和痛苦的事情，多得數不勝數。有時候，就連這種生機，都未必會有啊。」

房間內一片寂靜。午夜零點，終於到了。

此時五個住戶都如臨大敵，隨時做好逃走的準備。尤其是神谷小夜子，她的雙眸一片冰冷，就猶如萬年都無法融化的堅冰一般。

不過，什麼事情也沒有發生。

一個小時，兩個小時，三個小時……一切都正常得不能再正常了，他們身邊，沒有發生任何可怕的事情。安在木內依子家的竊聽器裏面，也沒有異常的聲音。

在恐懼不安的心理狀態下，五個住戶終於迎來了白天。這段時間之內，沒有發生任何事情。太過正常，反而顯得不正常。

第二天一大早，晴美就起床了。她剛來到樓下，就看到哥哥已經在廚房裏忙著做飯了。他總是比母親起得更早，因為母親的腰很不好，所以哥哥總是早起做飯。以前大嫂神原美代還活著的時候，這事是由她負責的。

「哥哥……」晴美走進廚房，看著哥哥聚精會神的樣子，說：「今天是做什麼？」

「煎餅啊，這是晴美你最愛吃的吧？」雅臣笑著看向妹妹，「爸爸媽媽還沒有起床吧？」

晴美看著繫著圍裙的哥哥，忽然泛起一陣心酸的感覺。她想起了以前大嫂做菜時的樣子，就和現在的哥哥一樣。

「哥哥，你還是很想念大嫂吧？」

雅臣拿著鍋鏟的手略微顫了顫，他緩緩地把頭轉向妹妹，臉色有些不自然地問道：「你說這些做什麼，晴美？」

這時候，忽然門鈴聲響起。

雅臣說：「去開門吧，晴美。」

晴美聽到以後，連忙跑到大門口，把門打開一看，門外站著五個人，三男二女。為首的一個女子問道：「這裏是神原雅臣的家吧？」

「你們不是村裏人吧？」晴美有些驚訝，她注意到那個說話的女子，感覺很眼熟，回憶了一下，猛然驚叫起來：「你，你是神谷小夜子？」聯想到昨晚哥哥說過的話，晴美也頓時激動起來。

「你也知道我？」那個女子的話等於承認了她的身分。

「昨天我和神原雅臣先生見過一面，有些事情想問一下……」這讓晴美越加興奮，「我以前聽我大嫂提到你呢，她非常崇拜你。啊，不過，你來是要……」

「有事情……想問？」晴美想了想，「對了，說起來，神谷小姐，你來這兒，難道是要調查什麼案件嗎？我聽說警視廳也經常委託你進行一些大案件的調查呢。」

「我想問的事情很簡單。」神谷小夜子接下來的話，非常簡短，但卻讓神原晴美的心猛地一跳：「是關於你大嫂，神原美代夫人的死。」

「是誰？晴美？」神原雅臣從裏屋走了出來，他一眼就看到了站在門口的神谷小夜子等人。

「冒昧打擾了。」神谷小夜子向他鞠了一躬，面色和緩地說：「神原先生，我這次來，是關於……您夫人的事情。」

「我夫人？你說美代嗎？」

雅臣脫下了身上的圍裙，立即說：「請進吧！神谷小姐，難道你是在調查美代的死？」

五個人一起進入房間後，雅臣領著他們進入了一樓的客廳。他讓晴美去泡茶，滿臉焦急地問道：「神谷小姐，能不能說得具體一些？」

受到亡妻的影響，他也對神谷小夜子抱有一份強烈的期待。

「尊夫人，神原美代夫人，是在四年前去世的吧？」神谷小夜子取出了一本紅色封皮的筆記本，翻開後，問道：「尊夫人的死……至今還沒有查出真相吧？」

神谷小夜子的這句話，可以說觸碰到了雅臣內心最痛的地方。

神原雅臣的記憶回到了那個噩夢一般的日子，幸福在那一刻土崩瓦解，美代就那樣離開了他。四年來，他一直渴望著，當他醒來的時候，發現一切都是一場夢。但是，這卻是現實，無法背棄、必須面對的現實。

「難道……」他無法掩飾駭然的神色，「莫非，神谷小姐，你查出了我妻子之死的真相？」

「根據我的調查，四年前，你們在大暮黑嶺東側的一條瀑布上游行走的時候，你只是一個轉身的工夫，就發現你妻子的身體被拉入了水中，被湍急的水流捲走，而且屍體都沒有找到，是吧？」

雖然一直沒有找到屍體，但是，從當時的情形來判斷，神原美代絕對沒有生還的可能。而且，從四十多米高的瀑布捲下去，想來也是凶多吉少。

「雅臣，我想去那個地方看看！」美代那天堆著笑臉請求雅臣，讓他帶著她去那個地方看一看。

那個地方，是一座廢棄的大宅邸，位於大暮黑嶺東側山脈，要通過一座懸浮在懸崖上的大鐵索吊橋才能夠到達，吊橋下面是非常湍急的水流。

那座宅邸是幾十年前，一個名叫長谷川的大富豪修建的。但是，據說後來那個大富豪因為妻子和其弟通姦，而殺光了家中所有的人，最後也自殺了。從那以後，那裏就開始有了鬧鬼的傳說。據說，在那座宅邸裏，盤踞著七個鬼魂，分別是那個富豪和他夫人，他的弟弟和一個妹妹，還有兩名僕人和一個女傭。當時，富豪將其他六個人全部都殺死了，似乎是因為受到妻子不忠的刺激，竟然連自己的親妹妹和傭人也一起殺死了。聽說是因為他懷疑這些人早就知道這件事情，卻都故意瞞著他。

這個怪談傳說，身為現代人的雅臣自然根本不相信。不過，美代卻非常感興趣，她是個非常熱衷獵奇的人，也因此非常崇拜神谷小夜子。她的好奇心相當強，可以說強到了近似強迫症的程度，她無論如何都纏著雅臣，希望他陪自己去那個地方。

「美代。」雅臣當時對她說，「這不過是個子虛烏有的怪談傳說罷了，這樣的怪談根本不可信的，你別太當回事吧。」

「可是，我想去看一看啊！我就在外面看一眼就好了？因為我真的很好奇很好奇啊！」

美代撒嬌的時候，是最讓雅臣心動的，他從剛認識她，就愛上了這個精靈古怪的可愛女孩。他看到妻子那麼有興趣，想了想還是同意了。畢竟那個怪談傳說太古老，他本人實在不怎麼相信。但這卻成為他後來極為後悔的一個決定。

當時，他們來到東側山脈，那座高達五十米的懸崖。看著下面奔騰飛馳的水流，美代沒有多大反應，雅臣卻有些擔心。不過雅臣拗不過她，只好和她一起走上了鐵索吊橋。

吊橋倒是很穩當，走在上面的時候，雅臣走在前面，美代則走得比較慢，她還想觀賞一下周圍的風景，畢竟她嫁到葉神村之後，還沒有來過這裏。

一路上，美代一直在說話：「真想知道那廢棄宅邸是什麼樣子呢，肯定很有趣吧？雅臣，神谷小姐有一句名言，這世界上，未知永遠是數倍於已知，而用推理去尋求未知的存在，是一件非常快樂的事情！你不那麼認……」

雅臣會心一笑，正等著妻子的下文，然而，妻子忽然沒聲音了，他立即回過頭去，卻看到身後的橋上空無一人！

「美……美代！」

雅臣不敢置信地看著身後，剛才美代的聲音還那麼近，怎麼可能在一瞬間就消失得無影無蹤了？他忽然想到了什麼，連忙朝吊橋下方看去，果然看到水流之中，隱約有一個人影漂浮在水下！

「美代！」雅臣的咆哮響徹山谷。

之後，村子和員警都出動了大批人手搜救，可是都找不到美代。從那麼高的地方摔下去，肯定被捲到了下游。可是水流的分支太多，而且河水本身也很深，所以搜救始終一無所獲。

後來，員警認為，美代生還的可能性微乎其微，就放棄了搜救。但是雅臣還是不想放棄，他始終不願意相信美代就那麼死了，他實在不願意相信！

妹妹晴美，好友和也、吾郎也都一直幫助他，可是無論怎麼搜尋，他們始終找不到美代的屍體。自那以後，雅臣不知道多少次站在那座吊橋上，看著水流下方。他始終不明白，為什麼妻子會突然墜入水中？

近一年後，他終於相信美代是真的死了。如果她還活著，不可能不現身。何況，相信美代還活著，本就是他一廂情願的想法罷了。與美代新婚的日子裏，對雅臣而言是那麼幸福。可是那樣的幸福就這樣徹底消失了，每日醒來，看著已經沒有了美代的家，對雅臣而言都是巨大的心理折磨。

如果那個時候，沒有答應美代就好了……那麼這一切就不會發生了。可是，人是無法回到過去的，只有接受現實。

現在的雅臣，已經逐步接受了美代的死，但這件事情依舊在他內心留下了深重的創傷。而如今，神谷小夜子在他面前再度提起這件事，讓他一陣緊張。

「你太太……」神谷小夜子問道，「據我所知，是在四年前，因為想要去看那個廢棄的宅邸，所以才和你一起前往那裏的，對吧？」

「是……是的。」

「神，神谷小姐，你真的就是那個名偵探吧？」晴美非常驚愕，她坐下來，問道：「那你查出了什麼？能不能告訴我們？」

「我想瞭解得更具體一些。」神谷小夜子凝神注視著雅臣，「當時有沒有發生什麼你難以理解的不可思議的現象？我想知道，這件事情非常重要！」

雅臣一時有些茫然，他不明白為什麼神谷小夜子這麼問。不可思議的現象？

「神谷小姐，你掌握了什麼線索嗎？」雅臣一針見血地問，「你知道美代的死有什麼玄機嗎？」

「當時，在那座鐵索橋上，橋身寬達兩米多，上面裝的也不是木板而是鐵板，可以說安全性是沒有問題的。在那種情況下，你認為尊夫人是意外身亡嗎？」

「那麼……你認為是他殺嗎？」雅臣的雙眼死死盯著神谷小夜子，「可是，我當時確實沒有看到有任何人在那座橋上啊！當時，僅僅是一瞬間，我回過頭，就發現美代已經在橋下的水裏了！」

「我知道。你當時的證詞，我詢問過平田老人了。」

「這樣啊……這件事情，葉神村的人大多數都知道，所以……」

「我還調查了這個怪談產生的原因。似乎從很早以前，就有葉神村的人接近過那座宅邸，之後神秘失蹤的先例吧？」

「是的，沒錯。不過，現在主要是老一輩的人比較相信，年輕人都不怎麼相信這個怪談傳說。當然，美代是個例外……」

為什麼美代會從吊橋上墜入水中呢？偶爾，雅臣也會想，難道那個怪談是真的嗎？難道那傳說中的七個鬼魂真的存在嗎？

同一時間，在木內依子家裏，吾郎與和也二人來訪。

「神谷小夜子啊！」飯島和也說，「你們還記得嗎？就是當初美代非常崇拜的那個偵探，她和我們聚在一起時經常會提起她呢。原來她昨天就到村子裏來了。依子，你說她也來找過你？」

「她找你問了什麼，依子？」吾郎不解地問，「而且為什麼她問你美代的事情？都過去四年了，她怎麼想起調查這個案子了？事實上，她現在就住在我家的旅館呢。」

「我……」依子抿著嘴唇，「她真的是個偵探嗎？那麼或許那件事可以讓她查一查……」

「喂喂喂，」吾郎立即反對道，「依子！你別這樣，人家是偵探，不是女巫，怎麼可能會相信這種事情？而且，你也為雅臣考慮一下吧，難道你要告訴他，你……看到了美代的鬼魂？」

依子的手不自然地在榻榻米上蹭著，說：「其實……美代的死，我也有責任。當初，那個傳說是我告訴她的，如果我沒有說的話，她也就不會去那個地方了。我，我那天真的看到了，我看到美代了，她變成了鬼魂……」

「你別胡說八道！」和也的聲調都有點變了，「美代都死了四年了！她怎麼可能再度出現呢？絕對不可能的！這肯定是你看花眼了。別去想這件事了，還有，也別再告訴其他人了。要知道，如果讓雅臣知道了，他肯定會陷入巨大的不安中，也許會進一步胡思亂想的！難道你忘記了，當初美代的死讓他精神受到多大的打擊了嗎？」

「這……」依子猶豫了一下，最後輕輕點了一下頭。

「好吧，我答應你，我不會再和任何人提起這件事了。也許真的是我看花眼了……」

# 21 大暮黑嶺的怪談

「關於那個怪談……」神谷小夜子擰緊眉頭，「你們都很清楚嗎？」

「這個，」晴美先於雅臣開口了，「其實我也不太清楚，這是老一輩人傳下來的說法，現在都被當作母親嚇唬不聽話的小孩時說的話了，什麼你再不乖，長谷川家的幽靈就會越過鐵索橋來抓你了。我們小時候很多人都聽過這個傳說，沒幾個人當真的。」

「你這麼問是什麼意思？」雅臣若有所思地說，「神谷小姐，你是想說，這個傳說和美代的死有關係嗎？」

「根據我的判斷，恐怕是有關係的。」

說到這裏，屋裏忽然陷入了沉默。雅臣和晴美都認真地注視著神谷小夜子，想確定她剛才所說的話不是在開玩笑。

與此同時，神谷小夜子戴著的微型耳機裏，也接收到了木內家裝的竊聽器的聲音，木內依子的話完全落入了她的耳朵。

「你確定當時，」神谷小夜子放緩語速，一字一句地說：「你確定當時，你沒有看到任何人嗎？

當時，有沒有發生讓你無法理解的現象？」

「一定要說的話，就是我實在不知道，美代為什麼會從吊橋上墜落……」神原雅臣感覺得出，神谷小夜子明顯知道些什麼，她肯定掌握了某個重要線索。

四年前，那猶如噩夢的一幕再度閃現在神原雅臣的腦海中，愛妻就那樣從吊橋上消失了，就這樣離開了自己，這是他無法承受的巨大痛苦。雖然他暫時壓下了內心的悲傷，承擔起家庭的責任，但是雅臣的內心依舊對這件事情難以釋懷。如果美代的死真的隱藏著什麼秘密，他是無論如何都希望可以知道真相的！

此刻，雅臣那俊逸的面龐充滿了驚愕和不敢置信，隨即變為強烈的期待，他說道：「神谷小姐，如果你真的知道關於美代之死的真相，請你務必告訴我！務必讓我知道，這一切是怎麼回事！」

「如果你知道的只有這些的話，那就沒辦法了。」神谷小夜子沒什麼表情，她緩緩站起身，說：「關於那個怪談，也許老一輩的人知道得更清楚，我去詢問他們吧。你妻子的死，我也不知道是怎麼回事，也許我是搞錯了。」

她站起來之後，裴青衣和司馬真等人也起身準備告辭。

「等一下！」晴美站了起來，她也看出來，神谷小夜子明顯是掌握了某個線索，從以前美代的描述，她對這位女神探有著很大的信心，立即說道：「神谷小姐，拜託你了，我哥哥自從大嫂去世後，一直都很痛苦，不願意接受這個現實，所以如果你掌握了什麼線索，請你告訴我們吧！」

神谷小夜子的臉色沒有什麼變化，讓人根本猜不透她的想法，對於晴美的誠懇請求，她輕輕地說出一句話來：「我說過，我並沒有知道多少事情。」

「不，如果你沒有掌握什麼線索，你不會來問我們這些的……」晴美忽然又注意到她身後的裴青衣，忙說道：「你們幾位是神谷小姐的同伴吧？你們知道些什麼嗎？拜託了，請你們告訴我吧！」

裴青衣也沒有什麼反應，如果找不到公寓留下的線索，她根本沒興趣理會這些人。自己的命都朝不保夕了，她還哪裏有時間理會他們？司馬真等人自然也是如此心態。

而晴美此時，想起昨天和也告訴她的事情，依子看到了和美代長得一模一樣的女人，而且，就是在大暮黑嶺山脈東側，接近那座廢棄宅邸的地方。而今日神谷小夜子就來調查美代的死，白癡也想得到，這背後肯定有什麼玄機！莫非，大嫂還活著？

這個想法在晴美心中翻騰起來。如果大嫂真的沒死，那對於神原家來說真是天大的喜訊。可是，如果她真的還活著，怎麼會不回家呢？這是完全沒有道理的。何況當初經過調查，大多人都認為大嫂沒有生還的可能了。昨天晴美認為是依子看錯了，但是現在，神谷小夜子的來訪讓她感覺到，這個猜測或許是真的。

「啊，對了。」神谷小夜子忽然轉頭過來，「差點忘記問你們一件很重要的事情了。神原先生，請問尊夫人出事的時候，是否穿著白色的和服？或者她是否穿過白色和服？」

雅臣和晴美的臉上都掠過茫然的神色，顯然對於神谷小夜子所說的話不解其意。

「不，不是的。當時，美代沒有穿著白色和服，而且，我也從來沒有看到過她穿和服。」

「這樣啊……」神谷小夜子喃喃自語著，隨即說道：「那麼，可以了。看來是我想錯了。尊夫人的死，和我調查的事情無關。你們不用想太多，雖然別人給我一個神探的稱號，不過那只是個虛名罷了，你們不用把我真當成什麼神探。」

雅臣看著這個被昔日愛妻如此崇敬和喜愛的女人，他感到這個女人似乎和妻子說的不一樣，她是個很難讓人看透的人。她的性格和美代完全不同，美代是個總帶著笑容，讓人感覺到溫暖的女子，可是神谷小夜子，卻猶如深邃的黑夜一般，讓人感到神秘難測。

既然她都那麼說了，雅臣也沒有辦法，畢竟，總不能撬開她的嘴吧？她都說無關了。而且，雅臣感覺到，無論自己怎麼懇求，她都絕對不會露出半點口風的。

離開神原家，裴青衣立即發表了自己的意見：「不會錯的，那個長谷川宅邸就是鬼屋，不過很奇怪呢，為什麼公寓只是安排我們進入大暮黑嶺，而不是進入那個鬼屋呢？」

「別太早下結論。」神谷小夜子的表情依舊是波瀾不驚，「這也有可能是公寓對我們的誤導，如果輕易相信，也許最後我們就會萬劫不復。要知道，除了生路提示，一樣會有死路的誤導出現在我們面前。」

「這……不會吧？」隋文彬是他們之中頭腦比較簡單的一個人，他認為神谷小夜子是謹慎過了頭。

「這次血字指示，恐怕不會只是第二次血字指示的難度。」說到這裏，神谷小夜子又說出了竊聽到的情報：「還有，剛才我有了收穫。木內依子她隱瞞的事情，是她在大暮黑嶺東側，看到了本該死去的神原美代！」

此話一出，大家都緊鎖眉頭。

「這麼說的話……」一直沉默的吳宣臨也開口了，「我們當時看到的那個穿白色和服的鬼，就是神原美代？」

「我剛才問神原雅臣那個問題就是這個用意。當然，他們的意見也只能作為參考。神原美代嫁到大暮黑嶺也就是五年前的事情，難保她以前沒有穿過白色和服。不過，如果那個鬼不是神原美代的話，就代表著有不止一個鬼。」

七個鬼魂的傳說，沉甸甸地壓在每個人的心頭。這實在是太可怕了！

葉神村跟那個疑似的鬼屋，還是有一定距離的。當然，住戶也一樣可以選擇盡可能遠離，但是，遠離有意義嗎？

裴青衣托著下巴，快速思考著說：「在大暮黑嶺的範圍內，沒有對我們而言絕對安全的地方。既然如此，我們就要和時間賽跑，儘快查出究竟我們要面對的是什麼，而生路又是什麼。」

三個人在村子裏，問了不少人關於那個怪談的傳說。

而說得比較詳細的，是一個七十多歲的老太太。她說，當年那起案件甚是轟動，而傳出鬧鬼傳說，是在案件發生後不久的事情。

在老太太的屋子裏，她盤腿坐下，開始說起這個傳說的起源。

「那是大概四十多年前的事情了，那個富豪叫長谷川拓造。他來自東京，在這個深山中建造了那座宅邸之後，和自己的夫人、弟弟和妹妹一起生活。他的夫人真是個有名的美人啊，我記得她的名字是叫……長谷川佳世。」

「很漂亮？」神谷小夜子插話道，「你還記得她的樣子？」

「是啊，那時候，我們村子裏不少人都對佳世夫人非常有好感，她不僅人長得漂亮，還會唱很好聽的歌。所以那個案件發生的時候，大家都很難相信。而且，長谷川家的七個人都死了，沒有一個活下來。」

「繼續說吧。其他五個人的詳細情況……」

「嗯，拓造先生的弟弟，也就是被懷疑和佳世夫人通姦的人，叫長谷川敬之。敬之先生的確比他哥哥拓造要帥氣得多，而且也比拓造先生年輕不少，所以我們都認為他和佳世夫人的姦情是完全有可能的。畢竟，佳世夫人比拓造先生要小十幾歲，而只比敬之先生小兩歲。」

「這樣啊……」神谷小夜子不停筆地把這些重要情報記錄下來，「那麼，你們認為他們的確有姦情嗎？」

「這個……當時他們和葉神村往來並不頻繁，也就是佳世夫人和村子裏不少人關係很不錯，尤其是君子，哦，就是松田旅館的老闆娘，她當時還只是個小女孩，和佳世夫人的關係就好像母女一樣親密。至於拓造先生，大家和他往來得不多，所以我對他瞭解得也不多。不過，有不少人都認為他是個性格比較內向，不怎麼愛說話的人。但他的弟弟敬之先生卻是個溫和爾雅、待人和善的人。這兩兄弟，真的是一點都不像啊。坦白地說，我也感覺敬之先生比拓造先生更加好一些。對了，當時，佳世夫人身邊的女傭阿葵也和我聊過，她說，感覺拓造先生和佳世夫人婚後的生活並不幸福……」

大暮黑嶺東側，一座吊橋連接在兩座斷崖之間。茂密的林子裏，一座古舊的宅邸坐落在那兒，而許多烏鴉從天空中飛下，聚集在屋頂上，把那屋頂染成了黑色……

飯島和也進入了那片樹林中。

坦白地說，木內依子的話，還是讓他極為在意的。他也不認為雅臣的妻子還活著，更不相信那個怪談。可是，他心裏總是有著一個疙瘩。

「那麼……」神谷小夜子又問道，「我想問一下，長谷川拓造先生的妹妹呢？他還有一個妹妹是吧？」

「對，」老人點點頭，「我記得很清楚呢，拓造先生的妹妹名叫早苗，長谷川早苗。早苗小姐是個非常喜歡音樂的人，她彈鋼琴彈得特別好，性格也很安靜溫順，真是可憐，年紀輕輕的，就莫名其妙地被自己的親哥哥殺死了。」

「我想問一下。」裴青衣忽然用日語插嘴問道，「根據你們的說法，當初是佳世夫人和拓造先生的弟弟敬之通姦，最後拓造先生將他們都殺死了。不過拓造先生本人也自殺了，你們是如何得知此事呢？難道是留下了遺書嗎？」

「對，沒錯。拓造先生殺死了家中的六個人之後，用血在牆壁上寫下了一段文字，說明他殺人的原因，就自殺了。」

聽到這裏，神谷小夜子手上正在記錄的筆停下了。

「血……字？能夠確定，那段血字，是長谷川拓造本人寫的嗎？」

「這個……」老人頓了頓，「既然警方那麼認為，應該是沒錯吧。難道不是嗎？神谷小姐，你說你是京都來的偵探，莫非你有什麼別的想法？」

「如果，這起案子的真相並不是那樣的話呢？如果……殺人兇手另有其人的話，那就完全不一樣了。」

神谷小夜子這句話剛一出口，裴青衣就立即明白了她的意思。

也就是說……這有可能是生路提示。殺害長谷川家七個人的兇手，未必就是長谷川拓造，而有可能另有其人。難道，查出真凶，就可以讓亡靈安息，不再傷害住戶？

但是，四十年前的案件，如何調查？而且時效也早就過了，根本就不可能讓罪犯伏法，難道要他們親手殺掉罪犯？

裴青衣還是感覺不對勁，那些死者肯定知道殺死他們的人的身分，既然如此，死後陰魂不散，冤有頭債有主，大可以去找殺人兇手索命，為什麼卻要讓住戶來查出真相呢？除非……公寓對其下了限制，導致必須要假活人之手來復仇。

這個推論如果正確，難道，殺人真凶就在葉神村中嗎？畢竟，他們不可能離開大暮黑嶺，而葉神村是這座山上唯一有人跡的地方。

神谷小夜子沒有發表她的意見，對眼前的老人說道：「請繼續說下去。」

「嗯，你們還想問什麼呢？」

「還有三個人吧？你剛才提到佳世夫人身邊的女僕阿葵，知道她的全名嗎？」

「這個我真的不知道，只知道她的名字叫阿葵，其他的都不知道。至於那兩名傭人，我記得一個叫阿誠，一個叫阿近。」

「你對這三個人印象如何？」

「印象……談不上印象吧。阿葵，阿誠，還有阿近，都只是普通傭人，我都沒怎麼見過這三個人。也就是阿葵因為經常跟著佳世夫人，我才見過幾次的。」

「那麼……你認為這七個人互相之間的關係如何呢？」

說到這裏，這個老婆婆忽然有些警惕地看著神谷小夜子，問了一句：「請問神谷小姐，你為什麼打聽得那麼仔細？說是京都來的偵探，可是都是四十年前的案子了，還調查什麼呢？當年長谷川家的人都死了，也不會有人委託你來調查啊？」老婆婆年紀雖然大，但還是很精明的。

神谷小夜子反應很快，她放下筆記本，表情絲毫不變地說：「是因為那個怪談傳說。以前也有過因為這個怪談，而導致失蹤的情況吧？我想就此進行一些調查。」

「原來如此啊……」老婆婆這才釋然，「坦白地說，我也不知道是不是真的有鬼，畢竟那個時候，大家都傳得有鼻子有眼的，所以……」

「我繼續剛才的問題了。」神谷小夜子不想浪費時間，繼續問道：「根據你的說法，佳世夫人和她小叔子的姦情你們並不意外，但是根據後來的說法，拓造先生將他的妹妹還有傭人殺死，是懷疑這些人隱瞞了這段姦情。那麼……你認為，早苗小姐是否知道佳世夫人的姦情呢？」

「這我怎麼可能知道……」

神谷小夜子眨了眨眼睛，又說道：「或者我換個問法吧。你認為，長谷川拓造先生的妹妹早苗小姐，和她兩位哥哥的關係如何？」

這時候，司馬真拉扯著裴青衣的衣服，輕聲問道：「你可不可以翻譯一下她們的對話啊？我完全聽不懂，講得太快了啊。」

裴青衣頭也不回地說：「我筆記本上寫的都是中文，你應該看得懂吧？」

這次因為要來日本，事先司馬真、隋文彬和吳宣臨都去惡補了一下日文，但是這麼短的時間，就連背出五十音圖都來不及。雖然司馬真號稱宅男，可是連平假名和片假名也分辨不出，所以只能稍微看得懂一些日常會話。不過，由於不知道「拓造」、「佳世」、「早苗」等名字寫成漢字是什麼樣的，神谷小夜子只能夠先在筆記本上寫下羅馬字母，而裴青衣也是根據猜測寫下漢字。

「關係？」老婆婆聽神谷小夜子這麼問，歪著腦袋想了想，說：「這個我不記得了。平時他們都是住在那座大宅子裏，不經常到葉神村來。」

問到最後，老婆婆也說不出什麼了。於是，神谷小夜子提出了最後的一個問題。

「你是否記得……佳世夫人，早苗小姐，還有阿葵，三個人裏，有誰是穿著白色和服的？」

老婆婆聽到這句話，面色明顯變了一變。然後，她緩緩說道：「對，沒錯。佳世夫人經常穿著白色的和服，以前她到葉神村來的時候，很多次都是穿著一件白色和服的。」

這句話一出，神谷小夜子握著筆的手微微一抖，而裴青衣的臉色也變了一變。至於司馬真、隋文彬和吳宣臨的臉色，就更是精彩了。

果真如此嗎？回憶起當初出現在車子前，那個一閃而過、穿著白色和服的女人，因為是側臉，所以根本沒看清楚面目，但那件白色和服，卻留給他們很深刻的印象。當時看到的……就是四十年前被殺死的佳世夫人嗎？

飯島和也進入了樹林深處，他已經開始接近東側山脈，他對於怪談傳說是完全不相信的。不過，畢竟這件事情牽涉到雅臣去世多年的妻子，如果美代真的還活著，身為雅臣的朋友，他總不能隱瞞這件事情吧？

越接近那座吊橋，樹木就越濃密和茂盛，日光被遮蔽了，林中非常幽靜。飯島和也雖然不信鬼神，但多少也感到有些心悸。

「這就是依子說看到美代的地方吧？」

距離那座吊橋只有不到一百米了。若非眼前樹木的遮擋，他此刻已經能夠看到那個懸崖和吊橋了。至少，水流的聲音已經傳入了和也的耳中。

「不過，那個女偵探來葉神村做什麼？難道是雅臣委託她來調查美代的死嗎？嗯，以雅臣的性格很有可能，而且受到美代的影響，他應該也很信任那個偵探。」

這時候，他忽然想起依子母親的失蹤。當時依子還是個孩子，她的父親在她還沒有出生的時候就死了，而依子三歲的時候，她母親又莫名其妙地失蹤了。

當時，也有人說，這件事和那個怪談有關係。雖然是沒有根據的說法，但村子在過去四十年裏的確有一些失蹤案例，不過年代太久遠，也沒有人再去考證了。

終於，他來到了那座吊橋前面。要不要走上去？和也在考慮著。他的目光注視著吊橋的對面，因為樹木的遮擋，他看不清楚那座宅邸。這些年，樹木長得越來越茂密了。

「依子真的看錯了吧？」和也撓了撓頭，「她一定是把一個和美代有些相像的人看錯成她了。要不我先回去吧？就算來，下次也找吾郎一起過來。」但是，不知怎麼，和也還是邁上了那座吊橋。

「算了，都到這來了，再多走幾步，也沒什麼吧？」他緩慢地走著，雖然吊橋不是木製的，但多年下來，誰知道會不會有問題，下面可是一條深澗啊。他還是走得很小心，甚至不敢抬頭，一直看著腳下的橋面。

就在走到吊橋中間的時候，一直看著橋面的和也，在他的視線中，出現了一雙穿著木屐的腳……

這個時候，在中國天南市，那座給所有住戶帶來恐怖夢魇的公寓中。

「大約再過兩個月，我的智商就可以恢復到原來的水準了？」

四〇四室內，李隱和子夜相對坐著。此時，神谷小夜子等人在日本執行血字指示，李隱自然和子夜聚在一起，為那五個住戶出謀劃策。

可以進入倉庫的卡片消失後，住戶們都感到一種莫名的恐懼。倉庫不可能無緣無故消失，也就是說，必定發生了什麼事情。

「對。」李隱回答道，「腦髓靈咒的效力頂多只能維持兩個月。不過如果你在這段時間內接到血字指示會很危險。本來我考慮這可以用其他道具彌補的，但現在倉庫卻莫名其妙地消失了。這個變故的發生，肯定是發生了什麼不同尋常的事。」

「你認為有什麼可能？」

「按照常理推斷，應該是某個住戶私自執行魔王級血字指示成功了，魔王被封印後，倉庫自然也就不需要存在了……」

李隱和子夜都陷入了沉默。

「子夜。」李隱忽然開口說道，「其實倉庫的消失還有一個可能性。那就是，倉庫本身並不是為了讓我們度過血字，而是為了達到某個令我們陷入恐怖境地的目的……」

日本熊本縣，大暮黑嶺，神原家中。雅臣這時正呆呆地站在美代的靈位前。神谷小夜子的來訪，勾起了他的回憶。這個狹小的房間內，雅臣就這樣獨自一個人面對著美代的遺像。

晴美站在門外注視著哥哥，他自從神谷小夜子走後，就一直是這個樣子。晴美內心也在掙扎著，依子的話在她腦海中迴盪著。要不要告訴哥哥，依子看到了大嫂呢？大嫂是否有可能真的還活著？

「你在外面吧？晴美？」雅臣忽然開口道，「你進來吧。」

晴美咬了咬嘴唇，走了進去，盤坐在雅臣身邊。她一時也不知道該說些什麼，畢竟，安慰的話，這四年來都已經說盡了。

「突然感覺很懷念呢。」雅臣忽然說出了這麼一句話來。

「神谷小夜子出現的時候，我好幾次都想起了美代。她的房間裏面幾乎貼滿了神谷小夜子的照片，所以我一看到她，就會想起以前的美代。」

「我也記得……」晴美苦笑道，「神谷小姐破獲的所有案件的資料，她都搜集了起來，我聽得耳朵都快起繭了。尤其是『黑圓殺人事件』，就是那起在京都發生的連環殺人案件，死者身邊都畫有一個黑色的圓。神谷小姐好像因為那起案子，差一點被犯人殺死。聽起來很驚險的，不過也有可能是大嫂添油加醋吧，說得好像是她本人親身經歷的一般。」

雅臣把頭轉向晴美，此刻他的眼中已經泛起了淚花。

松田旅館。此刻，松田君子正在櫃檯上記賬。她聽到了旅館大門打開的聲音，抬起頭一看，卻見到神谷小夜子走了進來。

「神谷小姐，你回來啦？」

神谷小夜子緩緩走了過去，走到櫃檯前，開門見山地說：「松田夫人，據我所知，你以前和長谷川家的佳世夫人關係很不錯？」

松田君子愣住了，她不明白為什麼神谷小夜子突然這麼問。

「都是四十年前的事情了。」松田君子回想起那麼久遠的記憶，說道：「很多事情我都忘得差不多了，不過我和佳世夫人的確關係不錯。可是，神谷小姐，你為什麼問起這個？」

「我正在調查一起案件。」神谷小夜子向櫃檯又走近了一步，接著說道：「所以想具體問一下情況。」

「可是，我還要做生意……」

神谷小夜子取出一張支票，放在櫃檯上，說道：「這是一張一百萬日元的支票。只要你將你知道的事情都告訴我，這張支票就是你的了。如果你提供的線索能夠給我幫助，更多的錢也不在話下。我以前接過不少有錢人的委託，錢，我不缺。」

當年震驚京都的黑圓殺人事件，死者中有一個人是一名超級富豪的獨生子，神谷小夜子解決了那起案件後，獲得了數億的巨額報酬。

松田君子的眼睛死死盯著那張支票，仔細數著後面的六個零。一百萬？只是問個話，就給一百萬？這也太誇張了吧！

「怎麼？不夠嗎？」神谷小夜子卻連眉頭都不皺一下，「我身上還帶著沒有填寫的空白支票，只要你報個數字，在我承受範圍之內，都會給你。」

「不，不是……」松田君子馬上拿起支票，像是怕神谷小夜子會後悔一樣收進口袋，說道：「好的，我這就過來，神谷小姐，你想問任何事情都行！」正所謂拿人的手短，吃人的嘴軟。一百萬的支票砸過去，松田君子無論如何也不好意思不開口了。就算是四十年前的事情，也會竭盡全力去回憶。

松田君子來到神谷小夜子的房間裏，這時候房內還有隋文彬和吳宣臨二人。裴青衣和司馬真在村子裏繼續搜集線索。

進入了房間，松田君子剛坐下來，神谷小夜子就開門見山地問道：「我就不兜圈子了。我想知道和長谷川一家所有人有關係的事。包括後來流傳的怪談，松田夫人，你都可以告訴我。特別注意一點，不管是多麼荒唐不經的事情，哪怕是你認為是以訛傳訛、根本不可信的說法，也都不要漏掉，全部都告訴我，我會自己來判斷是否可信。如果你所說的，對我的調查有了幫助，我不會吝惜酬金。」

「明白，明白！」松田君子臉上堆滿笑容，自從她丈夫去世後，她一直辛苦支撐著這個溫泉旅館到現在。如今，這麼一個財神出現，她自然是不能輕易放過的。

「首先是神谷小姐你問起的長谷川佳世夫人……」松田君子斬釘截鐵地說，「我可以保證，她的確和她的小叔子有姦情！」

這句話一出，倒是讓神谷小夜子露出意外之色。而隋文彬和吳宣臨聽不懂日語，所以沒有什麼反應。不過，看神谷小夜子的臉色，他們也感覺是一件很重要的事情，隋文彬連忙問：「她剛才說什麼？我只聽懂了『保證』這個詞。」

「等會兒我會全部翻譯給你們聽一遍，現在別打斷我的問話。」神谷小姐沒有正面回答他，而是對松田君子繼續問道：「你確定？難道佳世夫人會告訴你這種事情？」

「當然不會。只是，有一次，我看到佳世夫人和她的小叔子長谷川敬之先生在樹林中擁吻。那一幕我看得清清楚楚。對了，當時佳世夫人身邊的女傭阿葵還在附近東張西望，似乎在為兩個人把風。我是因為躲在一堆灌木叢後面，所以沒有被他們發現。」

「原來如此。」神谷小夜子在筆記本上的「佳世」和「敬之」兩個名字間寫下幾個字：「確定有姦情」。然後，還在「阿葵」的名字下劃上一條橫線，寫道：「知情者。」

「按照你的說法，」神谷小夜子寫完後抬起頭來說，「首先，長谷川佳世夫人和她的小叔子長谷川敬之的確存在姦情。而她的貼身女傭阿葵知情，還幫二人把風？你確定沒有看錯嗎？」

「嗯，我看得很清楚，雖然過了四十年，可是因為那一幕太震撼了，沒想到和我關係那麼好的佳世夫人居然會做出這種事情，所以印象特別深刻。而且從當時的情況看，佳世夫人似乎比較主動。」

「那，你沒有把這件事情告訴任何人？」神谷小夜子的語氣突然一變，「恕我直言，長谷川拓造先生知道妻子的不忠，會不會是因為你呢？」

「怎，怎麼會……」松田君子立即擺了擺手，「我沒有和任何人提過這件事情！當時我真的被嚇到了，然後我就馬上逃走了。佳世夫人每次來看我，都會教我一些插花和茶道的知識，我本來以為她是很賢慧的女人，但那一天看到她的那一面讓我非常驚訝……」

「你是說，佳世夫人不像是會和男人通姦的女人？」

「怎麼說呢……佳世夫人長得非常漂亮，所以當時也不是沒有一些流言。不過我都沒有相信，佳世夫人給我感覺非常溫柔，我還記得第一次看到她，她穿著一件白色和服，打著一把紙傘，走進村子的時候，不少人看得眼珠子都快掉出來了，夫人她實在太漂亮了。」

漂亮這一點，松田君子和那位老婆婆的說法是一樣的。

不過，白色和服這個資訊被再一次提起，雖然神谷小夜子沒太大反應，可是聽到「白色」這個單詞的隋文彬和吳宣臨都緊張了起來。

「白色和服嗎？」神谷小夜子忽然從筆記本上撕下一張紙來，說道：「你能夠把那件和服的式樣畫出來給我看看嗎？」

「這個……畢竟過了四十年了，要畫出來很困難……」

「這樣啊。」神谷小夜子把撕下的紙拿了回去，又問了一句：「你對佳世夫人最初的印象是美麗溫柔，但在看到那一幕之後，你們日後見面時，你的反應是什麼？」

「其實……那是我最後一次見到佳世夫人。在那之後過了一個星期，就發生了那起血案。拓造先生用刀子殺死了家裏所有人，留下一段血字遺書，就自殺身亡了。所以我當時得知這起血案的時候，並沒有多驚訝。當然，因為警方後來確定了案件是殉情案，所以沒有繼續調查下去，否則如果我被警方傳訊，也可能會說出我當時看到的情景。」

「一個星期？」神谷小夜子放下了筆，她仔細看著筆記上的記錄，問道：「也就是說，你發現佳世夫人姦情的一個星期後，拓造先生就殺了家中的六個人後自殺。你真的沒有告訴過任何人嗎？時間未免太過巧合了。」

「不可能的，我絕對沒有說過！」

「過了四十年，記憶難免模糊。你真能百分之百確定，你沒有和任何人說起過嗎？」

「這……沒有啊。真的沒有，在那之後我沒有告訴過任何人。」

「好吧，姑且就當作你真的沒有和任何人提及。那麼，關於那個怪談傳說，你瞭解多少？村子裏的人對於這一點，都說是靠近那裏的人會遭遇神隱。那麼，神隱的說法是真的嗎？」

「嗯，有過，而且數量還很多。所以神隱的傳聞後來不斷出現。」

「其他村民也那麼說。而據我瞭解，第一個神隱的人，基本上所有人的說法都是一致的。那個人，名叫小林櫻子。這個人，你知道吧？」

「嗯，是的。小林櫻子，老一輩的人幾乎都知道她。她是葉神村第一個神隱的人。好像是在那起血案發生過兩三年以後的事情。」

同一時間，裴青衣來到了一座房子門前。這座房子的大門外，掛著「飯島」的名牌。

「就是這裏了。」裴青衣拿著手上寫著地址的紙條，「這個地方，就是小林櫻子的妹妹的家。她的妹妹結婚前的名字是小林泉美，而現在的名字是飯島泉美。」

裴青衣抬起手敲了敲門，過了一會兒，門打開了。

「和也，你總算回來了，讓我好等……嗯，你是誰？」

開門的是個穿著圍裙的中年婦女，她疑惑地看著眼前的裴青衣和司馬真。

「請問……」裴青衣鞠躬問道，「您是飯島泉美夫人嗎？」

# 22 生不見人，死不見屍

「對，沒錯。」飯島泉美愣愣地看著裴青衣，問道：「你是誰？是和也的朋友嗎？我以前好像沒見過你？」

「您好。我是從中國來的，我叫裴青衣。」

「中……中國人？」飯島泉美顯然非常驚訝，她好半天才反應過來，說：「我聽說最近有幾個中國遊客來，還有一個京都來的女偵探，在到處詢問……」

「對，是我們。」裴青衣點點頭，「能讓我們進去嗎？」

「好……好吧。」葉神村的人大多好客淳樸，沒有什麼太多的想法，所以飯島泉美就讓裴青衣和司馬真進去了。

房子並不是很大，在玄關換鞋後，裴青衣和司馬真跟著飯島泉美走進了客廳。客廳裏的佈置很簡陋，只有一些基本傢俱。直接盤坐在地上，飯島泉美倒了兩杯茶，放在桌子上。

「你們……」她把茶遞給裴青衣的時候，囁嚅著說：「是為了，我姐姐的失蹤來的？她是村子裏第一個神隱的人。」

「嗯。的確是因為這個原因。您的姐姐，小林櫻子，很多人都說是村裏第一個神隱的人。而且，從那以後再也沒有找到她，至今生死不明。這樣問可能非常失禮，但我們還是想具體瞭解關於『神隱』的事情。」

飯島泉美緊咬著嘴唇，她此時身體都有些微微顫動。

「你們為什麼要調查這件事情？」

「據我所知……當時，飯島夫人您是和櫻子小姐在一起的，在她神隱的那個時候。而這也正是她的失蹤被稱為『神隱』的原因。因為您所說的話的緣故。」

「我……」

「請您詳細告訴我們，飯島夫人。」裴青衣面色鄭重地說道：「也許您會感覺不可思議，但此事對我們而言，可以說是攸關性命！我絕對沒有絲毫誇大其詞，無論如何，這個流傳在大暮黑嶺的怪談，對我們而言非常重要。無論如何，我們都必須要查明究竟！請您原諒我們的冒昧，只要您能協助我們進行調查，我們一定會給予您滿意的報酬。」

裴青衣接著拿出了一張神谷小夜子簽的支票，金額是一百萬日元。這種生活在小山村的人，生活水準自然不會很高，這樣的報酬足以讓他們心動。

「一百萬？」

飯島泉美大為愕然，說道：「這是不是太誇張了？這個怪談傳說，其實我也不怎麼相信。姐姐她，說是『神隱』，可是也只是一種說法而已。我並不認為姐姐是真的『神隱』了。」

「無論如何，還請您詳細告知。無論是什麼細節都不要放過，盡可能地詳細告知。」裴青衣說到這兒，旁邊的司馬真也說出一句蹩腳的日語：「拜託您了！請您告訴我們！」

飯島泉美張了張嘴，終於點了點頭。

「好吧，就告訴你們吧。雖然我也不明白你們為什麼要調查這件事情，但你們既然肯出這麼多錢，我也不好意思什麼都不說。這的確是壓在我心頭很多年的事情啊，也不知道能否給你們什麼幫助，總之……你們姑且就聽我說吧。」

「那個時候，我和姐姐的年齡都還很小。那個血腥的長谷川家滅門血案，我們也聽說過。當時真的很難想像，在距離我們那麼近的地方，發生了如此恐怖的案件。櫻子姐姐和我最初都感到非常恐懼，但是後來，她開始產生了好奇心。有一天，她忽然對我說：『泉美，我想到那裏去看一看！』我感到很不可思議，不明白為什麼，但她卻說：『那裏因為發生過那樣的事情，一般人都不敢接近，但我感覺很刺激呢，不如我們找機會去一次吧。泉美，你認為怎麼樣？』」

「我一開始是拒絕的。畢竟那裏是死過人的地方啊，而且是死了七個人！可是，櫻子姐姐非常堅持，到最後，我也只好答應了。畢竟那裏也就是個無主之地而已，想來不會有什麼事情才對。當然，這件事情，我們從頭到尾都瞞著父母，沒有告訴他們。畢竟，如果說了，他們肯定不會答應。當時，我感覺很興奮，覺得有點像那種試膽遊戲。櫻子準備好了足夠的食物，還有以防萬一的藥品。接著，我們背著包就在黃昏時分出發了。當我們走到東側山脈的時候，天基本已經黑了。走到那座吊橋前面的時候，我又有些打退堂鼓了。畢竟，在天那麼黑的情況下，進到那個房子裏面，想想都感覺可怕。何況都到吃晚飯的時間了，再不回家，父母恐怕也會擔心的。可是，那時候櫻子姐姐卻鐵了心，一定要進去。現在回想起來，我要是阻止了她，就好了。」這段往事，至今似乎都折磨著飯島泉美，讓她感到很痛苦很悲傷。

「我很理解您的心情。」裴青衣說道，「還請繼續說下去。」

「當時，我們走過了那座吊橋，走上吊橋的時候，我也很害怕，因為以前從來沒有走過這樣的吊橋。我記得……當時，在那座吊橋上方，盤旋著好幾隻烏鴉。」

「烏鴉？」裴青衣忽然想起，昨天他們剛到葉神村的時候，出現的那隻烏鴉。

「對，這座大暮黑嶺中，有很多烏鴉，而在東側山脈那一帶，烏鴉的數量尤其多。」

「請您繼續說下去。」

「走完吊橋，花費的時間並不是特別長。不過，櫻子姐姐在途中倒是越來越興奮了，她說這樣才有探險的感覺。接著，我和櫻子姐姐終於到達了對面的樹林。又走了一段路後，終於，我們看到了那座以西洋風格建造的宅邸。宅邸一共有兩層樓，附近雜草叢生，而房子的屋頂上，停著好幾隻烏鴉，不斷大叫著。烏鴉和夜色融為一體，讓人看不清楚。那座宅邸的四面都有白色的柱子佇立著，占地面積很大，外牆有不少地方都開裂了。附近的雜草甚至高到膝蓋，走起路來很不方便。我們……來到那座宅邸的大門口的時候……」

說到這裏，飯島泉美忽然把頭低下來，看著那張一百萬日元的支票，咬著牙，抑制住眼眶中的淚水。

「我們推開了門，大門根本就沒有鎖。走進去後，我們就看到一個很大的客廳，房間至少有十米高，這樣高的房間我以前從來沒有見過，所以非常吃驚。地板上鋪著黑白二色的瓷磚，房間內也到處是連接著地板和天花板的柱子。不過，房間裏到處都是蜘蛛網，傢俱也都東倒西歪的。就在這時，一陣風吹過來，把我們身後的大門關上了。」

「後來……發生了什麼事？」裴青衣又問道。

裴青衣是第一次執行血字指示，可是多次分析血字表，她也可以想像出那是多麼恐怖的場景，她不時慶幸這次血字不是直接進入那座宅邸中，否則就太可怕了。

雖然現在是大白天，可是裘青衣卻感覺，那灑入室內的陽光也似乎變得黯淡了很多。忽然，她開始羨慕起身旁根本聽不懂日語的司馬真來了，而她則必須要將飯島泉美的話一一記錄下來。她本打算讓飯島泉美不要過分渲染氣氛，畢竟她很清楚那是個真正的鬼屋，可是又擔心如果不讓她詳細說，會錯過公寓留下的生路提示，所以只有硬著頭皮聽下去。

但願可以找到生路提示的線索……裘青衣在心中祈禱著。她無論如何都想要活下去，儘管她很清楚這個公寓的恐怖，可還是不願意放棄任何一根救命稻草。

「櫻子姐姐當時走在前面，而我嚇得躲在她身後。房間內非常陰暗，眼前是一個通向樓上的樓梯。櫻子姐姐就對我說：『泉美，上去看看吧。』我已經嚇得話都不敢說了，連連搖頭。她有些不滿地說：『泉美，你怕什麼啊，既然如此，我自己上去，你就在一樓等著我吧。』接著，她就打開手電筒，朝著那個樓梯走了過去。而我則只能夠嚇得停在原地動不了。」

裘青衣把這些內容全部記錄到筆記本上，然後，緊盯著飯島泉美問道：「你後來就一直待在一樓？」

「嗯，因為我完全不敢上去啊。我真的很害怕。可是，在樓下等了很久，我都沒有看到櫻子姐姐下來。於是我就喊她，可是喊了很久，她都沒有回答我。最後，我只能硬著頭皮朝著樓上走去。每走一步台階，我都感覺心跳加快了一分。到了二樓，我看到了一條很長的走廊……」

「等一下……」裘青衣忽然打斷了她，「請等一下。」

裘青衣站起身，走到窗戶前，把窗戶打開，讓更多陽光灑進來，最後索性將後面的拉門也一併打開，才鬆了口氣，說：「好，請您繼續說吧。」

「你很害怕？裴小姐？」飯島泉美有些意外，「你不是神谷小姐的同伴嗎？你難道也相信有鬼？」

裴青衣在心裏說：根本不是信不信的問題，那個宅子裏根本就是有鬼！光是聽聽我都感覺那麼恐怖了，真是沒辦法想像，李隱他們是怎麼支撐到今天的，正常人恐怕早就精神崩潰了吧！

「沒事，您繼續說吧。」坐回原來的位置，裴青衣繼續問道：「您當時在二樓看到了什麼？無論多麼小的細節都好，請儘量回憶描述出來。只要你提供的線索有價值，我們會追加給您更多的酬金。」

飯島泉美聽到可以追加酬金，不禁有些欣喜，於是馬上繼續說道：「好的。當時，我到了二樓之後，我記得先是走到一條狹長的走廊上。地板踩上去發出咯吱咯吱的聲音，我真擔心把地板給踩壞了。而且牆壁上滿是蜘蛛網，我一路找著櫻子姐姐，不斷喊她的名字。我找了很多個房間，可是都沒有看到她。」

「等等，可以說得詳細些嗎？你都找了哪幾個房間？」

「不記得了，都過去那麼久了，我只記得當時找了好幾個房間。當我找完最後一個房間時，依然沒有找到姐姐！」

「當時我感覺到非常恐怖，儘管無法相信，但事實卻是……姐姐，在二樓，就這樣消失了！」

這便是……葉神村村民最初的神隱……

「姐姐……就這樣消失了。」

飯島泉美說到這裏，她似乎又沉浸在當年那個恐怖的回憶中，身體開始不由自主地顫抖。這對她而言，是一段無法磨滅的可怕記憶。

裴青衣非常理解她的心情，但是這段記憶對住戶而言，很可能含有生路提示，無論如何都必須盡可能追問下去。

「然後呢？你然後是怎麼做的？」

「然後？我最初以為，也許是我在哪個房間裏看漏了。於是我又回到前面幾個房間去找。後來，我重新進入了某個房間，注意到，那個房間的牆壁上，有著好幾道明顯的刀痕！而且，牆壁上還有一段雖然已經很模糊，但還是可以看出來的血字！血字雖然已經看不清楚，不過我知道這就是長谷川拓造先生殺死家中的六個人後，自殺前留下的『遺書』！而他本人，應該也就是在這個房間裏割斷喉嚨自盡的！想到這裏，我就非常害怕。」

「我實在是找不到櫻子姐姐，而且這個宅邸裏的恐怖氣氛越來越讓我窒息，最後我只有逃離了這個宅邸，從吊橋逃回家，對父母說出了事情的原委。當時，父母都非常震驚，隨即組織了一大群村民前去尋找姐姐。然而，去到那個宅邸之後，村民們把房子翻了個底朝天，也沒有能夠找到姐姐。大家接下來在大暮黑嶺東側山脈不斷地搜尋，可是都找不到任何姐姐的線索。接著，大家從我的話來推測，漸漸傳出了怪談的謠言，認為姐姐是『神隱』了。在那座宅邸中，一共死了七個人，這足夠誕生一個怪談傳說了。」

「接下來……」裴青衣感覺嗓子非常乾，不禁拿起茶杯來喝了口水。司馬真雖然聽不懂日語，可是看著裴青衣記錄的筆記，也大致知道發生了什麼，面色也不怎麼好看。

「接下來，發生了更可怕的事情。當時，進入過那座宅邸搜尋的村民裏，有兩個人失蹤了。而且，也是近似於『神隱』的失蹤。其中一個人是在家裏泡澡的時候，就憑空消失了，家人進入浴室時，只看到空空的澡盆。另外一個人，則是明明前一刻還在一個房間裏，別人一進去的時候，就看不到他了。接二連三的『神隱』現象，引起了村民們相當大的恐慌。這也直接造成了葉神村人心惶惶，認為那是不能夠進入的鬼宅。因此，一同進去過的其他村民也都害怕到了極點，擔心自己也會遭遇同樣的命運。可是，失蹤的卻只有那兩個人。但當時進去過的，足足有十多個人。而且，和姐姐同時進入那個宅邸的我，也一直活到現在，並沒有神隱。」

「是嗎？這樣啊……」

並不是進入過宅邸的人就一定會遭到詛咒，這也有可能是公寓的血字指示並沒有要求一定要進入長谷川宅邸的原因。不過，知道原因後，住戶肯定不會接近長谷川宅邸了。難道這根本不是一個必要條件嗎？

裴青衣認為，至今為止發生了神隱的人，全都是在接近長谷川宅邸的情況下遭遇這一厄運的。即使這不是一個必要條件，也能夠相當程度對住戶的生命造成威脅。只要血字指示指明必須接近那裏，在影子詛咒的威脅下，住戶也不得不接近那裏。可是，血字指示卻僅僅說，進入大暮黑嶺的範圍就足夠了。而在這種情況下，因為在葉神村獲得了情報，反而更加不可能接近那兒了。這是為什麼？

裴青衣實在是不明白。公寓不可能會平白無故地讓他們有離開危險的條件，那麼關鍵是什麼呢？

「也許是誤導吧。」

同一時間，神谷小夜子對隋文彬和吳宣臨說出了她的判斷：「這也可能是公寓的誤導。也就是說，讓我們產生『長谷川宅邸附近』是危險場所的想法，反過來說，不接近那裏就不會有事。說到這裏，你們有沒有想到什麼？」

隋文彬完全不明白，只能搖了搖頭。而吳宣臨絞盡腦汁也考慮不出來。

最後二人不得不問神谷小夜子：「為什麼呢？神谷小姐，麻煩你告訴我們吧，我們知道你是名偵探，智商肯定比我們要高很多的，就請你告訴我們吧！」

「有兩個可能。第一，長谷川宅邸，存在著真正的生路或者生路提示；第二種可能，在大暮黑嶺以外的地方活動，有觸發死路的可能。而第一種可能性高達百分之六十以上。也就是說，只有進入長谷川宅邸，才能找到生路。但利用葉神村的傳說，讓我們感到恐懼而不敢接近那兒。其實，還有一件最重要的事情，那就是……這次的鬼魂真的是長谷川一家的七個人嗎？」

這句話倒是大大提醒了隋文彬和吳宣臨。的確，這很可能是公寓的誤導，甚至未必就是長谷川拓造殺了那六個人，可能他們家的七個人，全部都是被某個鬼魂殺死的。

「既然允許我們在整個大暮黑嶺範圍活動。」

神谷小夜子看向窗外，說道：「也就代表著，整個大暮黑嶺都是鬼魂活動的範圍。甚至有可能，葉神村裏的某個人就是鬼魂的化身。這種可能性也是很大的。」

不久之後，裴青衣和司馬真也回來了。她把從飯島泉美那裏獲得的情報全部都告知了神谷小夜子。仔細翻看了筆記後，神谷小夜子的神色也凝重起來。

「看來……」她把筆記本丟在桌上，「我們得小心行事了。而且，如我剛才所說，鬼魂很可能化身為某個村民，這種假設，可能性又大了一些。」

「你是說……」裴青衣忽然明白了什麼。

「飯島泉美，」神谷小夜子指著那本筆記本說，「真的是飯島泉美嗎？誰也不能保證，她是不是被鬼替換調包了。這一點沒人可以證明。」

「你……」裴青衣眉頭緊鎖起來，這個假設也太恐怖了，她剛剛才去見過飯島泉美啊！

「也有可能……」神谷小夜子又指著筆記本中的某一行，說道：

「當時進入過那座宅邸的村民還有很多。而那些人只有兩個人『神隱』了。這會不會是一種掩飾的手段？我猜測，進入的村民中，可能有某個人，或者多個人被鬼魂替換了。而神隱的人數減少，就是為了不讓被替換掉的那個村民太過顯眼。也就是說，那些村民中很可能存在著我們要面對的鬼魂！而這也同樣可以解釋，血字為什麼沒有強制我們進入長谷川宅邸，因為進入不進入根本無所謂了。」

「是……是這樣嗎？」裴青衣又拿起筆記本看了看，不禁倒吸了一口冷氣。

神谷小夜子不愧為名震一時的名偵探，可以推導出這個結果。這的確可以在一定程度上解釋，血字指示為什麼不強制他們進入長谷川宅邸。包括飯島泉美在內，這些村民都有很大的危險性。

不過，這也只是一個假設罷了。畢竟公寓設置陷阱的能力非常恐怖，往往不經意間就會讓住戶踏入萬劫不復的境地。除了智慧，運氣所占的比例也不小。

目前還沒有一名住戶死亡，也就是說，可能真正的生路提示還未出現。所以，鬼魂估計還在受公寓的限制。但是一旦生路提示出現，限制就會被打破，到時候鬼魂就會開始大開殺戒了。

「總之，」神谷小夜子繼續說，「我們要查出四十年來所有的神隱名單，以及所有踏入過長谷川宅邸又還活著的人的名單。情報還是太少了，我對自己的推理還沒有足夠的信心。和六顆人頭的那次血字一樣，情報是最為重要的！」

裴青衣立即同意道：「我也認為神谷小姐的想法很有道理，那大家分頭行動吧，務必儘早取得名單！希望不會太遲！」

這是裴青衣的第一次血字指示，她極為重視。在這一不小心就會丟掉性命的血字指示中，她唯有謹慎、謹慎再謹慎。無論如何，她都必須要活下去！

「如果村民不願意合作，就支付報酬好了。我這裏還有空白支票，你們看著填吧。不用擔心，我的帳戶裏有足夠的錢。只要可以活下去，花多少錢我都不在乎。」

「那是自然！和命比起來，錢算什麼！根本就什麼都不是了。」

接著，大家就開始行動起來。因為有了明確的目標，所以行動起來的時候，司馬真三人也有了很大的動力。但是，因為神谷小夜子的推理說，村民中也許隱藏著鬼魂，這也給他們帶來不小的心理陰影，擔心調查活動會引起鬼魂的殺戮。不過，血字指示一旦發佈，執行的住戶和鬼魂就是不死不休的關係了，不是你死就是我亡，自然只有拚上一拚，才能夠找到生機！

與此同時，神谷小夜子也把她的推理結果，通過電話告訴了在天南市公寓裏的李隱。

「你認為我的推理如何？」神谷小夜子想要聽聽李隱的意見。

「聽上去似乎有點道理。」

李隱仔細考慮了一番後回答，說道：「不過，你要注意，不要太相信推理。公寓也可能反過來利用你的智慧製造死路，你不要輕易嘗試任何事情，唯有生機大到一定程度，才可以去嘗試。」

「話是那麼說沒錯，但血字指示不是靠著安逸的想法就可以度過的。你應該知道吧？樓長，倉庫的消失絕對不會那麼簡單。出現還不到一星期就消失的倉庫，一定留下了什麼東西。我甚至懷疑，道具根本就不是幫助我們通過血字的，反而會引導我們踏入地獄。」

「你有查到什麼嗎？」

「嗯。暫時還沒有，不過我會進一步調查下去。」

掛斷電話後，李隱對坐在他對面的子夜說道：「剛才的話你都聽到了吧？」

子夜此刻手上拿著一本筆記本，上面記錄著所有道具的種類。

她將筆記本攤在李隱面前，說道：「其實最近對這些道具進行調查之後，我發現了一件事情。」

「什麼？」李隱一下子露出了緊張的神色來。

「這些道具，有不少都和地獄有一定的聯繫。黑白無常，黃泉，陰司，九幽……全部都是和地獄傳說有關的東西。」

李隱眉頭皺了一下，他拿過筆記本仔細一看，的確如此。

「還有那個三靈凶頭杖，不是有點像地獄三頭犬嗎？傳說中鎮守地獄大門的魔獸，那個鬼頭，其實和地獄三頭犬的頭顱有很多相似之處。有很多道具都給人這樣的感覺。」

「你想說什麼？子夜？」

子夜將筆記本舉起來，對李隱說：「我懷疑，這些道具，來源於地獄。而那個倉庫，是連接地獄和這個公寓的媒介……」

此刻，在大暮黑嶺。

神谷小夜子走出松田旅館的時候，她赫然發現，神原雅臣就站在門外。他看到神谷小夜子走出來後，立刻走了上來，臉色非常急促。

「我聽說，你在到處調查那個怪談吧？」雅臣的臉色雖然平靜，但是語氣卻充滿了焦急：「我想你有你的理由吧。但是……你真的打算深入調查嗎？」

「你想說什麼？」神谷小夜子神色一動，「莫非你有新的情報可以提供？」

在神原家，她至少在三個地方裝了竊聽器。而根據目前的竊聽結果，從神原家中沒有獲得新一輪情報。

「我不希望你有事。」雅臣頓了頓，終於說道：「因為你是美代非常喜歡的人，我不希望你遭遇到什麼……」

「你擔心那個傳說是真的？」

神原雅臣沉默了。他一時不知道該說什麼才好，而就在這一會兒工夫，神谷小夜子從他身旁走過，用冰冷的聲音說道：「如果沒有新的情報，請不要阻礙我，神原先生。」

神原雅臣目送著神谷小夜子遠去的身影，內心泛起一股酸澀的感覺。當初，美代堅持要去看一看那座宅邸的一幕，再度在心頭浮現起來。

「不能再讓同樣的事情發生了……」雅臣攥緊了雙拳。

根據調查的結果可以確定，平田老人所說的依子母親的失蹤，其實也是一次神隱。也正因為如此，家中同樣有人遭遇到神隱的和也與依子的關係是比較好的。而平田老人，也是當初進入過那座宅邸的村民之一。換言之，他也可能是被掉了包的鬼魂。

葉神村極有可能具有相當大的危險性。但是，不入虎穴焉得虎子，這一點住戶們也很清楚。找不到生路，躲到哪裏都是死，還不如主動出擊，還有可能找到一線生機。

雖然花費了一點時間，但在黃昏時分，大家總算收集了名單。一份是所有神隱的村民名單，另一份是曾經接近過那座宅邸並且還活著的村民的名單。而第二份名單中，有神原雅臣的名字。

傍晚，匆匆吃了點日本料理，五名住戶就在旅館房間內研究這份名單。當然，這兩份名單未必真的齊全，第二份名單甚至可能出現錯誤。畢竟，那些老人的記憶不能百分之百相信。不過，至少這也是一個參考。說不定，生路提示就在這兩份名單中。

「花岡誠一……松本雪子……真木龍也……」裴青衣仔細看著每一個名字，而當她看到「木內多惠」這個名字的時候，停頓了一下。

這個人正是依子的母親。包括她和神原美代在內，神隱的村民一共有二十一個人。這是幾十年來累計的總數。而特別值得注意的一點是，神隱的人裏面，有十四個人根本就沒有接近過那座宅邸，甚至也很少踏出葉神村。木內多惠，也是其中之一。

這個發現，可以說是比較讓人在意的。那是不是說，是否接近那座宅邸，並不重要呢？氣氛一下子變得沉重起來。

「要不要去問一問木內依子呢？」司馬真提出建議，「親自問她本人不是更好嗎？」

「她對我們還有一定程度的戒心，強行逼問反而效果不好。」神谷小夜子卻不置可否，「而神隱的人，並不一定就是接近那座宅邸的人。換句話說，是否接近那座宅邸，根本不代表什麼。而我們要面對的鬼魂，也許也包括了這些神隱的人。」

「的確如此。」裴青衣點點頭道。

「目前看來，大致的判斷是，在那座宅邸中死去的人陰魂不散，所以葉神村的人一再遭遇神隱。不過，我還有一個看法。這個地方，我們最好還是別住下去了，松田君子是親眼目擊了長谷川佳世和長谷川敬之姦情的人，她雖然說根本沒有把這件事情告訴過其他人，但是這話的真假只有她本人知道。也有可能，就是她告訴了長谷川拓造這件事，而因此導致這起血案發生。如果是這樣，那麼她極有可能成為鬼魂的索命對象。難道不是這樣嗎？」

「對啊！」隋文彬點頭贊同道，「你們想，如果鬼魂來找她索命，我們不就會被殃及池魚嗎？」

「你們很健忘嗎？」神谷小夜子卻說道，「以前有過一個很類似的血字指示，當時李隱也做出了同樣的判斷，結果怎麼樣呢？」

「你……你是說……」裴青衣立即回憶起來，「幽水村？」

「不錯。當時李隱害怕冤魂索命殃及他，從原本居住的村長家離開，最後卻因此觸發了死路。我們現在，難道不是在重蹈覆轍嗎？」

「可是……」裴青衣的手緊緊抓著地上的榻榻米，「待在這裏危險一樣是有的，我們總不見得賭上自己的性命吧？那樣的話，就太可怕了！」

「沒有毫無風險的血字。我認為，這是陷阱的可能性更大。你們如果想離開就離開吧。」

「這……」

「我雖然只是第二次執行血字，但是我很清楚，要在血字指示中獲取生機，沒有一點賭博精神是不可能的。事實上，李隱可以活到現在，誰也不能否認，他是個賭運較佳的人，不是嗎？」

這一點，無人可以否認。運氣在血字指示中起到的作用，和智慧的地位是同等的。二者缺一，都很難度過血字。

「當然，你們的說法也有道理。」神谷小夜子說道，「只是，目前還是觀察一下再說吧。」

拿自己的性命去賭博，這世界上有多少人有這樣的魄力？因此，裴青衣倒是對神谷小夜子投去了佩服的眼神。

沉默了一會兒後，討論重新開始了。

「當然，除去獲取名單外，我們還得到了一些線索。就是關於那七個人的。長谷川拓造，長谷川佳世，長谷川敬之，長谷川早苗，女傭阿葵，僕人阿誠和阿近。這七個人的事，總算知道了一些。」

從目前獲得的資料，匯總了村民們較有共識的幾點想法，終於獲取了一些情報，當然，神谷小夜子為此也花了不少錢。畢竟，收了錢，村民們就會努力去回憶，說出的情報自然也就會更加詳細。

長谷川拓造當時的年齡是三十多歲。當時，他本可以繼承他父親在東京的一家公司，不過他似乎更喜歡隱居生活，所以來到了熊本，在大暮黑嶺裏建造了那座宅邸。他和妻子佳世是相親結婚的，佳世是一個茶道世家的千金小姐，嫁給長谷川拓造後不久，也來到了大暮黑嶺生活。長谷川拓造這個人，性格其實還算是比較溫和的，但說得難聽一點，就是懦弱了。他對於經營公司毫無信心，而弟弟長谷川敬之則是對經營沒有興趣，所以他最後將繼承的公司出售了，換取了大筆金錢在深山裏生活。而相比之下，敬之是個非常果敢的人，不像哥哥那麼懦弱，外貌也比他哥哥俊朗許多。長谷川早苗，二人的妹妹，她比較像長谷川拓造，性情溫和，不喜歡爭鬥，所以也一起來到大暮黑嶺過隱居生活。

三兄妹的事情也就是這些，並不複雜。但是關於佳世夫人，隨著瞭解的深入，得知她似乎不是一個簡單的人物。按照某位村民的說法，她就是一個純粹的蕩婦。

當時，是裴青衣詢問那名村民的。她本以為那個村民說長谷川佳世是蕩婦，是因為她和小叔子通姦的緣故，但事實卻不是如此。那位村民因為收了錢，所以抖出了一個內幕。據說當時員警調查的時候，他和郡裏的一位員警有些相熟，所以知道了一件事情。

那就是……長谷川佳世不光是和長谷川敬之有著叔嫂的不倫戀情，更是和兩名僕人——阿誠和阿近，也有著那種關係！

這一點，是在找到了死去的長谷川佳世的一本日記後發現的。這件事情因為事關死者隱私，所以沒有公開。據說，日記中詳細記述了她如何勾引小叔子和兩位僕人，和他們發生關係的整個過程。而她似乎是個天性非常淫蕩的女人，對她來說，只要是身邊的男人，就一定會去勾引他們，和他們上床。同時，她還刻意地挑撥離間拓造和敬之的兄弟感情，並以此為樂。

這和松田君子所說的長谷川佳世的形象，根本就判若兩人。

「雖然不能確定那個村民的話是否是真的……但是，至少長谷川佳世和她的小叔子有不倫戀情是事實。」神谷小夜子指出，「而根據那個村民的說法，她是專門勾引男人，和他們發生關係。如果這個說法是事實，長谷川拓造殺死那兩名僕人，也就完全可以理解了。從這一點來考慮，殺死長谷川早苗小姐也就不奇怪了，即使早苗小姐沒有過錯，也可能在保護某人的情況下被誤殺。或者，是被滅口也說不定。」

說到這裏，每個人都開始感覺沉重起來。

「先不說這個，來看名單。你們看，幾十年下來，神隱的人，包括距離現在最近的神原美代，一共有二十一個人。即使每年一個，也是隔一年才有一名村民遭遇神隱，而這其中的大部分人根本沒有接近過那座宅邸。如此看來……神隱的人，數量不是太少了嗎？而且，在木內多惠之後，就很少出現神隱的村民，在神原美代以前，村民們幾乎都忘記了這件事情。」

「那麼……」神谷小夜子指著那份名單，說道：「你們認為這些神隱的人是怎麼回事？為什麼如此不規律？又或者，遭遇神隱的條件是什麼？是觸犯了死路，還是滿足了某個條件？找到關鍵點，我想就是生路。」

這時候，天幾乎已經全黑了。

神原晴美正焦急地站在村口，忽然她聽到身後傳來一聲大喊：「晴美！」

她回過頭去一看，是松田吾郎。他跑到晴美身邊，問道：「我聽說了，和也到現在都沒回家？」

「是啊，伯母已經和一些人進入樹林去找他了。也不知道和也去了什麼地方，我給他打了手機，可是根本就沒人接聽。」

「這是怎麼回事？我也去幫忙找找！晴美，你就待在這兒吧，如果和也回來了，就打手機給我！」說完，松田吾郎就衝入了那片樹林中。

晴美此刻內心非常焦急，這時候天都黑了，和也會不會出什麼事情了呢？她與和也是青梅竹馬的好友，實在不希望他出了什麼意外。

而依子的話再度在她腦海中響起……難道……不，不可能的！

晴美抹了抹淚，忽然，她左邊視線的一角，感覺到一個身影走了過去。

「和也？」她連忙驚喜地向左邊看去，可是，那個地方，卻空無一人。

「奇怪？我看花眼了嗎？」

神谷小夜子又給自己泡了一杯咖啡。桌子上，是記錄得密密麻麻的筆記。

「我發現了一件事情。」她忽然指著神隱的名單，說道：「你們不感到很奇怪嗎？這個村子的老齡人口比例相當大，這是不爭的事實。然而，神隱的二十一人中，在神隱的時候，年齡最大的也就是剛過三十歲而已，居然沒有一個中老年人遭遇神隱。」

裴青衣最初沒注意到這個問題，現在聽神谷小夜子這麼一說，眼睛頓時一亮，仔細看了看那名單，也驚歎一聲：「對啊，真的很奇怪。」

「很值得一提的是，當初進入過那座宅邸的有不少老人，但那些老人後來都沒有遭遇神隱，而是壽終正寢了。而神隱的人，也是男性居多。」

「年輕的男性……」一旁的司馬真忽然湧出一個奇怪的念頭，「你們說，既然長谷川佳世實際上是個淫娃蕩婦，那麼，難道是要將這些男人抓去和他們做那種事情？啊，我隨便亂說的，你們別當真……」

神谷小夜子和裴青衣倒是向他看了過來。

「你認為怎麼樣？」神谷小夜子對裴青衣說道，「我認為他的說法也有可能。公寓的佈局，的確是很難讓人猜透。」

「雖然聽上去很變態，但也不能說是完全沒有這種可能。」

忽然，神谷小夜子放在桌子上的手機響了。她拿起手機一看，是個陌生號碼，接通後，傳來的是一個女子的聲音：「請問是神谷小姐嗎？我是神原晴美，能夠佔用你一點時間嗎？」

「你說吧，有什麼事情？」

之前，神谷小夜子已經把她的手機號碼給了神原兄妹。

「我的朋友……飯島和也，他不知道怎麼回事，早上離開了家，到現在都沒有回來。我擔心，他會不會是去了大暮黑嶺東側山脈……」

「什麼意思？」神谷小夜子臉色一變，「你說他去了大暮黑嶺東側山脈？」

「我也不清楚，只是一個猜測。其實，其實……」

神原晴美最後下定了決心，說道：「我的一個朋友，親眼看見了我大嫂！本該已經死去了的大嫂！就在那個鐵索橋附近，大暮黑嶺的東側！」

神谷小夜子其實已經通過竊聽器獲得了這一情報，但是她此刻也沒有多說什麼，但依舊還是偽裝出了非常驚訝的語氣：「你說什麼？這是真的嗎？」

「其實我也認為這很不可思議，和也他對這件事情非常在意，昨天還特意來找我商量這件事情。神谷小姐，我想問你，這到底是怎麼回事？你是不是查到了什麼？」晴美這個時候可以說是滿心驚恐，雖然她不相信鬼神，可是……如果那是真的呢？如果真的是那個樣子的話……一種冰冷的感覺襲上了心頭。

「求求你，告訴我……那個地方，那座廢棄的宅邸，真的存在著惡靈嗎？」

雖然從小聽著神隱的怪談長大，但是畢竟在晴美成長的時代，村子裏的人已經幾乎將那裏列為絕對禁地，所以神隱現象在美代之前幾乎從未親自經歷過，她一直都以為那是父母哄她的傳說罷了。

「如果我說是的，你會相信嗎？神原晴美小姐？」

「我……」神原晴美幾乎不敢說下去了，黑暗的夜幕下，眼前的森林，似乎隨時都會冒出一個惡魔來。

「如果你相信……」神谷小夜子繼續說道，「就立即帶你的家人離開大暮黑嶺，永遠都不要回來，有多遠走多遠。如果不相信，就繼續留在這裏吧。反正命是你的，我無所謂。」接著，她就掛斷了手機。

神谷小夜子把桌子上的咖啡杯端起來一飲而盡，對裴青衣和司馬真說道：「是神原晴美打來的，她似乎有點相信那個怪談了。飯島泉美的兒子，飯島和也似乎去了那個地方。他是第一個神隱之人小林櫻子的外甥，難道這是宿命？還是公寓的蓄意安排？」

「這個不重要。」裴青衣對飯島和也的生死完全沒興趣，她只是緊張地思考著，該如何破解這兩份名單。

「對，不重要。」神谷小夜子也拿起名單來，說道：「一定存在著生路提示和規律的。這二十一個人……那些老人的記憶並不完全可靠，也不可能知道神隱的確切順序了。不過，基本可以確定，除去神原美代以外，木內依子的母親木內多惠是最近的神隱之人。我總感覺很奇怪，為什麼接下來的十幾年裏，都沒有再出現神隱之人呢？」

這是一段空白期。雖然老人的記憶未必可靠，但是，木內多惠與神原美代之間，存在著一段漫長的神隱空白期。而是否接近那座宅邸，並不是神隱的絕對條件。為什麼這麼長的時間內沒有再出現神隱之人？

「不過，在神隱非常頻繁的十幾年中，很多人都因為恐懼而離開了大暮黑嶺，搬遷到別的地方生活了。」裴青衣看著那份名單說道，「只有一些思想保守的老人還留在這個祖祖輩輩生活的村子裏。這似乎也是造成村子人口老齡化嚴重的原因之一。」

「是呢。」神谷小夜子贊同道，「在村子裏走了一圈才發現，人口老齡化程度比我想像中還高出許多。當初，因為害怕遭遇神隱，不少年輕人都離開了村子，所以人口老齡化比例大大增加，留下來的人最年輕的也四十多歲了。也是，神隱現象如此頻繁，的確容易造成恐慌，二十一個人啊，等於平均一年就有一到兩個人神隱。我想，如果神隱現象在四年前也是那麼頻繁，神原美代也沒膽量去做那樣的事情了吧。或許，也就不會遭遇神隱了。」

「說到這裏……神原美代的情況有些特別呢。」司馬真忽然插了一句，「你們還記得嗎？神原雅臣是那麼說的，他當時看見水裏有妻子的衣服，才認為她墜下水了。可是其他人遭遇神隱，都是真正的人間蒸發，連絲毫痕跡都沒有留下啊。」

一時間房間內陷入了沉默。

裴青衣的眼睛睜得很大，悚然地看向司馬真，嘴巴張了幾下，說道：「難道……神原雅臣是鬼魂？所以他是在撒謊？」

「不。」神谷小夜子卻答道，「單憑這一點就斷定神原雅臣是鬼，我認為太牽強。更何況，重點不是誰是鬼，而是生路是什麼。」

「嗯……明白。」司馬真剛剛湧出的一腔熱情就被澆滅了。

然後，神谷小夜子拿來了一張表，上面寫著長谷川一家所有人的名字。接著，她看著所有人，說道：「你們沒有感覺，在這起血案中，有一個地方非常矛盾嗎？」

「矛盾？」裴青衣一愣，問道：「和松田君子的證詞有關係？」

「不，我說的不是松田君子的證詞。」神谷小夜子的纖細食指，指尖落在了長谷川拓造的名字上，她已經將其寫成了漢字。

「長谷川拓造，根據我們對村民的詢問，對他的印象都是老實、懦弱，相比起來，他弟弟敬之更加精明果斷。那麼，問題就來了。這樣的一個男人，在發現了妻子的姦情之後，居然一下子就拿刀子，殺死了全家六個人然後再自殺？你們不認為非常矛盾嗎？這和一個懦弱男人的形象相符合嗎？」

「這……也難說吧？」

司馬真則不怎麼贊同地說道：「男人最不能容忍的就是妻子的背叛，更何況他妻子還是個人盡可夫的女人。《水滸傳》裏面，武大郎夠老實懦弱了吧，還不是去找潘金蓮和西門慶捉姦嗎？哦，對了，你是日本人，大概沒看過吧……」

「中國的四大名著我從小就看完了……」神谷小夜子搖搖頭，說道：「不過我記得很清楚，結果是，武大郎差點被西門慶一腳踢死，最後被潘金蓮下了砒霜毒殺，不是嗎？真正殺了他們二人的，還是武松。一個懦弱的男人，再怎麼暴怒，也不至於一口氣殺死六個人吧？而且，殺人後還留下血字自殺，這樣的行為，更像武大郎，還是更像武松呢？」

一時間裴青衣和司馬真都瞠目結舌了。

「這麼說……長谷川拓造不是殺人兇手嗎？」司馬真連忙問道，「那麼兇手是誰？」

裴青衣也認真思考起來：「真的很難猜啊。畢竟，我們獲得的情報太少了。不過，應該不是那七個人中的某一個人吧？我也認為，有可能是某個村民殺死了那七個人。也就是說，生路也許是要我們查出案件的真相，然後鬼魂就會安息了。不過……這起案件早就過了刑事訴訟時效，就算查出了兇手，也無法將其繩之以法啊……」

「這個說法我不贊同。」神谷小夜子卻反駁道。

「能夠讓二十一名村民神隱，卻無法對殺害他們的村民做任何事情？當然，或許可以說是公寓的限制，但要是這樣，為何不完全限制，而是等我們到來了才解除限制呢？」

「這個……」裴青衣也不得不承認神谷小夜子的話很有道理，又說道：「那你認為是什麼，神谷小姐？對了，我知道了！名單上的這些人，全部都是年輕人。為什麼會這樣呢？恐怕是因為，被殺害的七個人，本身也不知道殺害了他們的人是誰。也許兇手是蒙著面，但可以判斷出對方很年輕，所以只有年輕人才會遭遇神隱。但是隨著年輕人大批離開大暮黑嶺，所以神隱消失了……」

「不。」神谷小夜子再次反駁道，「那麼神原美代怎麼解釋？她是來自京都的，四十年前她根本沒有出生，根本不可能是那起血案的兇手。」

「對，對哦……又或者，神原美代不是神隱？她是真的跌入水中？」

「首先，我們要確定一點。兇手明顯是一個知道長谷川佳世和她小叔子姦情的人。而知道這件事情的，村民中只能確定松田君子是完全知情的，而她本人完全否認曾經把這一點告訴過別人。而在她目擊到長谷川敬之和長谷川佳世的姦情後一周，就發生了這起血案。這是巧合嗎？」

「你是說……兇手是松田君子？不，不可能，她當時只是個小女孩啊。那麼，是不是她告訴了某個人，那個人去殺了……」

說到這裏，又一個問題產生了。松田君子如果撒了謊，那麼她告訴了誰？誰在知道此事後有殺人動機呢？

「難道……」裴青衣失聲大喊道，「是阿誠或者阿近？兩名僕人之一？他們二人和長谷川佳世也有染，如果獲悉了此事，極有可能會發怒，殺死長谷川佳世！」

「不，」神谷小夜子搖了搖頭，「那你如何解釋，兇手把長谷川拓造和長谷川早苗也一起殺死了？」

「那……我就不知道了。神谷小姐，你有什麼想法沒有？」

「我的想法很簡單。」神谷小夜子用冰冷的聲音，說出了一個讓所有人都毛骨悚然的推理：「這個世界上……真的有長谷川拓造這個人嗎？」

神原雅臣這時候也趕到了村子口。他一眼看見了焦急地等待在那裏的晴美，立即衝了過去，問：「怎麼樣？晴美？和也還是沒有消息嗎？」

「這……」晴美此時眼中隱隱含著淚花，說道：「吾郎去找他了，也不知能不能找到……」

「到底是怎麼回事？」雅臣的臉色頓時變了，「為什麼和也要去那個地方？為什麼？」

「這……」晴美噙著淚水，最終下定了決心，把那件事情說了出來：「和也他可能是聽了依子說的話才會去的。依子，她……她看見了……」

「木內依子小姐？」神谷小夜子此刻在木內家的大門口敲著門。現在已經刻不容緩了，不能繼續拖延下去了。

門開了，木內依子很警惕地注視著眼前的神谷小夜子。她的表情帶著些許厭惡地說：「你來做什麼？」

「神原晴美小姐給我打了電話，」神谷小夜子裝作剛知道此事的樣子，「我想知道，她說的是不是事實。你……看見了四年前死去的神原美代？」

「你說什麼？」依子的臉色頓時有些慘然，「你……」

「飯島和也好像去了那個地方。」神谷小夜子繼續說道，「他是你從小到大的玩伴吧？看起來神原小姐還沒有通知你。很抱歉……能否告訴我詳情？」

說到這裏，神谷小夜子深深鞠了一躬，頭埋得非常低，很誠懇地說：「拜託了……請告訴我實情，拜託了，拜託了！」

「你在胡說些什麼？」木內依子顯得相當慌亂，她根本就不擅於掩飾自己的表情。

「我調查了那個怪談和神隱的情報。我想具體瞭解一下，四十年前發生的事情究竟對這個村子造成了什麼影響？我必須要查出真相，這是一件性命攸關的大事！」

這時候，司馬真看著窗外，他在想，不知道現在神谷小夜子查探得如何了？想到這裏，他走出房間，想看一看情況。

但是，他走出房間的一瞬間，頭頂的燈突然變得忽明忽暗起來。接著，燈就徹底滅了！

司馬真嚇了一跳，還好他有心理準備，馬上取出了一支小手電筒，把燈光打開。

這個旅館當然不會無緣無故停電！司馬真立即按照事先商量好的逃跑路線走去，經過隋文彬、裴青衣的房間時，他敲了三下門，這是代表鬼魂出現的暗號！

接著司馬真就飛奔向旅館的後門出口。他穿過了一條走廊，然後衝了過去，這時他已經看到旅館的後門了。

司馬真此刻心跳得很快，他很怕跑到後門口的時候，就突然出現一個惡鬼。他畢竟是首次執行血字指示啊！然而，就在他即將跑到門口的時候，他的腳步忽然停住了。

因為，他發現了一件很奇怪的事情。為什麼裴青衣等人沒有跟過來呢？

司馬真這時看見一隻手突然伸出來，將後門死死關上了！

司馬真把手電筒照向原來的方向，同時用身體去撞擊後門。然而，不管他怎麼撞擊，都無法將門撞開。

「不，不……不要……」作為宅男的他，不知道看過多少恐怖片，「鬼影」、「死神的十字路口」、「咒怨」、「鬼來電」等等，因此他此刻已經自動想像出了各種各樣恐怖的鬼魂形象。

然而，面前的黑暗走廊上，什麼也沒有。這遠比任何形象的鬼魂都來得更可怕！

司馬真又拚命地撞擊了幾下大門，依舊無法撞開。現在他別無選擇了，他取出手機，迅速撥打了裴青衣的手機號碼。

可是，剛開始撥號碼，他就注意到了一件奇怪的事情……衣服……衣服……

「我，我的衣服……」司馬真發現，自己穿的衣服，竟然……

還來不及思考，他就感覺到，全身的力氣似乎被抽空了，接著，他手上緊緊捏住的手機掉了下來。然後，他的身後驀然浮現出一個黑影來。

接著，那個黑影漸漸後退，碰觸到牆壁上，消失了。

司馬真的身體變得越來越冰冷和僵硬，眼眸中的光彩逐漸消失，最後，整個人變成了一具僵屍。血不斷滴下。來源是一把尖銳、冰冷的刀。

拿著刀的人，穿著一雙木屐，從走廊另外一頭緩緩浮現出來，目標正是前方的司馬真……

「你確定看到了嗎？你真的看到了……神原美代嗎？」

「是的……我確定，我看到了她……」

說到這裏，木內依子還是很不自在。她不斷地交叉雙臂抱住肩膀，依舊帶著警惕的眼神看著神谷小夜子，說道：「那一天，我走到樹林裏的時候，忽然看到了一道白色的身影……」

「白色？」神谷小夜子聽到這裏，手裏的筆略微頓住了。她抬起頭，雙眼肅然地盯著木內依子，用謹慎的口吻問道：「難道是穿著白色的和服？」

「對，你怎麼知道？」

神谷小夜子搖了搖頭，說道：「你繼續說，然後呢？你就看到她的臉了嗎？」

「對。當時已經快要天黑了。我當時仔細看著那個身影，她忽然回過頭來。雖然隔了一段距離，但我還是看到了……她就是美代！」

「你沒有追上去？」

「我嚇傻了，眼睜睜地看著她進入了樹林深處，而我則逃了回來。美代是變成鬼回來了嗎？」

「隨便你怎麼想吧。」神谷小夜子合上筆記本，說道：「這個大暮黑嶺，接下來會變得非常恐怖。如果不想被殃及的話，就趕緊離開吧。」

剛剛說到這裏，木內依子身後的房間拉門上，突然浮現出一個黑影！那個黑影非常清晰，而且，隱約可以看出，是個穿著和服的女子！

神谷小夜子瞪大了眼睛，她的身體頓時朝後退去！

拉門是關上的，而這時候，那個黑影伸出了右手，想要將那道拉門打開。神谷小夜子立即朝窗戶方向看去，可是窗戶所在的位置就在拉門旁邊！

突然，拉門上又出現了一個新的黑影！那個黑影的右手拿著一把刀子，猛衝過來，一把將那個女性黑影壓倒在地！

隨即，那個黑影舉起手中的刀子，不斷地朝女性黑影刺去！頓時，大量鮮血濺在拉門上，而那個女性黑影不斷撓著拉門。

「怎麼了？」木內依子看著神谷小夜子驚恐的表情，回過頭去一看……拉門上，什麼也沒有。

木內依子走過去，打開拉門，外面空無一人。

「怎麼回事？」木內依子回過頭來向神谷小夜子問道，「你剛才看到什麼了？」

神谷小夜子不再猶豫，直接朝窗戶方向奔去，一個箭步跳了出去，接著她取出手機，一邊飛奔一邊撥打了存有裘青衣號碼的快捷鍵。

「喂，裘小姐嗎？」她接通電話後當即大喊道，「快走！葉神村已經出現鬼了！」

# 23 循環詛咒

神谷小夜子迅速跑過了幾條街，終於回到松田旅館。旅館門前站著三個人，神谷小夜子神色緊張地問道：「怎麼了？司馬真在哪裏？」

「他不見了。」裴青衣神色凝重地說，「我想，應該是……」

「終於開始了嗎？」神谷小夜子當機立斷道，「先離開這裏，快！其他的路上再說！」

四個人匆匆地逃離了旅館。反正已經給了松田君子一百萬的支票，她不會再來向他們要房錢了。穿過幾條街道，四個人發現，大家都關了燈，房子黑乎乎的，街道上沒有人，感覺越發詭異了。

裴青衣、隋文彬和吳宣臨都是首次執行血字，平時研究再多的血字，也不過是紙上談兵而已。如今面臨真正的血字恐怖，隋文彬和吳宣臨都有些邁不開步子了。神谷小夜子則一言不發，面若冰霜，她的手掌不斷地攥緊、鬆開、攥緊。

「聽我說……」神谷小夜子終於開口了，「我去詢問了木內依子，獲得了一個情報。那就是，她看到的神原美代，是穿著白色和服的。而且，在那兩張名單中，你們注意到沒有？二十一個人，正好可以被七整除，而且，在那二十一個人中……」說到這裏，她突然停住了腳步。

神谷小夜子的眼眸中掠過一抹驚愕，她看著身旁的三個人，不由自主地離他們遠了一些。「我看到了兩個黑影……」她死死盯著眼前的三人說道，「我在木內依子家看到了兩個黑影！」

「你說什麼？黑影？」裴青衣的手不由自主地緊抓了一下衣角，環顧四周，注意周圍的動靜。

神谷小夜子距離三人越來越遠，她的手裏緊抓著名單，同時觀察著每個人的反應。這時，她忽然發現，他們不知不覺已經到了村口，後面就是平田老人的家，而在那裏，停著那輛租來的車子。

神谷小夜子立刻衝向那輛車子，根本不看其他人，腳步越來越快。到了車子跟前，她立刻取出車鑰匙，要插進鑰匙孔，然而她的手顫抖得很厲害，車鑰匙掉在了地上。她連忙俯身去撿，誰知道，車子下面猛然伸出了一隻手，伸向了鑰匙！

神谷小夜子倒吸了一口冷氣，她搶先把鑰匙抓到了，那隻手迅速地縮了回去！她向車子底下看去，卻什麼也沒有看到。

這時候，裴青衣跟了上來，也看到了車子下面伸出的手，她捂住嘴巴差點尖叫，而她身後的隋文彬和吳宣臨已經大喊出聲了。

神谷小夜子把車門打開，剛坐進去，就看到村口突然出現了一個穿著白色和服的女人，和服上血跡斑斑！

「上車！」神谷小夜子大喊道，「快上車！」

裴青衣打開車門坐了進去，隋文彬和吳宣臨也衝過來打開車門，一下撲了進去。神谷小夜子立刻發動引擎，猛地踩下油門，車子一下躥進了樹林裏。她朝倒後鏡看去，只見穿著白色和服的女人速度也開始加快，向車子緊緊追來！

「怎……怎麼辦啊？」吳宣臨嚇得面如土色。那個女人和服上的血跡越來越多，顏色越來越紅。

黑暗之中，離得這麼遠，實在看不清楚和服女鬼的面孔，但是，大家都清楚，她多半就是長谷川佳世，或者神原美代！

「開快點啊！」隋文彬殺豬一般號叫起來，「快一點，再快一點啊！」

「已經很快了！」神谷小夜子看著後視鏡中緊追著的女鬼，「這裏的樹那麼密，萬一撞到樹上，車子停下來，我們就死定了！」

「啊！」裴青衣大叫一聲：「你……你們，你們看啊！那個女鬼的後面，還有一個鬼！」

「什麼？」隋文彬馬上回頭一看，果然見到一個穿黑色衣服的人，緊跟在白色和服女鬼身後，速度和女鬼一樣快，不是鬼還能是什麼！

雖然車子在不斷加速，可是鬼和車子的距離也在不斷拉近！

「快想想辦法啊！」隋文彬眼看著距離從幾十米拉近到十幾米，嚇得六神無主：「怎麼辦啊？越來越接近了！」

「我能怎麼辦？」神谷小夜子的聲音越來越冷，「我既不是巫女，又不是法師，難道你讓我下去和鬼肉搏嗎？」

這當然是不可能的。但是，鬼的追逐絲毫沒有放鬆，讓他們的心不斷下沉，下沉……

車子轉過一棵樹，四周開闊起來，神谷小夜子又提高了車速。而裴青衣則緊盯著後視鏡，隨時彙報最新情況。

與此同時，神原雅臣和神原晴美，也在樹林裏尋找著飯島和也。

「和也——」

「和也，你在哪裏？」

「和也，快出來吧——」

雅臣的嗓子幾乎都要喊啞了，但還是找不到和也的蹤跡。他看著身旁已經精疲力竭的妹妹，走過去勸道：「晴美，我想今天可能找不到和也了。你先回村子裏去吧，我繼續找找看。」

「這……」晴美明顯有些猶豫，「這樣好嗎？哥哥？這麼晚了，你一個人待在這個樹林裏……」

「就算你留在這裏也沒用啊。我等會兒打手機聯繫吾郎，然後我們會合了再一起去找和也。你還是先回去吧。」

「那……你小心一點啊，哥哥。」晴美又叮囑了一句，就離開了。

目送著晴美遠去的背景，雅臣心潮翻湧。妹妹說，依子看到了美代，那真的是美代嗎？還是美代的亡魂呢？他忽然發現，這裏距離那座鐵索橋已經很近了。

「美代……」雅臣喃喃自語著，當初他和美代一起來這裏的情景，依然歷歷在目。四年了，他仍然不曾忘記分毫。

就在這時，一隻冰冷的手，搭上了雅臣的肩膀！雅臣驚駭之下，立刻回過頭去，可是，身後卻空無一人！

「這是……怎麼回事？」

此時，神谷小夜子開著車子，也接近了這一帶。

「鬼還在緊追不捨……」裴青衣此時已經在大喘氣了，「現在車速已經到了極限，可是，距離還在逐漸拉近，這恐怕還是公寓施加限制的情況下……」

「我知道……」神谷小夜子正打著方向盤，一個陰森的面孔突然死死抵在她旁邊的車窗上，她驚駭之下沒有握好方向盤，車子在原地轉起了圈子！

車窗外，是一個面目腐爛、衣衫破爛、渾身血跡斑斑的恐怖男人！不用問，這自然也是一個鬼！

「啊！」裴青衣大喊道：「他，他是……」

神谷小夜子忽然打開車門，狠狠一踢，那個鬼立刻摔到了地上，她隨即將車門關閉並上鎖！

然而，她剛剛重新踩下油門，就看見樹林中又走出了幾個鬼魂！他們都是渾身鮮血，臉上腐爛得連蛆蟲都爬出來了。緊接著，他們朝車子飛撲而來！還好，他們還沒有形成一個包圍圈，神谷小夜子繼續踩下油門，朝另外一個方向開去。

「不，不會錯的……」裴青衣的聲音顫抖起來，「剛才那個男人，是，是……江神彰！神隱的二十一個人之一！我們在他弟弟江神正的房間裏見過他的照片！」調查神隱之人的時候，裴青衣去過江神彰的弟弟家裏，因為江神彰長相頗為帥氣，所以印象很深刻。

「是神隱的人嗎？」隋文彬也害怕起來，「難道二十一個鬼全部都會出來？加上原來那七個鬼，不就是二十八個鬼了嗎？天啊，我們還有活路嗎？」

神谷小夜子一邊把握著方向盤，一邊說道：「沒有二十八個那麼多，僅僅……只有七個而已。從來，就只有七個。」

「你這話是什麼意思？」吳宣臨聽出了一點端倪，「你發現什麼了嗎？神谷小姐？是生路嗎？」

「生路的話，還差一點。不過我大致知道神隱的真相了。聽好了，絕對不要被這些鬼接觸到，絕對不要！」

「你發現了什麼？」隋文彬追問道，「到底……」

「等會兒再說吧！」裴青衣阻止了二人的話頭，「先讓神谷小姐專心開車！」

神谷小夜子開到了一片空地上，忽然，她看到神原雅臣就在跟前！

「是他……」她立刻打開車窗，伸出頭大喊道：「神原雅臣！快上車！快！」

「你……你發瘋了嗎？」裴青衣大喊道，「我們怎麼可以停下來？那些鬼還在後面追呢！」

「他是神原美代的丈夫！也許可以起到一些作用！」

現在，車子和那些鬼的距離又拉大到了二十米以上，否則神谷小夜子也絕對不會這麼冒險。二十米，值得一賭！

神原雅臣聽到她的話先是一愣，隨即看到車子後面追逐的幾個黑影，車子在他前面停下，後車門打開了。神谷小夜子喊道：「不想被後面追趕的鬼殺死，就給我上車！」

神原雅臣也被剛才拍他肩膀的詭異存在弄得有些神經質，於是立刻上了車，和吳宣臨擠在一起。就在車門即將關上的時候，一隻手突然死死拉住了車門！雅臣看到，車窗外，是神原美代的臉！這一刻，車上每個人都感覺血液在逆流！

「快，快把車門關上啊！」隋文彬大聲咆哮著，伸手去關車門，可是，車門已經被拉開了一半，車門外那個和服已經染成了血色的女鬼，忽然從額頭上不斷流下鮮血！

神谷小夜子將油門踩到底，把方向盤猛然一轉，車子急速轉了一個彎，抓住車門的女鬼的手頓時鬆開了。瞬間，隋文彬關上了車門，然後死鎖死上！神谷小夜子也把剛才打開的車窗關上並鎖死！

「美代……」神原雅臣盯著車後那個穿著和服的女人，「她，她是我妻子美代！她還活著！」

這句日語很簡單，所以，隋文彬和吳宣臨都聽明白了。隋文彬頓時大罵道：「活著個屁啊！她已經是鬼了！你給我清醒一點，她現在已經變成鬼了！」

這句話是用中文說的，雅臣根本沒有聽懂，他還在說：「神谷小姐，請倒回去，剛才那個人，是我妻子！她……」

「你還不明白嗎？」隋文彬用蹩腳的日語說，「她早就死了，現在，是一個鬼魂了！」

這句話雖然發音不太準，但是雅臣聽懂了。他一臉愕然地看向車後，忽然明白了什麼，問道：「你是說那個怪談是真的？美代她，怎麼會……」

隋文彬一把扯住雅臣的衣領，繼續用蹩腳的日語說道：「你……給我聽好，現在你要是敢拖累我們，我一定會把你弄死！聽明白了嗎？」

「住手！」神谷小夜子發話了，她用日語對雅臣說道：「神原先生，很抱歉，剛才他太粗魯了，我替他向你道歉。但是現在情況緊急，我們不可以停車，你看看後面那幾個黑影，他們都是要索取我們性命的鬼魂！」

雅臣雖然對那個怪談一直都抱著半信半疑的態度，然而現在神谷小夜子如此斬釘截鐵地說出這些話來，他的心也一沉。

「你是說……我妻子已經變成了鬼魂？她真的已經死了？」雅臣還是不願意相信，他真希望這一切都是假的，依舊抱著最後一線希望。

「沒錯。我向你保證，她絕對不是活人了。你理解為她現在是鬼魂或者是別的什麼都可以。」

雅臣看向車後，現在車速達到了極限，而後面的黑影依舊緊追不捨。單單從這一點來看，他們就根本不像是活人了！

「為什麼？為什麼會這樣？」雅臣此刻心如刀絞，他本以為有機會可以和愛妻重聚，卻沒想到會是這樣的局面。這一切太殘酷了！

不過，其他人可沒有心情理會雅臣的感歎，他們都目不轉睛地看向車後，個個凝神屏息！這一帶極為空曠，車子可以毫無顧忌地疾馳，但是，後面的鬼也在不斷加速，距離又開始拉近了。這時候，跑在最前面的，是穿著白色和服的女鬼。

「那個人……」雅臣忽然大驚失色地指著某個黑影，「那個人是……依子的母親！我見過她的照片！不會錯的，就是她！」

不過，其他人都沒什麼反應。在看到江神彰以後，再出現木內多惠，這已經是在意料之中的事情了。要是沒有出現，他們反而會感到奇怪了。

「神隱的村民們，都變成鬼了嗎？」雅臣忽然注意到，這些黑影中，跑在最後的，是一個身著黑色和服、手中拿著一把刀子的男人！那個人身體的腐爛程度是最嚴重的，已經看不清楚面目了，而在腐爛的臉上，還不斷地淌下血來！

「你們發現一件事情了嗎？」吳宣臨指著那群鬼影說，「前面的那幾個鬼，似乎都很害怕最後的那個黑衣鬼？黑衣鬼一旦接近某個鬼，那個鬼就會跑得更快？」

「原來你也這麼想？」隋文彬立刻點頭道，「我還以為那是我的錯覺呢……」

裴青衣也頓時醒悟了過來：「是這樣的嗎？」她看向神谷小夜子。神谷小夜子的表情一如既往的嚴肅，沒有什麼變化。

裴青衣在這一刻，完全明白過來了。這個怪談的真相，關鍵就在於「七個人」。四十年前，在長谷川府邸死去了七個人：長谷川拓造、長谷川佳世、長谷川敬之、長谷川早苗、阿葵、阿誠、阿近。這七個人，必須始終存在著，才能夠構成詛咒吧？所以，才會有人神隱。

而為什麼許多年輕人離開葉神村之後，在木內多惠以後就一直沒有再度出現神隱之人呢？因為年齡不吻合。死去的那七個人中，沒有老年人。雖然不知道那七個人的具體年齡，但估計也就是三十幾歲。二十多年前，木內多惠神隱之後，就再也沒有符合年齡條件的村民了。似乎是公寓限制了那七個鬼，必須要在二十年的時間裏，等待符合條件的人出現。雖然有許多年輕人離開了，但是隨著時間的推移，還會有新的孩子出生。必須等待那些孩子長大，這樣他們就可以符合條件了。

由此，裴青衣得出了一個結論：神隱的村民，一直都是被替換的那七個鬼！也就是說，作為那七個鬼的替身，構成了這個詛咒的整體。那七個鬼，需要尋找性別、年齡和其他條件都吻合的村民來成為他們的「替身」。所以，那二十一個人的名單裏，男性和女性的比例，是四比三。和長谷川宅邸的那七個人的性別比例一樣！恐怕，被替換的人就變成了新的鬼魂，然後必須在葉神村尋找下一個替身。這個詛咒的構成原理就是如此，必須是「七」這個數字。一旦某個鬼尋找到了替身，就能夠獲得安息，而接下來的鬼必須要在七個人中繼續存在著！

如果是這樣的話……那麼生路是什麼？

不讓鬼獲得安息？不要湊齊「七」這個數字？不，這都不重要。重點是，他們這些住戶肯定要在年齡上符合長谷川家死去的那七個人。如果是年齡的話……至少可以肯定，拓造比敬之和早苗要大，但是無法確定敬之和早苗的年齡……

「神原雅臣！」裴青衣想到這裏，立刻問道：「你知道長谷川敬之和長谷川早苗誰的年齡更大？還有，其他人的年齡是多大？」

「我只知道敬之先生是早苗的哥哥。其他人就不清楚了，但是似乎阿葵和佳世夫人同歲。」

「你太太出事的那一年，」裴青衣繼續問道，「她的年齡是？」

「二十二歲。」

也就是說，佳世和阿葵都是二十二歲。裴青衣想到，我今年正好是二十二歲，那麼，是不是只要有一個二十二歲的人被鬼抓去，我就沒事了？神谷小夜子是日本人，在這一點上，她比他們中任何一個人都更加符合條件，應該是第一優先才對！問題是，她的年齡是多大？

既然被選定為這次血字的執行者，鬼魂必定和某位女性住戶的年齡相同！如果不是佳世和阿葵，就是長谷川早苗。然而，在這樣的情況下問神谷小夜子的年齡，恐怕她不會說實話。裴青衣忽然想到，神谷小夜子也算是名人吧？網上應該有資料，也許可以找到出生年月！她立刻取出手機，開始登陸日本的網站，搜索「神谷小夜子」的資料，她從來沒有如此慶幸自己能看懂日語。

就在這時，裴青衣忽然聽到一聲咳嗽，於是看向一旁發出聲音的神谷小夜子。神谷小夜子的眼中，閃過凜冽殺意！裴青衣嚇得立刻關閉了手機打開的頁面。

「神原先生。」神谷小夜子開口了，「請問，你今年多大了？」

「我嗎？」雅臣根本沒有多想，隨口答道：「二十六歲。」

隋文彬和吳宣臨也不是白癡，到了這個地步，也能猜出個七七八八了。裴青衣和神谷小夜子不可能無緣無故地詢問年齡，其中必定有很大的玄機！

而神原雅臣本人，也感覺到了這一點。他剛要開口詢問，卻見神谷小夜子騰出一隻手來，將耳機塞入了耳內，接著，撥打了手機。

神谷小夜子眉頭緊鎖地看著車後那些鬼，她發現，追逐的過程中，那些鬼的腐爛已經從臉部擴及身體，皮肉開始潰爛，甚至滴下了屍水！也似乎因為這樣，他們奔跑的速度越來越快，表情也變得更加猙獰！變化最大的，就是跑在最前面的神原美代！她的臉已經不復剛才的美豔，臉上的皮肉潰爛了，鮮血和膿水不斷流出，甚至可以看到不少蛆蟲。她的表情也變得越來越怨毒和殘忍，雙瞳渾濁，眼瞳逐步被鮮紅覆蓋。

雅臣親眼看著這驚悚的一幕，只見昔日的愛妻伸出雙手，不斷發出尖利的號叫，他的心不禁沉入谷底，更加感到前所未有的寒意！這不是美代，這絕對不是美代！雅臣雙手抱著頭，深深低下，他不想再去看後面的情景。

神谷小夜子終於撥通了松田旅館的電話：「是松田夫人吧？我是神谷小夜子，雖然很冒昧，但是，我想問你一些問題……」

突然車後一聲極為淒厲的慘叫響起，那個慘叫聲把電話裏的松田君子都嚇了一大跳，忙問道：「神谷小姐，剛才那是什麼聲音？發生了什麼事情？」

「我旁邊的人在看恐怖片的電影……你別介意。」神谷小夜子開門見山地問道，「關於長谷川家的事情，我還有幾個問題想問你。」

「好的，你隨便問吧，我如果知道的，一定如實告訴你！」畢竟松田君子收了神谷小夜子一百萬日元的支票，但是剛才那個慘叫聲還是讓她感到有些心悸。

隋文彬和吳宣臨臉色鐵青地看著車後。跑在最前面的神原美代，距離車子只有不到三米了！這等駭人景象，已經讓車上的人近乎絕望了！

神谷小夜子咬緊牙關，繼續踩下油門，問道：「你知道長谷川府邸那七個人的具體年齡嗎？發生血案的那一年，他們的年齡？」

「嗯，這七個人中，拓造先生的年齡最大，好像過了二十五歲吧，佳世夫人比他小幾歲。他比敬之先生大一歲，早苗小姐則比拓造先生小三四歲。阿葵和佳世夫人同歲，阿誠和阿近應該也是二十多歲……」

「我知道了。」神谷小夜子掛斷了電話，接著她掃了一眼車上的人。根據公寓的血字規則，可以肯定，每個住戶，都應該和那七個人中的某個人年齡吻合。拓造超過二十五歲的話，和神原雅臣倒是最為吻合。她正在考慮這些問題的時候，最可怕的情況發生了。後面的鬼，已經逼近了車尾，漸漸有趕超的勢頭！無法再加速了，神谷小夜子於是又換了一個方向開去！可是，車子被追上只是時間問題，他們根本無法逃脫了！

雅臣忽然說道：「知道了他們的具體年齡我們就可以得救了嗎？因為美代當初搜集了詳細資料，所以我記得很清楚！長谷川拓造是二十六歲，他的妻子佳世是二十二歲，弟弟敬之二十五歲，妹妹早苗二十一歲，女僕阿葵也是二十二歲。阿誠和阿近，分別是二十三歲和二十四歲。」

「你確定？」神谷小夜子加重聲氣問，「你確定沒有記錯嗎？」

「很確定，因為美代那時候幾乎一直和我討論這個怪談的事情，她是個好奇心極強的人。你有辦法嗎？神谷小姐？」

神谷小夜子是二十一歲。那麼，她的年齡正好和長谷川早苗吻合！

幾個鬼越來越逼近，總共有五個鬼，正好和車上的人數一樣。而五個鬼中，有三個是女鬼。此刻，他們的面目腐爛得越來越嚴重，在黑夜顯得越發恐怖！

「我們該怎麼辦？」隋文彬閉上了眼睛，抱頭痛哭，他已經徹底絕望了。而吳宣臨搖了搖頭，他也對生存下來不抱任何希望了。

只有裴青衣，還是將希冀的目光投向神谷小夜子，此時此刻，她就是最後一線希望！儘管，是一線極為渺茫的希望……

終於，最可怕的一刻還是來臨了！

抱著頭的隋文彬，忽然把頭漸漸抬起了。他的瞳孔變得渾濁，而身上的衣服，竟然變成了一件男式和服！他的雙手向著駕駛座上的神谷小夜子抓去！

汽車在原地轉了好幾個圈，終於停下了。四個人立刻打開車門衝了出去！他們逃向前方的樹林，可是，身後追逐的鬼卻異常迅速！

穿著白色和服的女鬼終於撲上來，一把將裴青衣推倒在地！吳宣臨腳扭了一下，摔在地上，他驚恐地朝後挪去。然而眼前的鬼，卻猶如黑豹一般迅速撲了上來！

另外一個披頭散髮、衣衫破爛的女鬼，也朝著神谷小夜子衝來！可是，雅臣卻擋在了小夜子面前。在他的瞳孔中，那個撲過來的鬼影，越來越駭人……

七個人，是個無法解開的循環詛咒。

長谷川家的這七個人，死去之後始終徘徊著，無法得到安息。如果要解脫的話，只能找一個人來替代，成為這七個人的循環詛咒中的一環。所以，葉神村才會不斷出現神隱的村民。而被選為替身的鬼，則必須要去尋找新的替身。

神原晴美焦急地等待著哥哥，已經快到午夜了，哥哥卻還沒有回來。她在家中煩躁地轉著圈子。突然，一隻烏鴉從窗外飛過，停在一棵大樹的樹枝上。在大暮黑嶺，烏鴉到處可見。

雅臣和神谷小夜子，此刻逃到了樹林深處。在千鈞一髮的時候，雅臣抱住神谷小夜子逃入了樹林深處，他們二人險死還生，終於甩脫了那幾個鬼，簡直就是奇蹟。可是，也沒有更多希望了。

現在，他們無法回葉神村去。而這個地方，距離那座鐵索橋也很近。怎麼看，都是山窮水盡，走投無路了。二人汗流浹背地倒在灌木叢後面，驚恐地注意著四周的動靜。

「現在……或許還有一個辦法。」神谷小夜子忽然說道，「這只是我的猜測。神隱的村民中，江神彰的弟弟江神正，他的年齡是二十三歲，而江神彰神隱時的年齡是二十六歲，和你一樣，但是，江神正卻沒有遭遇神隱。按照你的說法，阿誠的年齡和江神正是一樣的，為什麼他沒有出事呢？村子裏的年輕人，本來數量就相當少。」

「這個……」雅臣一時沒明白過來，神谷小夜子又說了一句：「我想，也許是因為二人是兄弟。長谷川拓造和阿誠是沒有血緣關係的，所以有血緣關係的兄弟是不能作為替身的。反過來說的話……如果是夫妻，是不是就不能夠作為兄妹的替身呢？」

「你這話是什麼意思？我的年齡和長谷川拓造吻合，而你的年齡和長谷川早苗吻合。我們是吻合這對兄妹的……」雅臣說不下去了，難道她想……

「對。」神谷小夜子解開衣襟，「我們……做吧！如果我們之間發生了兄妹之間絕對不可以發生的關係，也許就無法作為兄妹的替身了！」

雅臣和小夜子能夠逃到這裏，也有相當部分的運氣。主要還是因為其他幾名住戶的死為他們爭取了一些時間，加上樹林茂密，他們的體力又相當好，所以才暫時逃過一劫。但是，這必定是暫時的，那兩個還沒找到替死鬼的惡靈，肯定依舊徘徊在樹林中尋找二人。一旦被鬼找到，後果不言自明！

親眼看著妻子的靈魂變成猙獰的惡靈，這一恐怖電影中才會出現的場景已經讓雅臣陷入崩潰的邊緣。任何一個正常人，都無法承受這樣的恐懼。即便如此，眼前的這個女人，居然說出這種不可理喻的話來？

「你說……做？」雅臣想都沒想就拒絕了，「你腦子有問題嗎？這種時候，說話也該考慮一點常識吧，神谷小姐！」

「常識？」神谷小夜子冷笑一聲，「所謂『常識』，我早就徹底拋棄了。這一切根本無法用常識來理解和判斷了。」

「這只是你自己的推論罷了！」雅臣還是不能接受，「你才二十一歲吧！這種事情，應該是和自己喜歡的人做才對吧？」

神谷小夜子沒有再給雅臣考慮的機會，她衝上去吻住他的雙唇，接著，將他撲倒在地，同時雙手迅速脫著衣服。「嗒」一聲，小夜子胸衣的扣子解開了，一對渾圓飽滿的玉乳彈跳而出，壓在雅臣的胸口。她一直強吻著雅臣，不斷挑逗他的情欲，雙手則摸到了他的皮帶上，幫他解開這個束縛。

雅臣被小夜子完全堵住了嘴，根本無法說話了。美代死後這四年來，他沒有再接觸任何女性。這激情的深吻漸漸點燃了他壓抑許久的情欲，畢竟他也是一個正常的男人，面對如此強烈的誘惑，很難抵擋得了。更何況，根據她的說法，這或許是求生的唯一機會。

即使二人發生了男女關係真的對鬼有限制作用，其中一個人依舊有可能成為替死鬼，只是另一個人有可能得救。但這畢竟將生存的機率擴大到了百分之五十！

終於，雅臣抱緊了小夜子，他由被動變為主動，將她緊緊壓在身下。他脫去了上衣，吻著小夜子的嘴唇、臉頰和脖子，接著往下吻到了胸部。小夜子此刻盡力擺出一副媚態，主動地配合著雅臣，和他交纏在一起，更進一步激發了他的欲望。

「快來吧……」她發出低微的呻吟，催促道：「我們時間有限！」

雅臣很清楚，搜尋他們的那兩個鬼魂，隨時都有可能找到這裏來，現在不是享受性愛的最佳時機。還好這裏的灌木非常茂密，因此非常黑暗，是一個相當好的隱蔽場所。

雅臣已經完全褪下了長褲，現在他和小夜子都是未著寸縷。他咽了一下口水，朝著小夜子的下身摸去……

「我等不下去了！」晴美萬分焦急地站起身，看著眼前愁容滿面的父母和吾郎。目前，和也和哥哥都下落不明，就連住在松田旅館的神谷小夜子等五個人也失蹤了。

「難道……哥哥也遭遇了神隱嗎？」晴美想到這裏，感到心臟劇烈地跳動起來。她無法再忍受因此而失去親人了！雖然她一直想說服自己，神隱不過是迷信的說法，但是，內心的恐懼和擔憂還是沒有絲毫減少。

「晴美……」吾郎下定了決心，「我們還是跟村民們一起出去找他吧，無論如何都要找到！」

就這樣，一批村民開始進入樹林搜尋。像平田大介這樣老一輩的人，一聽這件事情就皺緊了眉頭，他們很清楚，神隱的怪談是多麼可怕。所以，參加搜尋的多數是年輕的和接近中年的村民。

依子也跟來了，她告訴晴美，神谷小夜子來找過她。吾郎、晴美和依子組成了一個組，他們雖然拿著手電筒，但在黑暗的森林中，還是感到很恐懼。

「你們看！」吾郎忽然蹲下身子，拿手電筒照著地面：「這是車子開過的痕跡啊……看來車速相當快。」

「這麼說起來……」晴美也走過來看了看，「我記得村口那輛神谷小夜子的車子不見了……」

「到底發生什麼事情了？」吾郎內心有種不祥的預感。

「果然……」依子喃喃地說，「這和四十年前的那起血案有什麼聯繫嗎？」

晴美感到心如刀絞，哥哥不會真的出了什麼事情吧？一直給他打手機，始終無法接通。

雅臣給手機設置了振動，而且，現在他已經把長褲丟到了一旁，自然不知道晴美給他打電話了。和小夜子赤裸相對的雅臣，腦海中忽然掠過了美代的影子，雖然只是短短一瞬，但那罪惡感一下子把他的熱情壓制下去了。

「我……我在做什麼？我在做什麼？」

雅臣慌亂了，可是，小夜子卻恨恨地看著他，說道：「你考慮清楚，再這樣下去，我們都會死的！就算這樣，你也無所謂嗎？」

雅臣看著這個昔日被美代崇拜的女人，現在卻一絲不掛地躺在自己身下，她的雙手交纏住自己的脖子。「快一點！只要這樣做，就可以獲得百分之五十的生存機會！」她繼續摧垮雅臣的心理防線，「你不希望也像那些村民一樣神隱吧？」

雅臣看著小夜子誘人的胴體，胸中燃燒起欲火，再加上小夜子的話，他也開始說服自己：「我這是為了能夠活下去，獲得活下去的機會……美代，你不會怪我吧？」美代的鬼魂就在這附近，光是想到這一點，雅臣就有著很大的心理障礙。但是，在小夜子的一再挑逗下，他漸漸放開了心防。

「只要可以活下去，做什麼不可以？」小夜子的一句話，成為了壓倒駱駝的最後一根稻草：「我們只是在尋求『生路』而已，僅僅如此而已！」

雅臣終於點了點頭，他在生理和心理上都徹底接受了。二人終於合為一體，小夜子情不自禁地呻吟起來……

裴青衣正在樹林中拚命逃跑。她的頭髮散亂開來，身上的衣服被撕裂了很多道口子。被鬼撲倒在地的一瞬間，她當機立斷地脫掉上衣才逃脫了。可是，追殺她的鬼魂依舊不肯放過她！

她忽然看到，眼前二十多米遠的灌木叢裏，發出了「簌簌」的聲音！一張已經腐爛了一半、滿是血水和屍水的面孔伸了出來！那個身體猶如被人操縱的傀儡一般，扭曲機械地伸展著，然後緩緩地站起來。滴著鮮血的刀子，拿在這個惡鬼的手上！

由於衣服越來越破，胸口的血肉潰爛得相當嚴重，可是，還是依稀可以看出……是個女的？這個一直拿刀追殺其他鬼魂的惡鬼，是一個女鬼？

不斷滴血的刀子，泛著森然的寒光，隨即，這個女鬼一步步走了過來！女鬼所穿的，的確是男式和服，可是，露出的胸口確實可以看到雙乳。這究竟是怎麼回事？

忽然，裴青衣注意到，這個女鬼的左手手指上，戴著一枚戒指！

這一刻，就算是傻子也明白過來了。

真正的兇手，是長谷川佳世！

她殺死了那六個人，然後自殺，嫁禍給自己的丈夫。或者有可能是她在寫完血字遺書的時候，和某個還沒死透的人再度展開廝殺，然後同歸於盡了。

之前他們看到，有三個女鬼。但是，恐怕是在夜色下，又在心理暗示之下，將某個男鬼錯看成女鬼了。那個穿著白色和服的女鬼，不是長谷川佳世，而是阿葵！阿葵如果在被殺當天心血來潮地穿了一件白色和服，也不是什麼奇怪的事情。殺人的佳世故意換上了丈夫的黑色和服，這樣血跡灑在了這件衣服上，殺死丈夫後再換一件衣服就能夠成功地嫁禍了！

長谷川佳世和阿葵同歲，也就是說，和二人被殺害時同歲的神原美代，是變成了阿葵的替身！

這時候，一隻烏鴉突然從天空俯衝而下，停在女鬼的肩膀上，接著，朝著女鬼的胸口啄去，吞噬著腐爛的血肉！大暮黑嶺的烏鴉一般都集中在東側山脈，就是因為烏鴉在那裏吞噬腐爛的屍體！這時候，更多的烏鴉飛下來，停在女鬼的周圍。女鬼的嘴巴忽然大大地咧開，那些烏鴉隨即全部倒在地上，一隻一隻死去！

裴青衣很清楚，眼前的這個女鬼，是要將二十二歲的她，當做替死鬼！

兇惡猙獰的女鬼，向裴青衣衝了過來！裴青衣這時已經嚇得癱軟在地，而女鬼的速度太快了，二十多米的距離根本是頃刻即至！就在她絕望之時，一雙手突然從背後死死抓住了黑色和服女鬼的身體，然後，一張同樣腐爛猙獰的女鬼面孔赫然露出！仔細一看，正是神原美代化身的亡魂！

裴青衣頓時明白了，對這兩個女鬼而言，自己是她們爭奪的對象！

「她是我的……」

「她是我的……」

兩個女鬼撕扯在一起，臉上露出怨毒的神情，手都抓向裴青衣，可是也同時將對方牽制住，一時間，居然形成了僵持之勢！

這種好機會如果再不利用，那真是死了也活該了！裴青衣立刻支撐起身體，轉身向後方拔腿飛奔！她不斷在胸口劃著十字，祈禱今天可以逃過一劫。

跑了很久，裴青衣看看身後，沒有鬼追來的跡象，才鬆了一口氣。又往前走，她赫然看到……眼前出現一道斷崖。一座數十米長的鐵索橋連接著另外一段山崖。那一邊，有著茂密的樹林。

「就是……這裏嗎？通往那個鬼屋的橋？」裴青衣感到額頭不斷滴下冷汗，她強自鎮定下來，打算回過頭重新找一條路，卻猛然看見，身後一黑一白兩道鬼影都在朝她衝過來！

裴青衣慘叫一聲，她別無選擇，只有跑上這座鐵索橋！雖然她知道這是一條不歸路，但是此時已經毫無辦法了。她只有期望，兩個女鬼能夠為了她而自相殘殺！

# 24 鎖屍鏈

這時候，晴美等三人也已經接近這座鐵索橋了。

「晴美……」依子的臉色有些蒼白，「真的要去那裏嗎？你應該知道那個地方有多兇險吧？」

「可是……」拿著手電筒的晴美憂心忡忡地說，「哥哥有可能在那裏，我必須去找一找。沒關係的，大嫂出事之後，哥哥也多次來過這裏，不是也沒有出事嗎？那個怪談，終究還是有些誇張吧。」

「還是小心一些吧，畢竟命只有一條啊……」依子還是不太放心，畢竟她曾經在這片樹林中，見到過那個本該死去的人。

「吾郎？晴美？」三個人回過頭去，只見身後站著拿著手電筒的松田君子和飯島泉美。她們也正在分頭尋找雅臣與和也，飯島泉美更是心急如焚。

「你們……難道也要去那個地方？」君子走過來，她緊緊抓住兒子的手臂，「吾郎，你還是不要接近那裏的好……」她欲言又止，忽然記起，當初，她就是在這附近，見到佳世夫人和敬之先生偷情的。而她當時之所以會看到那一幕，是因為她一直有下午到樹林裏散步遊玩的習慣。這一點，她曾經告訴過佳世夫人。所以，她事後感到有些奇怪，明知道這件事的佳世夫人，怎麼還會特別在那個時間段，出現在自己可能會經過的地方，做那種事情？好像就是……故意要讓自己看到這一幕！

但是，這個想法太過荒唐了，誰會故意把自己偷情的醜聞暴露給別人呢？一般情況下，這的確是不可能的。但是，松田君子沒有想到，從那時起，長谷川佳世就已經開始謀劃，要將家中的人全部殺死了。她是個淫亂放蕩、市儈狠毒的女人，平時的高貴善良都是偽裝出來的。出身於茶道世家的她，卻好逸惡勞、不思進取。也正因為如此，家族早早安排她相親結婚了。

然而，長谷川拓造卻變賣了本可以繼承的公司，住到熊本的深山老林裏來，這讓佳世無法容忍。她和家中的男性都保持著肉體關係，滿足自己強烈的欲望，同時也在考慮如何獲得長谷川家的財產。

她首要考慮的，就是將長谷川家族的成員全部殺死。長谷川三兄妹，是肯定要殺的。但是，如果這三人全部被殺害，所有人都會懷疑她。於是，她決定索性將三名僕人也一起殺死。然後將罪名推到長谷川拓造身上。

讓當時在葉神村和自己關係最要好的女孩君子來擔任指證自己的證人，最合適不過了。佳世計畫好故意讓君子看見了自己和敬之偷情的場景，這樣一來，長谷川拓造的殺人動機就顯得更加合情合理了。她本想安排讓自己身受重傷，成為唯一的倖存者。當晚，她在飯菜中下了安眠藥，接著將六個人一一殘忍地殺死。在偽造血字遺書後，她沒有覺察長谷川早苗尚未死絕。早苗衝向佳世，結果刀子割斷了佳世的喉嚨，自己也因為失血過多而死。

在那之後，這個屋子裏的七個亡靈就被詛咒了，必須不斷徘徊下去，尋找一個和自己年齡、性別相同的人，作為自己的替死鬼，來填補「七」這個數字，來讓自己的亡魂解脫。

雅臣此刻已經重新穿好了衣服，他不安地對小夜子說：「對……對不起，我……」

「沒什麼。」小夜子雖然也有些臉紅，但是沒有太大的情緒波動，她也穿好了衣服：「剛才的行為，只是為了尋求生路，你不要有別的想法。」

「你不會……懷孕吧？」雅臣試探著問道。

「放心吧。」小夜子把散亂的頭髮重新梳理起來，「接下來我們分頭走吧。我和你……也許只有一個人能夠活下來，只有賭那個人是自己了。」

聽起來很殘酷，卻是不爭的事實。

「你，真是冷血……」雅臣不禁感到一陣戰慄，「剛才和我發生了這種事情，現在就可以那麼簡單地把一切都忘記了？你到底是什麼樣的人？真不知道美代為什麼會喜歡你這樣的人……」

「那只不過是媒體把我美化了而已。只要可以活下去，付出什麼代價我都願意。在這個世界上，人本來就是為了生存，什麼事情都可以做得出來的。這一點，我早就明白了。」

小夜子平靜地說，她又看了雅臣一眼，「我本來想說一句『保重』的，不過，站在我的立場，說這句話太虛偽了。我們之中，只有一個人可以活下去。那麼……永別了。」

小夜子轉過身，頭也不回地逃入樹林深處。呆呆站立在原地的雅臣也明白，一旦他被變成長谷川拓造的替身，和自己發生了關係的小夜子就可以逃脫了，他的死可以成全小夜子活下來。反過來也一樣。可是，他還有話想和小夜子說。

雅臣向和小夜子相反的方向跑去。在心裏，他對她說道：保重了，神谷小姐。雅臣依舊在期待著奇蹟發生，雖然他也感到非常恐懼。如果可以活下來，他願意對小夜子負責。

小夜子一邊跑著，一邊從身上取出一個類似PSP的機器，打開螢幕。

「有沒有……新的線索？」她在其他住戶不知道的情況下，捕獲了一隻烏鴉，在這隻烏鴉的腳上安裝了一個監視器。許多烏鴉都會飛到東側山脈，而通過這個監視器畫面，說不定可以獲得線索。

此刻，螢幕顯示的景象，極為恐怖！

烏鴉此刻飛到了那座廢棄的宅邸面前，停在窗台上。窗戶裏是一個偌大的房間，房間裏有一幕極其駭人的景象。一條巨大的鐵鍊，從房間的左側一直連接到右側，鐵鍊上貫穿著七具腐爛的屍體！那七具屍體，腦部被鐵鍊完全貫穿，面容已經腐爛到不能再腐爛了，衣衫破爛，身上沒有一塊好皮肉，血不斷灑下。屍體不時會掙扎一下，但是，始終無法脫離鐵鍊的束縛。而許多烏鴉正在吞吃這些腐屍的血肉！

小林泉美當初沒有發現這個房間的情況也是很正常的，因為這些屍體都高高懸掛著，不抬起頭去看，是不會發現的。

「這就是……生路嗎？」小夜子立刻取出指南針，她下定了決心，隨即朝東邊跑去。

此時，裴青衣逃到了鐵索橋中間，她甚至考慮過，要不要跳到下面的河裏逃生。但是，橋太高了，她始終沒有勇氣那麼做。如果跑到了橋的對面，會發生什麼事情呢？但是時間緊迫，容不得她多想了。她回過頭去看了看，沒有看見任何人追過來。即便如此，她還是無法安下心來，她取出手機，決定給神谷小夜子打電話。

「喂，神谷小姐嗎？我是裴青衣，我現在在東側山脈的鐵索橋上，如果繼續前進的話，我就到達那個鬼屋附近，我該怎麼辦？」

「你還活著？好，你現在立刻到那裏去！」

小夜子看見那個房間的角落裏，有一把大鐵鉗。很明顯，這是公寓安排的生路，只要將鐵鍊弄斷，七個鬼魂同時得到安息，就再也不會尋找替死鬼了！

「生死成敗，就靠你了……裴青衣！」聽完小夜子的解釋，裴青衣看向鐵索橋對面的那片密林。在那裏……有著住戶們的最後一線希望？真的是如此嗎？然而，她心中掠過一絲悚然，將鐵鍊弄斷，會不會反而將死路全面觸發？

「神谷小夜子！」裴青衣用日語狠狠罵道，「你把我當成白老鼠嗎？讓我去送死，你倒是可以看我的結果來判斷這是不是生路？你想得美！你也得一起過來！」

「我正在趕過去。」

「啊？」裴青衣略微有些驚訝，隨即又說道：「你現在怎麼樣？甩開追你的鬼了嗎？」

「我也不清楚。不過我快到了，你先進去吧。現在必須分秒必爭，你也應該很清楚吧，發現生路後，公寓對鬼魂的限制就會逐漸削弱。」

裴青衣不由得打了一個寒戰。於是，她不敢再有絲毫猶豫，立刻衝向前方，還不停地在胸口畫著十字，祈禱路上不要遇到鬼魂。

通過鐵索橋，穿過一片樹林，裴青衣看到，前方不遠的一個高坡上，有一座和飯島泉美的描述完全一致的宅邸。西洋風格的建築，四面立著白色的柱子，周圍雜草叢生。

「就是這裏……」裴青衣拔腿就朝大門跑去，雖然知道這是一個虎穴，但不入虎穴，焉得虎子？在這等絕境之下，唯有置之死地而後生了！

宅邸大門敞開著，在一片茂密的雜草前方，一眼就可以看見，裏面房間破敗，地上是黑白二色的瓷磚，柱子林立，一樓就有十米多高。神谷小夜子說的那個房間，是在一樓，還是二樓？儘管不能確定，卻也沒有選擇，必須要闖一闖。裴青衣咬著牙，走進了大門。

一樓一覽無遺，只有柱子會擋住視線，她還是決定在各處找一找。雖然知道時間所剩不多，可是，她的動作就是快不起來。每邁出一步，裴青衣都害怕某個角落裏會衝出一個鬼來。在這種壓抑的心情下，她感覺呼吸都有些困難。

「上帝保佑，千萬不要出現，千萬不要出現啊……」裴青衣畢竟是第一次執行血字指示，無論研究過多少血字，面對真正的鬼，身為都市白領的她，還是感到發自骨髓的恐懼。

與此同時，神谷小夜子來到鐵索橋面前，她連氣都來不及喘一下，就踏上了橋面。就在這時，她突然聽到了跑動的腳步聲！

是誰？在哪裏？小夜子環顧前後左右，沒有看見任何影子。她只有繼續朝前面跑去。可是，她再度跑起來的時候，又聽到了跑步聲。那個聲音非常近，可是不管怎麼看，都看不到任何東西。最後，小夜子決定索性不去理會了。百分之五十的希望，似乎還是破滅了。

跑到橋中間的時候，她忽然停住了。因為，她似乎感覺到，那個腳步聲來源於什麼地方了……

「難道說……就在這座橋下面？」

就在小夜子所踏的橋面下方，倒吊著一個滿身是血、身體不斷扭動的女鬼！小夜子馬上繼續加速奔跑。而那個女鬼也跑了起來，雙腳倒懸、完全無視重力地奔跑！

距離對岸不到五十米了，而腳步聲也越來越急促，小夜子額頭上滿是冷汗。就在這時，一隻血淋淋的手抓住她身旁的鐵索，一顆陰白腐爛的頭顱伸了上來！

裴青衣來到了二樓。她沿著走廊，搜尋著每個房間，每個房間的門都緊閉著。這時，還沒有出現鬼魂，但是，她很清楚，限制被削弱後，那兩個要抓她的女鬼必定會出現！她知道不能再拖下去了，咬著牙朝前走去。

天南市的公寓內。

「原來如此，神谷小夜子也推斷出了相同的結論嗎？」

四〇四室裏，李隱和銀夜、銀羽兄妹討論著目前的血字。神谷小夜子最近的一次通話裏說，她已經查到了生路的線索。

「也有可能是陷阱。」銀夜說道，「神谷小夜子這樣的人才，對這個公寓而言非常重要，無論如何，都要想辦法保住她。」

李隱始終保持著沉默。

「怎麼了？李隱？」銀羽注意到李隱陰鬱的神色，「你在考慮什麼？」

「沒什麼……」李隱搖搖頭，「你們不用管我，繼續討論吧。」

這時，李隱的手機響了，他立刻拿起手機，然而，來電顯示卻是個陌生號碼，不是神谷小夜子打來的。他接通了手機。

「喂？」一個悅耳的聲音響起，「是……李隱的電話嗎？」

李隱微微一愣，一下子還沒有反應過來，但還是回答了對方：「嗯，我是李隱。你是哪位？」

「太好了！李隱，還記得我嗎？我是彌真。」

李隱聽到這個名字，馬上回憶起了大學時代那個令他印象深刻的女同學。後來她去了國外，一直沒有音訊，每一次大學同學聚會都沒有參加。

「是你？楚彌真？」

「嗯。是我啊！你的聲音都沒有變啊，我聽說你現在是在寫網路小說？要不要現在見個面？」

「現在見面？那個，不是很方便……」

「這樣啊……」電話那頭的悅耳聲音稍稍停頓後，又說道：「那也沒關係，我昨天剛回國。聯絡到韓真後，我第一個問的就是你的電話啊！」

「是嗎？」李隱苦笑著說，「彌真，我現在有點忙，先掛了。」

「啊……那好的。」

掛斷電話後，李隱舒了一口氣，把頭靠在沙發上：「楚彌真……我還以為不會再見到她了呢。」

「是你的朋友？」銀夜好奇地問道，「我好像聽到是個女的？」

李隱點點頭說：「是我的大學同學，她畢業後去了國外……」

「這樣啊。」銀羽笑嘻嘻地說，「難道是你的初戀情人？我要告訴子夜哦。」

「什麼啊，只是同學而已。」李隱連忙岔開了話題，「現在就等神谷小夜子的聯絡了。今晚午夜零點之後，她就可以離開大暮黑嶺了。不過，從日本回到中國的時間足夠那個鬼追殺她了。所以，如果找不到生路，還是非常危險的。」

「的確是啊……」銀夜贊同道，「就看神谷小夜子，能否度過她的第二次血字指示了。」

裴青衣打開了一個房門。七具腐爛的屍體，高高懸掛在五米多高的天花板上。烏鴉聚集在屍體旁邊。鐵鍊兩頭和牆壁相連，看起來很難弄斷。

這一切和小夜子的描述完全一樣。裴青衣看到房間裏有一張桌子，她立刻走過去搬桌子。頭頂上的屍體雖然令她驚恐，但是總比看不見的鬼魂要好。

她站到桌子上，剛要舉起鐵鉗，門被推開了。小夜子衝了進來，然後她馬上把門關上，說道：

「那幾個鬼正在上樓！快把鐵鍊弄斷！」

「好……好的！」裴青衣舉起大鐵鉗，伸向鐵鍊。這時她緊張到了極點，額頭上滴下汗珠，而大鐵鉗剛剛夾住鐵鍊，門外就響起了腳步聲！

「啊——」裴青衣連忙死命地鉗住鐵鍊，心中不斷祈禱：無論是什麼樣的神都好，保佑我成功吧，求求你們了！

神谷小夜子則用身體緊緊頂住門，她的神色也非常緊張，很驚慌。

這時候，雅臣正在樹林裏，看向遠方。

「神谷小夜子……」他感到心如刀絞，「你，千萬不要有事……」和小夜子之間發生了那種關係，在他的心目中，自然而然地將小夜子視為自己的女人了。

門被狠狠撞擊了一下，小夜子的身體倒在地上，緊接著，門被撞開了！一隻血手推開了房門……

「快弄斷鐵鍊啊！」小夜子聲嘶力竭地大吼著。裴青衣也在拚命用力，可是，鐵鍊還是沒有斷！這時候，兩個人都絕望了。已經到了這個地步，一切都只是徒勞嗎？

那隻血手將小夜子一把拉住，她眼看就要被拉出去了。裴青衣的手一滑，大鐵鉗掉在了地上！而此時，鐵鍊完全斷開了！裴青衣自己也沒有想到，居然在如此危急的時刻，終於能把鐵鍊弄斷了！

鐵鍊斷開後，七具屍體一下子都落到了地上，然後一個一個站起來。他們的身體漸漸變得透明，最後完全消失了。

抓住小夜子的血手，也鬆開了。小夜子回頭一看，身後的走廊空空如也。

「居然……活下來了……」裴青衣摸著胸口，心有餘悸地說：「我，居然活下來了……」她抓住桌子的一角下來，對已經站起身的小夜子說：「每次都要賭命……這一次，算我欠你一個人情。」

「彼此彼此。」小夜子整了整衣服，「看起來活下來的只有我們兩個啊。血字指示在今晚午夜零點結束，我們馬上離開吧。」

說起來，真的有不少運氣成分，如果神谷小夜子沒有抓住那隻烏鴉放上監視器的話，那麼，因為害怕怪談而不敢接近這個宅邸的住戶就不會知道，原來生路就在這裏。兩個人雖然精疲力竭，但是這時候誰都不想繼續待在這個宅邸裏。於是，她們互相攙扶著，向樓下走去。

「那個鐵鍊，到底是什麼東西？死去的七個人，為什麼會被鎖住了呢？」裴青衣還是有些不明白，「四十多年來，葉神村神隱的村民，為什麼會被變成那七個人的替死鬼？」

「誰知道呢？」小夜子搖了搖頭，「和那個公寓有關的一切，都是謎，完完全全的謎。也許，我們到死為止，都無法解開這個謎。」

走到樓梯口，裴青衣忽然腳一軟，差點摔下去。她一屁股坐在台階上，號啕大哭起來。這次痛苦恐怖的經歷，快要讓她崩潰了。而今後回到公寓，她還要不斷地承受下去，直到完成十次血字指示才能離開。

「神谷小姐……」她緊緊抓住小夜子的手，「求求你，求你一定要救我，我什麼都可以為你做！你是名偵探啊，以後，你一定要幫我破解血字啊。只要你幫我，我都可以為你做的！什麼都可以！」

小夜子平淡地說：「知道了。能幫忙的話，我會幫你的。只要我不死在血字指示裏的話……」

一陣腳步聲突然從樓下傳來，小夜子和裴青衣都悚然一驚，裴青衣甚至嚇得幾乎要慘叫出聲來。跑上來的人，是雅臣！

「你……」小夜子看到他感到很意外，「你為什麼會來這裏？」

「我只是在想，你有沒有可能會到這裏來。」雅臣緩步走了上來，「看起來，你沒事啊……」

「都解決了。」小夜子淡然地回答，「以後，葉神村不會再有村民神隱了。一切都結束了。」

「真的？」雅臣面露喜色，但隨即又黯淡下來：「那麼，和也呢？和也他……」

「我想，他應該是遇害了吧。不過，他的靈魂應該已經解脫了。」

走回去找車子的路上，裴青衣看出一些端倪來，她發現雅臣總是看著小夜子。而雅臣聽裴青衣說了事情的來龍去脈後，他後背滲出層層冷汗，說道：「這也太可怕了。不過……是什麼人把那七個人的鬼魂用鐵鍊捆在一起的？那個人不是比鬼更可怕嗎？」

「這個嘛……」裴青衣想，還能是誰？肯定是那個公寓吧！

「說起來……」雅臣又問道，「你們為什麼會來大暮黑嶺調查這個怪談呢？難道你們預先就知道這裏真的鬧鬼？」

小夜子自然不能夠告訴神原雅臣，那個公寓的存在。小夜子突然停住了腳步。「說起來……」她從口袋裏取出筆記本，然後翻到了某一頁，接著，她悚然地看著上面的文字。

「畢竟，佳世夫人比拓造先生要小十歲以上，而只比敬之先生小兩歲。」這是當初那個老婆婆說的情報。長谷川一家人的年齡，是極為重要的情報，然而，這個老婆婆的說法卻大相徑庭！

「這個血字指示的危險還沒有結束……」

「什麼？」雅臣沒有明白是什麼意思，而裴青衣也注意到了這行文字：「真的是這樣……」她看著自己筆記本上也記錄著同樣的內容。

是那個老婆婆記錯了嗎？可是，誤差未免也太大了，佳世夫人的年齡只比拓造小兩歲而已！按照老婆婆的說法，拓造要比敬之大八歲，和真實情況相差太遠了！

裴青衣馬上用日語問雅臣那個老婆婆的事情，雅臣答道：「你說的是那位婆婆好像是四十年前來葉神村居住的，不過，她和村子裏的人很少往來，性格非常孤僻……」

小夜子立刻說道：「快走！車子離這裏已經不遠了！神原雅臣，我們就在這裏分開吧！」

小夜子和裴青衣撒腿飛奔起來，二人的體力已經恢復了一些，所以還能支撐。雅臣雖然有些不明白，可還是跟著她們跑去了。

裴青衣邊跑邊緊張地問道：「難道……用鐵鍊把那七個鬼魂捆住的元兇……就是那個老婆婆？」

「有可能……雖然也能解釋為老人家記錯了，但是，任何『不自然』都不可以放過！」

雅臣在她們身後緊跟著，忽然他感到口袋裏手機在振動，取出手機接通了：「喂，晴美？你在找我？對不起，我沒事，晚點我會回去的……」

「哥哥，你在做什麼啊？我說……」晴美忽然聽到身後傳來一聲慘叫，她馬上回過頭去，頓時，大量鮮血灑到了她的臉上！

只見依子的額頭被一根鐵鍊穿過，她的身體猶如傀儡一般在空中擺動著，顯然已經死得不能再死了。而在依子的身後……

「喂，晴美？你怎麼了？」雅臣在電話裏大喊道。

晴美嚇得立刻拔腿就跑！她跑出沒多遠，就聽到身後的松田君子和吾郎更加淒厲的慘叫聲！

「救命……哥哥，救命啊！」

小夜子和裴青衣跑到車子旁邊。車子裏空空如也，車門大開著。二人一左一右迅速坐進車子，卻沒有注意到，雅臣也坐進了後車座。

小夜子踩下油門，調轉車頭，把指南針放在車窗玻璃前，她緊咬牙關說：「這個血字指示有二重危機！一共有八個鬼！」

「這真的是第二次難度的血字？」裴青衣的心再度跌入谷底。

「我妹妹出事了！」雅臣在車後座上忽然出聲了，「拜託你們，能不能去救我妹妹？」

「你……」裴青衣驚愕地說，「你怎麼上來了？你妹妹，她出什麼事情了？」

「她在手機裏語無倫次的，說有個鬼追她……」

「鐵鍊？」裴青衣立刻想到了什麼，「把你的手機給我！我來和她說話！」

雅臣馬上把手機遞過去，裴青衣一把搶過，問道：「神原晴美嗎？我是神谷小夜子的朋友，你看到什麼了？」

「鬼……鬼啊，那個老婆婆，她把依子、吾郎、君子阿姨的頭用鐵鍊，用鐵鍊穿過去了，拖在身體後面追著我！」

「原來是這樣？」裴青衣明白了。那七個鬼被釋放了，現在還要再找七個人替換！不過，年齡不需要和長谷川家那七個人一樣了，松田君子和松田吾郎的年齡就說明問題了！現在已經有三個人了，那麼，還需要四個人！神原晴美再加上這輛車上的三個人，數量不是正好嗎？

「開快一點！」裴青衣臉上毫無血色，「神谷小姐，如果那個鬼找到我們的話……」

追逐再次上演了。雖然這次追逐的鬼只有一個，而且還沒有碰上，可是，危機依舊存在！

如果離開了大暮黑嶺，是否可以化解危機呢？如果在從日本回國的路上，鬼還在繼續追殺的話，絕對是噩夢！尤其在最後進入公寓的一瞬間，公寓會完全解除對鬼的限制！

裴青衣想到，如果是這樣的話，只要有一個人頂替自己，不就可以了嗎？反正什麼人都可以！那麼，用誰來頂替自己？

「回葉神村去！」裴青衣對小夜子說，「生路在那裏才能找到！對，一定是這樣的！」

小夜子也明白了裴青衣的意思，於是一轉方向盤，朝葉神村方向開去。

裴青衣對手機另外一頭的晴美說道：「神原小姐，你現在立刻逃回村子裏去，在那裏，你也許還有一線生機！」她把手機還給後座的雅臣。

雅臣注意到車子改變了方向：「你們……」他一下子明白了，「你們是打算讓村子裏的人……」

「這是沒有辦法的。」神谷小夜子冷冷地答道，「要想活下去，只能這麼做。」

「我的父母還在村子裏！」雅臣對著手機說，「晴美，別回村子，千萬別回去！」掛斷電話，寒光一閃，一把匕首橫在自己的脖子上。裴青衣目露凶光地說道：「神原先生，你最好安靜一點。」

「你們……」雅臣看向小夜子，「神谷小姐，你說幾句話吧！你真的要……」

「我說過。」小夜子卻給了他最冷酷的答案，「為了活下去，我什麼都可以做。」

「就算犧牲其他人的生命？」雅臣雖然被匕首頂著脖子，依舊質問著小夜子。

「你懂什麼……」小夜子抓著方向盤的手攥緊了，喃喃說道，「在這個世界上，只有活下來的人，才有資格談論對錯善惡……」

「怎麼會……」

裴青衣絲毫不放鬆地將刀子頂住雅臣的喉嚨，說道：「快一點啊，神谷小姐，還沒有到嗎？」

「這裏距離村子還有很遠……」小夜子在不斷加速，「就算我現在把速度提到極致，也無法保證可以及時到達。」

「現在，還需要四個人……」裴青衣神色凝重地說，「還需要犧牲四個人，你知道吧？」

「嗯，我知道。只要進入村子，別說四個人，四百個人都不是問題。」

「神谷小夜子……」雅臣顫抖地說，「那個鬼，是跟著你們的嗎？難道你們受到了詛咒？」

「Bingo！」小夜子答道，「你說對了，就是這麼回事。我們受到了一個詛咒，而那個詛咒造成了現在的情況。」

「不可以，絕對不可以！」對於從小在葉神村長大的雅臣而言，村子裏的人對他來說都是親人。

車子忽然停下了。小夜子立刻回頭看去，只見一條鐵鍊將車子後部牢牢鎖住了，遠處一個黑影正不斷將鐵鍊往回拉！那條鐵鍊上，懸掛著三具屍體！赫然是木內依子和松田母子！

「下車……」小夜子大喝道，「快下車！」

車門打開後，三個人立刻衝了出來，而那個黑影也飛奔而來！

「我們分開逃！」小夜子當機立斷，說完就選擇了一個方向逃去。這裏距離葉神村太遠了。

雅臣忽然注意到，晴美就在不遠處，她也看到了雅臣，驚喜地跑過來說：「哥哥，你們在這裏？快逃，那個鬼……」

「晴美！」雅臣跑向妹妹，一把將她扶住。這時晴美臉色蒼白，身體都有些癱軟了，恐懼和體力透支，讓她達到了極限，畢竟她不同於公寓住戶，長期進行強化訓練，體力自然是遠遠不如。雅臣抓住晴美的手，也選擇了一個方向逃跑。

然而，就算他們分別逃向三個方向，依然難逃魔掌。沒過多久，他們就發現，面前又出現了一模一樣的黑影！

那個黑影漸漸浮現而出，那是一張猶如木乃伊一般的面孔，依稀辨認得出是一個老婦人，身上穿著一件血紅色的和服。鐵鍊和在長谷川家中看到的毫無二致，從和服衣袖中伸出的猶如被抽乾了水分、乾枯腐化的手掌，更是令人觸目驚心。

這個木乃伊一般的鬼，將鐵鍊甩動了幾下，鐵鍊隨即迅速伸展，朝著雅臣和晴美飛來！

與此同時，裴青衣的面前，也出現了同樣穿著血紅和服、猶如木乃伊一般的鬼魅！只不過，這個鬼的手上並沒有拿著鐵鍊。鬼雖然能夠分身，但似乎鐵鍊只有一根，目前在雅臣那邊。

看到鐵鍊不在這個鬼的手上，裴青衣頓時鬆了一大口氣，她馬上調轉方向，拔腿飛奔。她很重視鍛煉，體力相當好，不然之前運氣也不會那麼好，被鬼撲倒在地還能僥倖逃過一死。

而神谷小夜子的面前，也同樣出現了猶如木乃伊的惡鬼。她的臉上掠過一絲凜然，隨即回過頭逃跑。目前，生路明顯就是回到葉神村。如果在葉神村裏，自然可以補足「七」這個數字。

然而，真正的絕望終於來臨了。

小夜子的身體忽然被牢牢捆縛住！她被拖到了地上，只見裴青衣、雅臣和晴美也同樣被鐵鍊捆綁住，在地上拖出一條痕跡來！而在鐵鍊盡頭，那個黑影再度浮現出來，將鐵鍊朝後拉去！

在鐵鍊最末端的小夜子，距離那個黑影不超過五十米，她的身體根本動彈不得！而距離鬼最近的人，則是雅臣！隨著鐵鍊的不斷拉拽，雅臣離鬼越來越近！

看著雅臣很可能第一個死在鬼的手下，小夜子的眼中掠過一抹淩厲！無法動彈的雙手，指甲死死地掐入掌心！她的心中呼喊著：「雅臣……不要死……不要死啊！」

雅臣很清楚自己面對的將是什麼，那身血紅色的和服讓他觸目驚心，而那張木乃伊一般的面孔，也露出了一絲獰色！如果被鐵鍊束縛，恐怕就要被禁錮很多年，甚至可能是永遠！雅臣感到無比恐怖！這簡直比死還要可怕無數倍啊！但是，他無法動彈，更沒有辦法脫離這個束縛。

終於，他被拉到了鬼影面前，一隻乾枯的手，朝著他抓了下來！

就在這時……非常突兀地，有另一隻手伸出，將這隻乾枯的手臂牢牢抓住，緊接著，從那個鬼的身後，又露出了一張面孔！

「美代……」雅臣瞪大了眼睛看著那張面孔，情不自禁地大叫道，「美代！」

那張面孔無比腐爛，可是，那雙眼睛卻流下了淚水，一直看著雅臣。接著，一雙手死死地抱住了這個紅色和服鬼！

裴青衣和小夜子也看到了這一幕！難道……美代是要和這個鬼同歸於盡嗎？

「美代……你要做什麼？」雅臣明白，如今美代已經獲得了解脫。但是，她依舊無法割捨下自己嗎？所以，她還是回來了？

這兩個鬼魂糾纏著，美代拚命地把紅色和服鬼朝後面拉去、拉去，最後，木乃伊面孔的額頭突然裂開了！美代的身體也開始不斷裂開，最後，身體變得千溝萬壑。兩個身影最終化為了一大堆碎片，墜落在地上，消失得無影無蹤。接著，束縛住七個人的鐵鍊，也完全消失了。

「美代——」漆黑的大暮黑嶺上空，迴響著雅臣的悲聲。

「你……要回中國去？」第二天，雅臣和晴美在機場候機室裏，看著眼前的神谷小夜子和裴青衣，問道，「真的要回去嗎？」

「我必須要回去。」小夜子的表情顯得很疲憊，「我和你說過，我受到了一個詛咒。」

「這樣啊……」

小夜子沉默了一會兒，又說道：「將來，或許還能夠再見面吧。不過，這對我來說是很渺茫的未來，你也不用過於期待了。」

「我明白。」雅臣很清楚，他能夠活下來，已經是天大的恩典了。

這時候，機場廣播通知，飛往天南市的航班即將起飛，小夜子說道：「我就要登機了。那麼……我走了。」

「保重了。」雅臣伸出了手，「祝你能夠早日擺脫這個『詛咒』。」他沒有深入詢問，但他清楚，那絕對是超乎常識和想像的事情。

「借你吉言了。」小夜子握住了雅臣的手。一旁的晴美也伸出手說道：「無論如何，要感謝你，神谷小姐。希望還能夠見面。」

「希望……吧……」

飛機沖上雲霄，漸漸消失在天際。雅臣看著天空，歎了一口氣，回過頭對晴美說道：「走吧，晴美。今後，我們也要忘記過去，好好地生活下去。」

「嗯，好的。哥哥，走吧，還有很多搬家的事情要忙呢。」

雅臣低聲說道：「美代，我不會忘記她的。永遠不會忘記……」他還能夠再見到美代嗎？還能夠再見到神谷小夜子嗎？

沒有人知道。也沒有人能夠知道……

請續看《地獄公寓》卷四　不存在的房間

# 地獄公寓 卷3 血脈的反戈

作者：黑色火種
發行人：陳曉林
出版所：風雲時代出版股份有限公司
地址：105台北市民生東路五段178號7樓之3
風雲書網：http://www.eastbooks.com.tw
官方部落格：http://eastbooks.pixnet.net/blog
Facebook：http://www.facebook.com/h7560949
信箱：h7560949@ms15.hinet.net
郵撥帳號：12043291
服務專線：(02)27560949
傳真專線：(02)27653799
執行主編：劉宇青
美術編輯：MOMOCO

法律顧問：永然法律事務所 李永然律師
北辰著作權事務所 蕭雄淋律師

版權授權：蔡雷平
初版日期：2016年10月
初版二刷：2016年10月20日
ISBN：978-986-352-329-1

總經銷：成信文化事業股份有限公司
地　址：新北市新店區中正路四維巷二弄2號4樓
電　話：(02)2219-2080

行政院新聞局局版台業字第3595號 營利事業統一編號22759935


定價：350元　特價：299元


國家圖書館出版品預行編目資料

地獄公寓／黑色火種 著. -- 初版-- 臺北市：風雲時代，
2016.04 -- 冊；公分

ISBN 978-986-352-329-1（第3冊；平裝）

857.7　　105003553